AF 132160

GERD STIEFEL

Soko Hegau

UNDURCHSICHTIG Dem Konstanzer Kripochef Karl Grimm wird bei einer Besprechung in der Schweiz der grausame Mord an einer erfolgreichen Singener Geschäftsfrau gemeldet. Die ersten Ermittlungen ergeben, dass die Immobilienmaklerin Gertrud Henssler in ihrem Schlafzimmer ans Bett gefesselt, gefoltert und in Fortfolge mit einem massiven Gegenstand erschlagen wurde. Im Bett der Toten finden die Kriminaltechniker neben Blut-, DNA- und Spermaspuren auch Kuchenkrümel. Das Opfer hinterlässt zwei erwachsene Töchter und war in zweiter Ehe mit dem deutlich jüngeren Davide verheiratet. Dieser ist bei seinem Onkel, einem lokalen Mafiaboss, in Singen aufgewachsen – und seitdem seine Ehefrau tot aufgefunden wurde offensichtlich auf der Flucht, was ihn rasch in den Fokus der Ermittlungen rücken lässt. Doch ist er wirklich der Täter? Ein Fall für die Sonderkommission Hegau.

© privat

Gerd Stiefel wurde 1959 in Albstadt-Ebingen geboren und lebt seit vielen Jahren am Bodensee. Schon in seiner Kindheit und Jugend waren das Lesen und spannende Romane ein Muss. Nach dem Abitur erlernte er den Beruf des Polizeibeamten und stieg vom Polizeiwachtmeister bis zum Leitenden Kriminaldirektor auf. Seine wesentlichen beruflichen Stationen waren Stuttgart, Waiblingen, Konstanz, Skopje, Sigmaringen und Tuttlingen. Er war mehr als zehn Jahre Kripochef im Landkreis Konstanz. Danach übernahm er bis zur Pensionierung 2021 die Direktionen Sigmaringen, Konstanz und Tuttlingen. Stiefel studierte in Hagen Sozialwissenschaften, Geschichte und Jura.

GERD STIEFEL

Soko Hegau

KRIMINALROMAN

GMEINER

Personen und Handlung sind frei erfunden.
Ähnlichkeiten mit lebenden oder toten Personen
sind rein zufällig und nicht beabsichtigt.

Immer informiert

Spannung pur – mit unserem Newsletter informieren wir Sie
regelmäßig über Wissenswertes aus unserer Bücherwelt.

Gefällt mir!

Facebook: @Gmeiner.Verlag
Instagram: @gmeinerverlag
Twitter: @GmeinerVerlag

Besuchen Sie uns im Internet:
www.gmeiner-verlag.de

© 2023 – Gmeiner-Verlag GmbH
Im Ehnried 5, 88605 Meßkirch
Telefon 0 75 75 / 20 95 - 0
info@gmeiner-verlag.de
Alle Rechte vorbehalten
1. Auflage 2023

Lektorat: Claudia Senghaas, Kirchardt
Umschlaggestaltung: U.O.R.G. Lutz Eberle, Stuttgart
unter Verwendung eines Fotos von: © backgroundy / shutterstock.com
und iMarzi / stock.adobe.com
Druck: CPI books GmbH, Leck
Printed in Germany
ISBN 978-3-8392-0415-3

Wir müssen das Undenkbare denken und uns bestmöglich gemeinsam darauf vorbereiten.

Karl Grimm

1. POLIZEIKOMMANDO FRAUENFELD

Es war spät geworden. Der regelmäßige Traktandenaustausch zwischen den beiden benachbarten Kriminalpolizeidienststellen hatte sich in die Länge gezogen. Es gab wie immer etliche Einzelfälle und Fahndungsnotierungen zu besprechen. Heute hatte aber auch der Konstanzer Kripochef Karl Grimm ein Thema mitgebracht, das neben den Schweizer Kripokollegen auch den Thurgauer Polizeikommandanten Urs Brugger neugierig gemacht hatte und er, entgegen dem üblichen Prozedere, der Sitzung der beiden Kripochefs beiwohnte. »Ja, geschätzte Kolleginnen und Kollegen, alea iacta est – die Würfel sind gefallen. Wir haben die politische Entscheidung der Stuttgarter Regierung zu respektieren, die Projektarbeit ist in vollem Gange, und wir werden sehen, wie die Reform der Polizei des Landes Baden-Württemberg aussehen wird, und wie wir in Zukunft die Zusammenarbeit über die Grenzen hinweg umsetzen und vor allem, welche Rolle die Polizei am Standort Konstanz noch spielt,« beendete Grimm seine nunmehr fast halbstündige Ausführung zu der Polizeineuorganisation auf deutscher Seite, die nicht nur ihm im Magen lag. Die Schweizer Kollegen hatten aufmerksam zugehört. So eine große Reform bei »dä Dütscha«. Grimm hatte ausgeführt, dass der künftige Chef der Kripo seinen Dienstsitz vielleicht nicht mehr in Konstanz haben würde, er aber davon ausginge, dass die gute grenzüberschreitende Zusammenarbeit fortgesetzt würde. »Da sind wir wirklich gespannt, wie wir das dann in Zukunft miteinander hinbekommen«, kommentierte Urs Brugger. »Eine so große Organisation und in der Fläche mehr als dreimal so groß, wie ihr jetzt seid. Wir verlieren vielleicht das unmittelbare Miteinander und auch das Miteinander auf Augenhöhe. Und gerade das war bisher in unserer Zusammenarbeit das A und O. Es ist immer besser, wenn man sich gut kennt und weiß, dass man sich aufeinander verlassen kann. Gut! Aber wir werden sehen. Es ist ja auch nicht unsere Sach«, ergänzte skeptisch der Kommandant und verabschiedete sich von den Kripokollegen. Der Rest der Kollegenschaft hatte nun schon eine vierstündige Sitzung hinter sich, und jeder freute sich innerlich schon auf den gemeinsamen Abschluss im Gasthaus, bei Güggeli und ein oder vielleicht auch zwei Stangen, als unvermittelt das Mobiltelefon von Grimm klingelte.

»Karl Grimm, was gibt's?« »Vermutlich ein Tötungsdelikt in Singen«, war die Antwort des Kommissars vom Dienst, der gerade vom Polizeirevier Singen verständigt worden war. »Was wissen wir noch?«, fragte Grimm routiniert nach. »Um ehrlich zu sein, noch nichts. Die Revierkollegen sind auch gerade erst am Tatort eingetroffen und haben noch keine wesentlichen Erkenntnisse mitgeteilt. Der Tatort ist von den Kollegen abgesichert. Wir haben eine nicht spezifizierte Fahndungslage und eine wohl weibliche, übel zugerichtete Leiche in einem Wohnhaus in der Singener Nordstadt. Sobald ich mehr weiß, melde ich mich wieder. Ich fahre jetzt raus und schau mir den Tatort selbst an«, wollte der Kommissar vom Dienst (KvD) das Telefonat beenden. »Moment«, hakte Grimm rasch nach, »Sie alarmieren sofort die Kriminaltechnik und halten mich auf dem Laufenden. Verstanden?« »Ist doch klar, Herr Kriminaloberrat«, antworte der KvD und dachte für sich, dass der Boss mit schwäbischen Wurzeln wohl immer noch glaube, in Baden kenne man sich mit Verbrechensbekämpfung nicht aus. Grimm legte das Handy zur Seite und überlegte. Kriminalhauptkommissar Peter Möll, der Grimm heute Mittag nach Frauenfeld begleitet hatte, war die Ansage seines Vorgesetzten am Telefon wegen der Kriminaltechnik nicht entgangen und fragte nach: »Chef, was ist los? Gibt es etwas Besonderes?«

»Ja, der KvD hat eine Leiche in Singen gemeldet und geht nach jetzigem Stand von einem Tötungsdelikt aus. Wir wissen zwar noch nicht viel, aber einer von uns sollte dorthin fahren«, ergänzte Grimm, wohl wissend, dass es noch viel zu früh war, um irgendwelche vernünftigen Entscheidungen zu treffen. Auch wollte er nach dem Traktandenaustausch die Schweizer Kollegen nicht brüskieren. Es war gute Praxis, dass man nach der Arbeitssitzung entweder auf Schweizer oder auf deutscher Seite das gute Miteinander noch in einer netten Atmosphäre ausklingen ließ. Üblicherweise fuhr Grimm gern selbst zum Tatort, zum einen, um sich einen eigenen Eindruck zu verschaffen, und zum anderen, um den Kolleginnen und Kollegen zu signalisieren, dass ihm das operative Geschäft nach wie vor am Herzen lag. Möll, der seinen Kripochef am Ärmel zupfte und ein wenig zur Seite gedrängt hatte, flüsterte ihm leise ins Ohr: »Herr Grimm, wenn Sie einverstanden sind, dann übernehme ich und verlege nach Singen. Sie sollten bei den Schweizern bleiben und die Güggeli und die Stangen genießen. Ich hatte schon öfters das Vergnügen, aber es ist natürlich Ihre Entscheidung.« Karl Grimm überlegte gar nicht lange, sondern war froh, dass Möll ihm das gleich angeboten hatte. »Ja, so machen wir es, und wenn es etwas Besonderes gibt, klingeln Sie bitte gleich durch, wenn Sie den Tatort inspiziert haben. Vielen Dank.« Karl Grimm fühlte sich mit der Entscheidung wohl. Bei seiner früheren Dienststelle der Kriminalpolizei in Stuttgart war er bekannt dafür gewesen, dass er eigentlich bei allen besonderen Lagen mit ausrückte, aber hier war er jetzt die Nummer eins und musste sich eben auch um die repräsentativen Aufgaben kümmern. Grimm hatte sich auf Wunsch des Landeskriminaldirektors auf die Stelle bei der Kriminalpolizei in Konstanz beworben und hatte gleich den Zuschlag bekommen. Wäre er in Stuttgart geblieben, hätte er auf eine solche Chance sicher noch eine Weile warten müssen. Und er kannte und schätzte natürlich auch die Nachsitzungen mit den Schweizern, die Güggeli und die Stangen, die auf sie warteten.

»Ja, geschätzte Kollegen und Kolleginnen, ich habe gerade einen Anruf von meinem Kommissar vom Dienst erhalten, und wir haben wohl ein Tötungsdelikt in Singen. Wahrscheinlich aber ohne Grenzbezug.« Die Schweizer Kollegen lachten. »Herr Möll wird uns verlassen und in meiner Vertretung zum Tatort fahren. Ich würde gerne Ihrer Einladung folgen und mit ins Restaurant gehen«, informierte Grimm die Schweizer. »Gut, dann lasst uns gehen, und dir, lieber Peter, gute Verrichtung in Singen und lass die Leiche auf eurer Seite«, kommentierte scherzhaft Marcel Schellinger, der Kripochef aus Frauenfeld, und fügte ernst gemeint hinzu: »Wenn es auf unserer Seite etwas zu tun gibt, melde dich. Wir kümmern uns unmittelbar und unterstützen euch sofort.«

2. FRAUENFELD - KONSTANZ - SINGEN

Möll hatte zwischenzeitlich das Polizeikommando in Frauenfeld verlassen und war mit dem Dienstwagen, einem neuen Mercedes, unterwegs nach Konstanz. Dort musste er noch seine Utensilien und vor allem auch seine Waffe aufnehmen. Möll wollte sich so schnell wie möglich in die neue Lage einfinden und telefonierte, kaum war er von Frauenfeld auf die Autobahn aufgefahren, mit dem Kommissar vom Dienst. »Salü, ach, du hast heute KvD. Hab's vorher nicht mitbekommen. Aber das ist gut, dann kann ja nichts schiefgehen. Bist du schon vor Ort und kannst du mir schon mehr über die Leiche in Singen sagen?«, fragte Möll beim KvD nach. »Nein, Peter, ich bin auf dem Polizeirevier in Singen. Die Kollegen, die als Erste am Tatort waren, befragen. Ich hab den Kriminaltechniker in Marsch gesetzt, so wie vom Chef befohlen und warte, bis er den Tatort übernommen hat. Die Kollegen haben beim Betreten des Hauses einen Spurenkorridor gelegt und vor allem auch eine Videoaufnahme gemacht. Die schaue ich mir gerade an. Sieht nicht schön aus, Peter.« »Gut, dann treffen wir uns erst auf dem Polizeirevier in Singen und besprechen das Weitere. Bis dorthin wirst du ja wissen, wer angerufen hat, wann die Kollegen vor Ort waren, et cetera, et cetera. Meinst du, wir sollen schon Kripokräfte nachalarmieren oder, andersherum gefragt, sind wir sicher, dass es sich um ein Tötungsdelikt handelt?«, wollte Möll noch vom Kollegen Waibel, dem KvD, wissen. Zwischenzeitlich war es 19 Uhr geworden, und Möll war natürlich klar, dass er wenn, dann bald alarmieren musste. Die ersten Stunden waren die wichtigsten, und was erledigt war, das war auch erledigt. »Das entscheidest du. Aber ein Tötungsdelikt haben wir auf alle Fälle. Die Ermittlungen können sich einfach gestalten, es kann aber auch anders laufen. Aber wem erzähl ich das«, antwortete Kriminalhauptkommissar Paul Waibel, der KvD in dieser Nacht war. »Du, dann sei so gut und drück auf den Knopf. Hol alle verfügbaren Kolleginnen und Kollegen von der Kriminalpolizei Singen in den Dienst. Sie müssen morgen sowieso übernehmen und dann sind sie von Anfang an mit dabei«, ordnete Möll an und hatte zwischenzeitlich das Dienstgebäude der Polizeidirektion in Konstanz erreicht. Die Polizei in Konstanz war hinter dem Landratsamt am Benediktiner Platz in einem stattlichen Gebäude, einer ehemaligen preußischen Kaserne, großzügig untergebracht. Möll parkte den Dienstwagen neben den Streifenfahrzeugen direkt vor dem Haupteingang und begab sich zügig in sein Büro. Er schnappte sich seinen Koffer, seine Waffe und war schon fast wieder unterwegs, als sein Telefon im Büro klingelte. »Salü, Peter, ich habe gesehen, dass du auf den Hof gefahren bist, und wollte fragen, ob wir dich irgendwie unterstützen können? Wir haben im Rechner mitgelesen, und du wirst wahrscheinlich nach Singen fahren«, meldete sich der Dienstgruppenleiter vom Polizeirevier Konstanz bei Möll. Der überlegte kurz, und dann fiel ihm ein, dass er ja den Dienstwagen aus Frauenfeld mitgenommen hatte und der Chef auf dem Trockenen stand. »Du – salü – herzlichen Dank fürs Angebot, ich komme von Frauenfeld und hab den Chef dort ohne Auto zurückgelassen. Könnt ihr das regeln? Das wäre klasse«, antwortete Möll seinem Kollegen. »Kein Problem, wir regeln das.

Kümmere du dich um das Tötungsdelikt in Singen.« Möll legte auf und stürmte wieder zu seinem Auto. Ab nach Singen, schoss es durch seinen Kopf. »Und immer wieder Singen«, murmelte er so vor sich hin.

Möll drückte auf die Tube. Es pressierte. Die Uhr tickte. Gegen 21 Uhr würde es heute dunkel werden, und Möll wollte am heutigen Abend oder auch in die Nacht hinein noch so viel wie möglich erledigt wissen. Gott sei Dank war schönes Frühlingswetter, sodass er sich um die potenziellen Spuren im Freien keine Sorgen machen musste.

Nach einer knappen halben Stunde, so gegen 20 Uhr, traf er dann schließlich beim Polizeirevier in Singen ein, parkte das Auto gleich vor der Wache und ging rein. Die Kolleginnen und Kollegen von der Spätschicht waren noch da. Den Dienst hatte aber schon die Nachtschicht übernommen. »Guten Abend, Peter, hinten im Sozialraum sitzen die Kolleginnen und Kollegen, die als erste und zweite Streife am Tatort waren. Ich habe sie gebeten, noch hier zu bleiben, falls du Fragen an sie hast. Als die Meldung über Notruf heute Mittag reinkam, hieß es gleich, dass eine Frau brutal ermordet worden sei, überall sei Blut. Wir haben dann die erste Streife geschickt und ihnen ans Herz gelegt, so gut es geht auf vorhandene Spuren zu achten. Sie haben das Haus in der Singener Nordstadt betreten, einen Spurenkorridor eingerichtet, das Betreten und den Tatort, so gut es ging, videografiert«, führte der Dienstgruppenleiter in seinem ersten Vortrag aus. »Das habt ihr prima gemacht«, lobte Möll die Kolleginnen und Kollegen. »Ist noch jemand von euch am Tatort, und wo ist denn der genau«, wollte Möll noch von seinem Kollegen aus Singen in Erfahrung bringen. »Wenn ich es richtig weiß, sind wir in der Oberdorfstraße 99. Ich habe noch eine Streife vor Ort, die den Tatort von außen bewacht. Der Tatort ist so weit ›save‹. Nachdem der Notarzt vor Ort war, haben wir das Haus erst einmal zugemacht. Drin ist außer dem Opfer niemand mehr«, antwortete der Dienstgruppenleiter. »Gut, dann legen wir mal los. Weißt du, wo der Paul steckt?«, wollte Möll noch wissen und lief schon in Richtung Sozialraum, um die Kolleginnen und Kollegen nicht zu lange warten zu lassen. »Der ist oben in den Räumen der Kriminalpolizei, aber wo genau, weiß ich nicht. Oder doch, ich glaube, er hat gesagt, er ist erreichbar auf der 999. Müsste der Sokoraum sein«, antwortete der Dienstgruppenleiter und drehte sich wieder zu seinem Wachtisch, um einen weiteren Anruf entgegenzunehmen. Möll war zwischenzeitlich im hinteren Bereich und betrat den Sozialraum. »Guten Abend, Kolleginnen und Kollegen. Danke, dass ihr noch auf mich gewartet habt. Erst einmal Kompliment für eure spurenschonende Vorgehensweise, und jetzt erzählt bitte, was ihr dort oben für eine Lage vorgefunden habt und wie aus eurer Sicht der Tatort aussieht.« Eine junge Kommissarin, die Möll vom Sehen her kannte, meldete sich und lieferte einen ersten Bericht ab. »Wir waren draußen auf Streife und wurden über Funk in die Oberdorfstraße geschickt. Der Dienstgruppenleiter hatte uns gleich informiert, dass wir oben auf eine Leiche treffen und dass wir auf die Spuren am Tatort achten sollen. Mein Kollege und ich sind dann gleich rein, haben alles, so gut es ging, gefilmt und sind dann auf die Leiche gestoßen.« Die Kollegin schluckte schwer, und es war offensichtlich, dass die Auffindesituation sie belastete. Klar. Nicht jeden Tag gibt es Tote, vor allem nicht Getötete. Und das auch nicht in Singen. Darauf konnte Möll nun aber keine Rücksicht nehmen und fragte nach. »Wie hat es denn in der Wohnung ausgesehen? Wissen wir schon, um wen es sich bei dem Opfer handelt?« Der Dienstgruppenleiter war zur Gruppe dazugestoßen und beantwortete die zweite Frage: »Ja, bei der Getöteten handelt es sich um die Immobilienmaklerin Gertrud Henssler. Sie ist, beziehungsweise sie war 51 Jahre alt, verheiratet, es gibt zwei erwachsene Kinder. Sie lebt wohl in Trennung von ihrem Noch-Ehemann. Das hat uns die Nachbarin gleich mitgeteilt, und der Mann war wohl heute Mittag auch im Haus bei seiner Frau. Im Übrigen kein unbeschriebenes Blatt, so viel ist sicher.« »Gut«, antwortete Möll, »und der Tatort, Kollegin, können Sie mir dazu etwas erzählen?« »Ja klar. Der Tatort, also das Haus, liegt auf der Höhe am Ende der Oberdorfstraße. Als wir dort ankamen, stand die Tür offen. Eine junge Frau, wie es sich später herausstellte die Tochter der Getöteten, stand im Hausflur und hatte die tote Mutter gefunden. Im Hausflur waren wenige Blutspuren am Boden, und dann sind wir als Erstes in den ersten Stock gegangen. Die Tochter hatte uns gesagt, dass ihre Mutter gefesselt und voller Blut im Bett im Schlafzimmer liegen würde. Auf dem Weg dorthin haben wir alles, so gut es ging, videografiert, und im Schlafzimmer fanden wir dann die Getötete. Sie lag nicht wie angekündigt auf dem Rücken, sondern saß mit ausgestreckten Beinen auf dem Bett, war an Händen und Beinen an das Kopf- und Fußteil gefesselt und ihr Rücken lehnte halbaufgerichtet am Kopfteil. Der Kopf des Opfers hing nach unten, die Augen waren geöffnet und ausdruckslos. Die Bettwäsche und die Laken waren voller Blut. Auf dem Boden war auch Blut. Ich habe dummerweise noch den Puls gefühlt, was natürlich nichts mehr brachte. Dann sind wir wieder zurück und haben die Trasse vom Eingang bis ins Schlafzimmer zum Opfer gelegt und den Rest auch abgesperrt. Die Tochter wollte noch nach oben und noch mal zu ihrer Mutter und in ihr eigenes Zimmer, was wir aber nicht zugelassen haben«, beendete die Kollegin zunächst ihren Vortrag. »Das reicht mir. Danke, Kollegin, und nochmals, das war alles in Ordnung und gut gemacht, so wie wir es von Singen auch gewohnt sind. Danke!«, wollte Möll noch mal ein wenig Spannung rausnehmen und die Kollegin und den Kollegen aus Singen für ihr umsichtiges Vorgehen loben. »Wenn möglich, bleiben Sie noch kurz da. Es müsste gleich die Unterstützung von der Kripo Singen da sein, und wir sollten sie nach Möglichkeit alle vier noch kurz zu ihrem Einsatz vernehmen und das Ganze auch protokollieren.« Die Kolleginnen und Kollegen der Kripo Singen trudelten nach und nach auf der Dienststelle ein, und Möll sollte nun doch zügig zur Kripo in den dritten Stock wechseln, um mit dem KvD und den Kripokollegen noch den weiteren Fahrplan für heute Nacht besprechen. »Ist denn der Kriminaltechniker schon da und am Tatort?«, platzte Möll in die Runde von sechs, sieben Leuten, die sich miteinander laut und nett unterhielten. So wie Möll es mitbekam, war der Inhalt aber mehr privat als dienstlich, und das stellte er gleich ein. »Guten Abend, Peter«, konterte der KvD Paul Waibel und streckte ihm zur Begrüßung die Hand entgegen. »Ich hoffe, es geht dir gut trotz dem nicht genossenen Güggeli, und jetzt sage ich dir mal, was wir haben, und nein, der Techniker ist noch nicht vor Ort, aber da. Er ist einen Stock über uns in seinem Büro und schaut sich gerade den Videofilm der Schutzpolizeikollegen an.« »Also los. Dann holt mal alle her. Der KvD gibt einen ersten Lagebericht ab, und dann besprechen wir das weitere Vorgehen«, übernahm Möll wieder den Verlauf der Dinge und wartete gespannt auf das, was ihm Paul Waibel gleich vortragen würde.

3. KRIMINALPOLIZEI-
AUSSENSTELLE SINGEN

»Ja, Kolleginnen und Kollegen, ich grüße euch alle freundlich und bedanke mich für euer Erscheinen. Sorry, wenn ich die Freizeitaktivitäten ein wenig durcheinanderwirble. Aber das kennt ihr ja. In der Nordstadt wurde heute Nachmittag eine weibliche Leiche in einem Haus aufgefunden. Bei der Getöteten handelt es sich um eine bekannte und vermögende Immobilienmaklerin aus Singen. Das Polizeirevier Singen wurde über Notruf von einer Tochter der Getöteten informiert. Die erste Streife vor Ort hat ein Video vom Tatort aufgenommen, das wir nachher schnell ansehen. Der Tatort ist momentan eingefroren. Die Kollegen vom Revier sind noch vor Ort und bewachen das Haus. Ja, und der Chef wollte, dass wir den Kriminaltechniker gleich zum Tatort schicken. Das wäre jetzt noch nicht erledigt, aber bitte nachher gleich umsetzen. Karl zeigt uns jetzt erst einmal das Video und ordnet das, soweit möglich, fachlich für uns ein.« Paul Waibel war mit seinen Ausführungen fertig und schaute auf den Kollegen Peter Möll, der die Regie gleich und gerne übernahm. »Also, Leute, der Karl zeigt uns jetzt das Video und dann will ich, dass wir schnell in die Puschen kommen. Die Leiche muss so schnell wie möglich kriminaltechnisch untersucht und dann weggebracht werden. Ich will, dass wir heute noch die Familie und die Nachbarschaft befragen, sodass, wenn wir heute Abend nach Hause gehen, das Vordringlichste erledigt ist. Ihr wisst, jetzt kriegen wir die Leute. Morgen früh und tagsüber wird es schwieriger.

Wer mit wem im Team zusammenarbeitet, überlasse ich jetzt erst einmal euch. Bitte meldet mir das aber, beziehungsweise sagt Paul Bescheid. Paul, du bist ab sofort bei mir und unterstützt mich bei der Organisation. Mal sehen, wie wir dann morgen weitermachen. Aber das können wir erst entscheiden, wenn wir heute alles zusammengetragen haben. Gut, Karl, dann leg mal los«, beendete Möll seine erste Ansage, wohl wissend, dass er in Singen die Zügel in der Hand halten musste. Die Kollegen in Singen waren gute Ermittler, aber immer etwas bockig, wenn es um die Zusammenarbeit mit Konstanz ging. Besonders dann, wenn von dort auch noch die Befehle kamen. Paul Waibel, selbst ein Kollege von der Kripo Singen, hatte seinem aktuellen Chef aus Konstanz aufmerksam zugehört und ein wenig das Gesicht verzogen, als Möll meinte, er solle das Organisatorische in die Hand nehmen. So ein Mist, dachte er bei sich. Aber nun war sowieso zunächst Karl dran, der das Video vorführte.

»Also, das Video beginnt mit dem Eintritt in das Haus durch die Kollegin und den Kollegen vom Revier. Es geht dann vom Hauseingang über den Flur über die Treppe nach oben ins Schlafzimmer. Sieht vom ersten Eindruck aus wie eine Hinrichtung. Aber das ist noch reine Spekulation. Auf jeden Fall ist die Schädeldecke zertrümmert, wohl mit einem oder zwei Schlägen. Genau wissen wir das erst nach der Obduktion der Leiche. Also, Kolleginnen und Kollegen, das Video ist nichts für sensible Gemüter.« Karl Berger, der schon viele Jahre in Singen seinen Dienst verrichtete, drückte auf Play und die zwei Minuten und 37 Sekunden starteten. Man sah als Erstes ein repräsentatives Haus, die Eingangstür mit der Hausnummer 99. Dann ging es weiter hinein in den Flur, an mehreren Türen vorbei über die Treppe nach oben und dann in das Schlafzimmer. Auf dem

Bett lag das Opfer rücklings, halb aufgerichtet auf dem Bett, Beine und Arme durch die Fesselung gespreizt, und das Bild zeigte, dass das Opfer mit größter Grausamkeit getötet worden sein musste. Auf dem Weg in das Schlafzimmer hatte die Streifenkollegin mehrere Spuren videografiert, die man so auf die Schnelle nicht zuordnen konnte. Das nur vage wahrnehmbare Gesicht des Opfers war ebenfalls traktiert und verletzt worden. Man konnte den Aufnahmen rasch entnehmen, dass das Opfer massive Gewalt erfahren hatte. Im Bett, um das halb aufgerichtet sitzende Opfer herum, war das weiße Bettlaken mit größeren Blutflecken rot getränkt. Am Schluss der Aufnahme erfolgte noch ein langsamer Schwenk mit der Kamera ins Schlafzimmer. Gepflegtes Interieur mit einem freien Blick über die großzügige Fensterfront auf den Hohentwiel, den Hontes, wie die Singener ihren Hausberg gern selbst liebevoll nennen.

Im Sokoraum der Kripo Singen herrschte Stille. Jeder beschäftigte sich auf seine Weise mit dem gerade Gesehenen, und allen miteinander war klar, dass es in der Singener Nordstadt zu einem brutalen Verbrechen gekommen war. Der Auftrag war eindeutig. Einen Tatverdacht gab es zu diesem Zeitpunkt noch nicht. Morgen früh würde der *Südkurier* auf Seite eins darüber berichten. Die Kripo Singen nahm ihre Arbeit auf. Es war zwischenzeitlich kurz vor 21 Uhr. Also viel Zeit, um noch erste Befragungen durchzuführen, blieb nicht mehr. Spätestens ab morgen war Druck auf dem Kessel, weil ab dann jeder und jede in Singen Bescheid wusste, was passiert war.

4. DIE KRIPO STARTET IN DIE ERSTE NACHT

Peter Möll hatte sich mit dem Kollegen Paul Waibel in das Leitungsbüro zurückgezogen. Die Spurenteams waren eingeteilt und alle unterwegs oder mit ersten Aufträgen versorgt. Paul Waibel sollte neben dem Organisatorischen die ersten Schreibtischermittlungen rund um das Opfer durchführen, während Peter Möll zunächst den diensthabenden Bereitschaftsstaatsanwalt und in Folge seinen Chef, der vermutlich noch mit den Schweizern zusammensaß, informieren wollte. Der Bereitschaftsstaatsanwalt gab grünes Licht für eine umfassende Wohnungsdurchsuchung, wollte aber in jedem Fall über alles bis morgen früh informiert werden. Einer Obduktion der Leiche hatte er zugestimmt, und nun war der Chef dran: »Herr Grimm, darf ich Sie kurz stören, oder ist es gerade ganz schlecht?«, fragte Möll höflich an. Grimm, der die Veranstaltung mit den Schweizern schon in Richtung Konstanz verlassen hatte, war unruhig in Frauenfeld zurückgeblieben und froh, dass Möll ihn jetzt anrief. »Nein, ist gut, was können Sie mir berichten?« Möll rapportierte über das, was er bisher wusste, und klärte seinen Chef auch über den Status der Ermittlungen auf. »Wir haben momentan noch nicht viel. Das Opfer ist eine bekannte Persönlichkeit in Singen. Sie ist *die* Maklerin am Ort, wohl sehr vermögend, zumindest trat sie in der Vergangenheit mit entsprechenden Spenden in der Öffentlichkeit auf. Die letzte größere Summe – ich glaube so um die 50.000 Euro – hatte sie an die *Südwestdeutsche Kunststiftung* gespendet, wohl um das neue *MAC Museum Art&Cars* zu unterstützen. Die Frau wurde heute Nachmittag so gegen 17 Uhr von einer ihrer Töchter gefunden und ist im Kopfbereich aufs Massivste verletzt. Tatwaffe haben wir bislang noch keine gefunden. Ich habe den Staatsanwalt schon ins Bild gesetzt. Er hat einer Obduktion der Leiche zugestimmt. Der Kriminaltechniker ist vor Ort und hat noch weitere Techniker mit hinzugezogen. Die Landespolizeidirektion in Freiburg und das Innenministerium in Stuttgart haben wir vorab telefonisch informiert. Ich habe denen gesagt, schriftlich erst morgen, wenn wir mehr wissen. Ein Reporter mit einer Fotografin vom *Südkurier* ist auch schon am Tatort gesichtet worden. Nachher, wenn alle Teams wieder da sind, setzen wir uns noch mal zusammen, und wenn es dann keine dringenden Sofortmaßnahmen gibt, steigen wir morgen wieder ein«, fasste Möll alles zusammen, was ihm wichtig erschien, um seinen Vorgesetzten zu informieren. Grimm hatte aufmerksam zugehört und überlegte, ob er heute Abend noch nach Singen fahren sollte, entschied sich aber ohne Rücksprache gleich dagegen. »Ach ja, Chef, noch etwas. Das Opfer lebte seit einiger Zeit wohl in Trennung von seinem Ehemann. Den haben wir bislang leider nicht erreicht. Interessant wäre zu wissen, wann er seine Frau zum letzten Mal gesehen hat. Wir haben seine Erreichbarkeiten und eine mögliche Anlaufstelle in Singen. Ein Spurenteam ist dran und unterwegs zu dessen Wohnung. Wir prüfen auch alles, was wir von ihm in Erfahrung bringen können. Bestenfalls treffen wir ihn an der Adresse in Singen an. Wenn ich es richtig mitbekommen habe, handelt es sich bei der Adresse um eine firmeneigene Wohnung.«

5. DER ZWEITE TAG

Karl Grimm war schon recht früh unterwegs. Er hatte eine unruhige Nacht hinter sich. Beim Frühstück hatte er mit seiner Frau Maria die für Grimm zwischenzeitlich überstrapazierte Diskussion, dass es in Stuttgart doch so viel besser gewesen war. Grimms Frau war nur ungern mit den drei Kindern ihrem Mann nach Konstanz gefolgt. Sie hatte sich in Stuttgart wohler gefühlt und vor allen Dingen hatten sie dort viele Freunde hinter sich gelassen. Hier wieder von vorne anzufangen, fiel ihr schwer, und das alles nur wegen dem Karrierewunsch ihres Ehemannes. Und dann noch die Kinder. Das Thema gab es in letzter Zeit fast täglich. Grimm fühlte sich schuldig, aber egal, jetzt waren sie da. Und er konnte nicht ohne Not die Hebel wieder in die andere Richtung legen. Aber eine unzufriedene Frau, das war nicht hilfreich bei seiner Arbeit. Und heute musste und wollte er sich auf das Tötungsdelikt in Singen konzentrieren. Auf der Dienststelle in Konstanz angekommen, schnappte Grimm sich die Schlüssel von seinem Dienstwagen, informierte schnell noch seine Sekretärin, und schon war er unterwegs nach Singen. Eine gute halbe Stunde später saß er im Sokoraum bei seiner Kriminal-Außenstelle und hörte der ersten Besprechung zunächst einmal zu. Möll hatte die Besprechung auf 9 Uhr angesetzt. Der Leiter der Kriminal-Außenstelle war ebenfalls zugegen, und schon ging es los. »Gut, Herr Grimm, dass Sie endlich da sind und mit mir die Weichen für die weiteren Ermittlungen stellen. Also, ich sehe den Fall bei der Kriminal-Außenstelle Singen, und

Konstanz sollte gerne noch mit ein paar Leuten unterstützen«, stieg der Kripoleiter in Singen in die Besprechung ein. Grimm parierte gekonnt und entgegnete dem schon etwas betagten, kurz vor der Pensionierung stehenden Kollegen: »Lieber Kollege, jetzt lassen Sie uns doch erst einmal die Fakten und den bisherigen Ermittlungsstand anhören, und dann können wir uns gerne über das wer und wie unterhalten.« Die Außenstelle in Singen war, wie überall im Land, der Polizeidirektion unterstellt, und die befand sich in Konstanz. Die üblichen Befindlichkeiten zwischen dem Stammsitz oder dem Mutterhaus der Kripo und den Außenstellen gab es landauf, landab. Singen war aber anders, und Grimm brauchte eine gewisse Zeit, um das richtig einzuordnen und zu verstehen. Im Landkreis Konstanz gab es ein extrem ausgeprägtes Süd-Nordgefälle. Konstanz, eine historisch gewachsene, im Mittelalter bedeutsame Stadt, sieht sich noch heute so. Schließlich war man Konzilstadt gewesen und hatte im Mittelalter mal einen Papst gewählt. Singen hingegen war erst zum Ende des 19. Jahrhunderts zur Stadt erhoben worden und eigentlich auch das eher zufällig. Schweizer Industrielle suchten einen Standort zur Produktion und Vermarktung in Deutschland, und Singen war aufgrund seiner Grenznähe zur Schweiz und verschiedener anderer Umstände ideal. *Maggi* und die *Georg Fischer AG* waren mit die Ersten, die sich in Singen ansiedelten und heute große und bedeutende Niederlassungen in Singen unterhielten. Die junge Stadt mit ihrem Arbeitsplatzangebot wuchs rasch und zog auch viele Fremde an, die sich in der neuen Stadt niederließen. Es entstand eine klassische Arbeiterstadt, deren Selbstbewusstsein sich nie mit dem Selbstverständnis von Konstanz messen konnte, und das spürte man bis heute.

»Gut, Kolleginnen und Kollegen, dann darf ich jetzt um die Ergebnisse eurer Ermittlungen von gestern bitten, solang der Chef noch da ist. Paul und ich haben schon ein paar Aufträge zusammengestellt. Die verteilen wir nachher, aber jetzt das erste Spurenteam mit seinem Bericht, bitte«, setzte Peter Möll wieder in den Besprechungsmodus ein. Möll ging davon aus, dass er solang den Hut aufhatte, bis Karl Grimm eine andere Entscheidung traf.

»Wir waren gestern mit der Nachbarschaftsbefragung in der Oberdorfstaße rund um das Wohnhaus der Getöteten beschäftigt. Es sind noch einige Häuser und Wohnungen offen. Nicht überall wurde uns geöffnet, oder es war niemand da. Besonderheiten waren keine zu verzeichnen. Außer, dass eine Nachbarin berichtete, dass sie gesehen haben will, dass sich ein Mann am Nachmittag ins Haus geschlichen hatte. Wann genau konnte sie uns aber nicht sagen. Ein anderer Nachbar meinte, wahrgenommen zu haben, dass es im Haus wohl etwas laut und möglicherweise zu einem Streit gekommen war. Und dann soll am frühen Nachmittag – so gegen 14 Uhr – ein Taxi am Haus geparkt gewesen sein. Das Opfer selbst war in seinem Wohnumfeld bestens bekannt. Alle, die wir angetroffen haben, kannten die Getötete als gepflegte, angenehme Frau. Auch wussten die meisten, dass sie Immobilienmaklerin ist beziehungsweise war. Sofern nichts Dringenderes anliegt, würden wir die Nachbarschaftsbefragungen fortsetzen«, berichtete ein Kripokollege aus Singen.

»Wir hatten gestern den Auftrag, den Ehemann des Opfers anzugehen. Wir konnten ihn aber an der Adresse in Singen nicht antreffen. Die zwei Töchter der Familie haben wir zum Verbleib oder möglichen Aufenthaltsort ihres Stiefvaters befragt. Von ihnen haben wir auch die Adresse für die firmeneigene Wohnung in Singen bekommen. Die Töchter arbeiten wohl auch in der Firma der Mutter, aber nicht täglich. Andere Erreichbarkeiten konnten uns die Töchter nicht geben, aber wir sind dran. Die jüngere Tochter, Klara, die ihre Mutter am gestrigen Nachmittag gefunden hat, haben wir bereits vernommen. Außer dem für die Tochter schrecklichen Tatort und dass Klara gestern nach unserer Auffassung unter Schock stand, ist nichts Besonderes aufzuführen«, führte Kriminaloberkommissar Hans Widenhold vom Spurenteam 2 aus, als der Kripochef Grimm dazwischen ging. »Haben Sie die Töchter auch nach einem möglichen Motiv für die Tat befragt? Hatte Frau Henssler vielleicht irgendwelche Feinde oder sonstiges, was uns einem möglichen Motiv für die Tat näherbringen könnte, und haben Sie die Töchter nach dem Grund für die Trennung befragt?« »Nein und ja«, reagierte irritiert der Kripokollege und ergänzte, dass sie froh waren, dass die zwei Töchter überhaupt in der Lage waren, etwas zur Sache beizutragen, und sie nicht so forsch unmittelbar nach der Tat an die zwei herantreten wollten. Klar habe man den Ehemann zur Aufenthaltsermittlung ausgeschrieben. Aber bisher halt ohne Erfolg. »Danke, dann gehen Sie nach Möglichkeit gleich im Anschluss an die Besprechung nochmals auf die Töchter zu und klären das Verhältnis der Töchter zum Stiefvater, was die Töchter über die Beziehung zwischen Mutter und Stiefvater wissen, und ob es irgendwelche weitere Hinwendungsorte des Stiefvaters gibt. Vor allem muss der Mann ein Mobiltelefon besitzen. Das hat doch heute jeder«, belehrte Grimm den Kollegen freundlich, der seinerseits verstummte.

»Haben wir denn schon eine Tatwaffe oder wissen wir über die Verletzungen des Opfers mehr?«, wollte Karl

Grimm, an seine Kolleginnen und Kollegen gewandt, wissen. »Wie ich Ihnen bereits gestern Abend telefonisch mitgeteilt habe, haben wir laut Kriminaltechniker massive Verletzungen am Kopf der Getöteten. Vermutlich mit einem Hammer oder einem anderen massiven Gegenstand beigebracht. Vor Ort haben wir aber keinen Hammer oder ein ähnliches Werkzeug gefunden. Wir haben gestern noch mit eigenen Kräften, unterstützt durch die Schutzpolizei, die nähere Umgebung erfolglos abgesucht. Ich habe gestern noch in dieser Sache mit der Bereitschaftspolizei Kontakt aufgenommen. Die kommen, können aber nicht vor 12 Uhr heute Mittag da sein.« »Sehr gut, Herr Möll. Vielen Dank, und wer übernimmt die Suchaktion mit der Bereitschaftspolizei?«, fragte ergänzend Grimm beim Kollegen Möll nach. »Das haben wir einem Spurenteam zugeordnet, und zwei Kollegen vom Revier sind als Scouts ebenfalls mit dabei«, ergänzte Möll seine Ausführungen zu einer Standardmaßnahme nach so einem Delikt. »Habt ihr die Stadtwerke informiert, dass keine Müllbehälter geleert werden, wenigstens bis wir mit der Bereitschaftspolizei durch sind?«, wollte Grimm noch wissen. Möll blickte in die Runde und hoffte, dass einer seiner Kolleginnen und Kollegen daran gedacht hatte. »Das müssen wir wohl noch erledigen Chef. Ich glaube, das haben wir vergessen«, antwortete schuldbewusst Kriminalhauptkommissar Möll, dem natürlich sofort klar war, dass, wenn die Müllbehälter entleert worden waren, eine möglicherweise dort entsorgte Tatwaffe oder Wäsche, die nach der Tat weggeworfen worden war, schwerer oder gar nicht mehr zu finden war. Mist, dachte er und blickte etwas verärgert über sich selbst wieder in die Runde.

»Ja, und ich habe die Schreibtischermittlungen, das Opfer betreffend, durchgeführt«, stieg Paul Waibel in seine Berichterstattung ein. »Ich war ja quasi der Führungsgehilfe von Peter Möll und habe das Opfer, soweit das auf die Schnelle machbar war, durchleuchtet. Gertrud Henssler, 51 Jahre, hier in Singen geboren, zum zweiten Mal verheiratet, zwei erwachsene Töchter einflussreich und vermögend. Bei dem Opfer handelte es sich um die wohl bekannteste Maklerin vor Ort. Ihre Firma ist schon lange in Singen ortsansässig. Frau Henssler hatte die Firma in den 1990er-Jahren bereits von ihrem Vater übernommen. Die Immobilienfirma wickelt seit Jahrzehnten in der Stadt Singen und näheren Umgebung die meisten Immobiliengeschäfte ab. Das Opfer war auch bestens in der Politik vernetzt. Auch Geschäfte mit der Stadt und dem Oberbürgermeister waren nicht unüblich. Ein erklecklicher Teil der Singener Innenstadt gehört ihrer Firma ganz oder anteilmäßig. Die Firma scheint auf guten Füßen zu stehen. Also mehrere Motive möglich, aber Geld könnte eine größere Rolle bei dieser Tat spielen«, fasste Waibel seine Erkenntnisse kurz zusammen. »Im Übrigen hatten wir vor einigen Jahren auch mal ein Erpressungsszenario in Zusammenhang mit der Immobilienfirma. Die Akten lasse ich mir gerade heraussuchen. Ich meine, dass seinerzeit Gertrud Henssler ein Erpresserschreiben bekommen hatte, wir den Fall aber nicht weiterverfolgt haben. Soweit ich mich noch erinnere, war nach dem ersten Erpresserschreiben auch Schluss.«

»Gut, was haben wir noch?« Kriminalhauptkommissar Peter Möll hatte die Frage in die Runde gerichtet und führte aber zunächst selbst aus: »Die Kriminaltechniker sind noch vor Ort und sichern alle möglichen Spuren. Ein Team ist nach Freiburg gefahren. Sie sind bei der Gerichtsmedizin, wo wahrscheinlich das Opfer gerade obduziert wird. Die Staatsanwaltschaft hatte ich bereits gestern informiert, und

Freiburg und Stuttgart wollen heute noch einen Bericht, in dem auch stehen sollte, wie beziehungsweise in welcher Organisationsform wir weiterarbeiten: also als Ermittlungsgruppe oder als Sonderkommission. Aber das soll der Chef entscheiden. Er ist ja heute Morgen da.« Damit lag der Ball bei Kriminaloberrat Karl Grimm. Alle schauten jetzt erwartungsvoll auf den Kripochef. Gemeckert hatte er ja schon, und nun waren alle gespannt, was er zum Bisherigen meinte, und vor allem, wie es weitergehen sollte. Karl Grimm winkte aber nur kurz ab und verließ den Sokoraum, um zu telefonieren. Er wollte seinen Vorgesetzten, den Behördenleiter, informieren und mit ihm das weitere Vorgehen abstimmen. Grimm hatte hierzu klare Vorstellungen.

6. KONSTANZ ÜBERNIMMT

Karl Grimm hatte das Telefonat mit seinem Chef geführt und war in den Sokoraum zurückgekehrt, wo alle darauf warteten, wer ab sofort die Ermittlungsleitung übernehmen sollte. Ob Ermittlungsgruppe oder Soko, war den meisten egal. Der Leiter der Kriminalaußenstelle ging selbstredend davon aus, dass der Fall von Singen zu bearbeiten sei und damit auch die Führung bei Singen lag. So war es in der Vergangenheit auch meist entschieden worden. Singen verfügte über eine personell starke Kriminaldienststelle und war in den 1980ern und Anfang der 90er-Jahre des Öfteren im Fokus hochkarätiger Ermittlungsdelikte. Morde, Erpressungen, Entführungen und Anschläge waren zwar nicht an der Tagesordnung, aber durchaus im Portfolio von Singen zu finden. Selbst einen folgenschweren Besuch der *Roten Armee Fraktion (RAF)* hatte Singen schon erlebt. Am 3. Mai 1977 hatten sich Verena Becker und Günter Sonnenberg, damals führende Mitglieder der Terrororganisation *RAF*, im *Traditionskaffeehaus Hanser* getroffen und lieferten sich, nachdem sie von zwei jungen Polizisten kontrolliert wurden, eine Schießerei mit der Polizei und verletzten die zwei jungen Kollegen schwer. Also mit dem Blick auf die Vergangenheit mangelte es der Kripo Singen nicht an Erfahrung. Insofern lag es nahe, dass Grimm die Leitung der Soko dem Leiter der Außenstelle übertragen und damit die Verantwortung und Arbeit hauptsächlich in Singen bleiben würde. Auch Möll ging davon aus, dass er spätestens heute Abend wieder nach Konstanz ins gewohnte Umfeld zurückkehren sollte. Die Singener Kolleginnen und Kollegen kannte er alle gut und mochte sie. Er wusste aber auch, dass es für die Atmosphäre zwischen Konstanz und Singen immer besser war, die Singener ihre Fälle selbst bearbeiten zu lassen. Umso mehr überraschte Grimm die Anwesenden mit seiner Entscheidung. »Also, ich habe vor, dass wir eine Sonderkommission bilden. Damit wissen Sie, dass wir in klar definierten Strukturen arbeiten. Ja, und ich beabsichtige, die Leitung der Soko selbst zu übernehmen. Wir werden heute aufrüsten und einiges an Kräften hinzuziehen. Ich werde von der Kripo Konstanz noch einige Kolleginnen und Kollegen nach Singen abordnen. Mit dem Behördenleiter ist auch vereinbart, dass geeignetes Personal aus den Revieren zur Verfügung steht. Ich habe vor, mit wenigstens 40 Kolleginnen und Kollegen zu starten. Nicht kleckern, sondern klotzen. Die Spurenteams werden wir mischen. Also nicht Männlein und Weiblein, sondern mit S- und K-Kollegen, sodass der Sach- und Fachverstand der Kripo immer mitfährt. Fragen?« »Ja, und wer soll das ganze Führungsgeschäft in Konstanz in dieser Zeit erledigen? Sie können doch nicht beides leisten, wollte der Singener Außenstellenleiter von seinem Chef wissen und hoffte, damit die unerwartete Führung durch Konstanz doch noch abzuwenden. »Das habe ich mit meinem Vertreter, Kriminalrat Stöckl, schon besprochen. Er übernimmt, hält mich auf dem Laufenden, und wenn erforderlich, rücke ich auch mal für einen halben Tag nach Konstanz ein«, antwortete Grimm und ergänzte: »Als mein Vertreter in der Soko wird der hiesige Leiter fungieren. Also Sie«, und wieder an die Runde gewandt, »Herr Angele wird aktiv in der Soko mitarbeiten, sodass nichts verlorengeht. Also machen wir uns an die Arbeit und nutzen die Zeit – carpe diem.«

7. BOHLINGEN

Das Spurenteam 2, Kriminalkommissarin Kerstin Elser und Kriminaloberkommissar Hans Widenhold, hatten die Besprechung verlassen. Hans telefonierte mit der jüngeren Tochter Klara und konnte noch für heute Vormittag einen Termin mit beiden Schwestern in Bohlingen, einem Teilort von Singen, vereinbaren. Kerstin wollte noch mal im Vorfeld der Vernehmungen der Töchter die Familienverhältnisse checken und stieß bei ihren Recherchen auf interessante Fakten. Davide Henssler war seit zwei Jahren mit dem Opfer verheiratet. Es war wohl die zweite Ehe von Frau Henssler gewesen. Klara und Maria waren seine Stieftöchter. Bei ihren Recherchen in den polizeilichen Informationssystemen stellte sich heraus, dass Davide Henssler schon straffällig geworden war. Er war wegen einer gefährlichen Körperverletzung, Rauschgiftkriminalität und wegen Betrugs hinterlegt. Die Fälle waren nicht mehr aktuell, aber immerhin. Davide Henssler war laut Melderegister Waise und war in Singen bei seinem Onkel, einem Luigi Falcone, aufgewachsen. Der wiederum war vor mehreren Jahren von Singen weggezogen, allerdings war kein Hinwendungsort bekannt, und es war gegen den Onkel von Davide vor mehreren Jahren wegen Mitgliedschaft zur Mafia ermittelt worden. Kerstin war gestern bei der Fahndungsnotierung auch noch aufgefallen, dass Henssler zehn Jahre jünger als seine Frau und geborener Kalabrese war. Das störte die Ermittlerin nicht, aber es war nicht alltäglich. Üblicherweise nahmen sich die Männer die jüngeren Frauen und nicht umgekehrt. Zumindest ging das Kerstin Elser bei ihren Recherchen durch den Kopf. »Guten Morgen, Frau Henssler, vielen Dank, dass Sie so kurzfristig Zeit für uns haben. Und wie ich sehe, ist Ihre Schwester Maria auch da. Schön, dürfen wir reinkommen und noch ein paar Fragen an Sie richten?« Die Ermittler Kerstin und Hans waren zwischenzeitlich an der Wohnung von Klara Henssler in Bohlingen eingetroffen und wurden von beiden Töchtern erwartet. Klara verfügte über eine nette und hochwertig eingerichtete Zweizimmerwohnung am Ortsrand von Bohlingen. Als die beiden Ermittler die Wohnung betraten, saß Maria bereits im Wohnzimmer. Klara begleitete die zwei dorthin und platzierte sie ebenfalls auf einem der beiden Sofas, die sich, durch einen Couchtisch getrennt, gegenüberstanden. »Nun, es tut uns natürlich leid, was mit Ihrer Mutter passiert ist, und wir würden Sie nun auch gerne Ihrer Trauer überlassen. Um aber in dem Fall weiterzukommen, sind wir auf Ihre Kooperation und vor allem auf Ihre Informationen angewiesen und hoffen darauf, dass Sie Verständnis dafür haben«, begann Kerstin das Gespräch mit den Töchtern von Frau Henssler. Kerstin Elser arbeitete schon mehr als zwei Jahre sehr eng mit ihrem Partner Hans zusammen. Immer, wenn es auf eine mehr empathische Vorgehensweise ankam, führte sie die Gespräche und in der Regel auch die Vernehmungen. Hans Widenhold war mehr für das Grobe zuständig. Die Rollenverteilung funktionierte und war meist in der Vergangenheit auch von Erfolg gekrönt. »Ist schon gut, wir haben großes Verständnis für Ihre Fragen, und natürlich wollen wir Ihnen, so gut es geht, auch bei der Aufarbeitung dieses Falles helfen. Schließlich war das Opfer unsere Mutter, und wir haben großes Interesse daran, dass der oder die Mörder so schnell wie möglich gefasst werden«, ergänzte

Maria ihre Ausführungen. Hans hatte Maria und Klara aufmerksam beobachtet. Beide waren sportlich und doch irgendwie auch elegant gekleidet und hatten eine angenehme, ja fast anziehende Ausstrahlung. Maria wirkte entspannt und sehr gefasst, während Klara Tränen in den Augen hatte und um Fassung kämpfte. »Sie dürfen gerne loslassen und weinen«, meinte die Kriminalkommissarin in Richtung von Klara, die wie beiläufig nickte. »Es ist nur so schlimm. Die Mama hat doch niemandem etwas getan. Wer macht so was?«, platzte es aus Klara heraus. »Die Mama hat furchtbar ausgesehen, und das viele Blut im Zimmer. Ich bekomme seit gestern keinen klaren Kopf mehr und weiß nicht, wie es weitergehen soll«, sagte Klara in Richtung von Hans, der den Faden aufnahm und entgegen der stillschweigenden Vereinbarung zwischen seiner Kollegin und ihm nun doch fragte. »Ja, das möchten wir auch glauben, aber Ihre Mutter ist tot, und irgendjemand hat das getan. Wissen Sie beide denn, ob Ihre Mutter irgendwelche Feinde hatte?«, wollte der Kriminaloberkommissar als Erstes wissen. Klara schluchzte, während Maria ihre Hand hielt. Maria behielt die Fassung und antwortete. »Wahrscheinlich hatte meine Mutter nicht nur Freunde. Das geht auch kaum, wenn man ein so großes und erfolgreiches Unternehmen führt. Sie war aber in Singen sehr beliebt und engagierte sich auch finanziell für örtliche Anliegen. In ihrem Umfeld sind uns keine Feindschaften bekannt, und ich glaube, das hätte sie uns in jedem Fall erzählt. Aber wer und wen sie sich bei den Immobiliengeschäften zum Feind gemacht hat und ob überhaupt, das kann ich Ihnen beim besten Willen nicht sagen. Unsere Mutter hat uns mit der Firma nicht belastet. Wenn sie zu Hause war und als wir noch hier gewohnt haben, waren das Büro und ihre Arbeit kein Thema. Oder wenn, dann nur selten. Das hat sich auch, nachdem wir bei unserer Mutter ausgezogen sind, nicht geändert.« »Gab es also in der jüngsten Vergangenheit keine Veränderungen oder andere Gesprächsthemen, wenn Sie Ihre Mutter besuchten? Gab es nichts, was uns vielleicht interessieren könnte?«, nahm Kerstin Elser die Fäden wieder auf. Maria und Klara schauten sich an, und aus Klara platzte es heraus: »Doch, in letzter Zeit haben wir viel über Davide, den Ehemann unserer Mutter, geredet. Mama wollte sich von ihm scheiden lassen. Und dabei haben wir sie unterstützt. Sie hat uns erklärt, warum sie dies nun tun wolle. Das brauchte sie aber eigentlich gar nicht, weil wir ja wussten, wie er zu unserer Mama war.« »Wie war er denn?«, wollte die Ermittlerin wissen, »und wie war er denn zu Ihnen in der Vergangenheit?«, ergänzte Kerstin ihre Frage. »Nun, dass lässt sich schnell auf einen Punkt bringen«, antwortete Maria für ihre Schwester, »Klara und ich sind, nachdem meine Mutter und Davide geheiratet hatten und er zu uns gezogen war, bald ausgezogen und haben uns auf diese Weise selbstständig gemacht.« »Gab es dafür einen besonderen Anlass, waren Sie eifersüchtig auf den neuen Partner Ihrer Mutter oder war er unfreundlich zu Ihnen?«, wollte die Ermittlerin nun wissen. Ihr war bei ihren Recherchen auch aufgefallen, dass Davide den Familiennamen seiner Frau angenommen hatte, auch nichts, was heutzutage nicht gelegentlich vorkam, aber wiederum doch nicht so üblich, dass es ihr im Moment einfach einfiel. Aus Klara platzte es heraus: »Ja, er war unserer Mama untreu, und ich bin ausgezogen, weil ich nicht zuschauen mochte, wie Mama in ihr Verderben lief und immer wieder von ihm enttäuscht wurde. Ich habe auch nie verstanden, was Mama von ihm wollte. Ja, er sah gut aus, war aber auch viel jünger als Mama, und das hat einfach nicht gepasst.

Wenn man unseren Vater kannte. Einen größeren Unterschied kann man sich überhaupt nicht vorstellen. Mein Vater war gebildet, das Oberhaupt der Familie und jederzeit für uns da. Davide wollte doch nur das Geld von Mama und sich auf ihre Kosten ein schönes Leben machen.« Klara hatte verächtlich ihre Mundwinkel nach unten gezogen. »Ja, und außerdem war er nachts häufig auf Tour und hat die Mama allein gelassen, und andere Bekanntschaften hatte er auch.« Man spürte förmlich, wie die Luft knisterte. Man konnte die Emotionen, die sie gegen ihren Stiefvater hegte, förmlich greifen. Hingegen ihre Schwester, die zwar aufmerksam zugehört hatte, wirkte nach wie vor gelassen und aufgeräumt auf das Ermittlerduo. »Können Sie sich denn vorstellen, wo Herr Henssler sich derzeit aufhält? Gibt es Hinwendungsorte oder Menschen, denen er vertraut und die wir fragen könnten? Kommt es gelegentlich vor, dass Herr Henssler nicht zu Hause ist und vielleicht irgendwelchen Geschäften nachgeht, die wir überprüfen sollten?«, fragte die Ermittlerin nach. Maria wollte antworten, vergewisserte sich aber durch einen Blick zu ihrer Schwester, bevor sie das tat. »Frau Kommissarin, ganz ehrlich. Wir hatten in letzter Zeit zu Davide nicht viel Kontakt. Wir haben unsere Mutter meist dann besucht, wenn er nicht da war. Er war öfters mehrere Tage außer Haus. Zumindest hat uns Mama das erzählt. Das ist insofern nichts Außergewöhnliches, aber auch der Hauptgrund, warum Mama sich von ihm trennen wollte. Was er arbeitete oder mit wem er gegebenenfalls Geschäfte unterhielt, wissen wir nicht. Was ich aber von Mama weiß, ist, dass er keiner regelmäßigen Beschäftigung nachging, sondern das ›dolce vita – e far niente‹ pflegte und unsere Mutter ihn großzügig aushielt«, fasste Maria für beide zusammen. »War's das, oder was wollen Sie sonst noch von uns wissen?«, fragte Maria nach, die sich erkennbar um ihre Schwester sorgte. »Ich meine, das geht uns ja nun nichts an und war auch eine Entscheidung Ihrer Mutter. Aber warum glauben Sie, hat Ihre Mutter dann den Davide geheiratet?«, hakte Kerstin Elser nach. Klara und Maria schauten sich an, und es entstand eine kleine Gesprächspause, bevor Maria antwortete: »Nun, Mama hat uns auf die Heirat mit Davide vorbereitet, und wir hatten im Vorfeld der Heirat schon einige Diskussionen mit ihr. Aber unterm Strich glaube ich, hat sie ihn halt geliebt. Er war attraktiv und konnte zugegebenermaßen auch sehr charmant sein. Und nachdem Papa schon zwei Jahre tot war, wollte unsere Mutter vielleicht einfach das Leben wieder genießen.« Kerstin und Hans nickten. »Ja, glauben Sie denn, dass Davide Ihre Mutter umgebracht haben könnte?«, hakte Hans Widenhold nach. »Einen Grund, verärgert zu sein, hatte er in jedem Fall. Unsere Mutter hatte ihn vor ein paar Wochen vor die Tür gesetzt und ihm wahrscheinlich auch kein Geld mehr gegeben. Das brauchte er aber. Denn ohne Geld kein Porsche, keine Frauen und keine Partys. Aber einen Mord würde ich ihm nicht zutrauen. Dafür wäre er viel zu feige.« »Eine Frage hätte ich noch Ihren Vater betreffend«, wollte Widenhold noch abschließend abgreifen. »Wir überprüfen das sowieso noch, aber Sie könnten mir doch kurz sagen, was mit Ihrem Vater passiert ist?« »Das kann ich gerne. Das müssten Sie aber doch noch wissen. Mein Vater war vor vier Jahren mit seinem Auto nach einem Geschäftsessen unterwegs nach Hause und verunglückte tödlich. Mein Vater soll laut der Polizei zu schnell gefahren sein und hatte wohl auch etwas getrunken. War's das jetzt? Oder was wollen Sie sonst noch wissen?« Den Töchtern hatte die erste Einvernahme zugesetzt, und sie wollten spürbar in Ruhe gelassen werden. Das Ermittlerteam war fürs Erste zufrieden. Kerstin und Hans verließen die beiden und fuhren zurück auf die Dienststelle. »Was meinst du, Hans, könnte der Ehemann der Mörder sein, oder ist das zu einfach?«, wollte die Kriminalkommissarin von ihrem Partner wissen. »Du weißt doch, das Einfache ist oft das Naheliegende. Ein Motiv hätte er in jedem Fall und fehlen tut er auch. Also müssen wir ihn schnellstens ausfindig machen, damit wir ihn befragen können. Aber du hast recht. Ich glaube auch nicht, dass wir den Mord so einfach klären können.« Das Spurenteam 2, Kerstin Elser und Hans Widenhold, hatten Bohlingen hinter sich gelassen, und beide überlegten, wie sie das eben Gehörte in diesen Fall einordnen könnten.

8. FREIBURG - SINGEN

»Chef, kommen Sie in den Sokoraum. Die Kriminaltechniker aus Freiburg sind da und wollen über die ersten Ergebnisse der Obduktion berichten«, informierte ein Konstanzer Kripokollege Karl Grimm. Dieser hatte sich zwischenzeitlich ein kleines Einzelbüro geschnappt und gerade ein Telefonat mit seiner Frau beendet. Wieder einmal musste er sich entschuldigen, weil er am Abend später nach Hause kommen würde, und wieder einmal war großer Frust zu spüren, weil er die Polizei und seine Arbeit immer wichtiger nahm als die Familie. »Gut, ich komme sofort. Bitte wartet, bis ich da bin, dass die Kollegen nicht alles zweimal erzählen müssen.« Grimm führte noch ein weiteres Telefonat mit seinem Vertreter Stöckl, um ein paar aufgeworfene Personalfragen zu klären, und begab sich dann zu den anderen.

»Was haben wir?«, begann einer der Kriminaltechniker, die bei der Obduktion der Leiche in Freiburg mit anwesend waren, seine Ausführungen. »Das Opfer ist weiblich, 172 Zentimeter groß, wog 71 Kilo und war für ihr Alter wohl noch recht fit. Über den ganzen Körper verteilt, weist die Leiche Prellungen und Hämatome auf. Der rechte Unterarm ist gebrochen, vermutlich beim Abwehren eines Schlages, zwei Finger an der rechten Hand sind gebrochen, und die Schädeldecke ist durch massive Schläge zertrümmert. So wie es aussieht oder wie der Gerichtsmediziner ausführte, wurde das Opfer vermutlich mit einem Hammer oder Ähnlichem traktiert. Insgesamt wurde die Frau wohl mit acht Schlägen getroffen, wovon nicht jeder für sich unmittelbar tödlich gewesen wäre. Das konnte der Gerichtsmediziner allerdings nicht zu 100 Prozent bestätigen. Den Obduktionsbericht bekommen wir in den nächsten Tagen zugesandt. Aus unserer Sicht kann die Leiche freigegeben werden.« »Und was war mit der Fesselung?«, hakte Grimm nach. »So wie es aussieht, hatte der oder die Täter das Opfer im Verlauf der Auseinandersetzungen mit normaler Haushaltsschnur gefesselt«, ergänzte der Kriminaltechniker. »Nicht ganz klar war, wann ihr die Fesselung beigebracht worden war. Vor den tödlichen Schlägen oder vielleicht sogar danach. Vielleicht kommt da mit dem Bericht noch was. Ach ja, und das Opfer hatte wahrscheinlich in den letzten 24 bis 48 Stunden Geschlechtsverkehr. Der Gerichtsmediziner hat in der Scheide des Opfers entsprechende Spuren und noch lebende Spermien gefunden. Ob das mit der Tat zusammenhängen könnte, ist aber völlig unklar.« Grimm und die Kolleginnen und Kollegen im Sokoraum hatten aufmerksam zugehört. Aber da passte einiges nicht zusammen. Ein sexuelles Motiv, ja, könnte sein. Das Opfer war für sein Alter attraktiv. Das konnte man auf den der Sonderkommission zwischenzeitlich vorliegenden Bildern des Opfers sehen. Sie war reich und erfolgreich, und natürlich kannte Frau Henssler viele Menschen, war viel unterwegs et cetera, et cetera. Ein Raubmord, dafür sprachen die massiven Verletzungen. Vielleicht waren der oder die Täter auf Geld aus und setzten der Frau zu, um zu erfahren, ob sie welches im Haus hatte, und ob sie auf diese Weise an das Geld herankamen. Oder der vom Hof gejagte Ehemann hatte seine Frau aufgesucht, und der Streit war eskaliert, dass er derart massiv seiner Frau zugesetzt und sie so schwer verletzt hatte. Aber die Fesselung und derart massive Verletzungen? Das passte auch nicht so recht. Grimm war ein wenig ratlos. Einfach würde dieser Fall nicht werden. »Wann können denn die Mitglieder der Soko und gerne auch ich den Tatort in Augenschein nehmen? Sie wissen, man kann sich das alles besser vorstellen, wenn man das Ganze mit eigenen Augen gesehen hat. Ist der Chefkriminaltechniker schon soweit, dass wir in die Oberdorfstraße 99 rein können?«, wollte Grimm noch wissen. »Ich kann gerne für Sie anrufen, oder Sie fragen den Kollegen heute Abend bei der Schlussbesprechung, wann er den

Tatort freigibt«, antwortete rasch einer der Techniker, der wusste, dass ihr Leitwolf bei der Spurensuche im höchsten Maß akribisch war und manchmal derart besessen agierte, dass er das andere darum herum völlig ignorierte. Insbesondere bei Anweisungen »von oben« reagierte er gerne über und überstrapazierte gelegentlich auch gegenüber dem Chef sein Alleinstellungsmerkmal, einer der Besten in seiner Branche zu sein.

9. KRIMINAL-AUSSENSTELLE SINGEN

Zwischenzeitlich kam die Soko auf über 30 Kolleginnen und Kollegen. Die vier Reviere Konstanz, Singen, Radolfzell und Stockach hatten gute Ermittler aus den Bezirksdiensten nach Singen geschickt. Es waren auch ein paar junge Kolleginnen und Kollegen aus den Streifendiensten dabei. Grimm war froh um diese Verstärkung. Er wollte allen möglichen Spuren und Hinweisen, so schnell es ging, nachgehen. Im Verlauf des Nachmittags hatte er auch ein Hinweistelefon freischalten lassen, das zwei erfahrene Kripokollegen besetzten, denen Land und Leute vertraut waren. Die Presse stand auch schon auf dem Feld und wollte mehr. Ein erster erschienener Artikel war inhaltlich zwar fair, hatte aber das Haus und die am Tatort arbeitenden Kriminaltechniker mit Bild abgedruckt, sodass die meisten Bewohner der Stadt nun wussten, wo die schreckliche Tat passiert war. Der leitende Staatsanwalt hatte sich auch schon beschwert, weil er nicht schon am Morgen einen Bericht auf seinem Tisch vorfand, und außerdem mäkelte er an dem Artikel aus dem *Südkurier* herum, für den nun wirklich niemand was konnte. Zumindest nicht die Polizei. Die Presse hatte sich an die Direktion gewandt, nachdem Grimm am Telefon dem Chef der Lokalredaktion so gut wie nichts mitteilte und sich routinemäßig immer mit dem Satz rettete: »Die Ermittlungen laufen noch. Sobald wir mehr wissen, melden wir uns.« Klar wollten die nachlegen und am liebsten den Chef der Soko interviewen. »Immer der gleiche Mist. Alles dreht durch, und jeder und jede will alles sofort wissen«, murmelte Grimm vor sich hin, der das Interview verweigert hatte und nun einen 15-Fragen-Katalog des leitenden Redakteurs auf seinem Tisch vorfand. Der Pressesprecher der Direktion, den Grimm beauftragt hatte, ihm den Rücken freizuhalten, jammerte, dass er das ja nicht selbst beantworten könne. Schließlich sei er in dem Sachverhalt nicht drin und deshalb bräuchte der die Information der Soko. Außerdem wolle man auch das Hinweistelefon in der Presse platzieren. Schließlich sei man auf eine gute Berichterstattung auch angewiesen. Grimm, dem das Procedere wohl bewusst war, stöhnte trotzdem. Er wollte sich auf die Abendbesprechung konzentrieren, und die Fragen konnte und wollte er zum jetzigen Zeitpunkt auch nicht beantworten. Schließlich warteten über 30 Polizistinnen und Polizisten auf ihn, und das hatte Priorität. »Also los!«, sagte Grimm zu sich selbst und verließ sein Büro in Richtung Sokoraum.

Im Sokoraum hatten sich schon alle versammelt. Es war bereits 20 Uhr durch, und natürlich wollte der eine oder andere schon zu Hause bei seiner Familie sein. Grimm wollte das auch, aber es gehörte zu seinen Gepflogenheiten, dass er in einer solchen Lage als Erster kam und als Letzter ging. Es würde also noch eine Weile dauern, bis er daheim war, und er ging davon aus, dass seine Frau und die Kinder dann schon im Bett waren. »Ich darf Sie alle zu unserer heutigen Abendbesprechung begrüßen. Für die Neuen herzlich willkommen in der Soko Hegau und danke, dass Sie mit an Bord sind«, startete Grimm seine Ausführungen. In Folge erklärte er noch ein paar Formalien, überließ dann aber seinem Vertreter und den Spurenteams das Wort, um alle zügig auf einen gemeinsamen Informationsstand zu bringen. Die Teams berichteten von ihren bearbeiteten Spuren. Die Nachbarschaftsbefragungen im ganzen Wohngebiet rund um die Hausnummer 99 hatten nicht viel mehr Erkenntnisse gebracht. Die Nachbarin, die am Vortag noch mitgeteilt hatte, dass eine männliche Person ins Haus geschlichen sei, war sich jetzt doch nicht mehr so sicher, interessanterweise ob sie überhaupt jemanden gesehen hatte, und andere Auffälligkeiten, mit Ausnahme, dass ein Taxi gesehen worden war, wurden auch nicht vorgetragen. Das Taxi hielt sich aber hartnäckig. Das Spurenteam 2, Kerstin Elser und Hans Widenhold, hatten die ersten richtig interessanten Erkenntnisse zusammengetragen. Die Angaben der Töchter ließen den Schluss zu, dass der Ehemann auf jeden Fall im Fokus blieb, und schließlich fehlte er immer noch. Die firmeneigene Wohnung in Singen war schon mehrfach aufgesucht worden. Zwischenzeitlich hatte man das Mobile Einsatzkommando (MEK) aus Freiburg mit der Fahndung nach dem Ehemann beauftragt und außerdem um eine rund um die Uhr Observation der Firmenwohnung gebeten. Zum Finale der Besprechung waren die Kriminaltechniker noch dran. Grimm war gespannt. Ach ja, und die Müllproblematik hatte sich im Laufe des Tages geklärt. Die Müllbehälter sollten tatsächlich in der Nordstadt geleert werden. Einen Teil hatte die Müllabfuhr auch schon erledigt. Durch ein beherztes Telefonat mit dem Leiter der Stadtwerke wurde die Abfuhr abgebrochen und der bereits eingesammelte Müll des halb beladenen Fahrzeugs konnte von den Kolleginnen und Kollegen der Bereitschaftspolizei im Anschluss an ihre Suchaktion nach der noch immer vermissten Tatwaffe durchsucht werden. Keine schöne Aufgabe. Aber immer noch besser, als mit dieser Lücke leben zu müssen. Und gefunden wurde die Tatwaffe nicht.

»Also, Kolleginnen und Kollegen. Wir haben da in der Oberdorfstraße eine hochkomplexe Spurenlage«, führte der Chefkriminaltechniker aus. »Wenn man das Objekt betritt, treffen wir auf verschiedene kleinere Blutspuren, die teilweise verwischt sind. Das meiste Blut war direkt um den Fundort des Opfers im Schlafzimmer und vor allem im Bett, sodass ich davon ausgehe, dass sie auch dort getötet wurde. Wir haben verschiedene Proben genommen und bereits ins Labor nach Stuttgart und Ulm geschickt. Ich vermute aber, dass das Blut hauptsächlich vom Opfer ist, und selbst, wenn der oder die Täter auch verletzt worden sein sollten, wäre es eher Zufall, das zu isolieren und auf eine DNA-Identifizierung zu hoffen. In der Küche, in der Spülmaschine, haben wir Geschirr gefunden. Die Spülmaschine hatte aber jemand eingeschaltet, sodass wir am Geschirr keine Spuren mehr ernten können. Im Wohnzimmer, also noch im

Erdgeschoss, neben dem Tisch haben wir auf dem Boden einen Zettel gefunden, wo mehrere Zahlen darauf stehen. Das muss man sich alles noch genau anschauen. Wir behandeln den Zettel jetzt erst einmal als Spurenträger und übergeben ihn dann an die Ermittler. Ein Spurenfragment im Schlafzimmer, das mit Blut behaftet ist, ist auch in Bearbeitung. Dabei handelt es sich um einen Schuhabdruck, aber noch schwer einzuschätzen, wie gut er herausgearbeitet werden kann. Im Übrigen waren heute im Lauf des Tages auch mehrere Kolleginnen und Kollegen da, die sich gerne den Tatort anschauen würden. Dafür habe ich aber keine Zeit, und vor allem kann ich den Tatort jetzt noch nicht freigeben, sonst geht uns vielleicht was flöten«, beendete selbstbewusst der Chefkriminaltechniker seinen Auftakt, wohl wissend, dass er gebraucht wurde. »Wann glauben Sie denn, dass der Tatort frei ist?«, hakte Grimm nach. »Es wäre für die Ermittler und gerne auch für mich wichtig, die Lage vor Ort zu sehen, damit wir bei den Ermittlungen mit Bildern im Kopf arbeiten.« »Das Betretungsverbot gilt für alle, auch für die hohen Herrschaften«, kam sofort etwas gereizt die Antwort. »Wenn Sie es aber anordnen, dann haben Sie die Verantwortung«, frotzelte der Kriminaltechniker. »Die habe ich sowieso«, gab Grimm zurück. »Aber schauen Sie, dass eine Tatortbegehung möglich wird. Auch der Staatsanwalt hat sich dahingehend geäußert und möchte den Tatort anschauen«, überging der Sokoleiter die provokante Bemerkung und leitete zum Schlussstatement über. »Also, unser Spezialist für Algorithmen und EDV-Auswertungen ist ebenfalls da und stellt morgen die wichtigsten Daten und Fakten zusammen. Vielleicht ergeben sich daraus neue Ansätze. Wir bereiten alle Erkenntnisse auf und verteilen morgen um 9 Uhr die nächsten Spuren, die zu bearbeiten sind. Das wäre alles. Ach ja, und einer vom Schreibtisch-team stellt für morgen Organigramme auf großen Plakaten zusammen. Das gilt zunächst für das Opfer, die Familie des Opfers und vor allem für den Ehemann. Hat eigentlich das MEK schon etwas durchgemeldet?«, fiel Grimm noch ein.

»Nichts Neues«, kam vom Ersten Kriminalhauptkommis-sar Arno Angele, »und mit Algorithmen und Organigram-men sollen wir den Fall lösen?« Grimm musste sich zusam-menreißen. Das war mal wieder ein typischer Beitrag, den er gar nicht brauchen konnte. »Das erkläre ich Ihnen gleich«, kommentierte Grimm so gelassen, wie es ihm möglich war.

Nach der Besprechung hatte sich Grimm in sein Büro zurückgezogen, um die ersten Vernehmungen der Teams zu lesen. Der Angele war ihm heute mal wieder mächtig auf die Nerven gegangen. Am liebsten würde er ihn heim-schicken und seinen Inspektionsleiter aus Konstanz mit der Aufgabe betrauen. Er wusste, dass das nicht ging, und widmete sich wieder der noch zu bewältigenden Papierlage, als Angele sein Büro passierte und wohl nach Hause gehen wollte. »Herr Angele, auf ein Wort.« Grimm hatte nicht die Absicht, einen größeren Laden zu machen. Er wusste, es würde eh nichts ändern. »Herr Angele. Mir ist durch-aus bewusst, dass meine Entscheidung, die Soko selbst zu leiten und nicht Ihnen die Verantwortung zu überlassen, Ihnen nicht passt. Aber das ist nun einfach so. Ich erwarte von Ihnen in den nächsten Tagen oder Wochen, dass Sie mir loyal zur Seite stehen und meine Aufträge nicht vor der Mannschaft kommentieren. Sie dürfen gerne vor oder nach den Besprechungen sich mit mir kritisch auseinandersetzen, aber bitte nicht so wie vorher. Geht das klar?«, wollte sich Grimm noch bei Angele versichern. »Gern, Chef. Keine Kritik. Das kennt man so von Konstanz. Dann bin ich halt künftig ruhig. Aber eines lassen Sie sich gesagt sein: Mit Computern und Organigrammen haben wir bisher unsere Tötungsdelikte nicht geklärt, sondern mit kriminalistischem Spürsinn«, antwortete Angele trotzig. »Schön, dann versuchen wir es trotzdem auf die neue Weise mit Computerunterstützung, Organigrammen und was uns die neue Welt sonst noch bietet und natürlich auch mit kriminalistischem Spürsinn. Einen schönen Restabend!«, entließ Grimm seinen Vertreter, der die Dienststelle sogleich verließ. Keine Chance auf Frieden. Das war Grimm klar. Er durfte auf keinen Fall in Fortfolge die Zügel groß aus der Hand geben. Auf der anderen Seite wusste Grimm aber auch, dass die Kolleginnen und Kollegen aus Singen trotz des »Singener Charmes« hervorragende und auch zähe Ermittler waren und er sich auf ihre Arbeit verlassen konnte. Dass sie ihn als Konstanzer Fremdkörper betrachteten, damit musste und konnte er leben. Es durfte einfach nur nichts verrutschen. Bei seinem Vertreter aber ärgerte es ihn, wenn er ihm in die Parade fuhr. Das zehrte an der Autorität eines Chefs und war vor allem unnötig. Vielleicht würde es sich im Laufe der Zeit regeln, vielleicht auch nicht. Nachdem Grimm die letzte Vernehmung durchgelesen hatte, ging auch er nach Hause. Er freute sich auf ein Bierchen und, wenn seine Frau bereits schlafen gegangen war, auch noch auf die eine oder andere Zigarette.

10. DER DRITTE TAG

Karl Grimm war schon früh aufgestanden. Er wollte so rasch wie möglich wieder nach Singen fahren, um mit Angele noch die einzelnen offenen Spuren durchzugehen und die Schwerpunkte für den dritten Ermittlungstag zu setzen. Karl Grimm hatte vor zwei Jahren, als er mit der Familie umgezogen war, ein kleines freundliches Haus in Litzelstetten gemietet. Kaufen wäre für ihn auch infrage gekommen, aber die Immobilienpreise in Konstanz waren gesalzen. Da konnte selbst Stuttgart nicht mithalten, und das hatte Grimm so nicht auf dem Radar gehabt. Das gemietete Reihenhaus war aber auch okay. Es hatte einen kleinen Garten, die Nachbarn waren in Ordnung, und man konnte zu Fuß an den See laufen. Aber seine Frau kam einfach nicht hier an, und auch heute Morgen hatte sie beim Frühstück kaum mit ihm geredet. Manchmal wirkte seine Maria schon fast depressiv auf ihn. Als er auf der Fahrt nach Singen war, musste er diese Negativstimmung erst einmal abschütteln, und trotzdem schoss ihm durch den Kopf, wann er eigentlich das letzte Mal so richtig glücklich mit seiner Frau gewesen war und, vor allem, wann sie das letzte Mal miteinander geschlafen hatten? Grimm verdrängte die Gedanken. Es war auf jeden Fall schon zu lange her.

In Singen angekommen, ging Grimm postwendend in sein Büro. Dort hatte ihm die Geschäftszimmerkollegin schon den heutigen *Südkurier*, Ausgabe Singen, auf den Schreibtisch gelegt. Schlagzeile: »Mordkommission Singen arbeitet auf Hochtouren. Kriminaloberrat Karl Grimm äußert sich zum Stand der Ermittlungen.« Puff, das war so von Grimm nicht legitimiert worden und war auch nicht gut. Grimm wollte gerade in Konstanz bei der Pressestelle nachhaken, was da passiert war, als das Telefon klingelte und Grimm an der Nummer schon sah, dass der leitende Staatsanwalt anrief: »Herr Staatsanwalt, was verschafft uns denn heute am frühen Morgen schon die Ehre Ihres Anrufs?«, begann Grimm das Telefonat, das aber, wie zu erwarten, postwendend einen unschönen Verlauf nahm. »Was ist denn bei Ihnen in Singen los? Haben Sie diesen Fall nicht im Griff? Ich lese heute Morgen im *Südkurier* ein ausführliches Interview eines gewissen Kriminaloberrates Grimm, der sich umfänglich zum Stand der Ermittlungen auslässt. So ein Schwachsinn! Haben Sie eine Profilneurose, oder wie können Sie mir das sonst erklären? Sie wissen genau, dass ich das so nicht wünsche, und in Zukunft findet die Pressearbeit in Abstimmung mit der Staatsanwaltschaft Konstanz statt. Ist das klar, Herr Grimm?« Grimm überlegte kurz, ob er dem Staatsanwalt erklären sollte, dass er mit dem Zeitungsinterview eigentlich nichts zu tun hatte und dass er sich gerade im Ton vergriff, aber was sollte es bringen. »Ja, Herr Staatsanwalt, ist angekommen. Ich kümmere mich darum und sorge dafür, dass sich unsere Pressestelle mit der Ihren kurzschließt. Die Staatsanwaltschaft ist Herrin des Verfahrens, und mir ist es recht, wenn Sie das machen«, beendete Grimm das Telefonat und hatte aufgelegt, bevor der Staatsanwalt sich noch weiter echauffieren konnte. Nachdem er aufgelegt hatte, setzte sich Grimm sofort mit dem Pressesprecher der Polizeidirektion Konstanz in Verbindung. »Sagen Sie mal, was habt ihr denn dem *Südkurier* rausgegeben, oder habt ihr ohne Abstimmung mit uns dem *Südkurier* ein Interview gegeben? Mich hat gerade der Leitende Staatsanwalt kontaktiert und mir einen mächtigen Einlauf verpasst. Ich halte das zwar aus. Aber vergnügungssteuerpflichtig ist das nicht gerade. Können Sie mir das bitte erklären?«, wollte Grimm wissen. »Keine Ahnung, wo Sie das Problem sehen«, antwortete der Pressesprecher. »Die Fragen hatten wir der Soko vorgelegt, und Herr Angele, Ihr Vertreter, hat uns die Fragen beantwortet. Damit dachte ich, das sei mit Ihnen abgestimmt und legitimiert«, antwortete entspannt der Pressesprecher. Grimm blieb ruhig und antwortete: »Das nächste Mal, wenn ich ein Interview gebe, dann bitte über mich und nur über mich, und bitte setzen Sie sich mit der Pressestelle der Staatsanwaltschaft auseinander, dass das künftig richtig läuft. Ich will so wenig wie möglich gestört werden und mich auf die Ermittlungen konzentrieren. Einverstanden?« »Geht klar, Herr Grimm, und viel Erfolg«, antwortete der Pressesprecher, der sich logischerweise keiner Schuld bewusst war. Grimm schluckte kurz und dachte, ob er heute Morgen schon wieder mit Angele in Klausur gehen sollte? Er verwarf die Überlegung. Sie hatten Wichtigeres zu tun. Grimm ging zu seiner kleinen Führungsgruppe und ließ sich vor der Frühbesprechung auf den neuesten Stand bringen.

Der Sokoraum der Polizei in Singen war zum Bersten voll. Zwischenzeitlich war die Soko auf Volllast angewachsen und verfügte über mehr als 40 Mitarbeiter. Alle waren da und wollten bei der Besprechung dabei sein, um keine wesentlichen Informationen zu verpassen. Nachdem Grimm sie begrüßt hatte, berichteten zuerst die Spurenteams. Die Nachbarschaftsbefragungen hatten keine weiteren Erkenntnisse gebracht, außer, dass wohl doch jemand Frau Henssler am Tattag besucht hatte. Ein weiterer Nachbar hatte angegeben, am Tattag, so gegen 14 Uhr, ein Taxi vor dem Haus gesehen zu haben. Ob jemand aber vom Taxi ins Haus gegangen war, konnte der Nachbar nicht bezeugen. Das Spurenteam 2, Kerstin Elser und Hans Widenhold, waren nach wie vor mit den Ermittlungen zu Davide Henssler betraut. »Wir waren gestern in der Firmenwohnung, die laut der Töchter Klara und Maria von Herrn Henssler benutzt wird«, berichtete Kerstin der Runde über die aktuell wohl heißeste Spur. »Die Wohnung befindet sich in einem Mehrfamilienhaus in der Ekkehardstraße, und wir fanden einen ganz schönen Saustall vor. Ob Davide dort tatsächlich wohnt, konnten wir nicht eindeutig klären. Die Nachbarn in dem Mehrfamilienhaus haben zumindest Davide Henssler in den letzten Wochen dort in weiblicher Begleitung wahrgenommen, aber konnten nicht sagen, ob er dauerhaft dort eingezogen ist. Was wir in Erfahrung bringen konnten, ist, dass die Wohnung nicht vermietet war und öfters verschiedene Personen dort übernachtet haben. Das ganze Haus gehört der Immobilienfirma von Frau Henssler, und die Mieter, die wir angetroffen haben, meinten, dass die Wohnung in der Vergangenheit eher von Gästen der Immobilienfirma genutzt wurde. Im Wohnzimmer lag auf dem Sofa Kleidung, allem Anschein nach für einen Mann, in der Küche standen auf dem Boden mehrere Bier-, Wein- und Schnapsflaschen, und es roch in der Wohnung nach kaltem Rauch. Außerdem fanden wir einen kleinen Rest von Koks auf dem Couchtisch, einen halb vollen Aschenbecher und eine halb leere Zigarettenschachtel, Marke *Marlboro*. Kokain haben wir dann auch im Schlafzimmer in einem der Nachttischchen gefunden. Allerdings waren es bloß ein paar Gramm. Eher zum Eigenbedarf als zum Handeln, und Fesselwerkzeug und Handschellen lagen auch noch im Nachttisch«, fasste die Ermittlerin den gestrigen Tag zusammen. »Ja, und das MEK observiert nach wie vor die Wohnung. Aber bislang keine Spur von Davide Henssler«, ergänzte Hans Widenhold den Vortrag seiner Kollegin, »der ist wie vom Erdboden verschluckt.«

Der Kriminaltechniker berichtete über den Fortschritt bei der Spurenkonservierung im Haus des Opfers und meinte, spätestens morgen würde man soweit sein, dass zumindest der Chef und ein paar Ermittler den Tatort in Augenschein nehmen könnten. Sie würden heute oder spätestens morgen den Obduktionsbericht aus Freiburg erwarten. Eine Tatwaffe sei nach wie vor nicht gefunden worden. Im Haus gäbe es aber zwei Tresore, von denen einer geöffnet und leer war. Den anderen Tresor hatte man mithilfe einer Tochter des Opfers geöffnet, und tatsächlich hatte Frau Henssler in diesem Tresor mehrere wertvolle Schmuckstücke und in 100-, 200- und 500-Euroscheinen etwas über 100.000 Euro deponiert. Außerdem habe man ein zweites, neutrales Team in die Ekkehardstraße geschickt, um dort sämtliche kriminaltechnischen Maßnahmen zu treffen, und der Chef solle bitte zur Kenntnis nehmen, dass die Kriminaltechnik am Anschlag sei. Mehr dürfe jetzt nicht mehr passieren.

»Also haben wir außer den Standardmaßnahmen zwei Spuren, an denen wir dranbleiben müssen und nach Möglichkeit auch schnell Ergebnisse einfahren«, fasste Karl Grimm die ihm vorgetragenen und vorgelegten Erkenntnisse zusammen. Die Taxispur übernimmt das Spurenteam Mayer und Specht, und Sie, Frau Elser und Herr Widenhold, bleiben an unserem Davide dran. Da ist in jedem Fall einiges zu klären und zu überprüfen, bis der raus ist«, ergänzte Grimm, hielt sich aber mit weiteren Spekulationen zurück. Seine Erfahrungen der letzten Jahrzehnte hatten ihn gelehrt, am Anfang eines Ermittlungsprozesses die Gedanken immer in der Mitte zu halten und sich nicht zu früh zu fokussieren. Aber bei dem geschassten Ehemann des Opfers wäre die Motivlage nachvollziehbar. Offensichtlich lebte er auf großem Fuß, und so ein Lebensstil kostete Geld. Das hatte er selbst nicht, aber seine Frau. Und da er ihre Gunst verloren hatte ... na ja. Grimm wandte sich nochmal an sein Spurenteam 2, Kerstin Elser und Hans Widenhold, und hakte nach, ob schon jemand überprüft habe, wer denn der oder die Begünstigte durch den Tod des Opfers sei. »Das haben wir angeregt. Wir haben gegen 11 Uhr einen Notartermin, wo wohl ein Testament hinterlegt ist. Die Töchter glauben, dass der Noch-Ehemann des Opfers nichts mehr bekommt, außer vielleicht einem Pflichtteil, und dass die Testamentsänderung, die wohl noch nicht so lange zurückliegt, auch für mächtigen Streit zwischen der Mutter und ihrem Mann gesorgt hatte«, wusste Kerstin Elser. »Also dann los. Nächste Besprechung heute Abend, 18 Uhr. Wenn es etwas Besonderes zwischendurch gibt, bitte sofort hereinmelden«, beendete Grimm die Morgenbesprechung der Soko Hegau in Singen.

11. SAN LUCA, KALABRIEN

Davide war gestern am späten Abend in San Luca angekommen. Er saß am Vormittag in einer kleinen Bar neben der Kirche im Dorfzentrum und wartete auf seinen Onkel

Luigi Falcone, dem diese Bar gehörte. Davide hatte eine lange Autofahrt hinter sich und musste sich nach der Ankunft erst einmal richtig ausschlafen. Er war bei seinem Onkel untergeschlüpft in dem Ort, wo er in den Schulferien viel Zeit verbracht hatte und wo es außer der Wallfahrtskirche Santa Maria di Polsi und gespürter Armut nicht viel gab. Sein Onkel war ein Capo in der 'Ndrangheta. Seine Bar war eine beliebte Anlaufstelle der Mafiosi, wo auch gelegentlich Geschäfte besprochen wurden. Der Onkel stand der Familie vor. Nachdem der Vater von Davide nach einem Einsatz nicht mehr zurückgekehrt war, hatte sich der Onkel selbstredend um die Familie seines Bruders gekümmert. Davide war mit der Familie seines Onkels in den 1980er-Jahren nach Singen umgezogen und dort auch zur Schule gegangen. Dass sein Onkel neben der normalen Arbeit sich auch noch um die Familie und die Geschäfte der Familie kümmerte, wusste Davide schon als Kind. Nicht, dass er sich aktiv mit einbringen musste, aber er wuchs mit den Gegebenheiten auf, und die eine oder andere Besprechung dazu fand auch am Rande von Familienfeierlichkeiten statt, die Davide reichlich erlebte. Er hatte eigentlich eine gute Kindheit erlebt und war nie aktiv als Soldat rekrutiert worden. Man hatte ihn aber auch nicht ausgeschlossen, sodass er selbstredend ein Teil der Familie war. So sah sich Davide selbst auch, also als ein einfaches Mitglied der 'Ndrangheta, gebunden durch die Familienbande, und heute war die Zeit gekommen, wo er die Hilfe der Familie in Anspruch nehmen wollte. Möglicherweise könnte er für die Familie auch mehr tun. Seine Kreditwürdigkeit hatte stark abgenommen, und auch deshalb war er hier. Auf Anraten seines Onkels hatte er vor zwei Jahren die reiche Immobilienmaklerin in Singen geheiratet. Zum einen, wie sein Onkel meinte, würde sie ihm ein sorgenfreies Leben ermöglichen, und zum anderen könnte sich die wahre Liebe ja noch ergeben. Dem Onkel war es aber auch recht, dass die deutsche Frau ein gut funktionierendes Netzwerk und vor allem auch politische Verbindungen in Singen unterhielt. Sein Onkel war aus der Perspektive von anderen ein einfacher und vor allem zuverlässiger Arbeiter in Singen gewesen. Dass er auch noch andere Geschäfte und Leute am Laufen hielt, merkte man ihm nicht an. Seinen Reichtum sah und spürte man nicht. Aber wenn er für die Familie etwas zu erledigen hatte, brauchte er andere Persönlichkeiten, die er nutzen konnte, ohne dass diese den eigentlichen Zusammenhang kannten, und da waren solche Größen wie die Immobilienmaklerin gerade recht. Sie konnte mit ihren Verbindungen für alle relevanten Themen in Singen Kontakte herstellen, und er war weiterhin der einfache Arbeiter und blieb selbst im Hintergrund. Dass er entsprechende Anliegen auch noch getarnt über Davide einspeisen konnte, war ein weiterer Vorteil, der ihm an dieser Verbindung besonders gefiel, und Immobilien waren eine ausgezeichnete Möglichkeit, schwarzes Geld zu waschen und Vermögen zu verstecken. Und davon hatte die 'Ndrangheta aus illegalen Geschäften, vor allem mit Kokain, genug. Auch heute, zurückgekehrt nach San Luca, lebte er weiterhin bescheiden und ohne auf den Putz zu hauen. Aber Demut und Bescheidenheit war und ist Teil des Prinzips, und genau darin lag Davides Problem. Seine Frau, die er vor zwei Jahren mit dem Wohlwollen der Familie geheiratet hatte, hatte ihn verlassen und bereits aus dem gemeinsamen Haus geworfen. Seine Kreditkarten waren zwischenzeitlich gesperrt, und der Porsche, den seine Frau vor eineinhalb Jahren für ihn gekauft hatte, stand ihm auch bald nicht mehr zur Verfügung. Er musste mit seinem Onkel reden. Schließlich hatte er, nachdem er seine Frau kennengelernt hatte, die

Idee, dass Davide eine so attraktive und reiche Frau doch auch heiraten könnte. Für Davide war es am Anfang, wie so oft, eine rein sexuelle Beziehung. Aber Davide willigte ein und setzte den Plan seines Onkels in die Tat um. An die Umstände hatte er sich gewöhnt und machte das für seinen Onkel und die Familie auch gern. Auch sexuell konnte er seine Frau noch ertragen, solang sie ihm seine Freiheit und auch die eine oder andere Nebenfrau ließ. Und die Beziehung hatte sich für die Geschäfte der Familie schon bezahlt gemacht. Er wusste ganz genau, wenn der Onkel das eine oder andere Immobiliengeschäft über ihn einfädelte, dass das mit der Grund gewesen war, die Frau zu heiraten. Jetzt musste die Familie etwas für ihn tun. Sein Onkel sollte das doch verstehen.

12. SPURENTEAM 2

Kerstin und Hans waren nach der Frühbesprechung noch kurz in ihr Büro gegangen, um noch ein paar Schreibarbeiten zu erledigen und sich auf den vor ihnen liegenden Tag vorzubereiten. Die Spur, die ihnen der Chef übertragen hatte, war heiß, und die beiden waren sich ihrer Verantwortung durchaus bewusst. »Meinst du, er war's?«, wollte Kerstin von ihrem Kollegen Hans wissen. Kerstin war eine junge Kriminalkommissarin, die noch nicht allzu lange ihren Dienst bei der Kriminal-Außenstelle Singen versah. Nach ihrer Ausbildung wurde sie für ihr Praktikum erst einmal in Konstanz eingesetzt, wo sie auch ihre ersten Schritte bei der Kripo machte. Die Versetzung nach Singen war ein schon lang gehegter Wunsch. Kerstin war von Freiburg aus Interesse und Überzeugung nach Konstanz gekommen, hatte sich aber in Singen verliebt. Hans hingegen war ein waschechter Singener, der sein ganzes Leben, mit Ausnahme der Ausbildung bei der Polizei, in Singen verbracht hatte. Seine Familie lebte schon seit Generationen hier, und nachdem er in die Polizei eingetreten war, hatte er von Anfang an versucht, wieder nach Singen versetzt zu werden. Zuerst auf das Revier und später zur Kriminalpolizei, aber nur zu der nach Singen. Irgendwo anders zu arbeiten, konnte sich Hans nicht vorstellen. »Ganz ehrlich, Kerstin. Das passt eigentlich alles. Der Davide hätte ein klares Mordmotiv: Habgier. Durch die Ehe mit einer sehr reichen Frau aus Singen, die ich selbst auch schon seit mehreren Jahren kannte, hatte er einen guten Zugriff auf Geld. Er selbst war arbeitsscheu, und trotzdem genoss er einen exquisiten Lebensstil. Wenn man die Kohle selbst nicht ranschafft, braucht man jemanden, der einen aushält. Apropos ranschaffen, wir könnten uns heute Abend in der Bar im *Conti* noch einen Feierabendschluck gönnen, den Barkeeper und die wenigen Mädels, die es offiziell dort noch nie gab, nach Davide fragen. Vielleicht war er neben den anderen üblichen Lounges und Bars auch dort zu Gast, und wir finden einen neuen Ansatzpunkt. Ach ja, und bezogen auf deine Frage. Es spricht einiges gegen ihn.

Aber es ist zu einfach.« Kerstin quittierte mit einem leichten Kopfnicken die Ausführungen ihres Kollegen. Kerstin schätzte Hans. Sie waren auch außerhalb der Soko ein Team, und Hans konnte man eigentlich immer alles fragen. Und vor allem wusste er auch zu fast allem eine Antwort. »Hast du eigentlich eine Idee zu dem Mafiaeintrag vom Onkel von Davide? Ich habe, bevor wir nach Bohlingen gefahren sind, festgestellt, dass er bei seinem Onkel in Singen aufgewachsen ist, und gegen den Onkel wurde wegen Mitgliedschaft in der Mafia ermittelt«, wollte Kerstin noch von ihrem Kollegen wissen. »Na ja, du hast die Personalien von Davide vor dir liegen. Er ist 1973 in San Luca, Kalabrien, geboren und in Singen aufgewachsen. Vielleicht sollten wir das noch mal mit dem Chef besprechen, ob wir dem Zweig mehr Aufmerksamkeit widmen. Ich weiß, dass in der Vergangenheit schon einmal das Landeskriminalamt und italienische Kollegen kriegsstark und äußerst geheim hier in Singen gegen die Mafia ermittelt haben. Was dabei aber rauskam, kann ich dir nicht sagen. Wenn ich mich noch recht erinnere, schrieb die Presse über den Großeinsatz, dass die Mafia den Hegau und insbesondere auch Singen als Rückzugsgebiet nutzt und dass kriminelle Geschäft wo anders stattfindet«, fasste Hans seine dürftigen Erkenntnisse zu diesem Thema zusammen. »Und darf ich fragen, woher du das Opfer kennst?«, fragte Kerstin neugierig nach. »Die Gertrud Henssler hat uns in den letzten Jahren immer wieder mal etwas gespendet und insbesondere bei der einen oder anderen Renovierungsmaßnahme an der Scheffelhalle großzügig unterstützt.« Kerstin schaute ihren Kollegen mit großen Augen an, und Hans war klar, dass er das noch etwas besser erklären musste. »Ja, ich rede darüber im Dienst nicht so oft. Aber ich bin im Vorstand von der *Poppele Zunft*, du weißt doch, in der Singener Fasnet, und in der Funktion kenne beziehungsweise kannte ich die Gertrud Henssler. Eben als großzügige Gönnerin.« Kerstin nickte zustimmend. »Gut, dann kümmere ich mich um das MEK, und dann fahren wir zum Notartermin«, meinte Kerstin und setzte sich mit dem Leiter des MEK-Einsatzes in Verbindung. Von dort bekam sie keine neuen Erkenntnisse. Das MEK hatte sich zwischenzeitlich vor dem Objekt »eingegraben« und berichtete, dass es so gut wie keine Bewegung vor dem und zum Objekt gab und vor allem die Zielperson nicht gesichtet wurde. Der Einsatzleiter vor Ort bemerkte auch noch gegenüber der Kollegin, dass er mit seinem Chef in Freiburg gesprochen habe und ihr Einsatz auf der Kippe stünde, und die Observation, ob die Zielperson zum Objekt käme oder nicht, auch die Schutzpolizei leisten könne. So speziell sei das nicht mehr, und die heiße Phase sei auch schon vorbei. Kerstin hörte sich das gerne an. Es war aber nicht ihre Entscheidungsebene, und vor dem Notartermin konnte sie noch ihren Chef informieren, der sich darum zu kümmern hatte.

13. SPURENTEAM 3

Die beiden Kriminaloberkommissare Lena Mayer und Otto Specht kümmerten sich schon um ihren Auftrag, die Taxiunternehmen in und rund um Singen abzuklappern. Die größere Anzahl der Taxiunternehmen konnten sie telefonisch abgreifen, einen kleineren Teil, insbesondere die Unternehmen, die sie selbst nicht gut kannten, wollten sie am Vormittag noch aufsuchen und befragen. Eigentlich war der Auftrag simpel. Am Tattag, dem 16. Mai, war von einem Nachbarn so gegen 14 Uhr ein Taxi vor dem Haus von Frau Henssler gesehen worden. Das Zeitfenster hatten sie aber bewusst auf den Nachmittag zwischen 14 und 17.20 Uhr ausgedehnt. Gegen 14 Uhr war das Taxi angeblich gesehen worden, und gegen 17.20 Uhr hatte die jüngere Tochter des Opfers über Notruf die Polizei verständigt. Also müsste der Mord, sollte er etwas mit dem Taxi zu tun haben, irgendwo zwischen 14 und 17 Uhr passiert sein. »Ja, ich habe tatsächlich ein Taxi um 13.50 Uhr in die Oberdorfstraße geschickt. Ich müsste prüfen, wer das Taxi bestellt hat. Ich hatte selbst keinen Dienst; es könnte durchaus Frau Henssler gewesen sein. Unsere Fahrerin müsste es wissen. Sie hat auf jeden Fall einen Fahrgast befördert, so steht es in unserem Tagesjournal, und sie hat knapp 140 Euro verrechnet, und wenn Frau Henssler der Fahrgast war, war sicher noch ein dickes Trinkgeld dabei«, äußerte sich der Disponent, nachdem ihm Lena Mayer ihre Standardfragen gestellt hatte. Die Kommissarin war überrascht. So schnell hatte sie nicht mit einem erfolgversprechenden Ergebnis gerechnet. Aber umso besser. »Hatte Frau Henssler öfters Bedarf für ein Taxi?«, fragte Lena Mayer nach. »Ja. Sie ist quasi eine Stammkundin bei uns. Sie hat ein Taxi des Öfteren persönlich angefragt. Gerne abends, und sie beziehungsweise ihre Sekretärin haben auch häufig für Kunden nachgefragt,«, beantwortete der Disponent die Frage. »Können Sie zuordnen, wo Frau Henssler hingebracht oder von wo sie nach Hause gebracht werden sollte?«, fragte Kommissarin Lena nach. »Das kann ich Ihnen nicht zu 100 Prozent beantworten, aber im großen Ganzen waren es meistens Fahrten nach einem Geschäftsessen nach Hause, und sie bevorzugte dafür das *Falconera* in Schienen. Sie wissen doch, Höri, Schienerberg.« Lena Mayer hatte von dem Sternelokal schon gehört, kannte es nicht persönlich. Aber sie hatte sich vorgenommen, sich von ihrem aktuellen Freund mal richtig schick ausführen zu lassen, und warum auch nicht mal etwas luxuriöser essen gehen. Die Referenzen, die sie vom Lokal und dem dort kredenzten Essen gehört hatte, waren fantastisch. Die Preise aber auch. Ihr Freund hatte jetzt sowieso erst einmal Pause. Die Soko hatte Priorität, und auf dem Speiseplan standen eher Pizza, Döner oder anderes schnelles Essen auf die Hand. »Für die Strecke von Singen nach Schienen wären jetzt aber 140 Euro zu viel gewesen. Wo und wann kann ich die Fahrerin erreichen, oder haben Sie eine Telefonnummer von ihr, damit wir einen Termin abmachen können?«, wollte Lena Mayer noch vom Disponenten wissen. »Das bekommen Sie gerne alles. Sollten Sie Frau Huber telefonisch nicht erreichen, können Sie heute Abend gerne hier vorbeikommen. Sie hat Nachtdienst und fängt heute Abend um 19 Uhr ihre Schicht an. Rosi kommt immer eine halbe Stunde früher und ist im Übrigen eine sehr zuverlässige Kraft bei uns«, fügte der Disponent noch hinzu. »Vielen Dank!« Lena Mayer war mit dem Telefonat und dem Ergebnis zufrieden und versuchte gleich, Rosi Huber zu erreichen. Es nahm aber niemand ab. Sie überlegte kurz, inwieweit die anderen Taxiunternehmen jetzt noch relevant waren. In jedem Fall wollte sie ihren Kollegen, Otto Specht, noch ins Bild setzen, was er dazu meinte. »Du, wenn du jetzt eigentlich das Taxi schon ermittelt hast, das so gegen 14 Uhr vor dem Haus des Opfers gesehen worden ist, können wir den Rest entspannt angehen. Konzentrieren wir uns auf die Taxifahrerin und dann sehen wir weiter«, meinte der Kollege Otto, dem es entgegenkam, dass sie nicht alle Unternehmen aufsuchen mussten. Schließlich arbeitete er noch an einem anderen Fall, den er schon längst der Staatsanwaltschaft hätte vorlegen müssen und weswegen ihn der Singener Chef schon häufig angemahnt hatte. Dafür kam ihm die jetzt gewonnene Zeit entgegen. Er musste nur aufpassen, dass der »große Chef« nichts mitbekam. Der war auf die Soko fokussiert und tolerierte es nicht, dass nicht alle genauso tickten wie er. Der Sekel aus Konstanz, dachte Specht, nickte der Kollegin Mayer freundlich zu. »Meinst du?«, wollte sich Lena Mayer noch rückversichern. »Sollten wir nicht doch alle Taxiunternehmen abklappern? Zeit hätten wir noch, und der Chef will das bestimmt so,«, antwortete Lena. Otto hatte sich schon wieder seinem alten Schinken von Fall zugewandt, und Lena ließ es gut sein.

14. SAN LUCA, BAR BEI
DER KIRCHE

Falcone hatte am Samstagvormittag seine kleine Bar geöffnet, und sein Neffe Davide und er gönnten sich im Sonnenschein einen Espresso, bevor die ersten Gäste kamen. Viel erwartete Falcone nicht. In San Luca tickten die Uhren langsamer. Seine Bar war ein reiner Zeitvertreib, auch Tarnung für seine mafiösen Geschäfte, die er nach wie vor am Laufen hielt. Geld war für Falcone kein Problem. Also, was wollte der Junge von ihm, schoss es ihm durch den Kopf, und er fragte deshalb seinen Neffen unmittelbar nach dem Grund seines Besuches in San Luca. »Warum bist du von Singen nach San Luca gekommen? Du solltest dich doch um deine Frau kümmern. Ich brauche sie in nächster Zeit noch. Die Veränderungen in der Singener Innenstadt könnten für unsere Geschäfte wichtig werden. Ich habe gehört, in der Bahnhofstraße wird der *Holzerbau* abgerissen und soll durch ein richtig großes Einkaufscenter ersetzt werden. Aber im Stadtrat und bei ein paar reichen Familien mit Grundbesitz in der Stadt rumort es noch, und auch die Standortfrage ist noch nicht 100-prozentig klar«, fasste Falcone ein paar wenige Gedanken zusammen. Er vertraute seinem Neffen zwar in gewisser Weise. Aber alles brauchte er nicht zu wissen. Er war kein allzu kluger Kopf und das, was in Singen alles zu erledigen war, würde ihn schnell überfordern. Falcone wollte aber in jedem Fall die Verbindungen von Frau Henssler auf seiner Seite wissen. Wenn Singens Innenstadt neu aufgeteilt wurde und es zu Immobilienankäufen und -verkäufen kam, waren die Verbindungen der größten und einflussreichsten Maklerin am Ort Gold wert, und das im wahrsten Sinne des Wortes. Dafür hatte er seinen Neffen instrumentalisiert. Davides Stärken lagen in seiner Attraktivität und seinem typisch südländischen Esprit. Er wirkte auf Frauen wie ein Magnet, und diese Eigenschaften nutzte sein Onkel geschickt aus.

»Ich habe Mist gebaut, Onkel. Ich bin hier, weil ich deine Hilfe brauche«, fasste Davide sein Motiv für seine Reise nach San Luca kurz und bündig zusammen. »Ich würde am liebsten wieder nach Italien zurückkehren und von hier die Familie unterstützen, wenn du mir das erlaubst«, ergänzte er etwas blauäugig. Sein Onkel hatte ihm aufmerksam zugehört, und klar war, dass er dem Jungen nicht nachgeben würde. Schließlich brauchte er ihn im Hegau und nicht in San Luca. Die Verbindungen seiner Frau waren viel zu wertvoll. Aber das kann der Junge ja nicht wissen, dachte Falcone und setzte zu einer milden Standpauke an: »Wenn du Mist gebaut hast, dann bring das in Ordnung. Klar helfe ich dir dabei. Wir sind schließlich eine Familie. Aber du kehrst spätestens morgen wieder zu deiner Frau nach Singen zurück und kümmerst dich dort um deine Familie. Ich weiß, dass du deine Frau des Öfteren hintergehst und die eine oder andere Beziehung laufen hast, die in eure Familie Unfrieden bringt. Warum machst du es nicht so, dass du dich einfach mit Nutten vergnügst. Davon muss deine Frau ja nichts erfahren. Wenn du aber Beziehungen zu anderen Frauen unterhältst, wird das immer kompliziert sein und zu Ärger führen. Eine Nutte bezahlst du für dein Vergnügen oder eine Nacht, und das war's. Bei den anderen Geschichten spielen Gefühle eine Rolle, und das ist immer schlecht. Diese Frauen telefonieren, schreiben Nachrichten und wollen geliebt werden«, belehrte Falcone seinen Neffen und hoffte darauf, dass die Botschaft dieses Mal ankam. Er hatte sie ihm nicht zum ersten Mal verkündet.

»Du hast recht, Onkel. Und ich will dir in jedem Fall auch gehorchen«, setzte Davide an, um zum eigentlichen Grund für die Reise zu kommen. Doch sein Onkel kürzte die Ausführungen seines Neffen ab und sagte: »Dann ist es gut. Du fährst heute Abend oder spätestens morgen früh wieder nach Hause und bringst das mit deiner Frau in Ordnung. Ich brauche sie, und damit ich sie bekomme, dafür brauche ich dich. Die Familie hat das so geregelt, und das bleibt auch so. Verstanden?« Davide hatte ein wenig der Mut verlassen. Er wusste, dass er seinem Onkel jetzt nicht widersprechen sollte, und erwiderte nichts mehr. Das Gespräch war beendet und Falcone von der Straße in die Bar zurückgekehrt. Davide blieb noch einen Moment sitzen, blickte auf den sich langsam mit Menschen füllenden Platz und murmelte vor sich hin: »Ja, Onkel, danke für dein Verständnis und deine großzügige Hilfe.«

15. BESPRECHUNG DRITTER TAG, 18 UHR, SOKORAUM SINGEN

Zur zweiten Besprechung des Tages hatten sich mit wenigen Ausnahmen alle Spurenteams in der Julius-Bührer-Straße eingefunden und platzierten sich im Sokoraum. Als der Chef, Karl Grimm, von seinem Büro in den Sokoraum wechselte, musste er bereits auf dem Gang an wartenden Kolleginnen und Kollegen vorbei. Der Sokoraum war eindeutig zu klein für alle. Es war stickig und roch nach Schweiß und Menschen. Kein Wunder, sie waren zusammengepfercht wie in einem Stall. Grimm setzte sich an seinen zwischenzeitlichen Stammplatz am Stirnende des großen ovalen Tisches und schaute erst einmal ruhig in die Runde. »Guten Abend miteinander, darf ich fragen, ob alle Spurenteams da sind und ob wir mit der Besprechung beginnen können?«, eröffnete Grimm die Runde und blickte abschließend zu seinem Vertreter Arno Angele, der die Spuren und die Teams koordinierte. »Es sind soweit alle da. Das Spurenteam 3 ist unterwegs. Mayer und Specht suchen die Taxifahrerin auf, die nach jetzigem Stand die Fahrerin ist, die Frau Henssler angefragt hatte«, antwortete Angele seinem Chef. »Gut, dann fangen wir an. Was gibt es Neues?« Die Teams berichteten nacheinander über die abgearbeiteten Aufträge, deren Erkenntnisse Grimm zum großen Teil schon kannte. Trotzdem waren die Besprechungen mit allen wichtig. Für die Sokoarbeit war es von elementarer Bedeutung, dass alle immer auf gleichem Wissensstand waren. Die Bereitschaftspolizei hatte ihre Suche nach der Tatwaffe heute am Nach-

mittag beendet – ohne Erfolg. Auch die noch nicht ent-
leerten Mülleimer waren durchsucht worden – ebenfalls
ohne Erfolg. Sie waren bereits auf der Rückfahrt nach Bibe-
rach, und sollten sie gebraucht werden, konnten sie morgen
wieder in Singen aufschlagen. Die Spurenteams hatten verschiedene Erkenntnisse zusammengetragen. Bekannte und
Freunde des Opfers waren alle befragt worden, und langsam zeichnete sich ein Bild vom Opfer, das nach und nach
ganzheitlich erschien. Gertrud Henssler war trotz ihres fort-
geschrittenen Alters mit 51 Jahren gerne unterwegs, und
das meist ohne ihren Mann. Sie hatte viele Freunde und
Bekannte, sodass der Kreis der noch zu Vernehmenden statt
kleiner immer größer zu werden schien. Ihre Geschäftsessen
absolvierte sie gerne in noblen Restaurants, wie das bereits
erwähnte *Falconera*, wo Frau Henssler als Stammgast galt.
Das hatte ein Team von ihrer Sekretärin erfahren, aber auch
erfahren hatten sie, dass Frau Henssler nicht ausschließlich
geschäftlich essen ging, sondern auch schon in männlicher
Begleitung im *Falconera* gesehen worden war, ohne einen
geschäftlichen Hintergrund. Auch ging sie gerne aus. Mehrere Lounges und Bars kannten das Opfer als willkommenen
Gast. Auch die zwischenzeitlich heruntergekommene Bar
im *Conti* und eine Diskothek in der Georg-Fischer-Straße
hatte eines der Teams überprüft, und zumindest in der Diskothek war das Opfer auch schon gesehen worden. Das
Spurenteam 2, Kerstin und Hans, hatten den Notar und das
dort hinterlegte Testament hinterfragt und konnten berichten, dass die Begünstigten aus dem Nachlass ausschließlich
die Töchter von Frau Henssler waren. Ein früherer Passus,
dass dem Ehemann eine stattliche Zuwendung in Höhe von
100.000 Euro zugedacht war und er eine Dreizimmerwoh-
nung in der Innenstadt erhalten sollte, war zwei Wochen vor

der Tat, am 2. Mai, aus dem Testament gestrichen worden. Einen Ehevertrag gab es auch, konnten die Ermittler weiter berichten, und dieser sah vor, dass bei Scheidung keiner der beiden Ehepartner vom anderen auch nur einen Cent bekam. Also eine äußerst unbequeme und schlechte Ausgangslage für den Ehemann Davide.

Nach der Besprechung ging Grimm noch alle Vernehmungen, die bereits geschrieben waren, durch, und kurz nach 20 Uhr war er unterwegs nach Hause. Vielleicht konnte er seinen drei Kindern noch gute Nacht sagen oder eine Geschichte vorlesen und dann einfach nur noch abschalten.

16. DER VIERTE TAG

Karl Grimm war wieder früh aufgestanden, um sich so schnell wie möglich nach Singen zu begeben. Er wusste, dass ein schneller Erfolg wichtig war, und so richtig in der Spur fühlte er sich in diesem Fall noch nicht. Zu viele Unbekannte und ein geschasster Ehemann, bei dem alles passen würde. Der war aber nicht zu greifen, und es schien Grimm auch zu einfach. So läuft es eben meistens nicht, dachte er bei sich, als unvermittelt seine Frau vor ihm stand. »Guten Morgen, Karl, hast du schon gefrühstückt?«, fragte Maria Grimm ihren Mann und fasste ihn dabei an den rechten Arm. »Ja, habe ich. Ich will rasch los, damit ich vor der ersten Besprechung in Singen noch einen Blick auf die Aufträge werfen kann. Das verstehst du doch, mein Schatz?«, antwortete Grimm seiner Frau. »Nein, Karl, das verstehe ich nicht. Wir hatten ein so schönes Leben in Stuttgart, und jetzt sitze ich mit den Kindern, die du wolltest, wenn du dich recht erinnerst, hier in diesem Kaff. Keine Freunde, keine Bekannten. Du hast nie Zeit für uns, und jetzt noch die Sonderkommission in Singen. Das ist für dich anstrengend. Das ist mir klar. Und natürlich ist die Sonderkommission wichtig. Aber kannst das nur du?«, wollte Maria von Karl wissen. »Natürlich kann das nicht nur ich. Aber ich bin hier der Kripochef und habe die Verantwortung«, gab Karl etwas säuerlich zu verstehen. »Das verstehe ich, Karl, und ich will dich ja auch nicht noch mehr belasten, aber heute ein Mord, morgen wieder neue wichtige Projekte, wo der Herr Grimm natürlich unentbehrlich ist, und dann Personalprobleme, die auch nur du lösen kannst. Immer ist alles wichtiger als deine Familie. Also geh und mach deine Arbeit in Singen. Und mach sie gut. Wenn das aber erledigt ist, müssen wir reden.« Das war's. Genau das hatte Grimm heute Morgen noch gefehlt. Natürlich wusste er, dass der Schritt von Stuttgart nach Konstanz ein heftiger Sprung war. Aber er war mit seiner Familie ja nicht in den Urwald gezogen, und klar, er musste lernen zurückzustecken, aber wie? »Du, ich verstehe dich ja. Und ich weiß, dass es für dich in Konstanz nicht so ganz einfach ist, wieder richtig Fuß zu fassen. Aber jetzt muss ich los. Ihr seid mir natürlich am wichtigsten. Aber ich muss mich jetzt um den Mord in Singen kümmern«, antwortete etwas hilflos der Kriminaloberrat, der ansonsten ja fast immer auf alles eine Antwort wusste. Seine Frau wandte sich ab und ging zurück ins Schlafzimmer. »Ach ja«, ergänzte sie noch auf dem Weg dahin, »ich bin heute Abend noch verabredet. Du solltest also spätestens um 17 Uhr zurück sein, sonst muss ich mich um jemanden kümmern, der auf die Kinder aufpasst.« »Ich melde mich«, antwortete Grimm und überlegte, ob er noch erwidern sollte, dass die Kinder auch mal zwei Stunden allein sein könnten. Schließlich war die Älteste, seine Anna, schon zehn Jahre alt. Aber er ließ es sein.

In Singen eingetroffen, setzte sich Karl Grimm mit seinem Führungsteam zusammen, um den Tag zu planen und die noch offenen Aufträge von gestern zu diskutieren. Was gestern noch offen und höchst interessant klang, waren die Taxispur und natürlich der nach wie vor fehlende Ehemann des Opfers, Davide Henssler. »Guten Morgen, Arno, hast du schon den Rücklauf von dem Spurenteam, das die Taxispur zu bearbeiten hatte«, begann Grimm das kleine Meeting in seinem Büro. Grimm hatte seinem Vertreter zwischenzeitlich das Du angeboten, um vielleicht auf diese Weise doch ein wenig zusammenzuwachsen. »Die Vernehmung der Taxifahrerin, die angeblich das Opfer transportiert haben soll, habe ich noch nicht vorliegen. Aber Otto Specht hat mich heute Morgen schon informiert, dass die Spur wohl nicht mehr so heiß sei. Er würde nachher in der Frühbesprechung was dazu sagen«, meinte der Leiter der Kriminalaußenstelle Singen und Vertreter in der Soko, Arno Angele, zu seinem Chef. Grimm runzelte die Stirn. An die Verfahrensweise hier musste er sich erst noch richtig gewöhnen, aber er zweifelte selbst daran, dass er es je schaffen würde. Diese badische Mentalität und die gelebte

Lässigkeit konnte Grimm im Alltag recht gut leiden, aber nicht, wenn er einen Mord aufzuklären hatte. Da ging ihm das mächtig an die Nieren. »Also gut, und wissen wir etwas über den Aufenthaltsort vom Ehemann des Opfers? Sind wir da schon weitergekommen?«, wollte Grimm wissen. »Da solltest du dringend den Leiter des MEK in Freiburg anrufen. Der wollte dich heute Morgen schon sprechen. Was den Aufenthaltsort von Davide Henssler angeht, kann ich dir auch nichts Neues sagen. Aber Kerstin und Hans sind dran«, antwortete Arno Angele auf die Frage. »Soweit ich das mitbekommen habe, wollen die Freiburger uns das MEK abziehen. Dann müssten wir überlegen, ob wir die Wohnung in Singen mit eigenen Kräften noch abdecken und unter Wind halten oder warten, bis der Henssler von selbst wieder auftaucht«, ergänzte Angele. »Das machen wir natürlich nicht. Wir halten die Wohnung unter Wind, bis wir keine Fahndungslage mehr haben. Aber die haben wir noch, und ich telefoniere nach unserer Besprechung gleich mit dem Leiter MEK. Dann sehen wir weiter«, erwiderte Grimm. »Gut, was haben wir noch?«, fragte Grimm erwartungsvoll in die kleine Runde. »Das war's, Chef, fürs Erste. Nachher vielleicht noch etwas mehr in der Sokobesprechung um 9 Uhr«, meinte der Spurenkoordinator und EDV-Experte Alex Preuß zu seinem Chef.

Das Telefonat mit Freiburg war gleich erledigt. Grimm hatte wenig gute Argumente, um den Einsatz einer Gruppe MEK fortgesetzt zu rechtfertigen. Also musste er die Überwachung der Wohnung selbst organisieren. Der *Südkurier*, der auf seinem Schreibtisch lag, hatte den Mord an der Singener Geschäftsfrau nicht mehr auf der Seite eins platziert, sondern Grimm fand ihn erst im Regionalteil von Singen. Die Berichterstattung war human. Im Endeffekt war der

Tatort von außen mit den weiß angezogenen Kriminaltechnikern abgebildet. Schön im Hintergrund zu sehen war der Hohentwiel. Der Singener Hausberg mit seiner eindrucksvollen Gestalt. Eigentlich gar nicht so schlecht. Die Schlagzeile »Soko arbeitet auf Hochtouren« bewertete Grimm nun auch nicht als problematisch. Die Frühbesprechung stand an. Grimm war auf dem Weg.

»Guten Morgen, Kolleginnen und Kollegen, steigen wir gleich ein. Was hat der gestrige Tag gebracht, und wo stehen die einzelnen Teams mit ihren Aufträgen«, stieg Grimm wie immer in die Besprechung ein. Die Ergebnisse waren unspektakulär und übliches Handwerk. Bis auf die Berichterstattung der Teams 2 und 3. Alle hörten gespannt zu. »Wir waren gestern Abend im *Conti* und haben den Damen im Separee auf den Zahn gefühlt, und es hat sich etwas Interessantes ergeben. Davide war wohl am Mittwochabend, dem 15. Mai, auf einen Sprung ins *Conti* gekommen und hatte sich anschließend mit einer Barbara ins Separee verzogen. Die Echtpersonalien haben wir auch. Dort fand natürlich, wie immer außer netten Gesprächen und Sekt, nichts statt, und so gegen Mitternacht war er dann auch wieder weg. Bei den Gesprächen mit Barbara soll Davide erzählt haben, dass er einen Job in Italien zu erledigen habe und deshalb ein paar Tage weg sei. Wohin genau, konnte Barbara nicht sagen. Sie wisse aber wohl, dass er nach Süditalien wollte, also eher unten am Stiefel. Wie wir zudem herausgefunden haben, verkehrt Davide häufig im Conti. Die Mädchen dort kannten ihn alle, und er soll sich wohl auch schon mit der einen oder anderen ins Separee zurückgezogen haben«, ergänzte mit einem Anflug eines spöttischen Lächelns die Kollegin Elser. Natürlich wussten alle Bescheid, dass im Separee und in den Zimmern überm *Conti* mehr als nur Händchen halten stattfand. Prostitution war aber in Singen nicht erlaubt, und deshalb gab es offiziell auch keine. »Gut, prima gemacht«, äußerte sich Grimm, »und habt ihr im Umfeld der Singener Wohnung auch noch mal nachgefasst?«, wollte Grimm noch wissen. »Ja, klar. Wir hatten zum einen Kontakt mit dem MEK, das wohl heute abziehen will, und wir haben auch noch weitere Nachbarn befragt. Das MEK hatte letzte Nacht eine 22-jährige Julia Schneider aus Rottweil kontrolliert, die offensichtlich Davide in der Wohnung so gegen 23 Uhr aufsuchen wollte. Personalien und Adresse haben wir, und es hat sich bei den Befragungen insoweit bestätigt, dass die Wohnung in Singen von mehreren Personen in Anspruch genommen wurde. Ob der Ehemann von Frau Henssler dazugehört, wissen wir nicht genau«, ergänzte Hans Widenhold den Vortrag seiner Kollegin. »Prima, dann macht ihr dort weiter und befragt mal diese Julia Schneider, was sie in Singen in der Wohnung wollte, und nach ihrer Beziehung zu Davide und versucht, noch etwas herauszukriegen, wo der Kerl in Italien stecken könnte«, nahm Angele den Faden auf und wandte sich dem Spurenteam Mayer und Specht zu. »Was könnt ihr zu der Taxispur sagen?« Lena Mayer hatte am gestrigen Abend die Taxifahrerin Rosi Huber beim Taxiunternehmer erreicht. Kurz bevor sie wieder Schicht hatte. Aber das Ergebnis der Befragung entsprach nicht der Erwartung der Kriminalkommissarin. »Wir haben die Taxifahrerin, die nach den bisherigen Erkenntnissen das Haus unseres Opfers gegen 14 Uhr angefahren haben soll, gestern Abend angetroffen und dazu befragt. Frau Huber konnte bestätigen, dass sie öfters Frau Henssler gefahren hat, aber an dem Nachmittag war sie zwar in die Oberdorfstraße gerufen worden, aber nicht in die Oberdorfstraße 99. Sie hatte einen anderen Fahrgast transportiert. Damit ist diese Spur erst einmal kalt«, resümierte die Kollegin und wartete auf ein wenig Rückendeckung durch ihren Partner, wohl wissend, dass der Vortrag so nicht durchging. Aber von dort kam nichts. Otto Specht starrte auf die vor ihm liegenden Akten und war entweder nicht bei der Sache oder bewusst ein wenig weggetreten. »Gut, und was ist mit den anderen Taxiunternehmen?«, wollte Angele freundlich wissen. Lena Mayer schaute zum Kollegen Specht neben sich, der sich aber nicht regte, und meinte: »Da haben wir nichts weiter unternommen. Wir sind nach dem Telefonat mit dem Disponenten davon ausgegangen, dass wir am richtigen Taxi dran waren«, führte die Kollegin Mayer leicht verunsichert aus. »Was habt ihr? Ihr habt die anderen Taxiunternehmer gar nicht mehr aufgesucht beziehungsweise nachgehakt, ob sie am Tattag in der Oberdorfstraße und insbesondere in der Oberdorfstraße 99 unterwegs waren? Habt ihr sie noch alle?«, echauffierte sich Angele und schaute zum Chef. Karl Grimm wandte sich dem Spurenteam 3 zu und äußerte kurz und knapp: »Nach der Besprechung in mein Büro.«

Die Aufträge für den Tag waren schnell verteilt. Das Spurenteam 1, Polizeimeisterin Mandy Heim und Kriminaloberkommissar Timo Blum, erhielten den Auftrag, die Wohnung in Singen unter Wind zu halten, und die Taxispur verteilte Angele unter mehrere Teams, sodass das ausstehende Ergebnis spätestens am Abend einigermaßen im Kasten sein sollte.

17. SAN LUCA – FLORENZ

Davide hatte am Sonntagvormittag San Luca in Richtung Singen schon wieder verlassen. Sein Onkel Falcone hatte ihm noch 5.000 Euro in 100er-Noten in die Hand gedrückt und augenzwinkernd gemeint, dass er das Taschengeld schon gut gebrauchen könne. Er solle ihn aber ja nicht enttäuschen oder die Familie entehren. Davide hatte verstanden. Sein Onkel wollte keine Details wissen. Seinem Onkel war es auch egal, wie und was er machte. Das war Davide in der Vergangenheit auch immer recht gewesen. Als sie noch als Familie in Singen lebten, war Onkel Luigi ein einfacher Arbeiter und ein aktives Mitglied der italienischen Gesellschaft in der Stadt gewesen. Sonntags war die Familie regelmäßig im Gottesdienst. Gerne auch in der Theresienkapelle, die im Industriegebiet hinter *Maggi* und *Georg Fischer* stand. Davide wusste, dass die Kapelle eine besondere Geschichte hatte. Der Priester und sein Onkel hatten das auch immer wieder versucht, den Kindern zu vermitteln. Er hatte sich nicht alles gemerkt, aber Davide wusste, dass die Kapelle auf einem Luftschutzbunker stand, und dass ein französischer Kommandant sie von Kriegsgefangenen hatte bauen lassen. Im Rückblick war sein Leben bei seinem Onkel Luigi gar nicht so schlecht gewesen. Er hatte immer für ihn gesorgt, und dass die Familie zur Mafia gehörte, mit dem wuchs Davide auf. Aber jetzt brauchte sein Onkel die Beziehungen der einflussreichen Immobilienmaklerin in Singen und wollte wie immer weiterhin im Hintergrund bleiben. Das wusste Davide, und das hatte ihm sein Onkel auch klipp und klar gesagt. Nach gut zehn Stunden Fahrt hatte Davide Florenz erreicht. Hier wollte er bei seinem Cousin Andrea Falcone übernachten. Viel Kontakt hatten sie in letzter Zeit nicht gehabt. Sein Cousin hatte eine kleine Studentenwohnung in der Via Porta Rossa. Und er war Familie. Das und ein wenig Vergnügen und vielleicht auch ein Hauch von Kunst konnten Davide nicht schaden. Zumindest war das sein Plan.

18. SPURENTEAM 2

Die Kommissare Elser und Widenhold waren unterwegs. Hans hatte den Dienstwagen in Richtung der A81 gelenkt, und die beiden fuhren an einem herrlichen Frühlingsmorgen nach Norden. Kerstin genoss die Fahrt. Bei ihrer Fahrt durch Singen Richtung Autobahn blickte sie auf den von Tag zu Tag mehr ergrünenden Hohentwiel, der, allein genommen, für sich die Stadt Singen schon zu etwas Besonderem machte. Dann ging es auf der Autobahn weiter in Richtung der Hegaukuppe, im Hintergrund nach Süden der Bodensee und das Hegau mit seinen Vulkanbergen war einfach nur schön. »Was hast du denn?«, wollte Hans wissen, nachdem Kerstin nun schon eine ganze Zeit nichts mehr gesagt hatte. »Du, nichts Besonderes. Ich nehme nur ein wenig die Landschaft mit und finde immer wieder, wie schön es doch bei uns ist.« »Da hast du sicher recht«, erwiderte Hans, »wir arbeiten da, wo andere Urlaub machen, und wenn wir gleich über die Hegaukuppe gefahren sind und über die Baar Richtung Schwarzwald fahren, kannst du gleich einen Kittel mehr anziehen.« Beide lachten, und Kerstin genoss weiterhin die Aussicht. Ihr erstes Ziel am heutigen Tag sollte Julia Schneider werden. Die Büroabklärungen hatten ergeben, dass es sich bei Julia Schneider um eine 22-jährige ledige Frau aus Rottweil handelte, die bislang in den polizeilichen Datenbanken keine Rolle spielte. Insofern ein unbeschriebenes Blatt. Die Adresse von Frau Schneider war in der Kernstadt in der Nähe des Schwarzen Tores; Rottweiler Altstadt und Rottweiler Flair. Die Kollegin Kerstin Elser war gespannt, wer und was sie in Rottweil erwartete. Aber eigentlich ging sie davon aus, dass es sich um eine Routineabklärung handeln würde. Julia Schneider hatte nach dem ersten Klingeln aufgemacht und gehofft, dass Davide vor der Tür stand. Als sie den Spion benutzte, um kurz zu prüfen, wer zu ihr wollte, sah sie eine junge Frau und einen älteren Herrn vor ihrer Tür stehen und fragte erst einmal nach: »Hallo, wer sind Sie und was wollen Sie von mir? Wir kaufen nichts, und wenn Sie Vertreter sind, darf ich Sie bitten, schnell wieder zu verschwinden. Dann haben Sie hier im Haus nichts verloren.« Julia Schneider war irritiert. Sie hatte so inständig gehofft, dass ihr Davide wieder auftauchte, und nun so eine Enttäuschung. »Guten Tag, Frau Schneider. Wir sind von der Polizei. Wir wollen Sie bitte nur kurz sprechen.« Hans Widenhold hatte seine beste Stimme ausgepackt. Julia Schneider zuckte zusammen. War etwas mit

Davide? Schließlich hatte sie ihn schon seit ein paar Tagen nicht mehr gesehen, obwohl er ihr doch so unmissverständlich gesagt hatte, dass sie die Liebe seines Lebens sei. Irgendwas stimmte nicht. »Ist etwas mit Davide, meinem Verlobten?«, wollte Julia von den Kriminalbeamten wissen. Die schauten sich kurz an, und Widenhold sprach weiterhin so einfühlsam er es vermochte: »Ja, es hat mit Davide zu tun, und wir würden das Gespräch gerne in Ihrer Wohnung fortsetzen, wenn möglich. Es müssen ja nicht alle Nachbarn mithören.« Julia öffnete die Tür und bat die beiden Beamten in die Wohnung. »Wohnen Sie hier allein?«, wollte Kommissarin Elser als Erstes wissen. Ihr war sofort aufgefallen, dass die Wohnung für eine 22-jährige Frau sehr groß war und die Einrichtung eher konservativ und älter wirkte. »Nein, ich wohne hier mit meiner Familie. Meiner Mutter, die gerade bei der Arbeit ist, und meinem älteren Bruder, der auch unterwegs ist«, erläuterte Julia Schneider und fühlte sich in der Gegenwart der Polizistin, die nicht viel älter als sie schien, überraschend wohl. KOK Widenhold hielt sich wie immer zunächst zurück und schaute sich unauffällig in der Wohnung um. »Aber was ist jetzt mit Davide?«, platzte es aus Julia heraus. »In welcher Beziehung stehen Sie zu Davide?«, wollte die Kommissarin Elser zunächst wissen, bevor sie Frau Schneider diese Information geben wollte. »Wir sind seit ein paar Wochen ein Paar und sind praktisch verlobt. Davide hat mir erst vor ein paar Tagen erklärt, dass er mich heiraten wolle, und seither habe ich ihn nicht mehr gesehen. Ich mache mir furchtbare Sorgen um ihn«, ergänzte Julia ihre Ausführungen. Die Kommissarin spürte, dass das nicht aufgesetzt war, und auch, dass die junge Frau sich tatsächlich um ihre neue Liebe sorgte. Aber noch wollte sie nicht mit der Katze aus dem Sack. Denn die

Polizistin wusste, wenn sie der jungen Frau erst einmal die Wahrheit gesagt hatte, dass dann zunächst nichts mehr zu holen war. »Wo und wann haben Sie Davide kennengelernt und darf ich fragen, wann Sie ihn zuletzt gesehen haben?«, fragte Kerstin Elser so einfühlsam wie möglich nach. »Sagen Sie mir doch endlich, was mit Davide ist?«, platzte es aus Julia heraus. »Ich sage jetzt nichts mehr. Solang bis Sie mir sagen, ob es meinem Davide gut geht oder nicht.« An der Stelle war für die Kommissarin Schluss. Jetzt musste sie wohl oder übel sagen, was sie wusste, und darauf hoffen, dass der Gesprächsfaden nicht ganz abbrach. »Gut, Frau Schneider. Wir suchen Davide Henssler, weil seine Ehefrau, Frau Gertrud Henssler, in Singen in ihrem Haus ermordet wurde und er seit der Tat verschwunden ist.« Das saß. Die Kommissarin Elser setzte einen Punkt und wartete auf die Reaktion von Frau Schneider, die prompt und unmittelbar erfolgte. »Sie lügen oder Sie verwechseln meinen Verlobten mit jemand anderem. Sehen Sie hier auf meinen linken Ringfinger. Den Ring hat mir mein Davide, als ich ihn zuletzt gesehen habe, an den Finger gesteckt. Wie soll er denn da verheiratet sein? Das wäre ja nicht recht.« Die Kommissarin schaute kurz auf den Ring und erkannte sofort, dass es sich um einen schlichten silbernen Ring handelte und es möglicherweise zur Masche von Davide gehörte, so die Frauen für sich zu gewinnen. Aber das spielte gerade keine Rolle. »Vielleicht haben Sie recht, Frau Schneider. Wenn Sie einverstanden sind, fahren wir zum Polizeirevier Rottweil in die Kaiserstraße. Dort können wir uns ungestört unterhalten und danach lassen wir sie auch wieder in Ruhe, einverstanden?«, wollte Kommissarin Elser wissen. Julia Schneider nickte etwas verunsichert und begleitete die beiden Kriminalbeamten auf die Polizeiwache.

19. FLORENZ - VIA PORTA ROSSA

Davide war in der Via Porta Rossa angekommen. Seinen Porsche hatte er am Stadtrand auf einem bewachten Parkplatz abgegeben und dem Wächter unmissverständlich zu verstehen gegeben, dass er auf den Porsche aufzupassen habe. Er drückte ihm noch 20 Euro Trinkgeld in die Hand, um seiner Bitte Nachdruck zu verleihen. Schließlich konnte er gerade auf vieles, nicht aber auf sein schnelles Auto verzichten. Florenz war zu dieser Jahreszeit einfach nur herrlich. Das Frühjahr hatte die Vegetation ins Leben zurückgeholt. Es war angenehm warm, und die Stadt pulsierte voller Leben. Davide klingelte und wurde in das ältere, aber sehr gepflegte Haus eingelassen. Sein Cousin wohnte im zweiten Obergeschoss und empfing Davide freundlich an der Tür. »Hey, Cousin, komm rein. Ich habe dich ja schon lange nicht mehr gesehen.« Davide trat ein. Die Tür schloss sich, und das Gesicht seines Cousins Andrea verfinsterte sich. »Du Arschloch, was machst du hier? Der Onkel hat angerufen und gesagt, wenn du auftauchst, dann versenke ihn am besten gleich im Arno. Was hast du für Mist gebaut? Du kannst heute Nacht hier schlafen, aber morgen früh verschwindest du wieder, und zwar subito. Ich muss den Onkel informieren, dass du da warst, und das kann ich nicht lange aufschieben. Du weißt, wie er ist.« So hatte sich Davide den Abend und die Nacht bei seinem Cousin in Florenz nicht vorgestellt. Eigentlich hatte er darauf gehofft, dass sein Cousin ihn schön zum Essen ausführen würde, zum Beispiel in das *La Bussola* gleich um die Ecke, und im Anschluss wollte er noch ein wenig auf die Piazza della Repubblica. Mädchen und Stoff gab es dort genug, und ein wenig Gas geben, hätte ja nicht geschadet. Aber das war ums Eck. Was tun, überlegte Davide und kam schnell zum Ergebnis, dass er Florenz nicht gleich wieder verlassen konnte. Auf einen Satz durchfahren erschien ihm zu kritisch, zumal er sich eh überlegen musste, was er denn in Deutschland wollte. So einfach zurück, war schwierig. Hierbleiben war aber auch keine Option. Sein Onkel Falcone hatte ihm unmissverständlich auf den Weg zurück nach Singen verwiesen, und in Florenz war er nun auch schon nicht mehr willkommen. Singen war schlecht. Das war Davide klar. Er hatte Mist gebaut, und sein Onkel in San Luca wusste offensichtlich Bescheid.

20. POLIZEIREVIER ROTTWEIL

Das Spurenteam 2 war mit der Zeugin Julia Schneider in der Kaiserstraße Nummer zehn auf dem Polizeirevier in Rottweil angekommen. Die Kollegen hatten vorab angerufen, und man hatte ihnen ein Vernehmungszimmer im ersten Stock zugewiesen, in dem sich die drei nun einfanden.

Das Revier selbst war in einem modernen großen Gebäude untergebracht. Julia hatte bislang nichts mit der Polizei zu tun gehabt und fühlte sich unwohl in ihrer Haut. Kerstin Elser spürte diese Unsicherheit und machte sich das unmittelbar zunutze. »Setzen Sie sich, Frau Schneider. Ich bin Kerstin Elser, das ist mein Kollege Kriminaloberkommissar Widenhold, und wir haben ein paar Fragen an Sie. Darf ich Sie Julia nennen?« Julia Schneider schaute Frau Elser direkt in die Augen und spürte in sich drin, dass sie jetzt einen Anker für sich brauchte, und dieser Anker war diese Frau. »Ja, ich heiße Julia, und ja, Sie dürfen mich so nennen«, erwiderte sie auf die Frage der Kommissarin, die fortfuhr und fragte: »Julia, seit wann genau kennen Sie Davide und wo haben Sie sich kennengelernt?« »Darf ich denn nicht zunächst erfahren, was mit Davide passiert ist?«, fragte Julia besorgt die Polizistin. »Natürlich dürfen Sie das, aber Sie waren sich zu Hause nicht sicher, ob wir von der gleichen Person sprechen. Deshalb würde ich das erst gerne klären«, gab Kerstin Elser zu verstehen. »Also, wo haben Sie sich denn kennengelernt?« »Das war vor ein paar Wochen in einer Location im Neckartal. Ich hatte mit einer Freundin getanzt, und da hatte sich Davide dazugesellt und uns zu verstehen gegeben, dass er gerne mittanzen würde. Meine Freundin hat sich recht schnell zurückgezogen, und dann war ich mit ihm allein auf der Tanzfläche. Er war äußerst charmant, lachte mich andauernd an. Ja, und ich glaube, ich habe mich gleich in ihn verliebt. Danach hat er mich mit seinem Auto nach Hause gebracht, und das war's«, beendete Julia ihre ersten Angaben. »Wie, das war's. Danach haben Sie sich nicht mehr gesehen?«, hakte die Kommissarin nach. »Natürlich haben wir uns noch gesehen, wie käme sonst der Ring an meinen Finger. Davide hat mich schon am nächsten

Tag wieder abgeholt, und ja, danach sahen wir uns öfters. Davide hat mich dann ausgeführt zum Essen oder auch mal nur auf einen Kaffee, oder wir waren bei mir und er hat mich, wenn wir nicht bei mir waren, jedes Mal nach Hause gebracht. Wir waren sehr glücklich«, ergänzte Julia. »Können Sie mir sagen, was Sie gestern in Singen in der Ekkehardstraße getan haben?«, wollte Kerstin Elser noch wissen, obwohl für sie schon lange klar war, dass bei dem Davide von Julia und bei dem Davide, nach dem sie fahndeten, es sich eindeutig um die gleiche Person handelte. »Davide und ich waren ein paar Mal in seiner Wohnung in Singen, und ich habe mir Sorgen um ihn gemacht. Ich erreiche ihn seit ein paar Tagen nicht und dann habe ich halt nachgeschaut«, antwortete Julia Schneider verzweifelt.

»Ja, Julia. Es tut mir leid. Aber es ist leider so, dass der Davide, in den Sie sich verliebt haben, ein verheirateter Mann ist. Seine Frau wurde tatsächlich am Donnerstag, dem 16. Mai, also vor fünf Tagen, in ihrem Haus ermordet. Davide ist seither verschwunden, und wir müssen ihn dringend sprechen. Wenn er sich also an Sie wenden sollte, sagen Sie uns Bescheid. Hier bekommen Sie meine Karte und meine Erreichbarkeiten. Sie können mich in den nächsten Tagen jederzeit anrufen, und wenn ich nicht erreichbar wäre, wählen Sie auch gerne den Notruf. Es könnte sonst gefährlich für Sie sein. Haben Sie das verstanden?«, wollte Kerstin Elser noch abschließend wissen. Julia schaute sie an und meinte: »Ich habe Sie gehört, aber ich habe das alles noch nicht verstanden. Warum sollte Davide mich so hintergehen?«

21. FLORENZ

Cousin Andrea hatte schon früh die Wohnung verlassen. Er hatte Davide unmissverständlich zu verstehen gegeben, wenn er wieder nach Hause kommen würde, und das war spätestens am Spätnachmittag, dann wolle er ihn hier nicht mehr sehen. Andrea klärte Davide auch noch einmal auf, dass er den Onkel über seinen Besuch in Florenz informieren werde, und zwar gleich noch am Morgen, und dass es ihm trotzdem leidtäte, dass sie beide keine schöne Zeit miteinander verbringen konnten. Davide hatte trotz der Umstände gut geschlafen und ließ sich mit der Abreise noch etwas Zeit. Davide musste überlegen, was für ihn nun am besten war. Am besten, dachte er, wäre vielleicht, Andrea zuvorzukommen und den Onkel selbst anzurufen, was er dann auch tat. »Guten Morgen, Onkel. Ich habe auf dem Weg nach Singen bei Andrea haltgemacht und übernachtet. Nachher fahre ich weiter und schaue, dass ich bald wieder in Singen bin«, war der scheinheilige Auftakt des in Fortfolge sehr kurzen Telefonats mit Onkel Falcone. »Davide, du wirst von der Polizei gesucht. Deine Ehefrau wurde umgebracht, und sie suchen nach dir. Egal, ob du es warst oder nicht, in Singen nützt du mir jetzt gerade nichts mehr. Im Gegenteil. Ich muss überlegen und ein paar Telefonate führen. Melde dich morgen bei mir, und solang tauchst du unter. Auf keinen Fall bleibst du bei Andrea – verstanden?«, entgegnete Falcone seinem nichtsnutzigen Neffen und legte auf. Davides Herz raste. Damit hatte er nicht gerechnet. Aber was nun? War seine Frau wirklich tot? Wenn sein Onkel ihn als Problem bezeichnete, dann wusste Davide, was ihm blühte. Untertauchen bis zum Sankt Nimmerleinstag oder im schlimmsten Fall der Tod. Davide wusste, dass er beides nicht wollte. Also musste er sich jetzt erst einmal absetzen. Geld hatte ihm der Onkel überlassen, und zur Not musste der Porsche auch noch weg. Ja, dachte Davide, der muss weg. Egal, wer mich sucht oder hinter mir her ist, der Porsche ist zu auffällig.«

22. KRIMINALPOLIZEI SINGEN, JULIUS-BÜHRER-STRASSE

Lena Mayer und Otto Specht hatten sich kurz nach der Frühbesprechung in Singen beim Chef im Büro gemeldet. Otto Specht gestand umfänglich und versuchte, seine Nachlässigkeit bei der Spurenbearbeitung der Staatsanwaltschaft und auch ein wenig Arno Angele in die Schuhe zu schieben. Schließlich wurde von dort auch der Druck auf ihn aufgebaut. Der untaugliche Versuch erledigte sich sofort. Karl Grimm kannte seine Pappenheimer. Er wusste auch, dass so etwas immer mal wieder vorkam, und trotzdem konnte er es nicht durchlassen. »Herr Specht, ein solches Verhalten können wir uns in der Soko nicht leisten. Wenn Sie wieder einmal in einer Soko gebraucht werden und privat oder dienstlich unter Druck stehen, dann gehen Sie offen damit um und wenden sich an Ihre Chefs. Haben Sie verstanden? Ab sofort arbeiten Sie an Ihren Fällen, die Sie der Staatsanwaltschaft vorlegen müssen. Sie sind raus«, fasste Grimm am Ende der kurzen Unterhaltung seine Entscheidung zusammen. »Frau Mayer, Sie machen weiter und unterstützen das Team jetzt erst einmal mit Schreibtischermittlungen. Herr Angele weist Ihnen die Arbeit zu«, ließ Grimm Frau Mayer noch wissen. Die Kommissarin hatte sich im Nachgang wegen der Schlamperei über sich selbst geärgert und war froh, dass der Chef sie nicht aus der Soko rauschgeschmissen hatte. Ihr erster Auftrag, den sie gleich aus dem Zimmer vom Chef mitnahm, war, den Mafiabezug zu erhellen. Der Chef hatte ihr mit auf den Weg gegeben, sie solle sich beim Landeskriminalamt in Stuttgart, Abteilung Organisierte Kriminalität, erkundigen. Vielleicht wusste man dort etwas über Luigi Falcone, Davide oder seine Familie. Und tatsächlich konnte sie in Erfahrung bringen, dass das Landeskriminalamt vor einigen Jahren in Singen gegen die 'Ndrangheta ermittelt hatte. Das Verfahren war aber weitestgehend an die italienische Justiz abgegeben worden. Gegen einen Davide Henssler war nie ermittelt worden. Bei dem in die Ermittlungen einbezogenen Personenkreis tauchte der Name Davide nur im Kontext mit einem Luigi Falcone auf. Dieser war seinerzeit als Drahtzieher und Leiter des Locale der 'Ndrangheta in Singen identifiziert worden. Der Kollege in Stuttgart konnte noch ergänzen, dass die Anklagen in Italien erfolgten, und dass Luigi Falcone sich aus Singen abgesetzt hatte. Wohin und ob er damals verurteilt worden war, konnte der

Kollege aus dem Stegreif nicht beantworten. Er hatte aber angeboten, sich schlau zu machen, wenn es für das Verfahren erforderlich sein sollte. Lena Mayer fertigte rasch einen Aktenvermerk über das, was sie aus Stuttgart erfahren hatte, an und legte diesen Arno Angele vor.

Karl Grimm hatte sich in sein Büro zurückgezogen und beschäftigte sich mit dem zwischenzeitlich aus Freiburg eingetroffenen Obduktionsbericht. Sehr viel Neues erfuhr er bei der Durchsicht nicht. Die relevanten Details hatten die Kriminaltechniker, die bei der Obduktion mit dabei gewesen waren, bereits vorgetragen. Das Opfer war also tatsächlich mit acht Schlägen, vermutlich mit einem Hammer, traktiert worden. Die einzelnen Verletzungen am Kopf waren unterschiedlich. Zwei Schläge waren wohl so massiv durchgeführt worden, dass die Schädeldecke geplatzt und damit auch der Tod herbeigeführt worden war. Ob die anderen sechs Schläge vor dem Tod oder posthum erfolgten, war aus dem Obduktionsbericht nicht ersichtlich. In jedem Fall wären die anderen sechs Schläge nicht tödlich gewesen. An der rechten Hand waren der Zeige- und der Ringfinger gebrochen. Der Bericht bestätigte aber auch, dass das Opfer noch vor dem Tod Geschlechtsverkehr hatte, und die Spuren der Fesselung wurden auch entsprechend dargestellt. »Chef, ich habe hier einen interessanten Aktenvermerk der Kollegin Mayer. Unser vermisster Ehemann des Opfers ist wohl der Zögling eines ehemals in Singen lebenden Mafioso«, polterte Arno Angele in das Büro von Karl Grimm. Grimm löste sich von seinem Obduktionsbericht und wies Arno Angele an, sich zu setzen. »Gut, ich habe gerade noch mal den Obduktionsbericht studiert, und das passt eigentlich alles zu einem Raubmord oder einem Sexualdelikt oder beidem, aber zum Mord durch den Ehemann passt die Spurenlage nicht so recht. Warum sollte der geschasste Ehemann seine Frau derart malträtieren, sie fesseln, zuvor auch noch mit ihr schlafen und sie dann auf so bestialische Art und Weise erschlagen?«, referierte Grimm vor seinem Vertreter. »Und was hat das mit der Mafia zu tun? Das passt doch nicht, oder siehst du das anders?«, wandte sich Grimm fragend an seinen Vertreter Angele. »Das sehe ich auch so. Aber wir wissen ja aus vielen anderen Ermittlungen, dass nichts unmöglich ist, und auf jeden Fall ist und bleibt Davide Henssler solang im Fokus, bis wir ihn gefunden haben und seine Unschuld bewiesen ist«, antwortete Angele. »Da hast du in jedem Fall recht. Wir müssen das Undenkbare denken und uns gemeinsam bestmöglich darauf vorbereiten, und wir müssen den Kerl baldmöglichst finden. Reg doch mal eine internationale Fahndung an. Vielleicht haben wir Glück«, beendete Grimm das Gespräch in seinem Büro und beschäftigte sich wieder mit den vor ihm liegenden Akten. Lena Mayer hatte ihre Schreibtischermittlungen noch vertieft. Luigi Falcone hatte mit seiner Familie in der Singener Südstadt gewohnt. Er hatte als einfacher Arbeiter in Singen gearbeitet. Jedenfalls war Luigi Falcone nicht negativ aufgefallen. Ermittelt hatte die Kommissarin über das Melderegister den Bezug zwischen Falcone und Davide. So wusste sie jetzt, dass der unauffällige Chef des Locale der 'Ndrangheta in Singen, Luigi Falcone, der Onkel von Davide war. Inwieweit beide in irgendeiner Weise in die Tätigkeiten der Mafia verstrickt waren, konnte Lena auf diesem Weg nicht klären. Dazu hätte es wieder die Erkenntnisse des Landeskriminalamtes oder sogar der italienischen Polizei gebraucht. Lena ergänzte ihren Aktenvermerk mit den zusätzlichen Ergebnissen und gab die Informationen an Arno Angele weiter.

23. DIE TAXISPUR

EKHK Angele hatte vier Teams auf die Taxispur angesetzt und die Aufträge verteilt. Er hatte den Ermittlern mit auf den Weg gegeben, die in Singen und Umgebung ansässigen Taxiunternehmen heute schnellstens anzugehen, um am Ende des Tages nach Möglichkeit die offene Spur schließen zu können. Ausdrücklich lautete der Auftrag, alle Unternehmen anzufahren. Der Lapsus, den Specht verursacht hatte, sollte auf diese Weise rasch ausgebügelt werden. Als Zeitfenster gab er sicherheitshalber 13 bis 18 Uhr vor. Nach einer Zeugenaussage, die zwischenzeitlich auch schriftlich vorlag, sollte ja ein Taxi gegen 14 Uhr beim Anwesen von Gertrud Henssler vorgefahren sein. Der Zeuge hatte sogar angegeben, dass er meinte, gesehen zu haben, dass Frau Henssler mit dem Taxi auch weggefahren und von einer männlichen Person begleitet worden war. Angele hatte ein junges Spurenteam auch noch mal auf die Taxifahrerin Rosi Huber angesetzt, nur um sicherzugehen, dass Mayer und Specht nichts offengelassen hatten. Rudi Paschke und sein Kollege Rainer Huser waren unterwegs und suchten Rosi Huber zu Hause auf. »Guten Tag, Frau Huber, gestern Abend waren schon Kollegen von uns bei Ihnen und haben Sie dazu befragt, ob Sie am Donnerstagnachmittag, dem 16. Mai, eine Taxifahrt in die Oberdorfstraße 99 hatten und Frau Henssler gefahren haben. Können Sie uns das so nochmal bestätigen?«, packte Kommissar Paschke die nochmalige Befragung von der vermeintlichen Taxifahrerin am Tattag an. »Ja natürlich, das kann ich Ihnen gerne noch mal sagen. Ich hatte eine

Bestellung in die Oberdorfstraße, so gegen 13.50 Uhr, aber ich wurde nicht in die Oberdorfstraße 99 bestellt. Das hatte ich Ihren Kollegen schon gesagt. Allerdings habe ich Frau Henssler oft gefahren. Nicht am Donnerstagnachmittag, aber am Mittwoch, also einen Tag zuvor, hatte ich sie auch nach Hause gefahren. Sie war in Begleitung eines jüngeren Mannes, den ich nicht kannte, und Frau Henssler verhielt sich äußerst merkwürdig. So, wie ich das mitbekam, flirtete der junge Mann mit Frau Henssler, und ich sollte die beiden zum Anwesen von Frau Henssler in die Oberdorfstraße 99 fahren«, fasste Rosi Huber das, was ihr wichtig erschien, kurz zusammen. »Haben Sie das gestern auch unseren Kollegen erzählt?«, fragte Paschke nun interessiert nach. »Das konnte ich nicht. Als ich den Polizisten erzählt hatte, dass ich am Nachmittag Frau Henssler nicht gefahren hatte, hatten sich ihre beiden Kollegen schnell verabschiedet. Ich glaube, die nette Polizistin war ein bisschen enttäuscht. Ich bin gar nicht mehr dazu gekommen, ihnen zu sagen, dass ich Frau Henssler am späten Abend nach Hause gebracht hatte. Ich weiß ja auch nicht, ob das wichtig ist. Aber nachdem in Singen nur noch ein Thema kursiert, nämlich dass Frau Henssler wohl ermordet worden sein soll, dachte ich, das könnte Sie interessieren, oder nicht?«, fragte Rosi Huber bei den beiden Polizisten nach. »Ja, das ist natürlich von höchstem Interesse, Frau Huber. Was können Sie uns denn sonst noch zu Frau Henssler und vor allem zu der männlichen Begleitung in der Nacht sagen?«, wollte Paschke nun wissen. »Nun, Herr Kommissar, das war für mich nun nicht so außergewöhnlich, dass ich Frau Henssler abends nach Hause gefahren habe. Das ist in der Vergangenheit schon das eine oder andere Mal vorgekommen. Also habe ich mir dabei auch am Mittwochabend nichts gedacht. Geht mich ja auch nichts an. Aber jetzt ist Frau Henssler ermordet worden, und irgendwie war ihr Verhalten doch seltsam im Vergleich zu sonst.« »Was meinen Sie denn mit ›seltsam‹, Frau Huber«, hakte Paschke rasch nach. »Na ja, selten, eigentlich gar nie hatte ich sie mit männlicher Begleitung nach Hause gefahren.« »Was meinen Sie mit ›selten‹? Ein- oder zweimal, oder doch öfter?«, ergänzte Paschke. »Ja eher gar nicht, vielleicht ein- oder zweimal, aber dann nicht so spät in der Nacht. Wenn ich sie beispielsweise in Schienen vom *Falconera* abgeholt hatte und sie in Begleitung war, hatte ich sie des Öfteren in der City bei ihrem Büro abgesetzt oder auch schon beim *Bandoleros* in der Bahnhofstraße. Nach Hause brachte ich sie eigentlich immer allein. Also, das war am späten Mittwochabend schon außergewöhnlich. Auch ihr Verhalten war nicht so wie sonst«, ergänzte Rosi Huber ihre Ausführungen gegenüber den beiden Kommissaren. »Wissen Sie noch die genaue Zeit, zu der Sie mit dem Paar in die Oberdorfstraße 99 gefahren sind, und wo haben Sie das Paar abgeholt?«, hakte Paschke nach. »Ich meine, es war so um Mitternacht. Ich stand am Taxistand am Bahnhof und wartete auf Kunden. Frau Henssler ist mit ihrer Begleitung einfach zugestiegen.« »Ist Ihnen an den beiden etwas Besonderes aufgefallen?«, wollte Paschke noch wissen. »Ja und nein, das geht mich ja eigentlich auch nichts an. Aber ich hatte den Eindruck, dass die beiden mehr voneinander wollten, als nur Händchen halten, und das hatte ich bei Frau Henssler so noch nie erlebt. Bislang war sie in ihrem Auftritt immer so, wie man es von einer erfolgreichen Geschäftsfrau erwartet. Sie war sachlich, immer gut gekleidet, korrekt, redete wenig und war großzügig mit dem Trinkgeld. Wenn sie in männlicher Begleitung unterwegs war, dachte ich, dass es sich um Geschäftskunden, nie um private Beziehungen handeln könnte. Jedenfalls benahm sie sich sonst im Taxi so, wie man das von einer Geschäftsfrau erwartet. Das war in der Nacht bei der Taxifahrt ganz anders.« »Aus was haben Sie geschlossen, dass die beiden mehr voneinander wollten, und was war völlig anders als sonst?«, brachte sich Huser in die Befragung ein. »Das war für mich eigentlich offensichtlich. Die beiden hatten während der Fahrt die ganze Zeit die Hände aneinander und sie haben, wenn Sie so wollen, bei mir im Taxi ganz schön gefummelt. Das hatte ich bisher bei Frau Henssler so noch nicht erlebt. Ich meine sie ist, beziehungsweise sie war eine bekannte Geschäftsfrau in Singen und verheiratet war sie doch auch? Da geht so was nicht. Diskretion und so«, erwiderte die Taxifahrerin. »Haben Sie denn mitbekommen, von wo das Paar herkam, und können Sie den männlichen Begleiter beschreiben? Wie alt war er denn Ihrer Schätzung nach?«, fasste Paschke nun wieder nach. »Also, wo die beiden herkamen, das kann ich Ihnen nicht sagen. Dazu habe ich auch auf der Fahrt nichts mitbekommen. Aber die Begleitung beschreiben kann ich einigermaßen. Die männliche Person war gut gekleidet. Schwarze Flanellhose, schwarzes Hemd und gelbes Jackett. Wirkte einerseits etwas aufgebrezelt, andererseits aber auch sehr gepflegt. Das war so ein südländischer Typ, vielleicht Grieche oder Italiener, und er war in jedem Fall jünger als Frau Henssler. Also vielleicht zwischen 30 und 40 Jahren, aber eher Richtung 30«, antwortete Frau Huber den nunmehr staunenden Kollegen, die nicht damit gerechnet hatten, bei der vermeintlichen Routinebefragung auf so interessante Erkenntnisse zu stoßen. »Fällt Ihnen denn sonst noch etwas ein, was für uns von Interesse sein könnte«, wollte Rainer Huser noch abschließend wissen. »Weiß nicht. Frau Henssler bezahlte mich wie immer großzügig. Sie gab mir für die kurze Fahrt 50 Euro und verabschiedete sich.« Die beiden Kommissare schauten sich gegenseitig an, nickten sich zu und verabschiedeten sich von Frau Huber. »Was meinst du, Rudi, sagt der Chef dazu, dass unsere Kollegin und Kollege, dass bei ihrer ersten Vernehmung von der Rosi nicht aufgenommen und mit nach Hause gebracht haben? Die Informationen über die Taxifahrt von Frau Henssler und dem noch Unbekannten sind doch enorm wichtig für die Ermittlungen.« Paschke, der fuhr, sah seinen Kollegen Huser an und meinte: »Da hast du recht. Die beiden haben geschlampt und so, wie ich unseren Chef kenne, wird er das schlucken. Aber den Hauptkommissar kann sich der Specht in nächster Zeit wohl eher abschminken.«

24. SCHREIBTISCHERMITTLUNGEN

Lena Mayer hatte die Recherchen zu den Verbindungen zwischen der Mafia und Davide soweit geklärt und wartete zu diesen Ergebnissen auf weitere Order durch die Sokoleitung. Arno Angele hatte ihr zwischenzeitlich die Erpressungsakte der Immobilienfirma des Opfers auf den Tisch gelegt, und daneben lag gleich die Unfallakte von ihrem damaligen Ehemann Kurt Henssler. »Lena, hier hast du etwas Stoff zum Weiterarbeiten. Wahrscheinlich nur Routine. Aber schau dir die alten Akten an. Die Erpressung gegen Frau Henssler wurde vor vier Jahren angezeigt, und der Verkehrsunfall von ihrem damaligen Mann war auch so um den Dreh rum. Schau mal, ob irgendwas Interessantes in den Akten schlummert.«

Lena hatte sich zwischenzeitlich mit ihrer neuen Rolle in der Soko arrangiert und fand die neue Aufgabe eigentlich gar nicht so uninteressant. Klar, rausfahren, ermitteln, das war eigentlich schon mehr ihr Ding, aber das, was sie jetzt schon herausgefunden hatte, mit der Mafia und so, fand sie auch recht spannend. Außerdem würde es ihren Horizont erweitern, und mit dem Chef so eng zusammenarbeiten, könnte ja auch von Nutzen sein, zumal sie ja doch auch mit Otto Specht unangenehm aufgefallen war. Die Kriminalakte war dicker als erwartet. Lena fand eine Kopie des Erpresserschreibens in der Akte. Das Original war vermutlich in der Asservatenkammer archiviert. Das Erpresserschreiben war mit Buchstaben aus der Zeitung beklebt und zusammengesetzt und hatte folgenden Wortlaut: »Wir haben alles verloren. Sie haben uns alles genommen. Unser Zuhause, unser Geld und unseren Stolz. Eine Million cash oder von ihnen stirbt jemand. Veröffentlichen sie im *Südkurier* unter Bekanntschaften ›Adler gelandet‹, und sie erhalten weitere Instruktionen. Wenn nicht, dann tot.« Bei der weiteren Durchsicht stellte Lena Mayer fest, dass die Annonce, wie gefordert, auch veröffentlicht worden und dass Frau Henssler für mehrere Tage von einer Spezialistin der Kripo Konstanz betreut worden war. Man hatte die Anzeige damals ernst genommen. Lena konnte aus der Akte nicht herauslesen, ob sich damals ein Verdacht in eine Richtung entwickelte, denn nach der Veröffentlichung der Annonce waren keine weiteren Aktivitäten mehr in der Akte enthalten. Was sie der Akte noch entnehmen konnte, war, dass Frau Henssler in ihrer Vernehmung angab, dass es in ihrem Geschäft normal sei, dass man auch Feinde habe. Schließlich führe sie eine Immobilienfirma und kein Nonnenkloster.

Die Unfallakte von Kurt Henssler war unspektakulär. Die Kollegen der Verkehrspolizei Singen hatten den Unfall bearbeitet. Kurt Henssler hatte sich laut Akte mit italienischen Geschäftsfreunden im *Falconera* in Schienen verabredet und war danach nach Hause gefahren. Auf dem Weg vom Schienerberg nach Singen war er kurz vor der Abzweigung nach Böhringen wegen überhöhter Geschwindigkeit von der Straße abgekommen und hatte sich dabei tödlich verletzt. Interessant fand Lena, dass Kurt Henssler laut Akte mit ein Komma zwei Promille Alkohol unterwegs gewesen war. Das Geschäftsessen war am frühen Nachmittag, und die Ermittlungen im *Falconera* hatten ergeben, dass für sechs Personen jeweils das Mittagsmenü, insgesamt eine Flasche Wein und ansonsten drei Liter Wasser serviert worden waren. Und die Bedienung wusste noch, dass beim Nachschenken der Wein gleichmäßig verteilt worden war. Die ermittelnden Kollegen hatten auch eine aktuelle Speisekarte erhoben und den Akten beigefügt. Bei der Durchsicht erinnerte sich Lena daran, dass sie das Lokal nun doch endlich einmal aufsuchen sollte. Das Angebot las sich verlockend.

Gruß aus der Küche
Estragon Crêpe mit weißem Stangenspargel und
mild geräuchertem Schwarzwaldschinken auf
zweierlei Spargelsalat mit Streuobstessig mariniert

*In Mandelbutter gebratene Eglifilets, dazu junger
Blattspinat und Schnittlauchkartoffeln mit knusprigen Kapernblüten
Holunderblüten Panna Cotta auf einem Ragout von
heimischen Erdbeeren und Espresso Rahmeis
Preis pro Menü 53 Euro*

Das geht doch eigentlich, dachte Lena und stellte sich vor,
wie sie von ihrem Freund in das tolle Restaurantambiente
entführt würde. Sie im schönen schwarzen Kleid mit einem
gewagten Ausschnitt und ihr Freund im schwarzen Anzug
mit weißem Hemd. »Hallo, Lena, alles klar?« Alex war von
der Kaffeepause zurückgekommen und hatte Lena jäh aus
ihren Träumen gerissen. »Ja, Alex, alles klar. Ich bin gerade
an der Unfallakte von Kurt Henssler, und die Ermittlungen im *Falconera* und der festgestellte Promillegehalt passen
nicht zusammen.« »Wie kommst du darauf?«, wollte Alex
nun wissen. »Na ja, laut den Kollegen von der Verkehrspolizei haben sechs Gäste eine Flasche Wein und drei Liter
Wasser konsumiert. Und die Bedienung erinnerte sich noch,
dass sie den Wein auf die sechs gleichmäßig verteilte, wie
soll dann Kurt Henssler auf einen so hohen Promillegehalt
kommen?«, antwortete Lena ihrem Kollegen. »Das ist in
der Tat ungewöhnlich, es sei denn, er war Alkoholiker und
stand immer unter Strom, oder es wurde etwas manipuliert«,
bemerkte Alex. Außergewöhnlich erschien ihr auch, dass
wohl die Airbags im Auto nicht ausgelöst hatten und zudem
Kurt Henssler nicht angeschnallt gewesen war. Was Lena
auch auffiel, war, dass der Verkehrsunfall zwei Wochen nach
der Erpressungsanzeige passiert war und dass im Erpresserschreiben doch stand, dass jemand stirbt, sollten die Forderungen nicht erfüllt werden. War das Zufall, hörte Lena

schon das Gras wachsen oder hatte sie etwas herausgefunden, was für die Ermittlungen wichtig sein könnte? Sie hatte sich bei ihren Recherchen zu dem Umfeld des Opfers Gertrud Henssler mit der Mafia, einer ungeklärten Erpressung und einem tödlichen Verkehrsunfall ihres ersten Mannes beschäftigt. Lena fertigte einen Vermerk und ließ darin ihre eigenen Gedanken und Vermutungen außen vor. Wenn da etwas zu vertiefen war, dann konnte das ja die Sokoleitung erledigen. Aber ungewöhnlich war das schon.

25. BESPRECHUNG VIERTER TAG, 18 UHR, SOKORAUM SINGEN

Der Sokoraum war, wie in den Tagen zuvor, überfüllt. Die Wände waren zwischenzeitlich mit Flipchartbögen gut gefüllt. Angele hatte die Anweisungen von Karl Grimm umgesetzt und die wichtigsten Daten und Fakten auf Papierbögen und an die Wände gebracht. Die meisten Spurenteams waren anwesend. Karl Grimm hatte kurz vor der Besprechung noch mit seiner Frau telefoniert und ihr zu verstehen gegeben, dass er während der Sokophase die Kinder nicht übernehmen konnte. Seine Frau hatte ruhig reagiert, und Karl Grimm konzentrierte sich wieder auf seine Aufgabe. Im Sokoraum roch es nach Menschen, und wie immer standen zwei Kuchenbleche auf dem ovalen Tisch, an denen sich die Kolleginnen und Kollegen bedienten. Als Erster berichtete Kriminalhauptkommissar Reiner Sterk, ein Singener Kriminaltechniker, über den Fortschritt bei der Spurensicherung und -konservierung am Tatort. Reiner Sterk wiederholte die bereits dargestellte Spurenlage, ergänzte aber in Bezug auf die Schuhspur, dass diese so herausgearbeitet werden konnte, dass sie individuelle Merkmale aufwies, die beim Auffinden des Schuhs ausreichend wären, um den Schuh genau dem dort hinterlassenen Abdruck auf dem vollgebluteten Boden zuzuordnen. Auch die Frage, um was für einen Schuh es sich wohl handeln könnte, konnte Sterk beantworten. Es sei mit großer Sicherheit ein Sportschuh der Marke *Adidas*. Ein winziges Teil des Emblems sei wohl mit abgeformt. Ein Treffer in der Schuhspurendatenbank hatte sich aber nicht ergeben. Im Haus wurden zahlreiche daktyloskopische Spuren festgestellt und auch gesichert. Die Prüfung, welche davon berechtigte Spuren waren, war noch offen. Des Weiteren seien sie nun im ersten Stock und hätten dort mit den kriminaltechnischen Untersuchungen begonnen. Im Bett des Opfers seien Spermaspuren am Laken festgestellt worden. Außerdem habe man am Kopfende des Bettes eine gewisse Konzentration von Fasern festgestellt, die der Fesselschnur zuzuordnen und damit zu erklären waren, dass die Fesselung mehrfach verändert wurde. Reiner Sterk führte noch aus, dass er den Gerichtsmediziner angerufen hätte, um abzuklären, ab wann und bei welchem Schlag das Opfer tot gewesen sei. Dabei stellte der Gerichtsmediziner nochmals heraus, dass das

Opfer möglicherweise länger einer Gewaltprozedur ausgesetzt war, theoretisch sechs Schläge lang, mit dazwischen längeren Pausen, denn nur zwei der Schläge wären tödlich gewesen. Und es war wahrscheinlich, dass das die beiden letzten Schläge waren und das Opfer quasi gefoltert worden sei. Last but not least ergänzte Sterk seine Ausführungen noch damit, dass sie nun am Tatort einen Spurenkorridor eingerichtet hätten und eine Begehung des Tatortes durch den Chef und ein paar Kolleginnen und Kollegen der Soko möglich sei. »Der Cheftechniker hat mir mit auf den Weg gegeben, dass er da oben aber keinen Sokotourismus erleben wolle. Nur diejenigen, die Tatortkenntnisse zum Ermitteln bräuchten, könne er da oben brauchen.« Die große Runde in der Julius-Bührer-Straße musste bei dem Statement von Sterk lachen. Auch Karl Grimm konnte es sich nicht verkneifen und lebte ganz gut mit den Zicken seines Chefkriminaltechnikers. Wusste er doch, dass er ausgezeichnete Arbeit ablieferte. Arno Angele übernahm die Regie und forderte Lena Mayer auf, ihre Erkenntnisse zu den beiden Ehemännern des Opfers vorzutragen, um danach zur Taxispur überzugehen. Die verschiedenen Spurenteams berichteten von ihren jeweiligen Vernehmungen der Taxibetreiber und Disponenten, ohne nennenswerte Ergebnisse. Kein Taxi am Tattag um 14 Uhr oder etwas früher oder später am oder in der Nähe des Hauses von Gertrud Henssler. Natürlich waren ein paar Fahrten im Zeitfenster von 13 bis 18 Uhr in die Nordstadt und auch in die Oberdorfstraße erfolgt und mussten noch detailliert ausgewertet und vielleicht noch der eine oder andere Fahrgast ermittelt und befragt werden, aber so richtig fassbar war nichts. Das änderte sich rasch, als die Kommissare Paschke und Huser ihr Befragungsergebnis von Rosi Huber vortrugen. Alle spitzten die Ohren und hörten gespannt zu. »Menschenskind, Paschke, warum haben Sie uns darüber nicht gleich informiert? Das wirft ja ein ganz anderes Licht auf das Opfer und den möglichen Tatverlauf. Möglicherweise hat der Lover was mit der Tat zu tun. Habt ihr irgendwelche Erkenntnisse, wo das Paar sich vorher vergnügt hat?«, wollte Angele von den zwei Ermittlern wissen. »Nein, die haben wir nicht. Die Taxifahrerin Rosi Huber stand am Taxistand, und unser Opfer und ihr Lover sind zugestiegen. Wo die beiden vorher waren, wissen wir nicht. Wahrscheinlich aber in der City im *Bandoleros* oder in der *Bahnhofsbar*. Wir dachten, wir warten die Besprechung ab und wollten der Entscheidung der Leitung hier nicht vorgreifen«, antwortete Paschke etwas verunsichert. »Gut, dann müssen wir als Nächstes herausbekommen, wo das Pärchen, bevor sie ins Taxi eingestiegen sind, sich aufgehalten haben, und ob sie jemand in der City gesehen hat. Können wir das an die Presse geben?«, fragte Angele, an Karl Grimm gewandt. »Vielleicht finden wir so auch rasch heraus, wer die Person war, mit der Frau Henssler in der Nacht von der Taxifahrerin Rosi Huber nach Hause gefahren worden war, und vielleicht hat diese Person tatsächlich etwas mit der Tat zu tun«, mischte sich Karl Grimm jetzt ein, der im Zusammenspiel mit der Presse lieber etwas auf Bremse drückte. »Also, wir gehen im Anschluss an die Besprechung die Ausgehmöglichkeiten und andere Optionen in der City durch und verteilen für morgen die Spuren«, meinte Grimm, an seinen Vertreter und die Mannschaft gewandt. »Es ist Sonntagabend, und nehmen Sie sich bis morgen noch ein paar Stunden in der Familie mit. Morgen früh geht es weiter.«

26. FLORENZ - BOLOGNA

Das Telefonat mit seinem Onkel Luigi hatte Davide aufge-
scheucht. Er musste untertauchen, hatte ihm sein Onkel zu
verstehen gegeben. Das war Davide einerseits nicht unrecht,
denn nach Singen wollte er zunächst nicht mehr zurück,
andererseits wusste er aber auch, dass sein Onkel ihn jetzt
als Problem betrachtete. Egal. Davide hatte in Bologna einen
Cousin, Marco Falcone. Vielleicht konnte er dort für eine
Weile untertauchen. Davide hatte die Wohnung in der Via
Porta Rossa verlassen und war unterwegs zum Parkplatz, wo
er seinen Porsche für die Nacht abgestellt hatte. Der Parkwächter war derselbe wie am gestrigen Nachmittag und gab
Davide zu verstehen, dass alles okay war. Als Davide bezahlen wollte, winkte der Parkwächter ab und gab die Schranke
frei, sodass Davide passieren konnte. »Hey Cousin, wie geht
es dir? Ich bin gerade in Florenz losgefahren und könnte
einen Abstecher nach Bologna machen, bevor ich wieder
nach Deutschland zurückkehre«, begrüßte Davide freundlich seinen Cousin Marco, den er aus dem Porsche angerufen hatte. »Bon giorno, Davide«, antwortete Marco freundlich. »Komm gerne hierher. Onkel Luigi hat mich schon
informiert, dass du dich wahrscheinlich bei mir melden wirst.
Er hat mir gesagt, du sollst erst einmal untertauchen. Also
komm. Die Familie hat hier mehrere Wohnungen, wo wir
dich unterbringen können, und dann sehen wir weiter. Wenn
du da bist, melde dich. Am besten treffen wir uns im *Hotel
Da Vinci* in der Nähe des Bahnhofs. Bis dorthin habe ich
geklärt, wo wir dich unterbringen. Okay?«, wollte Marco

von seinem Cousin Davide noch wissen. Davide war es postwendend in den Magen gefahren. Jetzt wusste Marco auch schon Bescheid. Also hatte Onkel Luigi alle darüber informiert, dass Davide Mist gebaut hatte, und entweder stellte er sich jetzt dem, was die Familie mit ihm vorhatte, oder er musste verdammt weit weg und sich irgendwo im Nirgendwo in einem Mausloch verstecken. Davide war klar, dass er der Familie nicht entkam. Also willigte er ein. »Ja, Cousin, ich melde mich, sobald ich Bologna erreicht habe.« Davide beendete das Telefonat und fuhr weiter Richtung Bologna.

27. START IN DEN TAG FÜNF

Karl Grimm war sehr früh auf den Beinen und war bereits gegen 6 Uhr morgens in seinem Büro bei der Kriminalpolizei in Singen aufgeschlagen. Er wollte die letzten Vernehmungen und Vermerke noch mal durchsehen. Gestern Abend war er zu unkonzentriert oder vielleicht auch schon zu müde gewesen, und vielleicht hatte er bei seiner Arbeit etwas übersehen. Arno Angele und Alex Preuß, der die Spuren zusätzlich mit einer speziellen Software aufbereitete, hatten dem Chef einen Bericht überlassen, wo alle relevanten Spuren nochmals aufgeführt und mittels eines Algorithmus' verschiedene Bezüge, Theorien und Thesen zusammengeführt und aufgeführt waren. Das Papier las sich nicht schlecht. Trotzdem war Grimm davon überzeugt, dass der kriminalistische Verstand der Kolleginnen und Kollegen und auch gerne sein eigener dem Softwareprodukt nach wie vor überlegen war. Aber ad acta wollte er es heute Morgen auch nicht legen. Preuß hatte die Verbindungen zwischen dem Opfer, der Mafia und einem potenziellen Täter aus diesem Milieu genauso thematisiert wie eine Zufallsbekanntschaft, die Gertrud Henssler möglicherweise auf dem Gewissen hatte. Ebenfalls beschäftigte sich der Bericht mit den Verbindungen in die lokale Gesellschaft Singens sowie auch in die Politik, die zumindest bei Frau Henssler nach Stuttgart, wenn nicht sogar bis Berlin reichte. Aber so richtig konkret wurde das Papier an keiner Stelle, und der ebenfalls thematisierte Tatverdacht bezog sich auf mehrere Personen oder Möglichkeiten. Natürlich auf Davide Henssler. Dort hatte sich der Algorithmus mit einer hohen Wahrscheinlichkeit festgelegt. Aber eben auch der noch unbekannte Liebhaber des Opfers und eventuell auch eine noch völlig unbekannte Person. Auch wurde mit ins Kalkül gezogen, dass eine Beziehungstat durch Verwandte wie auch die Familienangehörigen möglich sein könnte, was Karl Grimm beim Lesen an der Stelle ein leichtes Lächeln abrang. »Guten Morgen Chef, Sie sind heute aber schon recht früh auf den Beinen. Konnten Sie nicht schlafen oder haben Sie schlecht geträumt?«, begrüßte der so gegen 7 Uhr morgens eintrudelnde Alex Preuß seinen Boss. Karl Grimm blickte auf und meinte: »Nur der frühe Vogel fängt den Wurm, aber Sie haben schon recht. Ich bin relativ früh wach geworden«, und fügte scherzhaft hinzu, »außerdem musste ich mir doch in aller Ruhe Ihren Bericht anschauen, damit wir endlich mittels Computerberechnungen den oder die Täter dingfest machen können. Das erklären Sie mal Arno Angele, der wird begeistert sein.« Alex Preuß lachte, trotzdem er noch nicht so richtig wach war, bei den Kommentaren seines Chefs und meinte: »Ja, Arno Angele ist gar nicht so hinter dem Mond, wie er manchmal rüberkommt. Er hat den Bericht selbst von mir angefordert und sagte mir, ich solle es aber dem Chef nicht sagen, dass er sich im Detail von mir erklären hat lassen, wie das eingesetzte Softwareprogramm arbeitet. Und jetzt habe ich es doch getan.« »Alex, Sie haben wahrscheinlich recht. Die Singener Kolleginnen und Kollegen sind richtig gute Ermittler, und auf Zack sind sie auch. Aber das tatsächliche Gefälle zwischen Konstanz und Singen, wahrscheinlich für immer existent und über viele Jahre historisch gewachsen, werden wir auch dieses Mal nicht aus der Welt schaffen können. Vielleicht klappt die Zusammenarbeit nach der hoffentlich erfolgreichen Soko ein wenig besser, und vielleicht trägt die gemeinsame Sokoarbeit zu ein wenig besserem Klima bei. Das wäre auch schon was«, resümierte Karl Grimm und wurde sich immer mehr bewusst, dass er mit der Übernahme der Chefstelle in Konstanz einen ganz schön großen Rucksack auf seine Schultern gepackt hatte, und dann noch die Eheprobleme on top. »Was mir aber beim Lesen Ihres Berichts noch aufgefallen ist, ist die isolierte Spur, ohne irgendeinen Bezug hinsichtlich des Notizzettels, der, glaube ich, im Wohnzimmer des Opfers gefunden wurde. Können Sie das noch mal aufbereiten und in die Spurenbearbeitung geben?«, rief Grimm dem Kollegen Alex Preuß hinterher, der auf dem Weg in den fünften Stock war, um sich einen dringend erforderlichen Kaffee zu holen. »Ja,

Chef, mach ich nachher gleich. Schaue ich mir aber selbst nochmals genauer an, bevor ich das zur Bearbeitung rausgebe. Soll ich Ihnen auch einen Kaffee mitbringen?«, fragte Alex Preuß höflichkeitshalber nach. »Nein danke, ich hatte schon zwei Tassen zu Hause. Das reicht noch ein paar Stunden«, antwortete Karl Grimm und wandte sich wieder den vor ihm liegenden Vernehmungen zu.

28. BESPRECHUNG, FÜNFTER TAG, 9 UHR, SOKORAUM SINGEN

Der Sokoraum war auch an diesem Tag wieder gut gefüllt. Aus der in der Anfangsphase noch etwas steifen und formellen Atmosphäre hatte sich zwischenzeitlich ein lebhaftes und schon fast familiäres Miteinander entwickelt. Die Kolleginnen und Kollegen schwatzten lebhaft miteinander, und natürlich waren auch wieder zwei volle Kuchenbleche auf dem Tisch, die die mitunter schwere Arbeit der Soko unterstützen sollten.

»Guten Morgen zusammen. Ich hoffe, Sie hatten noch einen einigermaßen erholsamen Abend und sind wieder voll fit für die vor uns liegende Woche«, eröffnete Karl Grimm die Frühbesprechung und machte gleich weiter. »Ich habe mir heute Morgen die Spurenaufbereitung des Kollegen Alex Preuß angesehen und möchte gerne die eine oder andere Erkenntnis oder offene Frage daraus mit Ihnen zusammen erörtern. Am nächsten zur Tat bringen wir aktuell den Ehemann des Opfers, Davide Henssler. Er ist noch immer verschwunden, und es wäre wichtig, ihn aufzuspüren, um den Verdacht zu konkretisieren oder die Spur totzumachen. Wie sieht es denn hier aus? Hat sich an der Wohnung in Singen was ergeben?«, wollte Grimm als Erstes wissen. Die Kollegen, die beauftragt waren, die Observation vor dem Singener Wohnblock zu organisieren, berichteten: »Wir haben das mit dem Polizeirevier Singen organisiert und werden von dort großzügig unterstützt. Die Wohnung ist nach wie vor unter Wind, und es gab bislang keine weiteren Vorkommnisse. Frau Schneider, die vom MEK bereits kontrolliert worden war, war tagsüber noch mal in der Gegend und hat sich umgeschaut. Wir hatten den Eindruck, sie sucht die Wohnung und auch Davide Henssler. Wir haben Sie nicht kontrolliert, sondern haben das alles dokumentiert und in einem Vermerk der Leitung vorgelegt«, berichtete der Polizeikommissar. »Und wir regen an, dass die Leitung sich bei den Kollegen vom Revier bedankt. Die Zusammenarbeit vor Ort klappt einfach klasse, und die Kolleginnen und Kollegen vom Revier Singen sind voll mit dabei«, ergänzte der Polizist und schaute erwartungsvoll in Richtung Chef. »Das nehme ich gerne mit, Herr Kollege. Ich gehe auf den Revierleiter zu und gebe das Lob weiter. Danke. Was Ihre Vorgehensweise mit Frau Schneider anbelangt, haben Sie das richtig gemacht. Sie hätten sie auch kontrollieren dürfen. Aber so darf ich das Team Elser und Widenhold bitten, noch mal auf

Frau Schneider zuzugehen und der Form halber nachzuhaken, was sie dort wollte. Im Übrigen auch an das Team Elser/Widenhold gerichtet, gibt es etwas Neues zu den Töchtern von Frau Henssler, oder gibt es sonst etwas, was wir hier noch erörtern sollten?«, wollte Grimm von dem Spurenteam 2 wissen. Hans Widenhold hatte sich gerade ein Stück Kuchen in den Mund geschoben, sodass zwangsläufig die Kollegin Elser die Beantwortung übernahm. »Wir haben die Töchter des Opfers bislang nur einmal in Böhringen aufgesucht und vernommen und ansonsten noch keine Umfeldermittlungen getätigt. Allerdings habe ich über *Facebook* festgestellt, dass Klara, die jüngere der beiden, liiert und Maria ohne eine Beziehung sein soll. Den Freund von Klara haben wir bislang noch nicht eindeutig identifiziert, was wir aber heute in Angriff nehmen wollen. Mit Frau Schneider hatte ich heute Morgen, kurz vor der Besprechung, schon telefonischen Kontakt. Frau Schneider hatte mich angerufen und mir mitgeteilt, dass sie Davide in Singen gesucht habe. Sie wolle mir das erzählen, weil in Singen ein besetztes Polizeifahrzeug in der Nähe des Hauses parkiert war. Ich war etwas perplex und auf meine Nachfrage, warum sie mich jetzt angerufen habe, bekam ich eigentlich keine so rechte Antwort. Und last but not least, Davide ist international ausgeschrieben worden, aber bislang kein Treffer. So wie Hans und ich das einschätzen, hat sich Davide bewusst abgesetzt, und die Frage wäre, was können wir noch mehr tun, um seiner habhaft zu werden?« Kollegin Elser blickte nochmals nachdenklich in die Runde und schloss ihren Bericht ab. »Das ist ja eine äußerst interessante Entwicklung. Frau Elser, Kompliment. Das haben Sie richtig gut gemacht.« Karl Grimm hatte der Kollegin aufmerksam zugehört und gewann mehr und mehr den Eindruck, dass die Kollegin Elser eine sehr sorgfältig und gut ermittelnde Kollegin war, die er auch in Konstanz brauchen könnte. »Dann sollte sich das Team Elser und Widenhold noch mal mit den Töchtern befassen und die Beziehungen der Töchter klären. Frau Schneider bleibt im Fokus. Was Davide anbelangt, müssen wir dranbleiben und noch mehr Grund machen. Dem soll sich Alex Preuß und die Kollegin Mayer annehmen. Schaut mal, ob wir nicht noch mehr Freunde und/oder Freundinnen von Davide ermitteln können. Vielleicht kommen wir auf diesem Weg auf weitere Spuren von ihm. Auch die Mafiaspur noch mal konkretisieren. Es ist weit hergeholt, aber vielleicht hat auch die Mafia ihn zurückgepfiffen oder ihm Unterschlupf gewährt, warum auch immer«, führte Grimm, an das Spurenteam 2 gewandt, aus. »So, und jetzt fehlt noch die Nachbereitung der Herren Paschke und Huser. Gibt es von der Taxifahrerin Rosi Huber und dem möglichen Sexualkontakt von Gertrud Henssler etwas Neues?«, fragte der Chef in Richtung von dem Spurenteam 4, die beide einhellig und spontan mit dem Kopf schüttelten. »Dann bitte ich dich, Arno, zwei Spurenteams mit den Abklärungen dazu und den notwendigen Ermittlungen zu beauftragen. Gibt es von der Kriminaltechnik etwas Neues?« Kriminalhauptkommissar Rainer Sterk, der ebenfalls bei der Besprechung zugegen war, konnte nichts Neues hinzufügen. Er erwähnte lediglich noch mal, dass eine fragmentierte Schuhspur gesichert werden konnte. Individualmerkmale aber nur dann zielführend seien, wenn man den Schuh dazu habe. Ein Abgleich in der Schuhspurendatenbank sei negativ verlaufen.

»Dann bis heute Abend. Und informiert zügig und schnell die Führungsgruppe, wenn sich etwas Besonderes ergibt.« Karl Grimm beendete die Besprechung und war schon fast unterwegs zum Oberbürgermeister von Singen, der ihn gebeten hatte, ihn kurz aufzusuchen. Die Berichterstattung im *Südkurier* über mögliche Verbindungen des Opfers in die Kommunalpolitik hatte den Oberbürgermeister womöglich aufgeschreckt.

29. FACEBOOK UND CO

Das Spurenteam 2 hatte sich in das gemeinsame Büro zurückgezogen, um den vor sich liegenden Tag zu planen und ein paar Routineermittlungen zu den beiden Töchtern des Mordopfers durchzuführen. Kerstin beschäftigte sich mit den sozialen Netzwerken. Beide Töchter, Maria und Klara, waren User von *Facebook*. Der Beziehungsstatus bei *Facebook* war bei Maria »Single« und bei Klara »in einer Beziehung«. Klara hatte auch viele Freunde und Kontakte auf *Facebook*, und zudem war sie auch auf *Instagram* unterwegs. Hans hatte die Töchter noch mal bei den Meldebehörden überprüft, wann sie aus dem elterlichen Haus ausgezogen und ob sie nicht doch schon bei der Polizei Kunde waren. »Wie weit bist du?«, wollte die Kommissarin von ihrem Kollegen wissen. »Ich habe die zwei Mädels noch mal in den sozialen Medien gecheckt. Interessant finde ich, dass Klara in einer Beziehung ist und Maria Single, und wir über Freunde und Umfeld so gut wie noch nichts wissen.« Für Hans waren Ermittlungen in sozialen Medien böhmische Dörfer. »Was meinst du mit Beziehung und Beziehungsstatus, was ist denn das wieder für ein neuer Mist?«, fasste Hans etwas unwirsch bei seiner Kollegin nach. »Du kennst doch *Facebook*. Da stellen die Leute ihre Bilder und Profile ein, vernetzen sich untereinander und können sich, vereinfacht ausgedrückt, so austauschen. Es gibt auch andere Plattformen und Apps. *Instagram* oder ganz neu *Tinder*. *Tinder* ist eine Plattform, um Menschen kennenzulernen, also auch für unverbindlichen Sex beispielsweise«, teilte Kerstin Elser mit ihrem älteren Kollegen ihr ebenfalls spartanisches Know-how. Als das Wort »Sex« fiel, grinste Hans Widenhold seine Kollegin an und meinte: »Du, *Tinder*, wäre ja dann was für mich!« Beide lachten. »Ja und die Befragung führst du durch. Davon verstehe ich zu wenig. Wenn ich da was abgreifen würde, wäre das Resultat sicher, dass die zwei, Maria und Klara, mich auslachen und feststellen, dass der Widenhold keine Ahnung hat, und das wollen wir natürlich nicht.« Kerstin lachte herzlich mit ihrem Kollegen und meinte: »So schlimm ist es noch nicht. So einigermaßen kommst du trotz fortgeschrittenem Alter schon noch mit. Aber die Welt hat sich verändert, und meine ist es auch nicht immer.«

30. BOLOGNA

Davide war nach dem Telefonat mit seinem Cousin Marco gleich losgefahren und erreichte knapp zwei Stunden später Bologna. Auch das Hotel hatte er gleich gefunden. Es lag, wie sein Cousin es beschrieben hatte, in der Nähe vom Bahnhof. Das konnte man gar nicht verfehlen. Nachdem Davide seinen Porsche in der hoteleigenen Garage geparkt hatte, begab er sich in die Lobby des Hotels und checkte erst einmal die Lage, ob vielleicht sein Cousin oder ein anderes Mitglied der Familie schon auf ihn wartete. Das war aber nicht der Fall. Davide nahm in der Lobby Platz und telefonierte. »Bon giorno, Cousin. Ich bin da und warte im Hotel auf dich. Ist das okay?«, fragte Davide vorsichtig bei seinem Cousin Marco an. Davide war es zwischenzeitlich nicht mehr sonderlich wohl in seiner Haut. Wenn sein Onkel Luigi die ganze Geschichte in Singen erfahren hatte, dann war es für Davide schwierig, wenn nicht sogar gefährlich, im Zugriff der Familie zu sein. Aber was blieb ihm übrig. Der Arm der 'Ndrangheta reichte überall hin. Ihm konnte er so und so nicht entkommen. Während Davide in der Lobby seinen Gedanken nachhing, meldete sich Marco noch mal. »Davide, ich habe gerade mit Onkel Luigi telefoniert. Er sagt, du sollst zunächst im Hotel bleiben. Du musst auch nicht einchecken. Wir haben da jemanden vor Ort. Der meldet sich bei dir.« »Und was ist mit dir? Kommst du dann gar nicht? Oder was soll ich hier tun?«, wollte Davide etwas eingeschüchtert von seinem Cousin wissen. »Ich komme schon noch vorbei. Ich melde mich aber vorher telefonisch.

Unser Kontakt meldet sich in den nächsten Minuten bei dir, und dann kannst du ja erst einmal ausschlafen oder die Stadt anschauen. Bologna ist schön und voller schöner Frauen. Aber Spaß beiseite. Du bleibst im Hotel. Der Onkel kümmert sich und meldet sich wieder bei mir.«

31. DIE SCHWESTERN

Nach der schrecklichen Tat an ihrer Mutter waren die beiden Schwestern wieder enger zusammengerückt. Maria, die eigentlich mehr in der Nähe der Mutter, aber in ihrer eigenen Wohnung in der Singener Nordstadt lebte, war seit dem Mord bei ihrer Schwester in Bohlingen geblieben und übernachtete dort auch. Die Immobilienfirma mussten die beiden jetzt auch betreuen. Mal sehen, wie es weiterging. Erst einmal waren noch ein paar ordentliche Mitarbeiter da, die den Laden soweit in Schwung hielten, und mit der Sekretärin von Mama, Frau Ley, hatten sie vereinbart, wenn etwas Besonderes aufkam, dass sie sie sofort informieren sollte. »Wie geht es dir heute Morgen?«, wollte Maria von ihrer Schwester wissen. Klara, die gerade einen Schluck Kaffee trank, schaute Maria an und sagte: »Mir geht es gut. Mir tut es nur so leid, dass Mama auf diese Art und Weise sterben musste. Wer kümmert sich denn um die Beerdigung? Ist das nicht unser Part?«, fiel Klara ein. »Doch, ich habe mich schon darum gekümmert. Mit dem Bestatter habe ich bereits telefoniert. Er kümmert sich um alles. Allerdings muss erst die Leiche freigegeben werden. Vorher können wir Mama nicht beerdigen.« Klara schaute ihre Schwester wieder an und meinte: »Das ist gut so. Dafür hätte ich jetzt keinen Nerv und ich bin froh, dass du dich kümmerst. Auch das wäre mir gerade zu viel.« Maria nickte ihrer Schwester zu. »Was ist eigentlich mit deinem Freund? Der hat sich bislang auch nicht mehr blicken lassen. Der hat doch sicher mitgekriegt, was passiert ist. So ein wenig Trost würde da ja auch nicht schaden.« Maria wollte das Thema ansprechen, weil sie mitbekommen hatte, dass Klara schon eine ganze Zeit einen neuen Freund hatte. Maria hatte ihn aber bislang nicht kennengelernt, und das tat ihr jetzt eigentlich leid. Dabei wurde Maria wieder bewusst, dass ihre kleine Schwester und sie sich seit dem Auszug bei Mama ein wenig auseinandergelebt hatten und sich nicht so richtig umeinander kümmerten. Wusste Klara von ihrem Freund, der sie vor einem halben Jahr sitzen gelassen hatte, weil ihm eine andere besser gefiel und ihm der Sex mit Maria zu bieder war? Aber nein. Sie hatte den Heini ihrer Schwester nicht vorgestellt, und jetzt war es ja auch nicht mehr nötig. »Rainer heißt er. Er ist nicht von hier. Er arbeitet im Außendienst und ist viel unterwegs. Also, wir sehen uns auch nicht so oft. Immer nur, wenn er hier in Singen etwas zu tun hat, kommt er bei mir vorbei, übernachtet manchmal und fährt dann wieder weiter.« Maria hatte aufmerksam zugehört, und die Ausführungen ihrer Schwester hatten ihr Interesse geweckt. »Und ist es etwas Ernstes oder nur eine lockere Beziehung?« »Das weiß ich auch noch nicht so ganz genau«, antwortete Klara. »Ich hatte in letzter Zeit nicht viel Glück mit den Männern, und so ganz ohne ist es halt auch nichts. Ich bin auch auf einer neuen Plattform und lerne andere Männer kennen. Ist eigentlich ganz witzig, aber was Richtiges war bisher auch nicht dabei«, ergänzte Klara. »Das verstehe ich. Bei mir war es in letzter Zeit auch eher ruhig. Aber klar, ganz ohne die Männer ist es halt auch nichts«, zitierte Maria ihre Schwester, und beide lachten dabei. »Aber jetzt hast du mich neugierig gemacht. Klara, was für eine neue Plattform nutzt du denn?« »Na *Tinder*, hast du schon mal davon gehört oder es auch schon selbst probiert?«, fragte Klara fröhlich nach. »Na klar kenne ich *Tinder*. Ich wohne ja nicht hinter dem Mond. Aber angemeldet habe ich mich dort noch nie. Von unverbindlichem Sex habe ich eigentlich genug. Schön wäre es, wenn jetzt einmal ein Ritter vom Himmel stiege und so ganz formal und romantisch um mich werben würde«, antwortete Maria ihrer Schwester. Maria fand es schön, dass die beiden Schwesterherzen sich auch einmal wieder so austauschen konnten und trotz der schrecklichen Umstände die Chance bestand, wieder mehr zusammenzuwachsen. »Na ja, bei *Tinder* geht es ja nicht ausschließlich um unverbindlichen Sex. Da kann man auch nur flirten, sich kennenlernen und so weiter. Aber Sex kommt natürlich auch vor.« Weiter wollte Klara nicht mehr gehen. Ob sie ihrer Schwester jetzt beichten sollte, dass sie in letzter Zeit öfters die Männer gewechselt hatte? Rainer war sie nicht treu geblieben. Aber was glaubt denn der. Wenn er nur ab und zu vorbeischaute. Und einen dunklen Fleck musste sie in jedem Fall für sich behalten. Davon durfte niemals jemand etwas erfahren. Trotzdem lastete es schwer auf ihr und es hätte ihr nur zu gutgetan, wenn sie mit ihrer Schwester hätte darüber reden können. Aber das ging nicht. Als sie noch zu Hause lebte, hatte sie Davide an einem Abend, wo Mama mal wieder weg war, in ihrem Zimmer ganz zärtlich verführt. Und das Schlimme war, dass es ihr gefallen hatte und es nicht bei dem einen Mal geblieben war. Alle anderen Männer, die sie kannte und die mit ihr zusammen waren, konnten Davide nicht das Wasser reichen. Aber sie wusste natürlich auch, dass das eine verbotene Liebe war. Davide war der Mann ihrer Mutter, und jetzt, nachdem Mutter tot war, würde es sowieso nicht mehr gehen. Sie würde ihre Mutter dann über den Tod hinaus betrügen. Nein, das wollte und konnte sie auch nicht. Vielleicht war er sogar der Mörder ihrer Mutter, und sie hatte mit ihm geschlafen.

32. BOHLINGEN

»Habt ihr heute noch Kontakt zu den Töchtern von Frau Henssler?« Der Chef, Karl Grimm, stand im Zimmer von Widenhold und Elser und schaute die beiden freundlich an. »Ja, wir haben vor, Klara heute noch aufzusuchen. Wir wollen mit ihr noch ein paar Sachen klären und auch nachschauen, wie es ihr geht«, antwortete die Kommissarin. »Gut, dann lasst Frau Henssler wissen, dass der Staatsanwalt die Leiche freigegeben hat und dass sie ihre Mutter beerdigen können.« »Wird gemacht, Chef«, antwortete Hans Widenhold, »das ging aber schnell.« »Sollen wir vorher noch anrufen?«, wollte Kerstin Elser von ihrem Kollegen wissen und hatte nebenbei schon ihre Tasche gepackt. »Nein, lass uns mal so vorbeifahren. Wenn sie da ist, überraschen wir sie, und vielleicht erfahren wir dann etwas, was wir sonst nicht erfahren würden.« »Ja, aber Klara ist doch nicht tatverdächtig, oder habe ich etwas verpasst?«, hakte Kerstin nach. »Natürlich ist sie das nicht. Aber wissen wir, was so alles um die Familie herum passiert ist? Vielleicht, vielleicht auch nicht. Lass uns einfach hinfahren.«

Als die beiden Ermittler eintrafen, saßen die beiden Schwestern noch beim Frühstück und hatten gerade ihren kleinen Austausch beendet. Es klingelte und Maria begab sich zur Gegensprechanlage. »Guten Morgen, hier ist noch mal die Kriminalpolizei. Wir haben eine Nachricht, Ihre Mutter betreffend, und hätten da noch ein paar Fragen an Sie. Dürfen wir kurz hochkommen?«, fragte Kriminaloberkommissar Widenhold. Maria war etwas erstaunt und antwortete reserviert: »Gut, wenn es sein muss. Wir sind noch beim Frühstück, und es ist alles noch etwas unordentlich.« »Keine Sorge. Das sind wir gewohnt, und so schlimm wird es auch nicht sein. Aber wenn Sie noch etwas Zeit benötigen, kommen wir gerne in einer halben Stunde noch mal«, antwortete Widenhold rasch. Hans hatte insgeheim gehofft, die Schwestern würden sein Angebot annehmen, und er könnte Kerstin noch von einem kurzen Besuch des örtlichen Metzgers überzeugen. So ein Fleischkäsweckle wäre jetzt gerade das Richtige. »Nein, kommen Sie ruhig nach oben. Wir erwarten Sie an der Tür.« Maria war der Überraschungsbesuch zwar unangenehm. Aber die Kriminalpolizei deshalb jetzt warten zu lassen, war ihr auch nicht recht. Und natürlich war sie auch ein wenig neugierig, was die beiden von ihnen wollten. »Guten Morgen. Sehr freundlich von Ihnen, dass wir Sie kurz stören dürfen«, begann Widenhold den Einstieg in das Gespräch mit Maria. »Ist Ihre Schwester Klara auch da?«, brachte sich Kerstin Elser in das Gespräch mit ein. »Ja, sie ist gerade im Bad und zieht sich etwas an. Wir sind noch nicht so lange auf und waren gerade beim Frühstücken. Darf ich Ihnen denn einen Kaffee anbieten?«, wollte Maria wissen und machte einen gnädigeren Eindruck als gerade noch an der Gegensprechanlage. »Das wäre sehr nett. Gerne schwarz ohne alles.« Kollegin Elser nickte zustimmend. Maria verschwand kurz in die Küche, wo die *Jura* stand, die sie ihrer Schwester zu Weihnachten geschenkt hatte, und drückte für zwei Kaffeeportionen auf den Knopf. Hans, der das vertraute Geräusch vernahm, lächelte seiner Kollegin zu. Kerstin Elser hatte sich nebenbei ein wenig umgesehen und war gespannt, was die beiden Schwestern, und vor allem Klara, zu den von ihr vorbereiteten Fragen sagen würden. Doch zunächst zur Nachricht, die sie überbringen sollten und die natürlich auch den Überraschungsbesuch wunderbar legitimierte. »Wir haben von der Staatsanwaltschaft erfahren, dass Ihre Mutter beerdigt werden darf. Ihr Leichnam ist freigegeben. Haben Sie schon jemanden, der sich kümmert, oder sollen wir Sie hierbei in irgendeiner Form unterstützen?« Kerstin Elser schaute Maria freundlich an und wurde überrascht, weil die gerade hinzukommende Klara die Beantwortung der Frage übernahm. »Vielen Dank, Frau Kommissarin. Meine Schwester hat bereits ein Beerdigungsinstitut beauftragt. Das bekommen wir hin. Meine Mutter wird nach ihrem eigenen Willen eingeäschert, und ihre Urne soll auf dem Waldfriedhof in Singen beigesetzt werden.« Klara setzte sich zu den beiden Ermittlern, während Maria den Kaffee servierte. »Gibt es denn etwas Neues, oder sind Sie mit der Suche nach dem Mörder schon weitergekommen?«, fragte Klara forsch nach. »Woher wissen Sie denn, dass es ein männlicher Täter ist?«, hakte Hans Widenhold routinemäßig nach. »Das wissen wir natürlich nicht«, brachte sich Maria wieder in das Gespräch ein. Es entstand eine kleine Gesprächspause, in der sich alle erwartungsvoll anschauten. Kerstin Elser brach das Schweigen und kam nun zu den von ihr im Kopf vorbereiteten Fragen. »Darf ich Sie beide nach Ihren Beziehungen fragen? Haben Sie derzeit einen Partner oder vielleicht auch eine Partnerin? Es interessiert uns deshalb, weil wir auch Ihr Umfeld in die Ermittlungen miteinbeziehen müssen, um sicherzugehen, dass wir nichts übersehen.« »Ja glauben Sie denn, dass der Mörder ein Bekannter von uns ist?« Maria war etwas irritiert und empfand diese Frage auch als unangemessen. »Nein, natürlich nicht. Aber das gehört einfach zu unserem Job, dass wir auch das Umfeld der näheren Verwandtschaft des Opfers ausleuchten. Und es fehlt nach wie vor Ihr Stiefvater Davide, der ja auch zum näheren Umfeld zählt«, antwortete in diesem Fall Hans Widenhold, da er in dem Zusammenspiel der beiden Ermittler den ihm zugewiesenen weniger empathischen Polizisten vertrat. »Wissen Sie denn, wo er sich verstecken könnte oder wo er noch irgendwelche Verwandten oder Bekanntschaften hat, bei denen er sich zurückziehen könnte?«, blieb der Kriminaloberkommissar am Ball. Maria schaute ihn ruhig an und sagte nach einer kleinen Gesprächspause: »Verstecken kann er sich überall. Mädchen, die ihm hinterherlaufen und seichte Bekanntschaften hat er genug. Allerdings über seine Verwandtschaft wissen wir so gut wie nichts. Darüber haben wir uns weder mit Mama noch mit ihm in der Vergangenheit unterhalten. Wir haben ihnen ja die mögliche Anlaufstelle in der Ekkehardstraße schon genannt. Aber Mama erwähnte auch mal irgendwas von Rottweil. Vielleicht ist er dort irgendwo bei einer Freundin untergetaucht.« Kerstin beobachtete aufmerksam die beiden Schwestern und auch deren Mimik während der Unterhaltung mit ihrem Kollegen. Interessant fand sie, dass die Schwestern sehr unterschiedlich wirkten. Maria wirkte eher gefasst und auf eine angenehme Weise konservativ-verlässlich, während Klara eher unsicher, verletzt und auch verletzbarer wirkte. Und sie glaubte, als der Name Davide gefallen war, in der Mimik von Klara etwas bemerkt zu haben, was sie nicht so recht zuordnen konnte. Der Hinweis Marias mit Rottweil passte eigentlich zu Julia Schneider und beschäftigte die Kommissarin nicht. Sie musste jetzt dringend wieder die Kurve kriegen und ihre gedanklich vorbereiteten Fragen noch loswerden. Sonst hätten sie den Weg von Singen nach Bohlingen ja umsonst gemacht. Die Nachricht von der Freigabe der Leiche hätte man auch telefonisch erledigen können. »Darf ich noch mal auf die eingangs gestellte Frage zurückkommen, ob Sie in Beziehungen leben oder Singles sind?« Maria schaute ihre Schwester kurz an und ließ sich dann auf die Frage der Kommissarin ein. »Wir sind beide Singles. Ich habe zurzeit keinen Freund und, soweit ich weiß, meine Schwester auch nicht. War's das jetzt?« »Fast, Frau Henssler. Wann hatten Sie denn zuletzt eine Beziehung, und darf ich vielleicht erfahren zu wem?«, fasste Kommissarin Elser unbeeindruckt nach. Maria waren diese Fragen unangenehm. Insbesondere vor ihrer Schwester wollte sie jetzt nicht über die letzte gescheiterte Beziehung sprechen und antwortete sehr sachlich: »Wenn die Beziehung, die länger als ein halbes Jahr zurückliegt, für Ihren Fall relevant sein könnte, dann können wir uns gerne weiter unterhalten. Dann auch gerne bei der Polizei. Aber ich glaube, das spielt gerade bei Ihren Ermittlungen keine Rolle«, entzog sich Maria einer konkreten Antwort. Kerstin Elser überlegte kurz, ob sie nachhaken sollte, wandte sich aber dann Klara zu und fragte: »Und wie ist das bei Ihnen. Stimmt das, was Ihre Schwester sagt? Dass auch Sie zurzeit keinen Freund haben?« Klara, die nicht so selbstsicher auftrat wie Maria, antwortete der Kommissarin: »Nein, meine Schwester hat das richtig gesagt. Wir sind Singles und haben keine echten Beziehungen.« »Und was sind dann echte Beziehungen aus Ihrer Sicht?«, fragte schnell Kerstin Elser nach. »Na solche, wo man zusammenwohnt oder zusammenlebt oder einfach viel Zeit miteinander verbringt«, antwortete Klara rasch. »Gut, Frau Henssler. Darf ich dann noch mal nachfragen, ob Sie vielleicht eine oder mehrere lockere Beziehungen haben oder vor Kurzem hatten?« Maria hatte aufmerksam zugehört und fand, dass die Kommissarin mit ihren Fragen zu weit ging. Ihre Schwester war doch kein solches Mädchen, und außerdem ging das die Polizei nichts an. »Ich glaube, das reicht jetzt Frau Elser. Meine Schwester muss diese Fragen nicht beantworten, und außerdem – was soll denn das bringen?« »Das kann ich Ihnen gerne sagen. Wenn Sie oder Ihre Schwester Partner oder kurzfristige Beziehungen gepflegt haben, dann ist das für uns von Interesse. Es muss natürlich gar kein Zusammenhang bestehen, aber möglich wäre doch auch, dass von solchen Bekanntschaften eine Gefahr für Ihre Mutter ausging. Wir reden im Konjunktiv. Aber vielleicht haben solche Bekannte auch über sie erfahren oder wussten schon vorher, dass Ihre Mutter vermögend war«, erläuterte Kommissarin Elser ihre für die Schwestern so heikle Fragen. Klara schaute etwas verloren zu ihrer Schwester, drehte sich dann aber wieder zu Kerstin Elser. Sie war sich nicht so richtig klar, wohin das führen könnte, und fühlte sich verdammt unwohl in ihrer Haut. Wusste die Kommissarin etwas von ihrem Verhältnis mit Davide? Nein, das konnte doch eigentlich nicht sein. Oder wusste sie sonst etwas? Nein, das glaubte sie auch nicht. Und jetzt erzählen, dass sie nicht nur nicht Single war, sondern auch über die neue Plattform *Tinder* schon mehrere Lover an Land gezogen hatte, und Rainer, der die mehr oder weniger feste Beziehung war, ging die beiden Polizisten auch nichts an. Klara wusste nicht einmal sicher, ob Rainer verheiratet war oder nicht. Nein, das ging zu weit und würde sie auch in ein schlechtes Bild rücken. Das ging die Polizei nichts an. So weit wollte sie niemanden in ihr Privatleben hereinlassen. Nicht einmal ihre Schwester und vor allem ihr Verhältnis mit Davide. Das durfte niemand erfahren. »Nein, meine Schwester hat recht. Wir sind Singles, und das war es schon.« Klara schaute noch mal zu ihrer Schwester, die ihr zunickte. »Gut, Frau Henssler. Dann lassen wir Sie mal wieder allein.« Die Kommissarin hatte kurz überlegt, ob sie wegen ihrer Erkenntnisse zu *Facebook* nachfassen sollte. Beließ es aber dabei. Irgendetwas hatten die zwei Schwestern zu verbergen, und Kerstin Elser wollte erst noch mal Grund machen, bevor sie in diesem Stadium nachhakte oder vielleicht sogar mit einer verletzenden oder ungeschickten Frage etwas kaputt machte. »Komm, Hans, wir gehen.« Der Kriminaloberkommissar hatte eigentlich erwartet, dass seine Kollegin einen Schritt weiterging. Er kam ihrer Aufforderung aber sofort nach und stand auf. »Ach, eine Frage hätte ich noch, Frau Henssler«, brachte sich Widenhold jetzt doch noch überraschend ein und erntete eine unfreundliche Mimik seiner Kollegin. »Sie haben vorher Rottweil erwähnt. Meinten Sie, dort hatte oder hat Ihr Stiefvater eine Anlaufstelle?«, schoss Widenhold ins Blaue. Maria antwortete prompt: »Mama hat dort auch ein paar Wohnungen im Verkauf, oder es gehört uns sogar eine. Das weiß ich nicht so genau. Aber sie meinte, dass er sich dorthin zurückziehen könne, und dass sie es vielleicht nicht einmal mitbekäme.« Jetzt waren beide Polizisten wieder voll da, und Kerstin Elser hakte nach: »Können Sie uns denn eine Adresse sagen?« Maria antwortete: »Nein, das kann ich nicht. Aber das erfahren Sie von der Sekretärin meiner Mutter. Frau Ley kennt die Objekte in Rottweil bestimmt.« Die beiden Polizisten verabschiedeten sich, und die beiden Schwestern waren wieder allein.

33. UNTER KOLLEGEN

»Was war denn das jetzt?«, wollte Hans Widenhold von seiner Kollegin Kerstin Elser wissen, während die beiden schon wieder fast auf der Rückfahrt nach Singen waren und Hans Widenhold bei der Immobilienfirma ihr Kommen angekündigt und zudem Arno Angele ins Benehmen gebracht hatte. »Du hattest mir doch erzählt, dass Klara auch mit Partnerbeziehungen zu tun haben soll und eben nicht, wie eben von ihr behauptet, Single ist. Warum hast du denn nicht nachgefragt?« »Du hast recht, Hans. Das hätte ich tun können. Aber irgendetwas stimmt bei den beiden nicht. Insbesondere bei Klara. Auch als ich den Namen ihres Stiefvaters erwähnte, hatte sie seltsam reagiert. Mein Bauch sagte mir, dass es an der Stelle besser war abzubrechen und nochmals Grund zu machen. Vielleicht laden wir die beiden getrennt und nacheinander zu einer Vernehmung auf die Wache, aber lass uns noch mal darüber nachdenken, wie wir am besten vorgehen. Einverstanden?«, hakte Kommissarin Elser bei ihrem Kollegen nach. Der nickte und dachte bei sich, dass Frauen einfach anders tickten als Männer. Er hätte direkt nachgefragt und weiter gebohrt. Aber gut. Es war ja nichts verrutscht. Jetzt mussten sie sich als Nächstes um die zweite mögliche Anlaufstelle von Davide Henssler in Rottweil kümmern. Hans hatte den Dienst-Pkw vor dem Laden des örtlichen Metzgers geparkt. Der Gedanke an eine kleine Stärkung hatte ihn nicht losgelassen. »Willst du auch ein Fleischkäsweckle?« Kerstin nickte ihrem Kollegen zustimmend zu.

34. ROTTWEIL

Die potenzielle Anlaufstelle in Rottweil war rasch ermittelt. Die Sekretärin konnte den Polizisten die Adresse in Rottweil mit auf den Weg geben. Auf Nachfrage klärte sie den Sachverhalt für die Beamten nachvollziehbar auf. Frau Henssler hatte einige Objekte auch im Raum Rottweil übernommen und im Verkauf. Eine Wohnung hatte sie aus einer Erbstreitigkeit günstig erworben, um sie irgendwann wieder abzustoßen. Für diese Wohnung hatte die Sekretärin die Schlüssel nicht wie üblich im Büro verwahrt, und sie meinte, mitbekommen zu haben, dass der Ehemann dort untergekommen war, nachdem Frau Henssler ihn aus dem Haus geworfen hatte. »Ja, wissen Sie, Herr Kommissar, ich arbeite schon seit mehr als zehn Jahren für die Familie Henssler, und Frau Henssler war auf ihre Art dann eben doch nicht so streng und konsequent. Sie hatte ihren Ehemann wohl aus der Villa verwiesen, wollte dann aber doch nicht, dass er auf der Straße stand. Sie sagte mir aber auch, das solle ich für mich behalten.« Hans Widenhold informierte Arno Angele, und Arno hatte für die Wohnung in Rottweil auf die Schnelle sechs Teams zusammengestellt, die auf der A81 nach Rottweil pfiffen. Bei der Anforderung eines Kriminaltechnikers hatte der Chefkriminaltechniker etwas gezuckt, aber dann auf klare Ansage von Angele einen Mitarbeiter entsandt. Der Staatsanwalt hatte nach telefonischem Vortrag von Angele postwendend einer Wohnungsdurchsuchung mündlich zugestimmt. Er meinte, den Papierkram solle die Soko im Laufe des Tages anliefern. Also der Einsatz lief. Das

MEK hatte er vorinformiert. Die hatten aber gleich abgewunken, weil sie einen wichtigeren Part in einem Einsatz in Freiburg spielen würden. Das war Arno nur recht. Dann konnten sie, ohne Probleme zu bekommen, selbstständig agieren. Dem Chef musste er auch noch Bescheid geben. Aber beim Termin beim Oberbürgermeister wollte er jetzt auch nicht stören. Also regelte er den Einsatz in Rottweil.

35. DER UNBEKANNTE UND DAS TAXI

Rainer Huser und Rudi Paschke hatten sich am frühen Nachmittag zu Fuß auf den Weg in die Innenstadt gemacht, um die Lokalitäten rund um den Bahnhof in Angriff zu nehmen. Der Auftrag war klar. Die Taxifahrerin Rosi Huber hatte den beiden jungen Kriminalkommissaren eine richtig gute Spur zugespielt, die die beiden auch gerne komplettieren wollten. Sie waren zum ersten Mal Mitglied in einer Sonderkommission und hochmotiviert. So grausam das Geschehen auch war, die Arbeit in der Soko machte Spaß. Das war das Salz in der Suppe in diesem Beruf. Die beiden passierten das *Bandoleros* in der Bahnhofstraße, das am frühen Nachmittag natürlich noch nicht geöffnet hatte, zumal auch noch Pfingstmontag war und gefühlt außer der Soko alle frei hatten. Trotzdem versuchten sie ihr Glück. Vielleicht machte ihnen ja jemand an der Hintertür auf. Rainer Huser klingelte, und tatsächlich öffnete eine männliche Person, die sich als Geschäftsführer des *Bandoleros* entpuppte. Die Routinefragen waren gleich erledigt. Ja, man hatte von dem Mord gehört und auch unter dem Personal darüber gesprochen. Ob Frau Henssler am Mittwochabend zu Gast war, konnte den beiden Ermittlern der Geschäftsführer vom *Bandoleros* nicht eindeutig bestätigen, aber vielleicht das Personal, das heute Abend wieder greifbar war. Der Geschäftsführer konnte noch bestätigen, dass Frau Henssler gelegentlich Gast im Klub war. Zu Männerbekanntschaften oder anderen Besonderheiten konnte er nichts sagen. »Wissen Sie, wir sind ein Lokal und ein Klub, wo Menschen sich treffen, um zu essen, zu trinken oder auch anderes mehr. Wenn dort Beziehungen geknüpft werden, bekommen wir das selten mit.« »Vielen Dank für Ihre Angaben und freundliche Kooperation. Dürfen wir denn heute Abend wiederkommen?«, fragte Rainer Huser freundlich nach. »Meine Herren Kommissare, Sie sind bei uns jederzeit willkommen. Egal, ob Sie privat oder dienstlich den Weg zu uns suchen. Aber privat freut es uns natürlich umso mehr«, antwortete schmunzelnd der Geschäftsführer und schloss langsam die Tür. Huser und Paschke bogen nach dem *Cineplex* ab in die Erzbergerstraße. Linker Hand passierten sie das Postamt, und rechter Hand gingen die beiden am *Karstadt* vorbei. Die Fußgängerzone war für einen Feiertag ganz gut bevölkert. Es war ja auch ein schöner Frühlingstag in Singen und ein freier Tag, den die Menschen in der Innenstadt genossen. In der Singener Fußgängerzone gab es noch den einen oder anderen Imbissstand, den die beiden noch aufsuchen wollten. Sie gingen zwar davon aus, dass wahrscheinlich im *Bandoleros* noch mehr zu holen war, aber sie wollten nicht den gleichen Fehler wie Otto Specht und die Kollegin Lena Mayer machen und zu früh die weiteren Routineaufgaben vernachlässigen. Außerdem mussten sie ihren heutigen Lauf so und so noch mal wiederholen. Am Pfingstmontag waren zwar viele Menschen in der City unterwegs. In der Fußgängerzone blieben aber die meisten Geschäfte geschlossen. Der Vize Arno Angele hatte den beiden zum *Bandoleros* die Erzbergerstraße und die August-Ruf-Straße zugewiesen, an deren Ende sie langsam angekommen waren. Sie passierten das alteingesessene und renommierte *Café Hanser*, das bei den älteren Polizistinnen und Polizisten ganz andere Erinnerungen hervorriefen als bei *Otto Normalverbraucher*. Schließlich hatten hier zwei junge Polizisten zwei Hochkaräter von der *RAF* kontrolliert und waren bei diesem Einsatz schwer verletzt und beinahe getötet worden. Rainer Huser und Rudi Paschke waren für diese Erinnerungen zu jung und betraten das Café davon unbeeindruckt, um für heute ihre letzte Station in der Singener Fußgängerzone abzuschließen. »Nehmen Sie doch Platz. Ich bin gleich bei Ihnen.« Huser und Paschke standen mitten im gut zur Hälfte gefüllten Gastraum, als die beiden von einer freundlichen Bedienung angesprochen wurden. »Gerne, könnten wir bitte den Chef sprechen?« Die Bedienung drehte sich um und schaute die Männer verwundert an. »Wollten Sie hier nichts essen? Ich kann den Chef gern fragen. Wen darf ich denn ankündigen?« Die beiden Kommissare schauten sich an und zogen simultan ihre Kriminalmarken heraus, ohne groß über deren Wirkung nachzudenken. »Wir sind von der Kriminalpolizei und hätten ein paar Routinefragen. Könnten Sie bitte kurz nachfragen, ob Ihr Chef Zeit hat?« Die Routinefragen waren schnell erledigt. Nachdem Huser und Paschke ihre Marken gezogen hatten, hatte sich die Aufmerksamkeit der Gäste zwangsläufig von den Tischgesprächen vollständig auf die Anwesenheit der beiden Ermittler umgelenkt, und alle versuchten, von dem Gespräch, das an einem der freien Tische stattfand, etwas mitzubekommen. »Haben Sie von dem Mord an Frau Henssler gehört und kannten Sie das Opfer?«, begann Paschke mit dem Fragenpaket, das die beiden für den Auftrag vorbereitet hatten. »Natürlich habe ich von dem schrecklichen Mord gehört, und ja, wir kennen beziehungsweise kannten uns.« Huser und Paschke spürten, dass das Geschehene den Chef berührte, und warteten zunächst die nächsten Einlassungen ab. »Frau Henssler war früher häufig bei uns zu Gast. Wir kennen uns seit vielen Jahren. Schon ihr Vater, als er noch die Immobiliengeschäfte führte, war ein guter Kunde von uns. Als ihr Mann noch lebte, kamen sie auch gerne am Sonntagnachmittag mit den beiden Töchtern ins Café, aber das ist ja nun schon eine ganze Zeit her, und ja, auch für das Büro haben wir öfters Torten, Kuchen und auch Platten mit Snacks geliefert. Also ja, wir kannten uns, und Frau Henssler war eine gute Kundin von uns«, beendete der Chef des *Café Hanser* seine ersten Ausführungen. »Und wie war es so in der letzten Zeit. War Frau Henssler öfters bei Ihnen zu Gast oder hatten Sie sonst noch Kontakt mit der Familie Henssler?«, wollte Paschke wissen. »Ja, das war so, dass wir über die ganzen Jahre immer wieder in das Büro oder auch bei Familienfeierlichkeiten nach Hause lieferten. Persönlich war Frau Henssler in den letzten Jahren, seit ihr Mann so unglücklich bei dem Verkehrsunfall ums Leben gekommen war, nicht mehr so häufig im Café. Allerdings erinnere ich mich, dass sie letzte Woche nicht ins Café, aber in die Konditorei gekommen war und eingekauft hatte. Ich war selbst im Verkauf anwesend und hatte sie auch bedient. Das war insofern ungewöhnlich, weil das ansonsten von ihrer Sekretärin erledigt wurde.« »Wissen Sie noch, was und wie viel Frau Henssler bei Ihnen eingekauft hat, und vor allem könnten Sie uns noch sagen, an welchem Tag das war?«, hakte Kommissar Huser nach. »Also, wenn ich es richtig zusammenbekomme, war es am späten Vormittag, Mittwoch oder Donnerstag, ganz genau und mit Bestimmtheit weiß ich es aber nicht mehr«, antwortete nachdenklich der Chef. Huser und Paschke waren innerlich elektrisiert. Was war denn das? Das Opfer hatte im *Café Hanser* noch Kuchen eingekauft, und das am Mittwoch oder gar am Donnerstag, kurz bevor sie getötet wurde. Das könnte die Ermittlungen entscheidend nach vorne bringen. Das wussten die beiden. »Und wissen Sie noch, was Frau Henssler eingekauft hat?«, hakte Rudi Paschke nach. »Also, genau weiß ich das nicht mehr. Es war nicht so viel. Vielleicht zwei, drei Tortenstücke und die gleiche Anzahl von Obstkuchen. Also eher was für einen kleinen Kreis von Gästen oder auch nur für sich allein«, antwortete der Chef und runzelte nachdenklich die Stirn. »Oder was für zwei«, murmelte Paschke vor sich hin. »Was meinen Sie denn damit?«, hakte nun ihrerseits der Chef vom *Café Hanser* nach. »Ach nichts, das war nur so ein Gedanke. Können Sie noch mal in sich gehen und überlegen, ob es der Donnerstag oder der Mittwoch war, als Frau Henssler bei Ihnen eingekauft hat?« Paschke schaute seinen Kollegen Huser an und deutete ihm mittels Körpersprache an, ob er etwas wüsste, um dies besser zu konkretisieren. »Also, ich glaube, es war eher der Donnerstag. Gefühlt war es noch nicht so lange her, dass ich vom Tod von Frau Henssler erfahren hatte, und es war so zwischen 11 und 12 Uhr.« »Wann und wie haben Sie denn vom Tod von Frau Henssler erfahren?«, hakte Rainer Huser nach. »Es stand im *Südkurier* ganz vorne auf der ersten Seite und im Singener Teil – Samstag?« Damit konnten die beiden Polizisten ihre Befragung zunächst einmal beenden. »Dürfen wir einen unserer Computerspezialisten bei Ihnen vorbeischicken, damit wir Ihre Kasse von Mittwoch und Donnerstag überprüfen können? Vielleicht ergibt sich daraus noch ein Anhaltspunkt, wann Frau Henssler tatsächlich bei Ihnen eingekauft hat«, fragte Rainer Huser noch nach. »Das können Sie gerne. Ich kann den Report für die Zeit von 11 – 12 Uhr für Mittwoch und Donnerstag selbst veranlassen. Recht wäre es mir, wenn ich es nach Geschäftsschluss machen darf. Dann ist es etwas ruhiger und einfacher zu bewerkstelligen.« »Gerne, herzlichen Dank für Ihre freundliche Hilfe«, bedankte sich Rudi Paschke bei dem Singener Geschäftsmann. »Rufen Sie mich doch einfach an, wenn Sie soweit sind. Wir kommen dann noch mal gerne vorbei und nehmen den Report mit. Vielleicht können Sie dann die Zeit und den Tag doch noch mehr konkretisieren.« Paschke zog eine Visitenkarte aus seiner Jacke, Huser und Paschke verabschiedeten sich und verließen das *Café Hanser* in Richtung Julius-Bührer-Straße zum Dienstgebäude.

36. UNTER KOLLEGEN

»Was meinst du, Rudi? Das wäre ein Ding, wenn das Opfer noch am späten Vormittag des Tattags Kuchen eingekauft hätte? Vielleicht war der potenzielle Gast der spätere Mörder?« »Das klingt einfach, aber ist natürlich eine Option. Warten wir erst einmal ab, was der Chef meint und vor allem sein Vize. Schreiben wir unsere Berichte. Ich schlage vor, du kümmerst dich um das *Bandoleros*, und ich schreibe den Bericht zum *Café Hanser* und den anderen Geschäften, die wir befragen konnten.« Nachdem das geklärt war, gingen die beiden über die Bahnhofstraße, Hauptstraße, Julius-Bührer-Straße zurück zur Dienststelle. Rainer Huser hing seinen Gedanken nach. »Alles klar bei dir?«, fragte Rudi kollegial nach. »Ja, alles klar. Mich beschäftigt nur, wie eine so erfolgreiche Frau nach dem, was wir wissen, auf einen jüngeren Kerl reingefallen ist und damit möglicherweise den Mörder in ihr Haus gelockt hat. Die hatte doch alles. Geld, Erfolg, ein Wahnsinnshaus. Und ihr Ehemann, der Davide, warum sie denn geheiratet hat, verstehe ich auch nicht so recht.« »Meinst du«, antwortete Rudi und ergänzte für sein Alter etwas altklug: »Einsamkeit. Geld allein macht nicht glücklich, und in der vermeintlichen Liebe macht man im Laufe des Lebens genug Blödsinn.«

37. WOHNUNGSDURCHSUCHUNG
IN ROTTWEIL

Die Durchsuchungsteams hatten die Adresse in Rottweil schnell erreicht und das Haus, so gut es ging, umstellt. Ein Durchsuchungstrupp kümmerte sich um die im ersten Obergeschoss befindliche Wohnung. Dem ersten Anschein nach war niemand da. Der Schlüsseldienst wurde angefordert, rückte an und machte Haus- und Wohnungstür auf Polizeikosten auf. In der kleinen Zweizimmerwohnung fanden die Polizisten nichts. Die Wohnung schien aufgeräumt und irgendwie unbewohnt. Ein Bett im Schlafzimmer, eine Couch im Wohnzimmer und ein Stuhl und ein kleines Tischchen, vermutlich von *Ikea*, in der Küche. Ein wenig Geschirr befand sich im Küchenschrank. Der Rauschgifthund ging noch durch und schlug nicht an. Der Kriminaltechniker konnte in der Küche ein paar wenige Fingerabdrücke ausmachen, im Bad fand er Haare für eine DNA-Untersuchung, und das war es schon. Der Durchsuchungstrupp versiegelte die Wohnung nach Rücksprache mit Arno Angele. Der hatte organisiert, dass die Wohnung zunächst auch unter Wind genommen wurde. Es sprach zwar nicht so viel dafür, dass die Wohnung wirklich bewohnt war, aber um sicherzugehen, wollte Arno Angele erst einmal noch die Nachbarschaftsbefragungen und die Laborergebnisse abwarten.

38. SCHREIBTISCHERMITTLUNGEN

»Guten Tag, Kollege. Ich würde dich gerne nochmals wegen der Mafiageschichte behelligen und dich bitten, ob du bei euch in den Akten nachschauen kannst, ob es vielleicht doch etwas zu Davide Henssler und Luigi Falcone aus Singen gibt. Beide sind nämlich hier in Deutschland nicht greifbar. Davide – klar, müsste in Singen sein. Aber er ist nicht da. Nach ihm fahnden wir ja auch wegen Verdacht des Mordes an seiner Frau. Und Luigi Falcone ist seit drei Jahren nicht mehr in Singen gemeldet.« Lena Mayer hatte erneut Kontakt mit dem Kollegen beim Landeskriminalamt in Stuttgart aufgenommen, um von dort vielleicht doch noch etwas mehr über eine mögliche Anlaufstelle von Davide Henssler in Erfahrung zu bringen. »Du, ich kümmere mich darum. Du kannst mich gerne in zwei oder drei Tagen anrufen. Vielleicht weiß ich dann etwas mehr«, antwortete der Kollege vom LKA freundlich. Das war nun für die nicht ganz unerfahrene Kriminaloberkommissarin nicht zufriedenstellend. »Ich glaube, da krieg ich Schwierigkeiten mit meinem Boss. Er wollte die Informationen eigentlich gleich von mir haben, und ich meine, wir suchen ja keinen Hühnerdieb, sondern möglicherweise einen Mörder. Kannst du das nicht beschleunigen?«, fasste Lena in ihrem freundlichsten Ton nach. »Gut, ich verspreche nichts. Ich muss selber erst an die Akten herankommen, und wir haben ja hier auch noch was anderes zu tun«, erwiderte der Kollege etwas unwirsch und ergänzte dann aber gleich wieder freundlicher: »Ich ruf dich an. Die Nummer, die am Display angezeigt wird, habe ich. Du hörst in jedem Fall noch heute von mir. Du kannst deinem Chef auch gerne noch sagen, dass er an uns eine offizielle Anfrage stellen soll. Ich kann dir gerne mündlich das Rechercheergebnis aus den Akten mitteilen, aber schriftlich und für die Akten bedienen wir – wie immer – den offiziellen Dienstweg.« Damit war Lena Mayer zunächst zufrieden. »Klar, Kollege, und vielen Dank.«

Alex Preuß hatte das ermittlungsunterstützende Softwarepaket mit allen Informationen, die er aus den Vermerken entnehmen konnte, gefüttert und verschiedene Recherchen mit unterschiedlichsten Ansätzen erledigt. In der Priorität eins meldete das Programm nach wie vor den verschwundenen Ehemann des Opfers, Davide Henssler, als hauptverdächtig. Als gleichrangige Option war der nächtliche Begleiter relevant, und als eine weitere Möglichkeit sah das Programm auch eine Verbindung zu den Töchtern beziehungsweise zu ihrem Umfeld als potenzielle Möglichkeit vor, wo ein möglicher Täter oder Täterin zu finden sein könnte. Insbesondere bei Klara war die Situation mit ihrem Beziehungsstatus kritisch. Das Opfer war sehr vermögend gewesen, und Klara beziehungsweise auch ihre Schwester Maria waren durch den Tod ihrer Mutter die alleinigen Erben. Wenn Alex Preuß das richtig einschätzen konnte, ein Privatvermögen von mehreren Millionen Euro und eine stattliche Anzahl von firmeneigenen Immobilien. Das wäre schon ein gutes Motiv, wenn man in einem solchen Zusammenhang überhaupt von gut sprechen konnte. Und außerdem war das Testament zugunsten der Töchter erst eine Woche vor dem Tod des Opfers geändert worden. Der Ehemann ging danach leer aus. Motivlage beim Ehemann: Rache, weil seine Frau ihn auf diese Art und Weise abserviert hatte und vielleicht durch Druck und Folter eine

Änderung des Nachlasses herbeiführen. Wobei so eine Vorgehensweise natürlich infantil wäre. Es wäre ja klar, dass das heraus käme. Aber wiederum im Portfolio der Mafia lag. Und Davide brauchte Geld. Also musste er ja irgendwie seine Ausgangslage optimieren. Bei den Töchtern war die Lage komplexer. Auch sie profitierten finanziell ganz erheblich von dem Tod ihrer Mutter und der veränderten Situation, den Ehemann, betreffend. Was dazu kam, war, dass noch nicht so richtig klar war, mit wem die beiden verkehrten und ob dort nicht ein Ermittlungsansatz für einen Mörder zu suchen war, der sich einfach nur bereichern wollte oder mit dem die beiden oder eine von ihnen zusammenarbeiteten. Und dann waren noch die Unfallakte und die Erpressung von Frau Henssler von vor vier Jahren. Auch hier meldete die ermittlungsunterstützende Software mögliche Verbindungen zum aktuellen Fall. Damals wollten die Erpresser Geld, und das nicht zu wenig, und der Ehemann des Opfers starb vermeintlich bei einem Verkehrsunfall. Vielleicht hatte man vor vier Jahren nicht ausreichend hingeschaut und bei der Aufnahme und den Ermittlungen beim Verkehrsunfall etwas übersehen. Genauso gab die Akte zu der Erpressung relativ wenig her. Außer den Schutzmaßnahmen, der Tatbestandsaufnahme und marginal durchgeführten kriminaltechnischen Untersuchungen war dabei wenig herausgekommen und der Fall ad acta gelegt worden.

Karl Grimm saß in seinem von Singen geliehenen Dienstzimmer und brütete über den Akten. Die freundlichen Schreibkräfte aus Singen hatten ihm schon zweimal Kaffee und Kuchen hingestellt. Er fühlte sich heute nicht besonders. Es ging einfach nicht so richtig voran. Zuerst ein Taxi am Tattag, und dann keines mehr. Der Ehemann des Opfers war verschwunden. Dann ein möglicher Lover, und noch kein richtiger Ansatz hierzu. So auf der richtigen Spur fühlte sich Karl Grimm noch nicht, und dann noch der ganze Ärger um ihn herum. Beim Staatsanwalt musste er aufpassen. Der hatte ihn seit der ersten Veröffentlichung im *Südkurier* auf dem Kieker, und wenn er an zu Hause dachte, dann fand er auch nicht so recht den Halt, den er gelegentlich gebraucht hätte. Aber das musste er jetzt beiseite wischen. Er hatte eine Sonderkommission zu leiten, und von ihm wurde zu Recht erwartet, dass er zu jeder Zeit 100 Prozent lieferte.

Arno Angele saß an seinem in Singen angestammten Platz und stellte die neuen Spuren zusammen. Nachdem er den Bericht von Alex Preuß gelesen hatte, waren die Aufgaben klar. Daneben musste in jedem Fall noch am Abend das *Bandoleros* aufgesucht werden. Schließlich war es möglich, dass Frau Henssler mit ihrem Begleiter dort am Abend vor dem Mord zu Gast war. Von den Erkenntnissen der Kollegen Huser und Paschke wusste er zu diesem Zeitpunkt noch nichts. Aber klar war: Das Umfeld der beiden Töchter hatte eine gewisse Priorität.

39. EIN BLICK NACH ROTTWEIL

Arno Angele war in den Sokoraum gegangen, um nach den Kolleginnen und Kollegen zu schauen, und fand als einziges Team die Kollegin Polizeimeisterin Heim und Kriminaloberkommissar Timo Blum an. »Ward ihr schon in Rottweil?«, wollte Angele von den beiden wissen. »Nein, die Wohnung decken aktuell die Kollegen vom Polizeirevier Rottweil ab. Wir fahren aber gleich raus. Wir übernehmen die Schicht von 16 bis 20 Uhr. Danach übernehmen die Kollegen vom Revier wieder. Warum?«, wollte Timo Blum wissen. »Na, ich dachte nur so. Vielleicht könntet ihr mal nach Julia Schneider schauen und nachfragen, ob ihr vielleicht eingefallen ist, wo Davide Henssler sich abgesetzt haben könnte, und fragt mal nach, ob sie Davide nur in Singen oder auch in Rottweil in einer Wohnung getroffen hat. Das sagt ihr natürlich nicht so. Julia ist ja noch verliebt«, ergänzte Angele schmunzelnd seine Ausführungen. »Das können wir gerne tun. Sollen wir einen Termin machen oder überraschend vorbeigehen? Und ist es okay, Arno, wenn wir auf Julia Schneider zugehen? Bislang hatte das doch ein anderes Team auf der Agenda«, antwortete Timo Blum. »Ja, darum haben sich bislang Kerstin und Hans gekümmert. Aber das sage ich den beiden, und ihr sollt sie ja nicht richtig vernehmen, sondern nur mal nachfassen, ob ihr zu Davide was eingefallen ist. Und wie bereits gesagt, interessiert uns, ob sie die Rottweiler Wohnung kennt. Von der hat sie uns nämlich bislang nichts erzählt. Und es wäre für unsere Ermittlungen sehr hilfreich, wenn wir Davide endlich aufgreifen könnten«, schloss Angele seinen mündlichen Auftrag an das junge Spurenteam ab. »Gut, dann los. Wir gehen auf die Schneider zu, wenn wir unsere Observation vor der Wohnung in Rottweil erledigt haben. Einverstanden?« Blum schaute Angele an. »Das hört sich doch sehr gut an«, antwortete Angele und verließ den Sokoraum in Richtung seines Büros.

Timo Blum und seine Kollegin Mandy Heim hatten rasch über die A81 nach Rottweil verlegt und die Schutzpolizeikollegen vom Polizeirevier abgelöst. Der Parkplatz, den die Kollegen frei machten, war gut gewählt. Sie konnten von ihrem Standort auf den Hauseingang sehen. Gleichzeitig waren sie aber so weit weg, dass man sie nicht zwangsläufig dem Objekt zuordnen konnte. »Hey, was glaubst du, werden wir von Julia Schneider Neues erfahren? Meinst du, die weiß überhaupt etwas über ihren Lover?« Mandy betrieb ein wenig Konversation mit ihrem Kollegen. Schließlich war das Observieren ein eintöniges Geschäft. Umso froher waren die beiden, dass die Schutzpolizeikollegen ohne Murren mitmachten und sie nicht die ganze Zeit vor dem Objekt absitzen mussten. »Ich weiß nicht. Mein Eindruck von dem, was ich mitbekommen habe, ist, dass die Schneider ein junges, schlichtes Ding ist und auf die Masche von Davide reingefallen ist. Ich glaube auch, dass der sich nicht mal besonders anstrengen musste. Und wahrscheinlich wollte er sie einfach flachlegen und dann tschüss.« Mandy schaute auf ihren Kollegen und meinte: »Das ist wieder mal so richtiges Männerdenken. Kennenlernen, flachlegen. Von der Schneider wissen wir, dass Gefühle im Spiel waren.« »Richtig, Mandy, aber beim Italiener nicht. Da bin ich mir sicher. Der wollte einfach bei einem jungen Ding auf seine Kosten kommen. Wissen wir denn, wie die Schneider aussieht?

Wahrscheinlich mächtig blond und bella figura«, scherzte der Kollege. Während die beiden sich lebhaft über Amore und das Drumherum unterhielten, hatte sich ein schwarzer Alfa Romeo dem Wohnhaus genähert und der Fahrer das Fahrzeug unmittelbar vor dem Wohnhaus geparkt. Zwei südländisch aussehende Typen stiegen aus und zeigten sich sehr interessiert für das Haus. Schaute man genauer hin, war rasch klar, dass die beiden hinein wollten und die Lage checkten, wie sie das am besten anstellen sollten. Die beiden Polizisten waren nach wie vor im Gespräch vertieft, abgelenkt und bekamen daher den Auftritt der beiden Besucher nicht mit.

»Was meinst du, Carlo: Dietrich, klingeln oder Gewalt?« Carlo schaute seinen Begleiter, der den Alfa gefahren hatte, an und antwortete: »Probier es mit dem Dietrich, wenn es nicht schnell genug geht, dann gehen wir über den Balkon rein.« Als der Fahrer des Alfa mit dem schnell aus der Hosentasche gezogenen Dietrich sein Glück an der Tür ausprobieren wollte, öffnete sich die Tür, und eine junge blonde Frau verließ das Haus. Carlo reagierte blitzschnell und hatte die ansonsten zufallende Tür in der Hand. Schon waren die beiden im Haus. Die junge Frau ging rasch weiter. Auch sie gehörte eigentlich nicht richtig zum Haus. Es war Julia Schneider. Sie war am Nachmittag in die Wohnung von Davide gegangen und hatte, wie Davide ihr das am Telefon aufgetragen hatte, einen gut versteckten Schließfachschlüssel abgeholt. Davide hatte ihr die genaue Lage im Schlafzimmer unter dem Bett beschrieben. Den Schlüssel hatte Davide, bevor er nach Italien gefahren war, unter dem Holzdielenboden versteckt. Julia musste das von der Polizei angebrachte Siegel brechen und im Schlafzimmer eine befestigte Diele entfernen. Die hatte Davide für sie so genau beschrieben, dass sie den Auftrag problemlos erledigen konnte. Wegen dem Siegel hatte sie schon ein wenig ein schlechtes Gewissen. Sie machte es aber für ihren Verlobten. Nachdem Julia ihren Job erledigt hatte, stand sie noch einen Moment verträumt vor dem Bett und erinnerte sich nur zu gern an die erste wunderschöne Liebesnacht mit ihrem Schatz. Die entfernte Holzdiele brachte Julia wieder an ihren Platz und ging. Was ein Schließfachschlüssel war, wusste Julia. Wo das Schließfach war, hatte ihr Davide nicht gesagt. Er hatte sie bei dem kurzen Telefonat nur gebeten, den Schlüssel gut zu verstecken. Sobald er zurück sei, würde er sich darum kümmern. Dass Davide in Rottweil eine Wohnung hat, hatte sie den Kommissaren auf dem Revier in Rottweil nicht erzählt. Danach hatten die ja auch nicht gefragt. Eigentlich brauchten die das ja auch nicht zu wissen, weil es die Wohnung von Davide war und es für Julia der Platz war, an dem sie sich mit ihrem Davide zurückziehen konnte. Julia Schneider passierte das Zivilfahrzeug der beiden Polizisten und ging raschen Schrittes Richtung Innenstadt. Als sie am Polizeifahrzeug vorbeiging, wurde sie von Timo Blum bemerkt. Sie sahen sich kurz in die Augen, und schon war sie weg. Timo drehte sich zu seiner Kollegin um und meinte: »Siehst du, genauso würde ich mir Julia Schneider vorstellen. Blond, gute Figur und einfach jung.« Wie recht er hatte, ohne es zu wissen. Wie Julia Schneider aussah, sollte er erst später erfahren. Julia war aus dem Blickfeld der beiden verschwunden und freute sich. Bald würde sich ihr Davide wieder bei ihr melden. Er hatte ihr gesagt, dass er wieder anrufen würde. Es wäre gerade ungeschickt, ihn zu kontaktieren. Auch das mit seiner Frau hatte er ihr erklärt. Er hatte die Wohnung in Rottweil von seiner Frau übernommen, weil er seine Frau schon seit längerer Zeit verlassen hatte. Und sobald er zurück sei, solle sie zu ihm ziehen. Die Scheidung wäre nur noch eine Sache von Wochen. Deshalb habe sich mit seiner Liebe zu ihr nichts geändert, und natürlich seien sie verlobt und sie sein Liebstes, was er habe. Julia lächelte vor sich hin. Die blöde Polizei hatte doch keine Ahnung. Ihr Davide war ihr Davide, und den würde sie sich von niemandem mehr wegnehmen lassen.

Carlo und sein Begleiter hatten zwischenzeitlich die kleine Wohnung von Davide Henssler erreicht und die Wohnungstür mit einem Dietrich schnell geöffnet. Das gebrochene Siegel nahmen sie wahr, und Carlo dachte sofort bei sich, dass das ihre Erfolgsaussichten, etwas zu finden, stark einschränken würde. Denn das Siegel bedeutete, dass die Polizei schon da war. Der Capo hatte sie beauftragt, in der Wohnung nach belastendem Material zu suchen. Er hatte das so konkretisiert, dass sie nach einer Waffe, Rauschgift, Geld und was ihnen sonst noch auffiel suchen und alles mit nach Hause bringen sollten. Carlo und sein Begleiter ließen sich Zeit und durchsuchten die Wohnung von Davide gründlich, während draußen die Polizei nichtsahnend observierte. Die lose Diele im Schlafzimmer hatten sie schnell entdeckt. Ansonsten wirkte die Wohnung schlicht und wenig möbliert. Was sie nicht fanden, war eine Waffe, Rauschgift oder Geld. Nichts davon konnten sie in der Wohnung ausfindig machen. Die beiden gingen davon aus, dass entweder die Polizei, jemand anders oder Davide das Gesuchte hatten. Die beiden verließen die Wohnung und machten sich auf den Weg zum Auto. Carlo dachte bei sich, dass das dem Capo nicht gefallen würde. Aber was konnten sie tun? Und er wusste von der ganzen Sache zu wenig, um sich ein eigenes Bild zu machen. War ihm auch egal. Der Auftrag war erledigt.

»Sag mal, Timo, stand der Alfa vorher auch schon da?« Nach dem ablenkenden Gespräch hatten sich die beiden

Polizisten wieder auf ihre Aufgabe konzentriert, und Mandy war der Alfa als Erste aufgefallen. Carlo und sein Begleiter verließen gerade das Gebäude und waren im Begriff, in den Alfa einzusteigen. »Hey, Kollege, siehst du das?« Der von Mandy Heim angesprochene Kollege Blum reagierte schnell und sprang aus dem Auto, um den Alfa noch rechtzeitig zu erreichen. Er war kaum aus dem Dienstwagen raus, brauste der Alfa flott davon. »Gib Gas, ich glaube, das waren Bullen. Scheiße, wenn die uns erwischen, ist die Kacke am Dampfen. Wir haben zwar so gut wie nichts dabei, aber blöde Fragen haben die doch immer, und außerdem waren wir in der Wohnung, weshalb die wahrscheinlich hier stehen«, resümierte Carlo und schaute in den rechten Außenspiegel, um zu prüfen, ob die Polizei ihnen auf den Fersen war. »Bieg ein paarmal ab, bis wir außer Reichweite sind, und dann ab auf die Autobahn.« »Okay, Boss.«

»Hast du das Kennzeichen?«, wollte der zwischenzeitlich wieder im Fahrzeug sitzende Timo Blum wissen. »Nein, du?« »Blöde Frage, schnell hinterher, vielleicht erwischen wir sie noch. Das war jetzt richtig Kacke. Wir observieren seit Tagen, und wenn was geht, sind wir nicht online. Mist«, bilanzierte Timo den schiefgegangenen Einsatz. Die Kollegin fuhr los, und beide gaben sich alle Mühe. Der schwarze Alfa Romeo war weg und, was die beiden nicht wussten, wieder unterwegs nach Singen. »Sollen wir eine Fahndung einleiten?«, wollte Mandy von ihrem Kollegen wissen. »Nach was und warum? Wir wissen doch gar nicht, ob die beiden Typen im Alfa irgendeinen Bezug zu unserem Fall haben. Außerdem machen wir uns vor den ganzen Kolleginnen und Kollegen ganz schön lächerlich. Wir hatten nur einen Auftrag aufzupassen, was vor dem Haus passiert. Und das haben wir, nein, das habe *ich* ordentlich vermasselt. Das behalten wir mal besser für uns. Sobald wir abgelöst sind, suchen wir die Schneider auf, und dann ab nach Hause. Mein Gott bin ich sauer.« »Auf mich?«, wollte die jetzt doch etwas verunsicherte Kollegin wissen. »Nein, natürlich nicht auf dich, Mandy. Du hast nichts falsch gemacht. Ich bin sauer auf mich. So etwas darf einfach nicht passieren, und mir schon gar nicht.«

Carlo und sein Begleiter mussten dem Locale in Singen rapportieren. Das war, nachdem sie in der Wohnung von Davide nichts gefunden hatten, gleich erledigt. Danach ging es rasch zurück nach Italien, von wo die beiden gestern Abend aufgebrochen waren. Der Locale war mit dem Ergebnis der beiden nicht zufrieden. Es fehlten Geld, Rauschgift und eine Waffe. Das musste er regeln, und das war ihm nicht sehr sympathisch. Verluste wurden in der Organisation streng bestraft, und er musste jetzt erst herausfinden, ob Davide dafür verantwortlich war oder wem er das sonst in die Schuhe schieben konnte. Er wollte in jedem Fall für Davide nicht durchs Feuer gehen. Schließlich hatte Luigi Falcone ihm diese Pfeife eingebrockt. Familie hin oder her. Das war jetzt egal, und ja, seine Frau hatte schon die eine oder andere gute Information gebracht und hatte ihren Wert. Jetzt war sie aber tot und konnte nicht mehr liefern.

Mandy Heim und ihr Kollege Timo Blum hatten sich wieder beruhigt und nahmen weiter ihren Auftrag wahr und observierten vor dem Wohnhaus. Bis die Ablösung kam, geschah nichts Außergewöhnliches mehr. Die beiden hatten ihren Lapsus erfolgreich verdrängt und waren auf dem Weg zu Julia Schneider. Beide stellten sich auf eine kurze Routinebefragung ein. So hatte es der Vizechef Arno Angele ja auch gesagt. Einfach kurz überprüfen, ob der Dame zu ihrem Lover Davide was eingefallen war. Die Wohnung in der Rottweiler Innenstadt war rasch erreicht. Blum klingelte, die Haustür öffnete sich, und als die beiden Polizisten zur Wohnungstür kamen, schlug das schlechte Gewissen des Kriminaloberkommissars wie ein Hammer auf einen Ambos zu. Vor ihm stand Julia Schneider. Die Frau, die heute am Dienstwagen vorbeigegangen war. Und er erinnerte sich nur zu gut, dass er zu seiner Kollegin gesagt hatte, genauso würde er sich Julia Schneider vorstellen.

40. SPURENTEAM 1

Wow, das saß. Timo musste sich erst einmal kurz sammeln. Damit hatte er jetzt heute Abend nicht mehr gerechnet. Erst der Lapsus bei der Observation. Dann scherzte er mit seiner Kollegin Mandy noch über das Aussehen der Frau, die den Dienstwagen passiert hatte, und sagte, so stelle er sich Julia Schneider vor. Und genau diese Frau stand jetzt vor ihm. Was für ein Tag. Timo konnte sich nicht erinnern, dass er so einen Tag bei der Polizei schon einmal erlebt hatte. Nachdem er sich wieder gesammelt hatte, schaute er Julia Schneider fest in die Augen und stellte sich und seine Kollegin schnell vor. »Guten Abend. Sind Sie Frau Julia Schneider? Wir hätten da noch ein paar Routinefragen an Sie. Die Kollegin und der Kollege, die Sie auf dem Revier Rottweil gesprochen haben, sind leider anderweitig eingesetzt«, beendete Timo seine erste Ansprache und ließ dabei Julia Schneider nicht aus den Augen. »Ja, ich bin Julia Schneider. Aber bitte, kommen Sie doch herein«, antwortete sie artig. »Gibt es noch etwas Besonderes?« Timo Blum überlegte. Angele hatte ihnen nur aufgetragen nachzuhaken, ob die Schneider etwas über den Verbleib von Davide beitragen könnte oder ob sie vielleicht irgendeinen Hinweis hatte. Aber er hatte sie heute in der Nähe der Wohnung gesehen. Wahrscheinlich war sie sogar in der Wohnung gewesen. Mist. Das schlechte Gewissen wegen der Observationspanne schlug wieder an. Vielleicht konnte er das jetzt ausbügeln. »Frau Schneider, wissen Sie etwas über den Aufenthaltsort von Davide oder ist Ihnen vielleicht eingefallen, ob er irgendetwas erwähnt hatte, wo er sich in der nächsten Zeit aufhalten könnte? Familie, Freunde oder sonst jemand?«, wollte Blum von Julia wissen. Julia Schneider wirkte angespannt, aber nicht völlig verunsichert. Davide hatte sie auf dieses mögliche Szenario in dem kurzen Telefonat vorbereitet. Er hatte ihr gesagt, dass wahrscheinlich die Polizei nach ihm suche und auch zu ihr kommen könnte. Sie solle in jedem Fall sagen, dass sie nichts wisse und dabei auch immer bleiben. »Nein, Herr Kommissar. Ich weiß nicht, wo Davide sein könnte. Er ist seit Tagen weg, und ich dachte, er sei die Liebe meines Lebens«, resümierte Julia Schneider, wie sie für sich meinte, ganz gekonnt, ihre Ausführungen. Der Kriminaloberkommissar wusste, jetzt musste er beißen. »Wieso waren Sie dann heute Nachmittag noch mal in der Wohnung von Davide Henssler? Haben Sie dort irgendetwas gesucht? Oder hatte Davide mit Ihnen Kontakt und wollte noch etwas aus der Wohnung?« Timo Blum schoss blind, hoffte aber, dass er mit seiner Behauptung richtig lag und die Schneider damit verunsichern konnte. »Ich weiß nicht, wie Sie darauf kommen, Herr Kommissar. Ich war nicht in Singen. Wenn Davide nicht da ist, gehe ich auch nicht in seine Wohnung, und er ist seit Tagen verschwunden«, antwortete Julia Schneider, jetzt doch etwas verunsichert. »Sie wurden gesehen, Frau Schneider«, parierte Blum und war auf die Antwort gespannt. »Da hat mich sicher jemand verwechselt. Ich war heute Nachmittag hier und habe mich um die Wohnung und das Essen für heute Abend gekümmert. Meine Mutter und mein Bruder kommen auch gleich, und es wäre mir recht, wenn Sie jetzt wieder gehen«, antwortete Julia und hoffte, damit einer weiteren Frage zu entkommen. »Frau Schneider, ich habe Sie gesehen. Sie sind von der Wohnung direkt an unserem Dienstwagen vorbeigelaufen, und zwar in Rottweil und nicht in Singen. Und wenn ich richtig informiert bin, haben Sie den Kollegen, mit denen Sie neulich gesprochen haben, nichts von der Rottweiler Wohnung erzählt. Ich hätte Sie natürlich schon dort ansprechen können. Wir hatten aber kein Bild von Ihnen und wussten daher nicht, wie Sie aussehen. Aber ich habe Sie zu 100 Prozent gesehen.« Dass Timo Blum noch der Kollegin scherzend gesagt hatte, dass er sich so Julia Schneider vorstelle, sagte er natürlich nicht. Aber das war schon ein Hammer. Blum war auch klar, dass er bei der Sachlage die Panne bei der Observation nicht unterschlagen konnte. Er musste der Sokoleitung berichten. Denn jetzt hatte die Spur eine deutlich andere Relevanz. Julia Schneider wirkte jetzt sehr nervös und meinte zu Blum: »Ich denke, dass war's jetzt. Ich sage jetzt nichts mehr. Ich will davon auch gar nichts wissen. Ich will nur Davide zurück.« Blum schaute sie freundlich an und sagte: »Frau Schneider, ich glaube, es wäre jetzt besser, wenn Sie uns auf das Revier begleiten.«

41. BESPRECHUNG, FÜNFTER TAG, 18 UHR, SOKORAUM SINGEN

Arno Angele hatte Karl Grimm informiert, dass noch ein paar Spurenteams unterwegs waren. Er hatte ihm auch die Erkenntnisse des Spurenteams Huser und Paschke zukommen lassen. Für heute Abend war noch ein Einsatz im *Bandoleros* geplant, und die Innenstadt, insbesondere die Fußgängerzone zwischen der Scheffel- und August-Ruf-Straße wollte er mit zwei, drei Teams angehen. Vielleicht half Kommissar Glück, und die Kolleginnen und Kollegen brachten einen oder mehrere Hinweis zu der männlichen Begleitung von Frau Henssler mit. Vielleicht hatte sogar jemand die männliche Begleitung erkannt und konnte einen Namen liefern. Der Chef hatte die Aktion schon genehmigt, aber darum gebeten, dass Arno Angele die Aktion heute Nacht übernehmen sollte. Karl Grimm wollte nach Hause. Er hatte zu Hause angerufen und wollte einen schönen Abend im Kreis seiner Familie genießen. Maria freute sich und meinte, dann könne sie ja noch eine Freundin besuchen. Karl hatte sich das zwar anders vorgestellt, aber Hauptsache, seine Frau war mal wieder etwas besser drauf. Karl Grimm nahm seinen Beruf sehr ernst, und eine Sonderkommission zu leiten, empfand er als eine verpflichtende Herausforderung. Aber heute Abend würde das schon gehen. Die beiden, Angele und Grimm, waren zusammen zum Sokoraum gegangen und setzten sich. Angele übernahm die Gesprächsführung und teilte den anwesenden Kolleginnen und Kollegen mit, dass er heute Abend gerne noch zwei Teams einsetzen wolle. Das Team Huser und Paschke war aufgrund der Vorerkenntnisse schon gesetzt. Also brauchte es nur noch vier Freiwillige, die schnell gefunden waren. Huser und Paschke berichteten über ihre Erkenntnisse vom *Bandoleros* – ehemals *Oscars* – in der Bahnhofstraße. Wichtig erschien Paschke, der vortrug, darauf hinzuweisen, dass der Geschäftsführer Frau Henssler kannte und sie auch gelegentlich Gast im *Bandoleros* war. Und Huser berichtete über die Erkenntnisse aus dem Gespräch mit dem Chef vom *Café Hanser* in der August-Ruf-Straße. Alle hörten beeindruckt zu, insbesondere Karl Grimm bedauerte jetzt schon wieder, dass er abrückte, um Privatem nachzugehen. Denn jetzt wurde es interessant. Als Angele noch ausführlich von einem Telefonat mit dem Spurenteam 1 berichtete und erklärte, dass er das Team Elser und Widenhold nach Rottweil entsandt hatte, um das Team 1 zu unterstützen, weil die bislang blasse Julia Schneider gelogen hatte, dachte Karl Grimm kurz darüber nach, seine Frau anzurufen und ihr zu sagen, dass er nicht kommen konnte. Aber das ließ er dann doch lieber. Das wäre weder seiner Frau noch Arno Angele gegenüber in Ordnung, und vielleicht nahm er sich wirklich zu wichtig. Arno Angele konnte das auch, und Karl hatte das jetzt so geregelt. »Also, gibt es aus eurer Sicht noch etwas zu berichten oder gibt es sonst irgendetwas zu regeln?«, fragte Angele noch in die Mannschaft hinein. »Ich bleibe hier auf der Dienststelle und bin über mein Telefon und auch über Funk erreichbar. Wenn es etwas Interessantes gibt, dann bitte sofort melden«, ergänzte Angele seine Ausführungen. Der in der Besprechung anwesende Kriminaltechniker meldete sich zu Wort und meinte, dass die Erkenntnisse aus dem *Café Hanser* zu dem Spurenbild im Haus des Opfers passen würden. In der Geschirrspülmaschine wären unter anderem auch Kuchenteller und -gabeln festgestellt worden. Leider hatte entweder das Opfer oder möglicherweise auch die Täter die Spülmaschine angestellt. Also Spuren am Geschirr konnten ausgeschlossen werden. Allerdings hätte man auch ein paar Krümel im Bettlaken gefunden. Das könnte also durchaus dem Kuchenkauf zugeordnet werden. Die Spuren, erklärte der Kriminaltechniker, seien mit den anderen beim Landeskriminalamt. Er werde dort morgen sofort anrufen und nachhaken, ob sich rasch feststellen ließe, ob die Krümel von einem Kuchen stammten. Grimm und Angele nickten dem Techniker zu, und nachdem keine Wortmeldungen mehr kamen, löste Angele die Besprechung auf. »Schönen Abend, Kolleginnen und Kollegen, für die, die jetzt gehen können«, verabschiedete Angele einen Teil der Mannschaft, und Grimm ergänzte: »Für die, die heute Abend noch Dienst leisten, viel Erfolg.« Er ging jetzt nach Hause.

42. KONSTANZ-LITZELSTETTEN

Grimm war so kurz vor 20 Uhr zu Hause in Litzelstetten angekommen. Seine Frau war schon weg, und seine drei Kinder saßen gebannt vor der Glotze, als Grimm ankam. »Na, Kinder, habt ihr mal wieder sturmfreie Bude und schaut Fernsehen, obwohl ihr doch wisst, dass ihr das nicht sollt«, scherzte Grimm freundlich mit seinen Kindern. Er war froh, dass er sie hatte, und überglücklich, dass ihm der liebe Gott drei gesunde Kinder geschenkt hatte. Seine Anna, die Älteste, war mit ihren zehn Jahren schon recht vernünftig und kümmerte sich liebevoll um ihre zwei Brüder. »Die Mama hat uns eine *Käpt'n Blaubär* DVD eingelegt. Also gar nichts Schlimmes, Papa.« »Okay. Habt ihr schon etwas gegessen?«, wollte der jetzt zu Hause angekommene Papa wissen. »Ja, Papa, wir haben schon gegessen, und die Mama hat gesagt, für dich ist das Abendbrot im Kühlschrank, und dass du uns noch was vorlesen sollst.« Grimms Begeisterung hielt sich in Grenzen. Er war ausgesprochen müde. Er wollte sich aber zusammenreißen. Schließlich war er ja wirklich zu oft weg und für seine Kinder nicht da. »Wie wäre es mit einem Märchen?«, wollte der mit den Märchenschreibern gleichnamige Grimm wissen. Die Jungs konterten und meinten, dass sie nicht schon wieder das Märchen von dem *Mädchen und dem süßen Brei* hören wollten, sondern endlich die Fortsetzung von *Harry Potter und die Kammer des Schreckens*. Anna lachte. Das bedeutete für Grimm mindestens eine Kapitellänge mit 10 – 15 Seiten. Sein Trick, eines der kürzesten Märchen, die er kannte, vorzulesen, war missglückt. Aber es war okay. Er liebte seine Kinder, und *Harry Potter* war ja auch spannend, wenngleich für den Kleinen ein wenig zu aufregend.

Nachdem die Kinder schliefen, gönnte sich Grimm noch eine Zigarette und ein Bierchen und dachte so an seine Familie und auch über das Leben mit seiner Maria nach. Vielleicht hatte Maria auch ein wenig recht mit dem Ärger, den sie ihm in letzter Zeit machte. Sie hatten sich geeinigt, dass sie beide Kinder wollten und auch beide für die Kinder da sein sollten. Karl hatte sich über die Jahre hinweg immer mehr nach oben gearbeitet und dabei immer mehr Zeit für sich und seine Karriere in Anspruch genommen. Maria hatte wegen der drei Kinder auf eine eigene Karriere verzichtet. Sie hatte in Tübingen Jura studiert und nur kurz als Staatsanwältin praktiziert, bis Anna auf die Welt kam. Er ließ seinen Gedanken ein wenig freien Lauf und erinnerte sich gerne daran, wie er seine Maria kennengelernt hatte. Sie waren beide in Backnang aufs Gymnasium gegangen und kannten sich daher schon seit der Schulzeit. Maria war im Gymnasium eindeutig die bessere Schülerin als Karl, und Karl, der in der Elften sitzen geblieben und in die Klasse von Maria versetzt worden war, hatte sich beim ersten Anblick in die Maria verliebt. Sie war schön, sie war sprachgewandt und auch recht selbstbewusst. Er erinnerte sich noch, wie schwer sie es ihm machte, ein erstes Date hinzubekommen, und wie lange er um sie werben musste, bis sie endlich zum ersten Mal zärtlich miteinander wurden. Auch war Maria eigentlich das Beste, was ihm begegnen konnte. Sie hatte, nachdem sie sich für ihn entschieden hatte, mit ihm daran gearbeitet, etwas ehrgeiziger und arbeitsamer zu werden. Wahrscheinlich wäre er ohne seine Maria nicht so weit gekommen. Und sie hatte auf ihre eigene weitere Karriere verzichtet. Vielleicht sollte er jetzt einfach mal zufrieden sein. Er war Kriminaloberrat, war schon weiter gekommen, als ihm wahrscheinlich alle Freunde und Bekannten, die ihn von früher kannten, zugetraut hatten, und er hatte eine schöne Aufgabe: Kripochef im Landkreis Konstanz. Und er liebte Maria und seine drei wunderbaren Kinder. Damit endeten seine Gedanken in die Vergangenheit, weil das Telefon klingelte. »Hallo, hier ist die Iris. Bist du heute Abend zu Hause, Karl? Ich dachte, du bist im Dienst. Maria sagte, du leitest die Mordermittlungen in Singen?«, stellte die Freundin seiner Frau überrascht am Telefon fest. »Hallo, Iris. Ich bin heute Abend da. Maria musste noch kurz weg«, antwortete Grimm geistesgegenwärtig. Eine andere Freundin seiner Frau kannte Grimm nicht. Und dass er davon ausgegangen war, dass seine Frau jetzt mit Iris unterwegs war, wollte er ihr nicht gleich auf die Nase binden.

»Gut, Karl, dann euch einen schönen Abend. Maria kann mich ja morgen anrufen, wenn sie mag.« »Gut, Iris, ich werde es Maria ausrichten. Auch dir einen schönen Abend.«

43. POLIZEIREVIER ROTTWEIL

Kriminalkommissarin Elser und Kriminaloberkommissar Widenhold waren auf dem Polizeirevier Rottweil eingetroffen und wurden von ihrem Kollegen Timo Blum in Empfang genommen. »Wir haben noch nicht angefangen, also Mandy ist mit Frau Schneider oben in einem Vernehmungszimmer. Müsst ihr noch etwas wissen? Ich wäre gerne mit dabei, weil mich Frau Schneider angelogen hat, und ich glaube, sie weiß mehr, als sie uns wissen lässt.« Kerstin Elser schaute ihren Kollegen Hans Widenhold an. Er nickte, und es war damit klar, dass er und die Kollegin Heim hinter dem venezianischen Spiegel zuhören würden. Drei oder vier Ermittler und eine zu befragende Person wären ein zu großes Ungleichgewicht und unprofessionell. »Gut, Timo. Dann erkläre mir doch kurz, was bei euch gelaufen ist und wie du darauf kommst, dass die Schneider dich anlügt?«, wollte Kerstin Elser von ihrem Kollegen in Erfahrung bringen. Der Kriminalkommissar fasste das Geschehene kurz zusammen und ließ nichts aus. Auch nicht die Panne mit dem Alfa und zwei Typen, die abgehauen waren, ohne dass eine Kontrolle möglich war, und dass Julia Schneider am Dienstwagen vorbeigelaufen war und er noch zur Kollegin Mandy Heim gesagt hatte, dass er sich genauso eine Frau für Davide vorstellen würde. Er wollte damit klarstellen, dass er sich 100 Prozent sicher war, dass er Julia Schneider am Spätmittag in der Nähe der Wohnung gesehen hatte und keine Verwechslung möglich war. »Gut, Timo, vielen Dank. Dann lass uns mal loslegen. Ich würde die Vernehmung führen, und du kannst

dich gern mit Querfragen einbringen. Einverstanden?« Timo
Blum nickte Kerstin Elser zu, und beide begaben sich in den
Nebenraum, wo Julia Schneider auf sie wartete.

44. NACHTEINSATZ BAHNHOF-STRASSE / FUSSGÄNGERZONE

Arno Angele hatte sich mit den drei Spurenteams für den
Nachteinsatz zusammengesetzt und die Details besprochen. Die Kolleginnen und Kollegen sollten einerseits das
Personal nach einem Besuch von Frau Henssler befragen,
aber auch ein paar Stichproben bei den Gästen machen.
Vielleicht konnten sich einzelne Gäste an Frau Henssler und vor allem an ihren männlichen Begleiter erinnern.
Für die Ermittlungen im *Bandoleros* wurden Huser und
Paschke eingesetzt. Die zwei anderen Teams sollten durch
die Fußgängerzone streifen, die einzelnen wenigen offenen Lokale beziehungsweise Imbissangebote kontrollieren und einzelne Cliquen, vor allem die regelmäßig in der
Fußgängerzone ansässige Jugendszene, ebenfalls nach Frau
Henssler und einem potenziellen Begleiter befragen. Die

Kolleginnen und Kollegen hatten Bilder von Frau Henssler auf ihren Smartphones mit dabei, um sie den Menschen bei Bedarf vorzeigen zu können. Die lokalen Medien und insbesondere der *Südkurier* hatten aber auch schon Bilder des Opfers veröffentlicht. Der Fall beschäftigte Singen und auch das Sicherheitsgefühl der Stadt, sodass die Smartphones bei den Befragungen meist nicht gebraucht wurden. Die Ermittler Huser und Paschke waren rechtzeitig zum *Bandoleros* aufgebrochen und stellten zu ihrem Erstaunen fest, dass der Laden ziemlich voll war. Der Klub im hinteren Bereich hatte natürlich noch nicht geöffnet, aber im Speisebereich gab es keinen freien Tisch mehr. Huser sprach eine der umherschwirrenden Bedienungen an und wollte, bevor sie loslegten, den Geschäftsführer informieren und mit einbinden. »Können Sie uns sagen, wo wir den Geschäftsführer finden?« »Wer will das wissen? Wollen Sie etwas essen? Dann müssen Sie sich ein wenig gedulden. Wie Sie sehen, sind wir voll. Aber die Leute da vorne an dem Zweiertisch wollen zahlen, und dann hätten Sie eine Chance«, antwortete lächelnd die blonde Bedienung, die Huser angesprochen hatte. »Nein, wir würden zwar gerne etwas essen. Wir sind aber im Dienst und hätten noch ein paar Fragen an den Geschäftsführer und danach auch gern an Sie«, antwortete Huser und stellte bei näherem Hinschauen fest, dass die Bedienung recht attraktiv war. »Der Geschäftsführer ist vorhin weggegangen. Ich kann Ihnen leider nicht sagen, ob und wann er wiederkommt. Aber jetzt sollte ich weitermachen. Ich bekomme mein Geld nicht fürs Reden«, entgegnete die Bedienung resolut. »Wann machen Sie Schluss?«, mischte sich Paschke in die Unterhaltung ein. »Wollen Sie jetzt mit mir flirten? Und was wollen Sie denn überhaupt?« Huser fasste noch mal nach und sagte der Bedienung: »Wir sind von der Kriminalpolizei und hätten ein paar Fragen an Sie. Können wir uns irgendwo kurz unterhalten?« Die nun doch neugierig gewordene Bedienung drehte sich auf dem Absatz um und ging nach hinten in Richtung Klub. »Kommen Sie mit. Dort hinten ist noch kein Betrieb. Charly, kannst du für mich kurz übernehmen? Bin gleich wieder da.« Paschke hatte sein Smartphone gezückt und zeigte der Bedienung das Konterfei von Gertrud Henssler, der ermordeten Immobilienmaklerin. Die Bedienung schaute das Bild mit Interesse an und fragte: »Und was wollen Sie wissen?« Paschke hakte nach und fragte: »Kennen Sie diese Frau und war sie schon einmal hier im *Bandoleros* zu Gast?« Die Bedienung schaute sich das Bild noch mal genauer an und antwortete: »Ja, diese Frau ist doch das Mordopfer von neulich. Das Bild war auch schon in der Zeitung. Schrecklich. Ja, ich habe die Frau schon gesehen.« »Und haben Sie sie auch hier schon im Lokal bedient oder gesehen und war diese Frau vielleicht in den letzten Tagen da?«, fragte Huser nach. »Lassen Sie mich überlegen, Herr Kommissar. Ja, ich habe die Frau schon bedient. Ich weiß das deshalb so genau, weil die Frau einen sehr professionellen Auftritt hatte, und sie war gelegentlich zum Essen da, auch in Begleitung. Aus den Berichten aus der Zeitung war ja zu erfahren, dass es sich bei der Frau um eine erfolgreiche Immobilienmaklerin handelte. Das weiß ich erst jetzt. Aber so hätte ich die Frau auch eingeschätzt. Als selbstbewusste, erfolgreiche Geschäftsfrau.« »Erlauben Sie mir, dass ich da nochmals nachhake. War Frau Henssler letzte Woche hier Gast, und war sie vielleicht in Begleitung«, wollte Kommissar Huser wissen. Die Bedienung überlegte kurz und sagte: »Ganz sicher bin ich mir nicht. Aber ich meine, sie war Mittwoch- oder Donnerstagabend da. Ich habe sie zwar nicht bedient. Aber irgendwie ist das Bild bei mir aufgeploppt, als ich von ihrem Tod in der Zeitung erfahren hatte. Aber ich habe sie nicht bewusst wahrgenommen oder mir irgendwelche Details gemerkt. Es war nur ein kurzes Bemerken, wenn Sie verstehen, was ich meine. Ob sie in Begleitung war oder nicht, das kann ich daher nicht sagen. Wie bereits gesagt, als ich von ihrem Tod hörte, dachte ich bei mir, die war doch die letzten Tage bei uns im Lokal.« Huser und Paschke wollten natürlich weiterbohren. »Brauchen Sie mich noch, oder kann ich weiterarbeiten? Mehr weiß ich nämlich nicht.« Huser antwortete: »Natürlich, gerne, und herzlichen Dank für Ihre Hilfe. Haben Sie vielleicht mitbekommen, wer Frau Henssler bedient hat?« »Nein, da muss ich passen. Da müssten Sie die anderen fragen.« »Sind denn alle hier und können wir die kurz befragen?«, meinte Paschke. »Das müssen Sie mit dem Chef klären. Wie Sie sehen, haben wir Gäste, und die wollen bedient werden. Und natürlich sind nicht alle Servicekräfte da. Letzte Woche waren wir personell anders besetzt. Ich könnte Ihnen jetzt nicht einmal genau sagen, wer alles letzte Woche gearbeitet hat. Aber der Chef müsste das wissen.« Huser und Paschke schauten sich kurz an, und es wurde ihnen klar, dass sie an die Sache anders herangehen mussten. Sie warteten noch einen Moment auf den Geschäftsführer, der schließlich telefonisch erreicht wurde. Dieser erklärte sich sofort bereit, den beiden bis morgen eine Liste mit den Namen und Adressen aller Servicekräfte, die letzte Woche gearbeitet hatten, zur Verfügung zu stellen und am nächsten Tag – sofern er alle erreichen konnte – um 17 Uhr – ins *Bandoleros* einzuladen.

Die anderen zwei Spurenteams waren in der Zwischenzeit verschiedene andere Lokalitäten in der Innenstadt angelaufen – ohne jeglichen Erfolg. Die Teams konnten zur Schluss-besprechung wieder ins Polizeigebäude in die Julius-Büh-rer-Straße einrücken. Diese war gleich erledigt. Der nächste Tag stand vor der Tür.

45. BOLOGNA

Der Kontakt im Hotel war eine Putzfrau. So wie sein Cou-sin Marco es versprochen hatte, hatte sie Davide in einem Zimmer untergebracht und ihm zu verstehen gegeben, dass er im Zimmer bleiben solle, sonst würde sie beim Rezep-tionisten auffliegen.

Das war Davide zu dem Zeitpunkt egal. Aber zwischen-zeitlich war es kurz vor 22 Uhr, und sein Cousin hatte sich nicht, wie telefonisch angekündigt, bei ihm gemeldet. Davide war verunsichert, traute sich aber nicht, seinen Cou-sin anzurufen. Julia Schneider hatte er erreicht. Geld und gut ein Kilo Kokain waren im Schließfach und der Schlüssel jetzt hoffentlich bei ihr. Davide hoffte, dass Julia dichthal-ten konnte und weder die Polizei noch die Mafia auf seine Nebengeschäfte stieß. Hoffentlich würde sich sein Cousin noch melden. Davide wollte Bologna gerne wieder verlassen. Er musste irgendwie aus diesem Teufelskreislauf herauskommen.

46. POLIZEIREVIER ROTTWEIL

»Guten Abend, Julia, wie geht es Ihnen? Möchten Sie gerne etwas trinken, bevor wir mit der Befragung beginnen?«, wollte Kerstin Elser gerne wissen. Sie und Kollege Timo Blum waren ins Vernehmungszimmer des Reviers gegangen, und die Kollegen Widenhold und Heim standen hinter dem venezianischen Spiegel, sodass sie von Julia Schneider nicht gesehen werden konnten. Julia Schneider saß auf dem vor dem Schreibtisch platzierten Stuhl. Kerstin Elser hatte sich vor Julia auf den Schreibtisch gesetzt, und Timo Blum saß hinter dem Schreibtisch. »Frau Schneider, wir würden diese Befragung aufzeichnen, und ich würde Sie auch gerne über Ihre Wahrheitspflicht als Zeugin belehren und darüber, dass Sie sich nicht selbst belasten müssen. Haben Sie das verstanden?«, begann die Kommissarin mit der Vernehmung von Frau Schneider. Das Diktiergerät hatte sie bereits aktiviert.

»Warum wollen Sie mich heute Abend ein zweites Mal befragen? Sie haben mich schon einmal hierher geschleppt, und alles, was ich weiß, habe ich Ihnen bereits gesagt«, antwortete Julia Schneider, die sich natürlich darum sorgte, ob die Polizei mehr wusste, als sie ihr bislang gesagt hatten. »Das weiß ich doch, Julia. Aber wir machen uns Sorgen um Sie, und ich glaube, dass es vielleicht doch das eine oder andere gibt, was Sie mir bei der letzten Befragung noch nicht gesagt haben, beziehungsweise noch gar nicht sagen konnten.« »Und was soll das sein?«, fragte Julia Schneider sofort nach. Die Ermittlerin wartete einen Moment, bevor sie die Vernehmung fortsetzen wollte. »Frau Schneider, wir hatten über die Location im Neckartal gesprochen, auch über eine Wohnung in Singen. Aber von einer Wohnung in Rottweil hatten Sie uns nichts gesagt.« Julia Schneider spürte, dass sie ihre Geschichte wahrscheinlich nicht lange halten konnte, und gab patzig zurück: »Danach hatten Sie mich ja nicht gefragt. Ich habe Ihnen alle Fragen beantwortet, und ehrlich gesagt, weiß ich gar nicht mehr, ob ich Ihnen von der Wohnung in Rottweil erzählt habe oder nicht.« Timo Blum machte Anstalten, sich in die Vernehmung einzubringen. Seine Kollegin Kerstin signalisierte ihm mittels Handbewegung, dass er sich noch raushalten solle. »Hatten Sie seit unserem ersten Gespräch Kontakt zu Ihrem Verlobten Davide? Hat er Sie vielleicht angerufen?«, schoss die Kommissarin einfach mal ins Blaue und ging zunächst gar nicht auf die Wohnung in Rottweil ein. Julia reagierte auf die Frage unmittelbar körperlich. Sie zitterte leicht und antwortete: »Natürlich nicht. Ich habe meinen Verlobten seither nicht mehr gesehen.« Kerstin Elser spürte, wie unsicher Julia bei dieser Antwort war, und fasste nach: »Ich glaube Ihnen. Sie haben ihn sicher nicht persönlich gesehen, denn so, wie es aussieht, ist er auf der Flucht.

Warum auch immer. Aber hat er Sie denn nicht angerufen?«
Julia Schneider war zu jung, um der erfahrenen Ermittlerin
etwas vormachen zu können. Kerstin Elser spürte, dass sie
auf der richtigen Fährte war. Die Frage war nur, würde das
Mädchen auch kooperieren, oder brauchte es noch etwas
mehr. »Woher wollen Sie denn das wissen? Werde ich abge-
hört oder wie kommen Sie denn darauf?«, versuchte Julia,
aus der Nummer herauszukommen, spürte aber, dass sie
dem hier nicht gewachsen war. »Ich will jetzt gar nichts mehr
sagen. Ich will, dass Sie mich in Ruhe lassen. Ich habe doch
nichts getan«, schluchzte Julia Schneider und vergrub ihr
Gesicht in ihre Hände. Kerstin Elser reagierte ganz gelassen
und freundlich. »Natürlich haben Sie nichts Schlimmes getan.
Wir wollen Ihnen helfen. Aber es stimmt doch, dass Davide
Sie angerufen hat.« Julia, die sich wieder ein wenig gefasst
hatte, schwieg für einen Moment und schaute die Kommissarin hilflos an. »Was wäre, wenn? Es ist doch nicht verbo-
ten, miteinander zu telefonieren. Ja, Davide hat mich heute
Morgen kurz angerufen und mir gesagt, dass ich mir keine
Sorgen machen brauche und dass er mich liebt. Mehr kann
ich dazu nicht sagen. Habe ich eigentlich nicht ein Recht
auf einen Anwalt?«, fragte die verzweifelte Julia Schneider.
Aber sie spürte, dass das noch nicht das Ende war, und sie
wollte jetzt einfach nur nach Hause. »Haben Sie Ihr Handy
dabei?«, wollte nun Kommissar Blum von der Zeugin wissen. »Was wollen Sie mit meinem Handy und was wollen Sie
denn überhaupt von mir?«, antwortete Julia, die sich zwischenzeitlich in die Enge gedrängt fühlte. Kerstin Elser übernahm wieder: »Wir wollen von Ihnen gar nichts. Wir wollen
nur wissen, was Sie heute Nachmittag in der Wohnung von
Davide Henssler gemacht haben und was er Ihnen am Telefon gesagt hat. Das ist alles. Ich will Ihnen ja gerne helfen,

aber dann müssen Sie das auch zulassen. Ich weiß, dass Sie in der Wohnung waren, und unsere Kriminaltechniker haben Fingerabdrücke gefunden, auch an der Tür. Ob es Ihre sind, wissen wir bald. Und ich will Ihnen helfen, aber wenn Sie uns nicht die Wahrheit sagen, dann wird es immer schlimmer. An der Tür war ein Siegel, und auch ein Siegelbruch ist strafbar. Aber wenn Sie kooperieren, kriegen wir das jetzt noch einigermaßen hin«, setzte die erfahrene Polizistin einfühlsam die Vernehmung fort. »Und ich darf Sie noch mal daran erinnern, dass Sie sich strafbar machen, wenn Sie uns anlügen«, fasste Timo Blum etwas robuster nach. »Warum sollte ich Sie denn anlügen? Ich habe Ihnen doch gesagt, dass mich Davide heute Vormittag angerufen hat.« »Ja, das stimmt. Aber Sie haben mich heute schon einmal angelogen, als ich Sie gefragt habe, ob Sie in der Wohnung von Davide waren.« Das war für Julia Schneider zu viel. Sie hatte bislang ein ganz normales Leben geführt und keinerlei Erfahrungen mit der Polizei gemacht, geschweige denn bei der Polizei gelogen. Die beiden Ermittler hatten in der Fortfolge leichtes Spiel. Julias Gegenwehr brach in sich zusammen. Die beiden Polizisten gingen mit dem Schließfachschlüssel und der Geschichte von Julia Schneider nach Hause und auch mit ihrem Handy. Die Nummer, mit der Davide angerufen hatte, stammte natürlich von einem Handy mit einer Prepaid Karte und konnte so nicht rückverfolgt werden. Wahrscheinlich hatte er die Karte nach dem Anruf gleich wieder entsorgt. Aber interessant war, dass er mit einer italienischen Nummer angerufen hatte. Also hatte sich Davide nach Italien abgesetzt. Das wussten die Ermittler jetzt wenigstens. Leider konnte Julia nichts zum Verbleib von Davide sagen oder wollte es nicht. Sie versicherte den Ermittlern, dass er ihr das nicht gesagt hatte, obwohl sie ihn danach gefragt hatte. Die beiden Ermittler glaubten ihr das. Julia hatte jetzt Angst. Angst um Davide und auch ein wenig Angst um sich. Die Kommissarin hatte sie durcheinander gebracht und auch wieder beruhigt. Sie sagte ihr, dass, wenn irgendetwas Besonderes sei, Sie sofort die 110 anrufen solle. Sie sagte ihr aber auch, dass es irgendeinen Grund geben musste, warum Davide verschwunden war und dass er möglicherweise etwas mit der Ermordung seiner Ehefrau Gertrud Henssler zu tun hatte. Also sie solle, sollte er sich nochmal melden, vorsichtig sein und keine eigenen Schritte mehr ohne die Polizei machen. Das sei jetzt einfach zu gefährlich. Dass ihr Davide aber irgendetwas mit einem Mord zu tun haben könnte, stand für Julia völlig außer Frage. Sie kannte Davide. So etwas könnte ein so zärtlicher Mann niemals tun. Nein, dazu war Davide nicht fähig.

47. CARLO UND CO

Carlo und sein Fahrer waren wieder auf der Fahrt zurück nach Italien und passierten gerade Chur in Richtung San Bernadino, als Carlos Handy klingelte. »Pronto, wer ist da?« »Euer Kontakt in Singen hat mich informiert. Der Auftrag ist damit für euch erledigt. Euer nächster Auftrag ist in Bologna. Kontaktiert die übliche Stelle. Dann erfahrt ihr, was ihr zu tun habt.« Carlo legte auf und fluchte vor sich hin. »Eigentlich wollte ich morgen spätestens wieder zu Hause sein. Aber wir haben einen neuen Auftrag. Avanti. Direzione Bologna.«

48. BESPRECHUNG, SECHSTER TAG, 9 UHR, SOKORAUM SINGEN

Grimm hatte sich nach seiner gestrigen Auszeit wieder früh in den Dienst begeben und saß schon seit morgens um 6 Uhr in seinem Büro in Singen. Er war damit noch eine gute Stunde allein und konnte die gestrigen Vermerke, Berichte und Vernehmungen, die neu eingegangen waren, sichten und für sich bewerten. Der gestrige Abend mit seinen Kindern war schön und tat der Seele des Kriminaloberrats an diesem Morgen noch gut. Mit seiner Frau Maria hatte er sich noch nicht unterhalten. Gestern, als sie nach Hause gekommen war, war es zu spät gewesen, und heute Morgen hatte sie natürlich noch geschlafen. Aber mit wem sie gestern Abend zusammen war, würde ihn schon noch interessieren. Auch wenn es gerade nicht so gut lief, wollte er sie nicht verlieren. Jetzt galt es, den Tag zu stemmen und sich wieder auf die Arbeit zu konzentrieren. Nach und nach trudelten die Kolleginnen und Kollegen ein. Die Stimmung in der Soko war gut, und alle wollten den Erfolg. Sein Vertreter, Arno Angele, war auch schon recht früh gekommen und hatte Grimm über den gestrigen Abend informiert. Beide wussten aber noch nichts vom Ergebnis aus Rottweil und der Befragung von Julia Schneider. Das Band hatte Kerstin Elser noch in den Posteingang der Schreibkräfte gegeben, aber natürlich lag es heute Morgen noch nicht vor. »Guten Morgen, geschätzte Kolleginnen und Kollegen. Ich freue mich, Sie alle wieder so gesund und munter zu sehen, und freue mich jetzt auch auf Ihre Berichterstattung vom gestrigen Tag«, eröffnete Grimm die Frühbesprechung gut gelaunt. Die Spurenteams berichteten von ihren abgearbeiteten Aufträgen und überprüften Sachverhalten. Die Taxispur war weitgehend ausermittelt. Alle Fahrer der infrage kommenden Taxiunternehmen waren befragt. Angele hatte die Spur soweit aufgefächert, dass auch ein paar Taxiunternehmen außerhalb von Singen angegangen werden mussten. Aber es wurde bei den Ermittlungen kein Taxi festgestellt, das um die fragliche Zeit in die Oberdorfstraße 99 beordert worden war. Natürlich gab es auch noch die Möglichkeit, dass ein Taxifahrer auf eigene Rechnung agiert hatte, aber dafür gab es bei den Befragungen keinerlei Anhaltspunkte. »Was haben denn die Ermittlungen bei den Töchtern des Opfers ergeben? Sind wir denn da, was das Beziehungsumfeld der beiden anbelangt, ein Stück weiter?«, wollte Arno Angele, der ja die Spuren koordinierte und bevor der Chef sie auf den Tisch bekam auch kontrollierte, wissen. Kerstin Elser und Hans Widenhold berichteten über ihren Ausflug nach Bohlingen, und Kerstin brachte ihren Eindruck auf den Punkt: »Ich habe das Gefühl, dass die beiden nicht die Wahrheit sagen. Nach meinen Recherchen in *Facebook* hat Klara Beziehungen, die sie uns gestern aber nicht freiwillig nennen wollte, und bei Maria war ich gestern mit den Schreibtischermittlungen noch nicht soweit, damit ich vernünftig nachhaken konnte.« Angele nickte und fragte nach, ob es gestern Abend in Rottweil noch was gegeben hätte. »Ja, wir waren gestern noch in Rottweil und haben Frau Julia Schneider vernommen. Aber ich würde jetzt Timo gerne den Vortritt lassen. Denn die Vernehmung von Frau Schneider und das heute vorliegende Ergebnis geht auf die Vorgeschichte Team Timo und Mandy zurück.« Grimm und Arno Angele spitzten die Ohren. Denn das, was die beiden und die anwesenden Soko-Mitglieder zu hören bekamen, war natürlich höchst interessant. Timo Blum ließ nichts aus, auch nicht die misslungene Observation, der davongedüste Alfa und die an ihm vorbeilaufende junge Frau, die sich am Abend als Julia Schneider herausstellte. Danach erstattete Kerstin Elser Bericht über die Vernehmung von Julia Schneider und dass sie gestanden hatte, dass sie gestern Vormittag telefonisch mit Davide Henssler Kontakt hatte. Den Schließfachschlüssel hatte die Kollegin Elser dabei und zeigte ihn in die Runde. »Das ist ja höchst interessant, was ihr vier da auf die Reihe gebracht habt. Ja, das mit der versemmelten Obs hätte nicht passieren dürfen, aber ihr wisst ja, wo gehobelt wird, fallen Späne. Das nächste Mal einfach einen Fehler gleich reinmelden, dann können wir reagieren und hätten den Siegelbruch schneller bemerkt«, reagierte auf den Vortrag als Erster Grimm. »Aber es ist nichts passiert, und der Alfa sagt uns, dass Davide in irgendetwas verstrickt sein muss.«

Angele fasste nach. »Wissen wir etwas über den Aufenthaltsort von Davide Henssler? Konnte die Schneider dazu denn nichts sagen, und was ist mit dem Anruf. Haben wir eine Telefonnummer?« »Das haben wir natürlich überprüft, und das Smartphone von Frau Schneider ist schon bei den Computerspezialisten zur Auswertung. Vielleicht können die mehr rauslesen als wir. Aber so, wie ich es mit meinen Möglichkeiten prüfen konnte, handelt es sich wahrscheinlich um eine Prepaid Karte, die nicht nachverfolgbar sein dürfte. Es war aber eine italienische Nummer. Also, dieser Davide hat sich demnach aller Wahrscheinlichkeit nach Italien abgesetzt«, antwortete Kerstin Elser. »Und wenn der Alfa, den Kollege Blum gesehen hat, mit zwei Italienern besetzt war, was wir ja nicht genau wissen, dann könnte tatsächlich die Mafia im Spiel sein. Und entweder gehört dann Davide dazu oder er ist in Gefahr, so wie der Chef schon gesagt hat«, bilanzierte Angele das bislang Vorgetragene.

Das Team Huser und Paschke ergänzten ihre gestrigen Ausführungen in der Abendbesprechung zum *Café Hanser* mit dem Einsatz und dem Ergebnis vom *Bandoleros*, und die anderen Teams berichteten von den Ergebnissen der Befragungen in der Fußgängerzone. Der anwesende Kriminaltechniker konnte berichten, dass die DNA des gefundenen Spermas noch nicht ausreichend angezüchtet, man aber guter Hoffnung sei, dass es ausreichte, um eine Person zu identifizieren. Ein Abgleich in der Datenbank sei aber erst möglich, wenn das Labor mit der Anzüchtung soweit sei. Die Krümel im Bett konnten auch zugeordnet werden. Eindeutig Kuchenkrümel. Dass passte soweit zusammen. »Habt ihr sonst noch etwas Besonderes am Tatort festgestellt, was wir hier noch nicht besprochen haben?«, wollte Grimm interessiert wissen. »Nein, wir haben am Tatort alles aufgearbeitet. Die Ergebnisse liegen vor. Wir geben den Tatort natürlich noch nicht frei. Das ist auch so mit der Staatsanwaltschaft Konstanz abgesprochen«, antwortete Kriminalhauptkommissar Reiner Sterk. »Gut, Kolleginnen und Kollegen. Dann haben wir ja heute mächtig zu tun«, sagte Angele in die Runde hinein und verteilte die Aufträge. »Wir sehen uns selbe Stelle, selbe Welle, um 18 Uhr wieder im Sokoraum. Danke und viel Erfolg«, beendete die Frühbesprechung der Chef Grimm. Die Ergebnisse, die jetzt vorlagen, hörten sich doch gar nicht so schlecht an.

49. DAVIDE

Davide hatte vergangene Nacht sehr schlecht geschlafen. Zum einen war er auf die 15 Quadratmeter in seinem Zimmer beschränkt, und zum anderen bekam er es langsam mit der Angst zu tun. Er hatte gestern Abend noch mit einem Auftritt seines Cousins Marco Falcone gerechnet. Der hatte sich aber weder telefonisch noch sonst irgendwie gemeldet. Da lief etwas mächtig schief, und Davide fühlte sich in der Falle. »Guten Morgen, mein Schatz. Hast du gut geschlafen?

Wie geht es meiner zukünftigen Frau? Hast du ein wenig Sehnsucht nach mir?« Davide hatte es nicht mehr ausgehalten und Julia Schneider angerufen. Er musste wissen, ob sie noch den Schließfachschlüssel hatte und er musste ihr noch mal einschärfen, dass sie auf keinen Fall mit der Polizei kooperieren dürfe und der Schlüssel für ihre Zukunft als Paar sehr wichtig sei. »Ich vermisse dich auch, Davide. Aber ich habe Angst. Ich weiß nicht, in was du da rein geraten bist, aber es fühlt sich nicht sehr gut an«, antwortete Julia Schneider besorgt. Sie hatte Angst. Nicht nur um Davide, sondern ganz einfach auch jetzt um sich selbst. Wie konnte sie Davide nur beibringen, dass sie der Polizei alles erzählen musste, und dass die Polizei ihr auch den Schließfachschlüssel abgenommen hatte. »Wir schaffen das, mein Schatz. Du musst nur noch ein paar Tage stark sein, dann bin ich wieder bei dir. Mit dem Schlüssel, den du für mich holen und aufbewahren solltest, können wir ein neues Leben beginnen. Nur du und ich. Einverstanden?«, wollte Davide von Julia Schneider wissen. Julias Herz pochte. Was hatte sie nur getan? Warum mussten die blöden Polizisten sie auch so unter Druck setzen, und warum konnte sie jetzt Davide nicht die Wahrheit sagen? »Ja, mein lieber Davide. Ich liebe dich und warte auf dich. Kannst du mir denn nicht sagen, wo du bist? Ich kann sofort zu dir kommen, egal, an welchem Ort der Welt du dich befindest«, entgegnete die verzweifelte Julia. Ihre Angst um Davide und ihre Angst um sich selbst wuchs. Aber sie glaubte fest an ihren Davide. Und wenn er erst einmal wieder da war und sie sich in den Armen liegen konnten, würde er ihr das mit dem Schließfachschlüssel verzeihen. Schließlich konnte sie ihm das ja gut erklären, mit der Polizei und so. »Nein, mein Engel, das kann ich nicht. Das wäre zu gefährlich für dich. Ich muss hier noch ein paar

Angelegenheiten erledigen, und dann komme ich zurück und hole dich. Mach dir keine Sorgen. Wir haben genug Geld und können neu durchstarten«, log Davide, der keine Sekunde daran dachte, dieses junge Ding weiter in sein Leben eindringen zu lassen. Aber er brauchte sie und er brauchte den Schließfachschlüssel. Dort lag nämlich seine Lebensversicherung. »Gut, mein Schatz, ich muss jetzt Schluss machen. Ich werde gleich von einem Fahrer abgeholt«, log Davide. »Aber bitte, Julia, kein Wort zur Polizei, mit denen nicht kooperieren und auf keinen Fall den Schlüssel erwähnen oder gar jemandem geben. Versprichst du mir das?« Julias Verzweiflung war am Rande dessen, was sie ertragen konnte. Noch nie in ihrem Leben hatte sie sich so unwohl gefühlt. Den Mann, den sie liebte, musste sie anlügen. »Ja, Davide, sei unbesorgt. Ich liebe dich.« »Ti amo, meine große Liebe, bis bald.« Davide legte auf. Er hatte, was er brauchte. Das Mädchen war ihm verfallen, und sie würde man nicht verdächtigen. Überhaupt es war schwierig, auf sie zu kommen. Das galt für die Polizei genauso wie für die Familie. Ach was, dachte er, das ist unmöglich. Davide fühlte sich nach dem Telefonat erleichtert. Der Schlüssel war in Sicherheit. Damit hatte er genug Geld, um neu zu starten. Das Kokain konnte er auch noch irgendwie »verdealen« und was keiner wusste, war, dass er im Laufe der letzten zwei Jahre vom Konto seiner Frau regelmäßig Geld abgezweigt und bei sich deponiert hatte. Da war mächtig etwas zusammengekommen. Mit dem Kokain und dem Geld, was er hatte, war Davide mit fast 200.000 Euro ausgestattet. Für einen Neuanfang sollte es reichen.

50. POLIZEIGEBÄUDE SINGEN

Grimm und Arno Angele waren nach der Frühbesprechung mal wieder hoch in den fünften Stock gegangen, um in der hauseigenen Cafeteria mit den Kolleginnen und Kollegen einen Kaffee zu trinken. Als die beiden eintraten, war es erst einmal still. Es waren so an die 30 Kolleginnen und Kollegen, die sich regelmäßig gegen 9 Uhr hier für eine Viertelstunde trafen. Grimm nutzte die Gelegenheit und begrüßte alle freundlich, persönlich und mit Handschlag. Eine ungewohnte Geste, die niemand so recht zuordnen konnte. Der Ausblick von da oben über Teile der City, den Singener Bahnhof und die Gleisanlagen war fantastisch. Man fühlte sich sofort ein wenig in die eigene Kinderzeit zurückkatapultiert, wo man noch mit *Lego* und vor allem mit der *Märklin* Eisenbahn gespielt hatte. Arno Angele hatte sich schon an den Tisch mit den Kolleginnen und Kollegen der Kriminalpolizei gesetzt, und Grimm gesellte sich dazu. Die Kolleginnen und Kollegen aus Singen nahmen es wohlwollend auf, dass sich der Konstanzer Chef auch mal oben auf einen Kaffee zeigte. Aber sie blieben vorsichtig. Die Soko war irgendwann vorbei, und dann würde er wieder von Konstanz aus regieren und sie, die Singener, mussten aushalten und umsetzen was die »Herrschaft« aus Konstanz ausbrütete und auch gerne anordnete. Grimm spürte das Klima, aber er ließ sich gerne darauf ein.

Nach der Pause gingen die beiden Chefs zurück ins Büro von Arno Angele und arbeiteten miteinander die wichtigsten Spuren durch. Da war zum einen die noch offene Anfrage an das LKA, Abteilung Organisierte Kriminalität, ob nicht doch mehr über die Bezüge der 'Ndrangheta nach Singen und dem Verfahren der Italiener in Erfahrung zu bringen war. Und vor allem, welche Rolle Luigi Falcone und Davide gespielt hatten. Wichtig wäre es natürlich auch zu wissen, wie man Falcone erreichen konnte, wo er zwischenzeitlich lebte, tot war oder im Gefängnis saß. Also war der Verbleib von Davide nach wie vor eine hoch relevante Spur. Er war nicht raus aus dem Kreis der Tatverdächtigen, wenngleich Grimm davon nun nicht in erster Linie ausging. Das war ihm zu einfach, und seine bisherigen Fälle hatten sich nicht so einfach aufgelöst. Dann war noch die unbekannte Begleitung in der Nacht von Mittwoch auf Donnerstag offen, dem Tag, an dem das Opfer hingerichtet wurde. Offen waren auch die Ermittlungen im *Café Hanser* und im *Bandoleros,* und noch lange nicht abgearbeitet war das soziale Umfeld von Gertrud Henssler und vor allem auch das ihrer Töchter nicht. Alex Preuß hatte in einem weiteren Bericht die Erpressung und den Verkehrsunfall aufgearbeitet. Der Algorithmus kam zu dem erstaunlichen Ergebnis, dass der Verkehrsunfall vielleicht ein Anschlag der Mafia gewesen sein könnte. Die Kriminaltechniker hatten verwertbare Spuren gesichert. Man hatte Sperma von einem Mann, der mit dem Opfer vor der Tat Geschlechtsverkehr hatte, aber noch keine verwertbaren DNA-Ergebnisse und noch keinen Namen. Und man hatte die Schuhspur, die aber nur dann was brachte, wenn man die Person zum Schuh hatte. Alles in allem noch nicht reif für eine abschließende Richtung. Die heiße Spur konnten beide Chefermittler noch nicht ausmachen. Der Radar musste weiterhin in alle Richtungen laufen.

51. SPURENTEAM 5

Die beiden Polizeikommissare Sascha Binder und Dominique Welzel waren zum ersten Mal bei einer Sonderkommission mit dabei. Sie waren als Jungkommissare direkt von der Hochschule in Villingen-Schwenningen auf die Reviere Konstanz und Singen versetzt worden und hatten als voll ausgebildete und studierte Polizisten noch kein halbes Jahr berufliche Erfahrung gesammelt. Arno Angele wusste das und setzte sie entsprechend ein. Er hatte sie nach seiner Bewertung mit einer nachgeordneten Spur betraut. Sie hatten den Zettel bekommen, den man im Wohnzimmer des Opfers gefunden hatte, und sollten überprüfen, ob man aufgrund des Inhalts oder Sonstigem etwas herausfinden konnten. Arno Angele hatte natürlich den Zettel selbst überprüft, aber außer ein paar Zahlen war auf dem Zettel nichts zu finden. Die beiden Jungkommissare waren mächtig stolz, dass man sie mit eigenständigen Ermittlungen betraute, und gingen hochmotiviert an ihre Spur heran. Der Zettel war zudem von einem Notizblock eines Hotels in Villingen-Schwenningen. Das konnte man leicht der Signatur am Kopf des Zettels entnehmen. Und da die beiden sich ja gut in Villingen-Schwenningen auskannten, gingen sie der Spur auch gerne nach. »Guten Morgen, dürfen wir Sie kurz sprechen.« Dominique Welzel hatte das Gespräch mit dem Rezeptionisten eröffnet, und ihr Kollege Sascha Binder ergänzte: »Wir ermitteln wegen eines Mordes in Singen, und das Hotel könnte in dem Fall eine Rolle spielen. Wenn Sie uns helfen, sind wir auch gleich wieder weg.« Der Rezeptionist runzelte die Stirn und antwortete: »Darf ich Sie höflich fragen, ob Sie sich ausweisen können, und dann bitte auch, was Sie denn genau von mir oder dem Hotel wollen?«

Sascha Binder zog schon ein wenig mit Stolz die Kriminalmarke und seine Kollegin den Dienstausweis, sodass der Rezeptionist zufrieden war. »Ja, das können wir gerne. Es tauchte bei den Ermittlungen ein Zettel auf, der aus Ihrem Hotel stammt. Das ergibt sich aus der Signatur am Kopf des Zettels. Außerdem ist der Zettel mit Zahlen beschriftet. Sagt Ihnen das irgendetwas?«, wollte die Kommissarin Welzel nun wissen. Der Rezeptionist lachte. »Zeigen Sie mir doch mal den Zettel. Ja, das habe ich mir gedacht. Das ist ein Zettel von einem Notizblock unseres Hauses. Solche Notizblöcke finden Sie in den Zimmern, in der Bar, in den Seminarräumen, am Empfang, eigentlich überall. Die Zahlen hat sicher jemand draufgeschrieben. Aber das könnte nach meiner Einschätzung auch jeder gewesen sein.« Das war den beiden natürlich klar. »Wie viele Übernachtungsgäste hatten Sie denn so in der letzten Zeit? Können Sie uns denn dazu etwas sagen?«, fragte die Kommissarin nach. »Nun, das kann ich Ihnen gerne beantworten. Wir sind meist bis zu zwei Drittel belegt von Geschäftsreisenden und Montagearbeitern, also täglich so plus/minus 60 Übernachtungsgäste. Zusätzlich bieten wir die Seminarräume auch ohne Übernachtung an. Da dürften im Monat auch noch an die 100 bis 150 Gäste dazukommen. Die Firmen, die bei uns die Räume buchen, buchen in der Regel dann auch ein Tagesarrangement – Kaffee, Kuchen, Essen und so weiter – und alle diese Gäste haben oder hatten Zugriff auf einen Notizblock, von dem der von Ihnen vorgelegte Zettel stammt.« Kollegin Welzel notierte sich die Informationen, und die beiden Polizisten waren zunächst zufrieden. »Vielen Dank.

Das reicht uns fürs Erste. Wenn noch etwas wäre, melden wir uns wieder. Hier haben Sie noch eine Karte von mir. Falls etwas wäre«, sagte die Kommissarin noch abschließend zu dem Rezeptionisten und drückte ihm eine Visitenkarte in die Hand, die sie vorher noch handschriftlich mit ihrer Nummer und ihrem Namen versehen hatte. »Ja gut, dann wünsche ich Ihnen einen schönen Tag und haben Sie viel Erfolg bei Ihrer Arbeit«, antwortete der Rezeptionist. Auf der Fahrt von Villingen nach Singen grübelten die beiden über ihren Einsatz nach. »War wohl doch nicht so der Hit, diese Spur«, kommentierte Sascha Binder den Einsatz in Villingen. »Meinst du. Ja, aber bei einem Mordfall muss man wirklich jeder nur winzigen Möglichkeit und Spur nachgehen. Und das haben wir gemacht. Ich hoffe, dass wir nichts vergessen haben. Ich schreibe nachher gleich den Aktenvermerk dazu und lege ihn Herrn Angele vor. Mal sehen, ob der zufrieden ist«, antwortete Dominique Welzel und war sich auch nicht so ganz im Klaren darüber, was nun der Einsatz in Villingen gebracht haben sollte.

52. SINGENER CITY

Die beiden Kriminalkommissare Rainer Huser und Rudi Paschke waren mit verschiedenen Spuren betraut worden, und natürlich sollten sie sich weiter ums *Bandoleros* kümmern und sie sollten nochmal den Chef vom *Café Hanser* aufsuchen, um zu klären, ob Frau Henssler am späten Mittwoch- oder am späten Donnerstagmorgen Kuchen eingekauft hatte. Mit dem *Café Hanser* wollten sie heute Vormittag starten und gingen von der Dienststelle über den *Maggi* Tunnel in Richtung City. »Guten Morgen, kommen Sie doch gerne herein.« Die beiden Kommissare wurden im *Café Hanser* von einer Bedienung freundlich begrüßt und in die Räumlichkeiten des Lokals gebeten, wo erstaunlicherweise um die Zeit schon reger Betrieb herrschte. Sie dirigierte die beiden an einen freien Tisch und fragte, ob sie ihnen denn einen Kaffee und ein Stück Kuchen anbieten dürfe. Huser und Paschke schauten sich kurz an und nickten. »Ja, zu einem Kaffee sagen wir gerne ja, aber einen Kuchen dürfen wir nicht annehmen. Sie wissen doch wegen der Bestechlichkeit und so«, antwortete Huser. Gleichwohl hatte er beim Betreten des Cafés in die Kuchenauslage geschaut und hätte gerne ja gesagt. »Ach was, mit was soll ich Sie denn bestechen. Bringen Sie den beiden Kommissaren ein Stück Obstkuchen. Sie sind schließlich im *Café Hanser*, und da gehört das so. Außerdem haben Sie einen schweren Beruf, und ich freue mich, wenn ich auf diese Weise ein bisschen Danke sagen darf«, mischte sich der zwischenzeitlich dazugekommene Chef des Hauses ein. Die Kurve war genommen. »Haben Sie denn für uns die Kasse für Mittwoch- und Donnerstagmorgen prüfen können?«, fragte Paschke nach, um zum eigentlichen Grund zu kommen, weshalb die beiden Ermittler da waren. »Das habe ich. Ich habe es auch ausgedruckt und bringe es gleich zu Ihnen«, antwortete der Chef und war schon verschwunden. Zwischenzeitlich hatte die freundliche Bedienung den beiden Kommissaren zwei dampfende große Tassen Kaffee und zwei Obstkuchen mit einer ordentlichen Portion Schlagsahne auf den Tisch gestellt und war auch gleich wieder verschwunden. »Mann, das haut ja rein. Aber es schmeckt lecker.« Die beiden langten zu, und als der Kuchen vertilgt war, stand der Chef wieder bei ihnen. »Also, meine Herren. Hier sind die Ausdrucke aus der Kasse von Mittwoch, 15.05. und Donnerstag, 16.05. von jeweils 11 bis 12 Uhr. Ich habe die Ausdrucke selbst gemacht, und leider haben wir an beiden Tagen ähnliche Verkäufe hinterlegt, sodass ich nicht mit Sicherheit sagen kann, wann Frau Henssler bei uns eingekauft hat.« Der Chef hatte sich zu den beiden an den Tisch gesetzt. »Haben Sie vielleicht noch mal nachgedacht und überlegt, wann Frau Henssler eher da war: War es der Mittwoch oder der Donnerstag?«, fragte Kommissar Huser nach. »Ja, dafür habe ich die letzte Nacht fast nicht geschlafen. Ich kann mir natürlich vorstellen, dass das für Ihre Ermittlungen wichtig ist. Und so, wie ich es Ihnen schon bei Ihrem ersten Besuch sagte, ich meine, es war eher der Donnerstag. Aber ich bin mir nicht 100-prozentig sicher, es könnte auch der Mittwoch gewesen sein«, antwortete der Chef selbst ein wenig enttäuscht, weil er an der Stelle nicht ganz eindeutig sein konnte. »Gut, herzlichen Dank für Ihre großartige Hilfe und natürlich auch für Kaffee und Kuchen. Dürfen wir denn wenigstens den Kuchen bezahlen?«, fragte Paschke der Form halber nach.

»Meine Herren, bitte beleidigen Sie mich nicht. Danke für Ihren Einsatz und viel Erfolg. Hoffentlich erwischen Sie den Mörder bald. Frau Henssler war eine sehr nette und großzügige Person.« Die Kommissare verließen das Café und gingen die August-Ruf-Straße in Richtung des alten Polizeireviers und dem dortigen Hauser Brunnen. Sie wollten noch ein wenig die Nase in den Wind halten und sich ein wenig die Füße vertreten. »Mann, das Ergebnis bringt uns jetzt doch nicht so viel weiter«, meinte Rainer Huser zu seinem Kollegen Paschke. »Da hast du recht, Rainer. Aber der Kuchen war saulecker.«

53. SCHREIBTISCHERMITTLUNGEN

Die Kriminaloberkommissarin Lena Mayer versuchte noch mal ihr Glück beim Kollegen vom LKA. Er hatte sie nicht, wie versprochen, am gestrigen Nachmittag zurückgerufen. Die offizielle Ermittlungsanfrage war draußen. Sie hatte die Anfrage vorformuliert und dem Chef zur Unterschrift vorgelegt. Und sie hatte sich selbst darum gekümmert, dass sie nach Unterschrift auch wegging. Die eigene Aktenlage bei der Polizeidirektion Konstanz zu den Ermittlungen gegen die Mafia war praktisch null. Lediglich ein Kollege, der seinerzeit als örtlicher Ansprechpartner fungierte, wusste ein wenig Bescheid und hatte Lena, soweit er sich an den Fall noch erinnern konnte, aufs Laufende gebracht. Das Verfahren wurde unter höchster Geheimhaltung betrieben, sodass auf der Dienststelle sonst niemand mehr Bescheid wusste. Der Kollege hatte ihr bestätigt, dass die damals geführten Verfahren verschiedene Hinwendungsorte und Zielpersonen im Hegau betrafen. Er hatte ihr aber auch gesagt, dass die Kollegen vom LKA ihn damals soweit in den Fall mit hineinnahmen, dass er wusste, dass die Zielpersonen primär Deutschland als Rückzugsgebiet genutzt hatten und weniger, um weitere kriminelle Geschäfte zu betreiben. Und er sagte ihr auch noch, dass auch sehr vielen Hinweisen und Spuren in der Schweiz um Zürich, Winterthur und Schaffhausen nachgegangen worden war. Vom Locale in Singen konnte der Kollege nichts berichten. Er hatte den Kolleginnen und Kollegen vom LKA bei Umfeldermittlungen geholfen. Auch mit dem Namen Davide und der Geschichte um die Heirat mit der millionenschweren Immobilienmaklerin Gertrud Henssler konnte er in dem Zusammenhang nichts anfangen.

»Guten Morgen, herzlichen Dank für den Anruf. Ich hätte dich in der nächsten halben Stunde auch angerufen. Aber ist egal, jetzt können wir ja miteinander sprechen. Das Ermittlungsersuchen deiner Sokoleitung ist da. Ich habe die bei uns abgelegten Akten auch schon gesichtet. So arg viel kann ich dir wahrscheinlich nicht helfen. Das Meiste haben die italienischen Kolleginnen und Kollegen selbst gemacht. Es war ein Fall der italienischen Justiz und Polizei. Wir waren eigentlich nur mit an Bord, weil die Italiener bei uns natürlich keine Hoheitsrechte ausüben dürfen, und wir und auch die Staatsanwaltschaft haben diese Ermittlungen unterstützt und mehr oder weniger unsere Erkenntnislage verbreitet. Was ich dir aber sagen kann, ist, dass in Singen auch gegen den damals dort ansässigen Locale ermittelt wurde und dabei wohl nicht viel herauskam. Das ergibt sich aus einer Aktennotiz, die den dünnen Akten, die bei uns archiviert sind, beiliegt. Die Ermittlungsergebnisse und die Verfahren liegen dem LKA nicht vor. Wie gesagt, es waren Verfahren der italienischen Behörden, und insofern kann ich dir leider nicht so viel mehr anbieten.« Der Kollege vom LKA machte eine Pause, was Lena dazu nutzte, um nachzufragen. »Kannst du mir was zum Locale in Singen sagen? Wer war das, und spielten seine Familienmitglieder irgendeine Rolle?« Der Kollege antwortete: »Das recherchiere ich gerne nochmal für dich und schreibe einen kurzen Vermerk. Wenn es eilt, kannst du mich auch gerne kurz vor Dienstschluss nochmals anrufen.« »Kann ich denn die Akten bei euch anfordern, beziehungsweise gibt es eine Möglichkeit, vielleicht selbst in die Akten zu schauen?«, wollte Lena Mayer nebenbei noch von ihrem Kollegen aus Stuttgart wissen. »Diese Frage habe ich fast befürchtet. Nein, das geht leider nicht. Die Akten sind als Verschlusssache eingestuft, und eigentlich müsste ich die Erkenntnisse aus den Akten auch einstufen. Damit wären sie aber für euer Verfahren nicht verwertbar. Solange du aber nur die Erkenntnisse vom Locale und seiner Familie brauchst, kriege ich das auch so hin. Verbleiben wir so: Wenn es pressiert, ruf mich an. Wenn es bis morgen warten kann, hast du meinen Vermerk morgen auf deinem Schreibtisch.« Lena Mayer bedankte sich und war mit dem Ergebnis einigermaßen zufrieden. Sie wollte noch die Akten von der Erpressung und dem Verkehrsunfall des Ehemanns Henssler aufarbeiten. Aber jetzt hatte sie sich erst einmal einen Kaffee verdient und marschierte in den fünften Stock. Sie freute sich auf den Kaffee und einen kleinen Schwatz mit dem einen oder anderen Kollegen oder Kollegin.

54. BOHLINGEN

Das Spurenteam 2, Kerstin Elser und Hans Widenhold, waren wieder unterwegs nach Bohlingen. Dieses Mal hatten sich die beiden aber zuvor telefonisch angemeldet. Klara hatte den Anruf entgegengenommen und war mit einem weiteren Besuch der Polizei einverstanden. Klara hatte den Polizisten auch gesagt, dass ihre Schwester Maria nicht da war, und wenn das wichtig wäre, man den Termin verschieben müsse. Das war der Kommissarin Elser aber ganz recht. Sie wollte heute mehr über die Beziehungen und Freunde von Klara erfahren. Sie hatte heute Vormittag, bevor sie nach Bohlingen gefahren waren, extra noch mal den Beziehungsstatus der beiden Töchter des Opfers überprüft, und bei Klara war in *Facebook* nach wie vor »in einer Beziehung« und bei Maria »Single« eingetragen. Dort wollte sie anknüpfen. Denn ob und wer mit den beiden Töchtern liiert war, könnte für die weiteren Ermittlungen schon noch relevant sein. »Guten Morgen, Frau Henssler. Wir sind schon wieder hier, und wenn Sie erlauben, würde ich Ihnen gerne noch ein paar Fragen zu Ihrem Privatleben und vielleicht auch zu Ihrem Liebesleben stellen.« Elser und Widenhold hatten sich wie bei ihren bisherigen Besuchen auf das Sofa platziert, das ihnen Klara auch angeboten hatte, und Klara, die wiederum gegenüber saß, kam gar nicht dazu, den beiden einen Kaffee anzubieten. Das Wort »Liebesleben« hatte Klara ein wenig aus der Fassung gebracht. Wenn sie sich richtig erinnerte, hatte sie den beiden Polizisten beim letzten Besuch gesagt, dass ihre Schwester und sie Singles seien. Wusste die ihr gegenüber sitzende Polizistin etwas? »Ich weiß nicht so recht, was Sie meinen«, startete Klara ihre Aussage. »Nun, ich will es Ihnen ganz einfach machen, Klara. Sie haben bei *Facebook* einen positiven Beziehungsstatus und eben nicht den eines Singles, so wie Sie uns beim letzten Besuch gesagt haben. Sie sind auch noch anderweitig unterwegs, aber dazu können Sie ja dann gerne etwas sagen«, schoss Kollegin Elser ins Blaue. Jetzt wurde es Klara unangenehm. Wusste die Polizistin etwa, dass sie auch auf *Tinder* unterwegs war? Das kann ja eigentlich gar nicht sein, denn bei *Tinder* muss man »matchen«, und wie sollte die Polizistin mit ihrem Profil auf sie kommen. Hatte sie vielleicht ein »gefaktes« Profil hinterlegt? Nein, das konnte eigentlich auch nicht sein. So etwas durfte die Polizei ja nicht tun. Aber sicher war sich Klara nicht und log: »Das bei *Facebook* ist schon älter und nicht mehr aktuell. Das habe ich nur vergessen zu ändern. Und sonst habe ich mal in der Vergangenheit aus reiner Neugier verschiedene Dienste angeschaut.« Weiter wollte Klara nicht gehen. Schließlich würde sie in einem seltsamen Licht stehen, wenn die Polizei mitbekam, dass sie gelogen und den

Rainer Binder öfter getroffen hatte, und was wäre erst, wenn die Kommissarin wüsste, dass sie auf *Tinder* mehrere Männer kennengelernt und getroffen hatte und dass sie auch mit ein paar davon im Bett gelandet war. Klara, die ihre Emotionen und ihre Unsicherheit nicht gut verbergen konnte, war verunsichert. Kerstin Elser und auch der weniger empathische Hans Widenhold spürten das. Es lag förmlich in der Luft, dass etwas nicht stimmte, und völlig überraschend, auch für Kerstin Elser, übernahm ihr Partner die Befragung und hakte nach: »Also, wenn ich Sie richtig verstehe, dann haben Sie derzeit keine Beziehung zu einem Mann. Das ist doch eine völlig normale Antwort. Aber warum sind Sie dann so nervös? Ich glaube Ihnen nicht und würde jetzt gerne wissen, warum Sie uns wegen etwas völlig Normalem, nämlich eine Beziehung zu haben, nicht die Wahrheit sagen.« Wumms, das saß. Kerstin Elser schaute Klara konzentriert in die Augen und wartete gebannt die Reaktion ab. Klaras Widerstand war fast gebrochen. Der Gedanke schoss ihr kurz durch den Kopf, den Polizisten jetzt anzuschreien und die beiden rauszuschmeißen. Das würde das Ganze aber nur noch verschlimmern. Also nicht alles auf den Tisch, aber vielleicht von Rainer zu erzählen. Dafür entschied sich Klara und erzählte: »Ich habe eine Beziehung zu einem Außendienstmitarbeiter. Immer, wenn er in der Nähe ist, versuchen wir, einen Termin zu machen und treffen uns. Ich habe Ihnen von ihm deshalb nicht gleich erzählt, weil ich selber nicht so richtig weiß, ob das eine richtige Beziehung ist oder nicht. Wir treffen uns, haben Sex und gehen dann wieder auseinander. Manchmal sehen wir uns zwei Wochen nicht und dann vielleicht auch mal zwei, drei Tage hintereinander.« Kerstin Elser signalisierte ihrem Kollegen, dass sie wieder übernahm: »Gut, das ist ja nicht so schlimm. Ich verstehe das. Können Sie uns den Namen und vielleicht die Adresse Ihrer Bekanntschaft sagen?« »Ich weiß nur, dass er Rainer Binder heißt und irgendwo im Stuttgarter Raum lebt. Mehr weiß ich nicht. Ich muss auch ehrlicherweise sagen, dass ich nicht einmal weiß, ob er Familie hat oder nicht«, antwortete Klara schnell. Sie wurde leicht verlegen, weil ihr natürlich klar war, dass sie sich gerade in ein moralisch kritisches Licht rückte. »Haben Sie eine Telefonnummer, oder wo haben Sie sich denn immer getroffen? In einem Hotel oder hier bei Ihnen? Und wissen Sie vielleicht, in welchem Hotel oder welcher Pension Herr Binder üblicherweise gerne übernachtet?« Klara wurde die Fragerei immer unangenehmer. Sie hatten sich schon in Singen in einem Hotel getroffen. Aber ob Rainer sich dort nur mit ihr getroffen hatte und dort auch übernachtete, hatte sie bislang nicht interessiert. Was ging denn die Polizei auch ihr Liebesleben an. Aber der Polizistin jetzt die Unterstützung zu versagen, war auch schwierig. Schließlich wollte die Kripo herausbekommen, wer ihre Mutter ermordet hatte. Und da musste sie ja helfen. Aber es war ihr einfach nur peinlich. »Ich hole schnell mein *iPhone*. Dort ist die Telefonnummer hinterlegt«, antwortete Klara und war schon unterwegs. Die Kommissarin war mit aufgestanden und folgte Klara. »Bitte schön, Frau Kommissarin. Hier mein *iPhone*.« Klara hatte das *iPhone* aus der Küche geholt und drückte den Pushbutton, um zunächst in die Übersicht, dann aufs Telefon und dort unter Kontakte mit dem von ihr hinterlegten Namen die Nummer zu finden. Kerstin Elser, die mit ihrem Notizblock neben Klara stand, verfolgte die Aktivitäten von Klara auf dem Handy und meinte, als Klara in der Übersicht war, die hellrote App von *Tinder* wahrzunehmen, sagte aber erst einmal nichts. Sie hatte ja schon so etwas vermutet. »Hier ist die Telefonnummer von Rainer.« Die Kommissarin notierte schnell in ihr Notizbuch die Nummer und fragte dann bei Klara nach: »Wenn ich das so fragen darf, Klara. Haben Sie Ihren Freund über *Tinder* kennengelernt?« Klara schluckte und reagierte, wie es Kerstin Elser erwartete. »Wie kommen Sie denn auf *Tinder*?«, hoffte Klara, dieser sehr unangenehmen Frage zu entgehen. »Na, weil Sie es auf Ihrem *iPhone* installiert haben. Ich habe es gerade zufällig gesehen, wo Sie nach der Nummer von Rainer gesucht haben.« An der Stelle der Befragung log die Ermittlerin ein wenig. Natürlich hatte sie die Aktion von Klara bewusst verfolgt, weil sie so etwas vermutet hatte, und ihr Bauch sagte ihr, dass Klara einiges verschwieg. Für eine Beschlagnahme des Handys reichten Vermutungen nicht aus, und irgendeine illegale Aktivität würde den Ermittlungen schaden. »Ich würde Ihnen aber auch gerne noch eine andere Frage stellen: Wie war denn Ihr persönliches Verhältnis zu Davide Henssler? Neulich, als wir bei Ihnen und Ihrer Schwester waren, hatte ich so das Gefühl, dass Sie uns nicht alles über Davide und Sie erzählt haben.« Klara schluckte schwer. Mit dem hatte sie jetzt nicht gerechnet.

55. PIAZZA MAGGIORE

Davide hatte es in seinem Hotelzimmer nicht mehr ausgehalten und es am späten Vormittag ohne Erlaubnis verlassen. Das Wetter war herrlich. Bologna war um diese Jahreszeit einfach nur schön. Der Park gleich hinter dem Hotel zeigte schon den Frühling in all seinen Varianten. Eigentlich ein Tag zum Genießen und Staunen. Dafür hatte Davide aber keinen Kopf. Er ging über die Via dell'Indipendenza in Richtung des Hauptplatzes von Bologna, der Piazza Maggiore. Unterwegs passierte er einen kleinen Markt und er ging durch die Laubengänge, für die Bologna bekannt war. Aber auch diese architektonischen Schönheiten interessierten ihn nicht. Er war mit ganz anderen Dingen beschäftigt und überlegte, wie er von hier abhauen konnte, ohne dass er mit der Familie kollidierte oder die Familie ihn schnell wieder ausfindig machen konnte. Auch als er die überwältigende Kulisse der Piazza Maggiore erreichte, ließ ihn das unberührt. Zu groß waren seine Sorgen um sein eigenes Leben. Der Locale hatte mit Sicherheit Onkel Luigi berichtet, dass er im Drogengeschäft mit Geld der Familie im Einsatz war. Davide hatte regelmäßig Kokain für seinen eigenen Bedarf abgezweigt und auch regelmäßig das Geld nicht voll umfänglich abgeliefert. Das war aufgeflogen, und der Locale hatte ihn zur Rede gestellt. Für das fehlende Geld hatte ihm der Locale ein Zeitfenster von zwei Wochen eingeräumt, und die waren zwischenzeitlich verstrichen. Auch hatte der Locale sich klar positioniert und Davide wissen lassen, dass er sein Vertrauen missbraucht und die Familie hintergangen habe und dass er, der Locale, dafür nicht geradestehen würde. Dass seine Frau jetzt tot aufgefunden wurde, war ein zusätzliches Problem, das ihm alle Möglichkeiten genommen hatte, den Geschäften nachzugehen, und so fühlte er sich jetzt mächtig in der Klemme. Was hatte sein Onkel alles rausgefunden? Davide wusste das natürlich nicht. Er hatte sich am Rande der Piazza Maggiore gegenüber der »Unvollendeten«, der Basilika San Petronio, an einen Tisch gesetzt, versuchte, einen Caffè Lungo und ein wenig die Sonne zu genießen, als sein Telefon klingelte. »Wo bist du, Davide? Ich hatte dir doch ausdrücklich gesagt, dass du dich nicht vom Hotel wegbewegen sollst. Jetzt bin ich da und du nicht hier. Was soll das?«, wollte sein Cousin Marco Falcone wissen. »Ich habe es im Hotel nicht mehr ausgehalten und bin ein wenig an die frische Luft gegangen. Wo ist das Problem?« Davide fühlte sich ertappt und gleichzeitig überwacht. »Ich bin in einer halben Stunde wieder zurück. Dann können wir uns treffen«, antwortete Davide spontan. »Ja, du kommst zurück, gehst in dein Zimmer und wartest dort auf weitere Anweisungen. Der Onkel hat mich heute Morgen angerufen und mir gesagt, dass du eine Weile untertauchen musst. Warum, hat er mir nicht gesagt. Also komm sofort zurück und verhalte dich so, wie es die Familie von dir erwartet.« Marco war sauer. Er wollte sich für Davide kurz Zeit nehmen, obwohl Onkel Luigi ihm aufgetragen hatte, sich von Davide fernzuhalten. Aber er war sein Cousin und jetzt hatte er ihn versetzt. »Afanculo.«

56. SCHREIBTISCHERMITTLUNGEN

Lena Mayer hatte den Erpressungsfall gegen das Immobilienbüro und primär als Zielperson Gertrud Henssler genauer unter die Lupe genommen. Auch hatte sie sich mit den Unfallakten des Ehemanns, Paul Henssler, beschäftigt. Die Akten waren nicht sonderlich aussagekräftig. Wie sie bereits bei ihrer ersten Durchsicht festgestellt hatte, war der Erpressungsfall rasch zu den Akten gelegt worden. Klar war das Verfahren noch offen. Aber viele Ermittlungsansätze konnte sie auch nicht erkennen. Vielleicht hatten die Kolleginnen und Kollegen, die seinerzeit den Fall bearbeitet hatten, darauf gewartet, dass der oder die Erpresser sich nochmals meldeten. Das war aber laut Akten nicht der Fall. Es blieb bei einem Erpresserschreiben, auf das die Polizei eingegangen war. Die Unfallakte war noch unspektakulärer. Paul Henssler war aufgrund eines Fahrfehlers und zu viel Alkohol von der Fahrbahn abgekommen und gegen einen Baum geprallt. Das Einzige, was ungewöhnlich war, war die Tatsache, dass Herr Henssler zum Unfallzeitpunkt nicht angeschnallt war und dass der Unfall kurz nach dem Eingang des Erpressungsschreibens erfolgte. Im Erpressungsschreiben wurde ja mit einem entsprechenden Übel gedroht, sodass man das zusammenbringen könnte, oder es einfach nur ein dummer und tödlicher Zufall war. Die Personen, die mit Herrn Henssler im *Falconera* zum Essen waren, waren Geschäftsleute aus Italien. Die Personalien waren soweit überprüft. Sie wurden als Zeugen in der Unfallakte geführt. Also auch hier keine Übereinstimmung mit der Erpressung.

Lena Mayer ging mit ihren Ergebnissen zu Alex Preuß und erzählte, was sie herausgefunden hatte. »Du, das gebe ich in unsere wunderbare Datenbank ein, und dann schauen wir mal, ob wir vielleicht etwas übersehen. Es ist natürlich etwas weit hergeholt. Aber wir haben in dem Fall Bezüge zur Mafia, genauer gesagt zur 'Ndrangheta. Wir haben eine Erpressung, einen Verkehrsunfall, wo der Getötete nicht angeschnallt war, und italienische Geschäftsleute, die offensichtlich sauber sind. Aber wissen wir das denn so genau? Vielleicht sollten wir uns die italienischen Geschäftsleute noch mal anschauen. Von wo die arbeiten, wo sie ihre Büros oder Firmen haben. Einfach nochmal rundum. Und dann hast du mir ja schon erzählt, dass Kurt Henssler mit ein Komma zwei Promille unterwegs war, bevor er den Unfall baute und laut Aussagen vom *Falconera* so gut wie nichts getrunken hatte«, meinte Alex Preuß zu seiner Kollegin. »Apropos Mafiabezug. Ich hatte heute Vormittag Kontakt mit dem LKA. Der Kollege wollte sich schlau machen. Ich habe ihn gebeten, gezielt nach dem Locale in Singen und einem eventuellen Bezug zu Davide zu suchen. Das hat er mir zugesagt. Gesagt hatte er mir auch, dass gegen den Locale in Singen ermittelt worden war. Er wollte mir bis spätestens morgen einen Vermerk zu seinen Auswertungen zukommen lassen. Meinst du, das reicht, oder soll ich noch mal anrufen?«, wollte Lena Mayer von Alex Preuß wissen, der in Sachen Schreibtischermittlung, Aktenaufbereitung und Verarbeitung wichtiger Informationen und Fakten erfahrener war als sie. »Das reicht. Da rennt uns ja nichts weg. Davide ist uns ja schon weggerannt«, gab Alex schmunzelnd von sich. »Ach ja, und dann sagte mir der Kollege vom LKA noch, dass wir die Akten nicht übersandt bekommen, weil sie als Verschlusssache eingestuft sind. Auch interessant, wenn es um Mord geht«, meinte Lena Mayer. »Ja, das schockiert manchmal ein bisschen. Aber wenn die Akten als Verschlusssache eingestuft sind, dann kriegen wir sie nicht, und für die Erkenntnisse gilt, dass wir prüfen müssen, ob sie in unseren Verfahrensgang gehen dürfen und verwertbar sind«, meinte Alex Preuß. »Ja, so ähnlich hatte sich der Kollege auch ausgedrückt.« Lena zog sich wieder in ihr Büro zurück und überlegte, ob sie alles Erforderliche für den Fall getan hatte. Nach kurzem Überlegen bejahte sie für sich die Frage und telefonierte kurz mit ihrem eigentlichen Teampartner Otto Specht, der ja aus der Soko geflogen war. »Hallo, Otto, wie läuft's«, fragte Lena freundlich an. »Du, alles gut. Ich bin froh, dass ich in eurer Tretmühle nicht mehr drin bin, und der Sekel von Kriminaloberrat aus Konstanz tanzt mir auch nicht mehr auf dem Kopf herum«, gab Otto seinen angestauten Frust zum Besten. Damit hatte Lena aber gerechnet und war nicht sonderlich überrascht. Eigentlich fehlte jetzt nur noch die regelmäßige Leier, dass Ottos Beförderung zum Kriminalhauptkommissar schon über ein Jahr überfällig war und dass er, wenn er jetzt nicht bald befördert würde, zum Dienst nach Vorschrift überginge. Aber die Ausführungen blieben aus, und Lena fragte Otto versöhnlich: »Hast du schon Hunger? Wir könnten ja zur *Maggi* gehen. Ich glaube, die haben heute in der Betriebskantine Schnitzel, Pommes und Salat.« »Gute Idee, Lena, Viertelstunde, unten, Wache?« »Einverstanden.«

57. BEURTEILUNGEN

Grimm hatte gerade einen Anruf vom Leiter der Behörde entgegengenommen. Er musste morgen seinen Dienst in Konstanz beginnen. Die Frage, ob das nicht Kriminalrat Stöckl übernehmen könnte, hatte sich gleich erledigt. Der Chef wollte ihn bei der Führungsbesprechung mit den Revierleitern gerne dabei haben. Zum einen sollte Karl die anderen Führungskräfte, die ja auch mächtig Personal für die Soko abgestellt hatten, über die bisherigen Ermittlungen der Soko informieren, und sein Chef hatte ihm auch noch gesagt, dass sie über Beurteilungen sprechen wollten. Ein erstes sondierendes Vorgespräch. Das passte Grimm natürlich gerade nicht in sein Portfolio. Aber Chef war Chef, und wehren, das wusste Grimm, würde außer unnötigem Ärger nichts bringen. Also beauftragte er Alex Preuß, einen kleinen PowerPoint-Vortrag mit den wichtigsten Fakten zum bisherigen Ermittlungsstand auszuarbeiten und ihm bis heute Abend vorzulegen. Dann wollte er zum Mittagstisch auch schnell in die *Maggi*, um eine Kleinigkeit zu essen, als seine Frau anrief. »Du, Karl, ich bin heute Abend mit Iris verabredet. Wir gehen ins Kino. Das hatten wir schon länger vor.« Grimm runzelte die Stirn, und es entstand eine kurze Pause am Telefon. »Was ist denn los, Karl? Gibt es irgendein Problem?«, fragte seine Frau Maria nach. »Nein, es gibt kein Problem. Ich frage mich nur, weshalb du schon wieder am Abend weg musst. Du weißt doch, dass ich eine Soko in Singen leite und eben in dieser Zeit auch abends im Dienst sein muss, bis alle Kolleginnen und Kollegen mit der Arbeit fertig oder von ihren Einsätzen wieder auf der Dienststelle sind. Ich kann jetzt gerade nicht jeden Abend auf die Kinder aufpassen. Darüber hatten wir doch gesprochen«, reagierte Karl gegenüber seiner Frau merkbar verärgert. »Alles gut, Karl. Ich habe für heute Abend einen Babysitter engagiert. Du kannst deinem über alles geliebten Beruf gerne nachgehen«, antwortete Maria schnippisch. »Also dann, mach's gut und viel Erfolg.« Maria wollte gerade auflegen, als Karl noch geistesgegenwärtig nachfragte: »Waren Iris und du vor zwei Tagen nicht auch schon im Kino?« Maria reagierte gereizt: »Willst du mich jetzt ausfragen oder gönnst du mir das Kino nicht? Wir haben nur gequatscht, und das war schön.« Grimm legte auf. Er hatte gleich ein schlechtes Gewissen, weil er seine Frau gerade wie eine Straftäterin vernommen hatte. Aber was war das? Iris hatte ihn angerufen und nach seiner Frau gefragt. Also war seine Frau mit Iris auch nicht weg gewesen. Und die beiden hatten auch nicht gequatscht. Betrog sie ihn? Seine Frau war unzufrieden, und dann konnte so etwas schon einmal passieren. Karl dachte nach und ließ kurz Revue passieren, was er und seine Frau schon alles miteinander erlebt hatten, und das war viel. Er war nach wie vor in sie verliebt, natürlich anders als zu Beginn ihrer Beziehung, und es konnte eigentlich nicht sein, was nicht sein durfte. Sie hatten jetzt drei Kinder. Klar, auch das veränderte eine Beziehung und forderte mehr Pflege und gegenseitige Rücksicht. Und da musste Karl besser werden. Aber dass seine Maria einen anderen hatte? Nein das konnte nicht sein. Den Gedanken verwarf Karl gleich wieder und sagte sich, für den Abend ohne Iris würde es sicher eine vernünftige Erklärung geben. Und dann kam das Teufelchen in seinem Kopf doch wieder ums Eck. Und was, wenn doch? Karl schüttelte vor sich selbst den Kopf. Er stand jetzt unter Druck und musste sich wieder auf seine Arbeit konzentrieren. Schließlich sollte er sich auch noch ein paar Gedanken zu den Beurteilungen seiner Kolleginnen und Kollegen machen. Er rief seine Sekretärin in Konstanz an und sagte ihr, sie solle ihm alle erforderlichen Daten zusammenstellen und vor allem eine Liste mit den alten Beurteilungen schnellstmöglich zukommen lassen. Dann wollte er sich mit seinen Inspektionsleitern abstimmen und natürlich auch mit Arno Angele. Das Thema Beurteilungen hatte ihm jetzt gerade noch gefehlt. Die Gedanken an seine Frau, beziehungsweise dass sie ihn betrügen könnte, verdrängte er, so gut er es vermochte. Da würde schon alles gut gehen. Und wenn die Soko vorbei war, dann musste er sie einfach mal wieder eine Weile verwöhnen und vor allem mehr Zeit mitbringen.

58. DER ZEUGE

Grimm hatte sein Büro schon verlassen und ging Richtung Aufzug, als Arno Angele ihm entgegenkam. »Mahlzeit, Karl. Ich glaube, wir haben uns heute noch gar nicht gesehen.

Was du vielleicht wissen solltest, bevor du zu Tisch gehst. Das Team Müller und Zweig sind unterwegs in die Güterstraße zum *C&C Großmarkt*. Von dort hat sich ein Zeuge gemeldet, der behauptet, dass er wisse, wer Frau Henssler ermordet hat. Alles natürlich sehr vage. Aber ich habe die Kollegen gleich rausgeschickt, um den Anzeigeerstatter zu befragen.« »Danke, Arno. Das wird wieder der übliche Spinner sein, der bei jeder Soko auftaucht. Aber überprüft das ruhig. Das Diensthandy habe ich dabei. Wenn etwas Besonderes ist, dann störe mich ruhig, auch beim Essen«, antwortete Grimm seinem Vertreter.

Kriminaloberkommissar Heiner Müller und sein junger Kollege Polizeimeister Fabian Zweig waren mit dem zivilen Dienstwagen losgepfiffen. Fabian, der auch erst frisch von der Polizeischule zum Revier nach Radolfzell gekommen war, fuhr. Heiner Müller saß als Beifahrer daneben und achtete mit Sorgfalt auf den Verkehr. Sie wollten ja heil bei dem Singener Lebensmittelgroßhändler ankommen. Als die beiden Polizisten beim Parkplatz eintrafen, wurden sie von zwei Personen erwartet. Den einen kannte Heiner. Das war sein alter Schulfreund Ernst Ehinger, und der andere war vermutlich der Anzeigeerstatter. Heiner wusste, dass sein ehemaliger Klassenkamerad beim *C&C Großmarkt* in Singen arbeitete, aber nicht genau, was. »Hallo, Heiner, das ist aber nett, dass du mit einem Kollegen vorbeischaust«, begrüßte Ernst Ehinger die Polizisten. »Hallo, Ernst, freue mich, dich zu sehen. Mensch, wie lange ist das her, seit wir uns zum letzten Mal gesehen haben, und in welcher Funktion bist du denn heute da?«, fragte Heiner Müller freundlich nach. »Ich bin Marktleiter beim *C&C Großmarkt* und ich übergebe euch hier Herrn Dorsch. Herr Dorsch arbeitet bei uns in der Metzgerei. Er war heute Vormittag bei mir im Büro und hat gesagt, dass er etwas über den Mord weiß. Ich wollte nur warten, bis ihr da seid, und dann würde ich wieder in mein Büro gehen.« Heiner Müller überlegte kurz und meinte dann: »Vielen Dank, Ernst. Wir würden Herrn Dorsch mitnehmen. Natürlich freiwillig und nur, wenn er das auch selbst will. Wäre das auch für dich so in Ordnung?« »Natürlich. Deshalb habe ich ja auf euch gewartet. Und keine Sorge, die Arbeitszeit läuft für Herrn Dorsch weiter.« »Hat Herr Dorsch dir etwas gesagt, um was es gehen soll?«, wollte der Polizist von seinem Schulfreund noch wissen. »Nein, eigentlich nicht. Herr Dorsch kam zu mir ins Büro und meinte, dass er etwas über den Mörder von Frau Henssler wisse. Ich habe dann eigentlich gar nicht groß nachgefragt, sondern gleich bei euch auf der Wache angerufen.« »Danke.« Die beiden Polizisten verabschiedeten sich und hatten den mutmaßlichen Zeugen auf der Rückbank im Dienstwagen platziert. Der Weg zum Dienstgebäude in die Julius-Bührer-Straße war kurz, und dort sollte rasch die Einvernahme von Herrn Dorsch beginnen.

Heiner Müller klärte noch kurz bei Arno Angele ab, ob sie auch die Vernehmung des Zeugen durchführen sollte, was dieser bestätigte. Arno Angele ging zu dem Zeitpunkt davon aus, dass es sich um eine Blindspur handelte, und die Spur sich nach der Vernehmung von Herrn Dorsch wieder in Luft auflöste. Kriminaloberkommissar Müller, der Kollege Zweig, der Zeuge Dorsch und eine vom Revier für die Soko ausgeliehene Schreibkraft, Frau Pampel, saßen in einem für so viele Leute viel zu kleinen Raum. Müller begann mit den Formalien. Als die Personalien, Arbeitsplatz und so weiter geklärt und von Frau Pampel ins Formular übernommen worden waren, ging es zur eigentlichen Gretchenfrage. Was konnte der Zeuge zur Tatbegehung, beziehungsweise zum Täter sagen. »Herr Dorsch, Sie hatten Herrn Ehinger erzählt, dass Sie etwas über den Mörder wissen oder ihn gar kennen? So, nun erzählen Sie mal«, fasste Heiner Müller die wesentlichen Fragen zusammen. »Ja, Herr Kommissar, das ist so. Bei uns in der Firma arbeitet seit Kurzem ein neuer Fahrer, der sich damit gebrüstet hat, den Mann der getöteten Frau zu kennen und ihm geholfen zu haben, seine Frau zu beseitigen«, begann etwas verunsichert Herr Dorsch mit seinen Angaben. Herr Dorsch war ein Metzger, so wie man sich ihn eigentlich vorstellte. Er war so 190 Zentimeter groß, hatte große, schwere Hände und war von kräftiger Statur. Dass den etwas aus der Fassung bringen oder gar nervös machen könnte, konnte man sich bei so einer Erscheinung gar nicht vorstellen. Aber so eine Vernehmungssituation bei der Polizei war halt doch etwas anderes. Müller wirkte wenig überrascht und hakte nach: »Und um wen soll es sich denn dabei handeln? Wer ist denn der Sprücheklopfer?« Dorsch antwortete: »Den Namen kann ich Ihnen sagen, aber wo der Kerl wohnt und so weiter, das weiß ich nicht. Und ja, Sie haben recht. Ich habe gegrübelt, ob ich mit dem überhaupt zur Polizei gehen soll. Aber als der Benjamin Kiel die Geschichte erzählte, dass der Mann des Opfers ein Italiener namens Davide sei und er mit dem in der Nachbarschaft in Singen aufgewachsen war und regelmäßig um die Häuser zog, dachte ich, das sollten Sie wissen.« Die letzten Ausführungen von Herrn Dorsch machten den Kommissar hellwach. Also vielleicht doch interessant. In jedem Fall zu klären. »Herr Dorsch, was wissen Sie über den Fall und woher haben Sie Ihre Informationen?« Heiner Müller war sich ziemlich sicher, dass der Name des Ehegatten des Opfers nicht veröffentlicht worden war. Natürlich könnte Herr Dorsch sein Wissen aus dem Umfeld von Frau

Henssler, Bekannten oder auch sonst wie bekommen haben. Aber genau das war jetzt wichtig. »Nun über den Fall wird bei der Arbeit gesprochen. Ein Mord kommt ja nicht alle Tage vor. Ich habe auch das eine oder andere Mal den *Südkurier* gelesen und mitbekommen, dass eine reiche Singener Unternehmerin ermordet worden war. Aber was meinen Sie konkret, Herr Kommissar?«, fragte Herr Dorsch, noch immer nicht in der Vernehmungssituation angekommen, nach. »Sie erwähnten den Namen Davide. Kennen Sie die Familie Henssler näher oder wurde der Name bei der Arbeit erwähnt?«, wollte der Ermittler jetzt wissen. »Nein, den Namen habe ich nur von Benjamin gehört. Die Familie kenne ich nicht. Mit denen habe ich auch nichts zu tun. Die spielen außerhalb meiner Liga. Vielleicht kennen meine Chefs die Familie besser. Aber die Chefs haben mit uns Arbeitern über den Fall nicht gesprochen, geschweige denn irgendwelche Namen erzählt. Nein, den Namen Davide habe ich nur bei Benjamin gehört. Das ist auch der einzige Grund, weshalb ich zu Herrn Ehinger gegangen bin. Natürlich auch deshalb, weil Benjamin sagte, er habe Davide geholfen, seine Frau umzubringen. Wenn es nun diesen Davide gibt, was ich immer noch nicht weiß, dann könnte das ja für Sie interessant sein«, beendete Dorsch seine Ausführungen. Heiner Müller überlegte noch mal kurz, ob er etwas vergessen hatte, was jetzt von Wichtigkeit sein könnte, kam aber zu dem Schluss, dass er alles Wichtige hatte. Er telefonierte mit dem Sekretariat des Lebensmittelgroßhändlers und holte noch schnell die Adresse von Benjamin Kiel ein. Dann ging er schnellen Schrittes zu Arno Angele, berichtete kurz über die Angaben von Herrn Dorsch und den vermeintlichen Tatgehilfen. »Also, dass da was dran ist. Da fresse ich gleich einen Besen. Aber abklären müssen wir das.

Fährst du mit Fabian gleich raus und überprüfst die Adresse in Überlingen am Ried. Ich informiere den Chef und beantrage bei der Staatsanwaltschaft Konstanz einen Durchsuchungsbeschluss von der Wohnung, eventuellen Nebengebäuden, Pkw und so weiter. Und dann sehen wir weiter. Hat Herr Ehinger was über den Fahrer gesagt oder habt ihr gefragt, ob der unterwegs ist?«, wollte Angele wissen. »Nein, das habe ich vergessen«, räumte Heiner Müller ein. »Kein Problem, fahrt raus, dann wissen wir gleich, wo der Kerl wohnt, klärt das Objekt auf, und ich kläre beim *C&C Großmarkt*, ob Benjamin Kiel noch mit dem Lkw unterwegs ist und Ware ausliefert«, antwortete Arno Angele seinem Kollegen. »Sollte das der Fall sein, müssen wir schauen, dass wir an den Fahrer rankommen. Nicht, dass er noch unterwegs informiert wird und dann möglicherweise abhaut. Ich glaube zwar nicht so recht, dass das passt. So blöd kann doch niemand sein, dass er sich auf der Arbeitsstelle damit brüstet, etwas über den Mord zu wissen und sogar den Mörder zu kennen. Aber wir sollten jetzt alles richtig machen, sollte da was dran sein. Sonst reißen uns nachher die am grünen Tisch sitzenden Herrschaften den Hintern auf. Einverstanden?«, wollte Arno Angele noch von seinen beiden Kollegen wissen, bevor er sie entließ. »Klar, Arno. Wir machen das so. Und du gibst uns Bescheid, ob wir Benjamin Kiel aufstöbern und dann aufnehmen sollen und wann wir die Wohnung und das Drumherum durchsuchen.«

59. KLARA

In der netten Wohnung von Klara in Bohlingen war eine längere Gesprächspause entstanden. Die Kriminalkommissarin ließ Klara ganz bewusst zu sich kommen. Sie war an einem heiklen Punkt ihrer Befragung angekommen. Das wusste die Polizistin. Kerstin Elser hatte mit einer kurzen Handbewegung auch ihrem Kollegen Hans Widenhold signalisiert, dass er sich jetzt rauszuhalten hatte. Das war jetzt ein Frauenthema. Es wäre vielleicht sogar besser, den Ort zu wechseln und eine andere Vernehmungsatmosphäre zu schaffen. Kerstin Elser überlegte und startete in die neue Erkenntnislage: »Klara, wir sind hier, um den oder die Mörder Ihrer Mutter zu finden. Für mich ist es völlig in Ordnung, wenn eine junge Frau wie Sie Bekanntschaften hat und lebt. Das ist eigentlich auch nicht, was wir wissen wollen. Nur in diesem Kontext und der Tötung Ihrer Mutter ist es für uns einfach von enormer Wichtigkeit zu wissen, wer alles Sie und wer auch alles Ihre Schwester gekannt hat. Wir müssen auch wissen, welches Umfeld bei den näheren Mitarbeiterinnen und Mitarbeitern in der Firma Ihrer Mutter engeren Kontakt pflegte und so weiter. Es muss Ihnen mir gegenüber nichts peinlich sein. Klar will man über seine privaten Dinge nicht so gern reden, aber es geht um das große Ganze. Können Sie mir da folgen?« Kerstin Elser hatte während ihrem Vortrag Klara nicht aus den Augen gelassen. Die Augen von Klara flackerten, und es knisterte förmlich im Raum. Klara zögerte noch mit ihrer Antwort. Aber dann antwortete sie. »Ich will Ihnen gerne alles erzählen. Aber dann bitte nicht im Beisein eines Mannes«, und nickte mit ihrem Kopf in Richtung von Hans Widenhold. »Das verstehe ich und mein Kollege sicher auch. Das würde mir wahrscheinlich genauso gehen. Wir haben zwei Möglichkeiten: Entweder fahren wir zusammen zum Polizeigebäude nach Singen und wir bringen Sie danach wieder zurück, oder wir machen die Vernehmung hier, und der Kollege wartet unten im Wagen, bis wir beide alles miteinander besprochen haben. Was ist Ihnen lieber, Klara?«, wollte Kerstin Elser nun wissen. Die Ermittlerin ging davon aus, dass sie die Vernehmung gleich im Anschluss hier in der Wohnung durchführen würde, und wurde überrascht, als Klara antwortete: »Fahren wir bitte auf das Polizeirevier nach Singen.«

60. POLIZEI SINGEN

Grimm hatte seinen kleinen Ausflug in die Betriebskantine der Firma *Maggi* genossen. Die Küche bei der *Maggi* schien sehr gut zu sein. Grimm traf auch noch auf andere Kolleginnen und Kollegen in der *Maggi*. Das Angebot, dort zu essen, wurde offensichtlich von den Kolleginnen und Kollegen aus Singen gerne angenommen. Da die *Maggi* einen Steinwurf vom Dienstgebäude weg war, hatte es Karl den Kolleginnen und Kollegen nachgemacht und sich auf dem Hin- und Rückweg gleich ein wenig die Füße vertreten. Er war gut auf den Fall fokussiert, aber die Sache mit seiner Frau blitzte heute schon den ganzen Vormittag immer mal wieder kurz auf. Dass sie ihn betrügen könnte, schoss ihm unerfreulicherweise immer wieder durch den Kopf, verwarf es aber gleich wieder. Seine Frau kannte er schon so viele Jahre, und sie war bisher mit ihm durch dick und dünn gegangen. Seit sie jetzt in Konstanz gelandet waren, war die Atmosphäre nicht mehr so prickelnd. Aber bei wem war das schon so, wenn man schon so lange verheiratet war und sich gefühlt eine Ewigkeit kannte. Die Gedanken verwarf Grimm aber immer wieder. Die Sokoarbeit wartete auf ihn, und er wollte sich durch den privaten Kram nicht weiter ablenken lassen. Als er im dritten Stock aus dem Aufzug stieg und in sein Büro wollte, kam ihm Arno Angele entgegen. »Hallo, Chef, war das Essen gut? Hat es sich gelohnt, und hast du auch an die Suppe gedacht?« »Was für eine Suppe?«, wollte Grimm wissen. »Ach ja, und das Essen war gut. Was ist denn mit dem Zeugen, den ihr bei der Firma *C&C Großmarkt* aufgreifen wolltet?«, ergänzte Grimm den Small Talk mit seinem Stellvertreter. »Die Tagessuppe. Die ist umsonst. Wir sind doch bei der *Maggi*. Da soll es Kollegen geben, die gehen nur wegen der Suppe hin. Und was den Zeugen anbelangt, der hat einen Fahrer der Firma *C&C Großmarkt* belastet, der sich bei der Arbeit damit gebrüstet hat, dass er Davide geholfen hat, seine Frau zu beseitigen.« Grimm überlegte kurz, und Arno Angele war eigentlich gerade auf dem Sprung, um auch noch eine Kleinigkeit zu essen. »Wir sehen uns nachher bei mir im Büro, wenn du zurück bist«, sagte Grimm zu seinem Vertreter, der ihm zunickte und davoneilte.

Das Team Kerstin Elser und Hans Widenhold hatte mit Klara Henssler zwischenzeitlich auch das Dienstgebäude in Singen erreicht. Die Kommissarin hatte von unterwegs angerufen und darum gebeten, dass noch eine der Schreibkräfte da blieb, damit sie die Vernehmung von Klara gleich in die Maschine diktieren konnte, und das Vernehmungszimmer hatte sie auch gleich reserviert. Hans Widenhold hatte sich nach der Ankunft verabschiedet. Kerstin Elser, Klara und die Schreibkraft Brigitte Wahl saßen im Vernehmungsraum. »So, Klara. Wir sind jetzt, wie von Ihnen gewünscht, im polizeilich professionellen Umfeld, und ich schlage vor, dass ich Sie jetzt erst einmal belehre. Das Wichtigste ist, dass Sie sich nicht selbst belasten müssen und dass Sie die Aussage dann auch verweigern können. Da Sie Zeugin in diesem Verfahren sind, sind Sie zur Wahrheit verpflichtet, das heißt, wenn Sie jetzt im weiteren Verlauf unseres Gesprächs etwas nicht sagen wollen, dann sagen Sie mir das. Wir vermerken das dann in der Vernehmung, aber Sie sollten immer bei der Wahrheit bleiben. Haben Sie das verstanden?«, wollte die Kommissarin von Klara wissen, bevor sie loslegte. »Wir beschränken die Vernehmung auf das, was wir in Ihrer Wohnung miteinander besprochen hatten. Also, es geht mir jetzt um den Eintrag in *Facebook* und weitere Beziehungen, die mit *Tinder* ausgelöst wurden. Und auch um Beziehungen, die vielleicht außerhalb von den Diensten gelaufen sind. Wenn es da welche gab, sollten Sie mir das bitte auch sagen. Das braucht Ihnen auch nicht peinlich zu sein. Mit wem und was Sie für Beziehungen hatten, interessiert uns nur im Kontext zu den Ermittlungen wegen Ihrer Mutter. Aber fangen wir mit Rainer Binder an. Wo, wann und wie haben

Sie sich kennengelernt?« Klara hatte sich während der Fahrt psychisch auf die Vernehmung vorbereitet und wirkte auf Kerstin Elser ruhig und gefasst. »Also, Frau Kommissarin. Ich bin gerne bereit, mit Ihnen über Rainer Binder und auch andere Beziehungen zu sprechen. Es geht um den Mord an meiner Mutter. Aber es wäre mir schon wichtig, dass das sozusagen unter uns bleibt und nicht an die große Glocke gehängt wird.« Klara fuhr fort: »Rainer habe ich vor ein paar Monaten in einer Diskothek kennengelernt. Ich war dort mit ein paar Freundinnen verabredet, und wir haben locker miteinander getanzt und Spaß gehabt. Rainer kam dazu, tanzte einfach mit, war richtig gut drauf, und dann sind wir uns halt im Laufe des Abends nähergekommen.« »Was heißt nähergekommen? Sind Sie anschließend zusammen weggegangen oder haben Sie nur Telefonnummern ausgetauscht, oder was ergab sich im Laufe des Abends?«, wollte die Kommissarin nun wissen. »Meine Freundinnen hatten sich schnell zurückgezogen, nachdem klar war, dass da zwischen uns was laufen könnte. Und irgendwann saß ich in einem Auto.« »Wissen Sie noch, wie es weiterging? Sind Sie in ein Hotel oder nach Hause gefahren?«, wollte die Kommissarin von Klara wissen. »Nein, nach Bohlingen zu mir nach Hause nicht gleich. Dass weiß ich genau. Aber an den Rest kann ich mich nicht mehr so genau erinnern. Ich hatte ein paar Shots und habe mir nicht so genau gemerkt, wo wir hingefahren sind.« »Sind Sie mit dem Taxi gefahren oder wie waren Sie unterwegs?«, ergänzte Kerstin Elser ihre Frage. »Wenn ich das noch richtig weiß, sind wir mit seinem Auto gefahren. Er hat mich später auch nach Hause gebracht.« »Was meinen Sie mit später?«, fasste die Ermittlerin nach. »Ja, wir waren bei ihm und haben miteinander geschlafen. Ich wollte dann gleich nach Hause, und er hat mich gebracht.« »Also wusste Rainer von Anfang an, wo Sie wohnen.« »Ja, das stimmt so, Frau Kommissarin. Aber er war beim ersten Mal nicht bei mir in der Wohnung, sondern hatte mich nur nach Bohlingen bis zum Haus gebracht.« »Und Sie wissen nicht, wo Sie Rainer hingebracht und ob er ein Zimmer in einer Pension, einem Hotel oder ob er eine Wohnung hatte?«, hakte Kerstin Elser etwas ungläubig nach. »Nein, daran erinnere ich mich nicht. Aber ich weiß noch, dass das Zimmer nicht in der Nähe war. Wir sind eine Weile gefahren.« »Und wie ging es dann weiter?«, wollte die Kommissarin wissen. Klara erzählte ihr die ganze Geschichte mit Rainer Binder. Er war Außendienstmitarbeiter bei einem großen Maschinenbauer in Heilbronn und war öfters im süddeutschen Raum und rund um Singen unterwegs. Er hatte Klara erzählt, dass er in Stuttgart wohne, sehr viel unterwegs sei und oft auch in der Nähe von Singen oder in Singen zu tun habe. Viel mehr konnte Klara zu der Person nicht beitragen. Wenn er im Raum Singen geschäftlich zu tun hatte, trafen sie sich. Er rief sie an, dann gingen sie manchmal erst auf einen Drink in die Singener City und danach hatten sie Sex, und das war's. »Dann war das eher eine lockere Beziehung?«, fragte Kerstin Elser vorsichtig nach. »Ja, ich denke, so kann man es formulieren. Wenn wir zusammen waren, hatten wir Spaß, und ansonsten hat sich jeder um sein Ding gekümmert«, antwortete Klara, die zwischenzeitlich ihre anfängliche Scham überwunden hatte und mit der Kommissarin recht offen sprechen konnte. »Und wenn ich das fragen darf, wenn Sie Sex hatten, wo fand der statt?«, fragte die Polizistin nach. »Wenn Rainer Zeit hatte, dann sind wir nach Bohlingen zu mir in die Wohnung gefahren, und wenn es pressierte, haben wir uns auch mal auf dem Parkplatz getroffen und es im Auto gemacht.« »Was hatten Sie sonst noch für Beziehungen, beziehungsweise ist etwas über *Tinder* gelaufen?«, wollte Kerstin Elser wissen. Klara überlegte kurz. »Ja, *Tinder* habe ich noch nicht so lange installiert. Ich denke, so drei, vier Monate, und ich hatte ein paar Matches und in Fortfolge auch ein paar Dates.« Kerstin Elser hörte zu und nickte. »Und haben Sie sich nur so getroffen oder war da auch mal mehr.« »Unterschiedlich. Ich müsste es auf dem *iPhone* nachvollziehen, dann könnte ich es Ihnen genau sagen. Aber ist denn das jetzt wirklich so wichtig?«, wollte Klara wissen, der das jetzt doch zu intim wurde, und sie sich selbst ein wenig nuttig fühlte. »Ja, das sollten wir schon noch machen, Klara. Zumindest bräuchte ich die Fakten und die Daten von den Personen, die Sie über *Tinder* getroffen haben. Was Sie im Einzelnen erlebt haben, können wir zunächst beiseitelassen. Aber über die Personen müssten wir schon Bescheid wissen«, antwortete Kerstin Elser und wartete auf Klaras Reaktion. Die nickte verstehend, entsperrte das Handy und öffnete über die installierte App *Tinder*. Am Chatverlauf war zu erkennen, dass Klara in den letzten Monaten mehrere Dates gehabt hatte. Sie gab der Ermittlerin die Informationen, die sie brauchte. Sie kannte nicht von allen ihren Dates die vollständigen Personalien. Aber sie hatte von den Männern, mit denen sie sich getroffen hatte, die Telefonnummern notiert und konnte diese Kerstin Elser mitteilen. »Mir wäre es sehr recht, wenn Sie diese Informationen nicht weiterverbreiten würden. Insbesondere meine Schwester sollte nichts davon erfahren. Ich meine, ich schäme mich nicht. Aber so richtig stolz bin ich auf das, was ich Ihnen gerade erzählt habe, auch nicht«, wiederholte Klara ihre Bitte und ging davon aus, dass die Befragung nun ein Ende hatte. Kerstin Elser nickte. »Haben Sie mit Ihren Bekanntschaften auch über sich privat gesprochen? Also wussten die Männer, wer Sie sind und dass Sie aus einer vermögenden Familie kommen?«, wollte die Polizistin wissen. »Also, natürlich haben wir auch miteinander geredet und nicht nur gebumst«, antwortete Klara burschikos. »Aber wem ich da mehr oder weniger über mich erzählt habe, oder was die Männer schon über mich wussten, das kann ich Ihnen nicht sagen. Wie ich schon sagte, wusste Rainer Binder, dass ich die Tochter einer erfolgreichen und auch vermögenden Frau bin. Wir haben, glaube ich, auch mal über meine Mutter gesprochen und sind auch mal an der Villa in der Oberdorfstraße vorbeigefahren. Rainer wollte mal wissen, wo ich denn aufgewachsen bin. Aber vorgestellt hatte ich ihn meiner Mutter nicht.« Damit war Kerstin Elser erst einmal zufrieden. Aber ein Thema hatte die Kommissarin noch auf der Agenda, und dieses Thema wollte sie nun auf jeden Fall noch ansprechen. »Als wir neulich bei Ihnen in Bohlingen über Davide gesprochen haben, hatte ich so das Gefühl, dass Sie mir zu Ihrem Stiefvater noch irgendetwas sagen wollten.« Die Kommissarin wartete auf eine Reaktion und natürlich die Antwort. Aber beides war nicht so, wie sie es erwartet hatte. Klara hatte sich sehr gut auf die polizeiliche Vernehmungssituation eingestellt und ihre anfängliche Hemmungen hintangestellt. Nervös wirkte sie auch nicht mehr und antwortete einfach: »Das weiß ich nicht, Frau Kommissarin. Ich habe Ihnen zu dem Herrn alles gesagt. Maria und ich hatten keine sonderlich gute Beziehung zu ihm, und er war auch ein Arsch. Entschuldigung für die Ausdrucksweise. Er hat meine Mutter mit vielen Frauen betrogen, und das war nicht okay. Wenn Sie wissen wollen, ob ich ihm den Mord zutraue: nein. Er ist ein Arsch, aber so ein Arsch dann doch wieder nicht. War's das, und kann ich jetzt gehen?«, wollte Klara wissen.

»Wir bringen Sie, wie versprochen, wieder nach Bohlingen zurück«, antwortete die Polizistin. »Nein, das ist nicht nötig. Wenn ich schon in Singen bin, gehe ich noch ins Büro und vertrete mir in der City noch ein wenig die Beine. Vielen Dank.« Kerstin Elser hatte ein wenig mehr erwartet. Insbesondere wurde sie das Gefühl nicht los, dass ihr Klara bezüglich ihres Stiefvaters irgendetwas verschwieg. Aber was?

Grimm und Arno Angele hatten sich im Büro von Grimm zusammengesetzt, und Arno Angele hatte ihn bezüglich des Zeugen und dem Fahrer, der Davide geholfen haben sollte, informiert. Die Staatsanwaltschaft hatte für die Durchsuchung und andere polizeiliche Maßnahmen gegen Benjamin Kiel auch grünes Licht gegeben, und das Sekretariat hatte mitgeteilt, dass der Fahrer mehrere Lieferaufträge in und um Waldshut-Tiengen hätte und wohl auch einen Auftrag in der Schweiz zu erledigen habe. »Danke, Arno. Ich schlage vor, du gibst der Fahndung den Auftrag, Kiel aufzuspüren und an ihm dranzubleiben, bis er wieder nach Singen in die Zentrale zurückgekehrt. Und dann treffen wir alle polizeilichen Maßnahmen. Und sei so gut und informiere sicherheitshalber noch die Schweizer Grenzwacht und die Aargauer Kollegen. Eher unwahrscheinlich, aber vielleicht müssen wir im Kanton Aargau nach ihm fahnden. Einverstanden?« »Okay, Karl, würde ich ja sofort erledigen.« Grimm schaute Arno Angele fragend an. »Sorry, aber das habe ich schon getan«, antwortete schmunzelnd Arno Angele und verschwand wieder in seinem Büro.

61. BENJAMIN KIEL

Die Fahndung konnte Benjamin Kiel rasch aufspüren. Mithilfe der Sekretärin aus dem Büro von *C&C Großmarkt* war die geplante Route rasch ermittelt, und nach gut einer Stunde konnten die beiden Fahnder den Lkw, der von Kiel gefahren wurde, in Waldshut-Tiengen, am Lonzaring, aufnehmen. Der Lebensmittelgroßhändler hatte in Waldshut-Tiengen einen weiteren Standort. Dahin hatte Benjamin Kiel Waren geliefert. Der Lkw fuhr nun aber wieder in Richtung Singen. Bei Blumberg organisierten die Fahnder noch einen Wechsel, um bei der Observation nicht enttarnt zu werden. Aber die Fahrt ging ohne weitere Haltpunkte zurück in die Zentrale in Singen, in die Güterstraße, wo die Kollegen des ersten Observationsteams schon auf das Eintreffen des Lkws warteten. Nachdem Benjamin Kiel den Lkw abgestellt hatte, erfolgte der Zugriff. Benjamin Kiel wurde festgenommen und wie beauftragt zunächst ins Dienstgebäude nach Singen verbracht. Dort wurde er bereits erwartet. »Was ist denn das für ein Scheiß? Können Sie mir bitte sagen, was hier los ist? Ich werde am helllichten Tag von einem Trupp Polizisten bei meinem Arbeitgeber festgenommen und wie ein Schwerverbrecher behandelt. Habt ihr sie noch alle?« Benjamin Kiel war sichtlich echauffiert und im Beschwerdemodus. »Das sage ich dir, Bulle, das hat Konsequenzen. Wahrscheinlich fliege ich da jetzt raus, wo ich gearbeitet habe, und dafür könnt ihr zahlen.« Kriminalhauptkommissar Paul Waibel, der seit Beginn der Soko Arno Angele bei der Spurenaufarbeitung, -bewertung und -vergabe unterstützte, hörte erst einmal zu und ließ den Festgenommenen zur Ruhe kommen. Lena Mayer hatte Benjamin Kiel ein wenig unter die Lupe genommen. Er wohnte erst seit zwei Jahren in Überlingen am Ried. Zuvor hatte er jahrelang bei seiner Mutter in der Scheffelstraße gewohnt. Er hatte mehrere Einträge bei der Polizei wegen Gewalttätigkeiten, Drogenbesitz und auch Drogenhandel. Also kein unbeschriebenes Blatt. Lena Mayer hatte in weiterer Folge auch bei den Rauschgiftfahndern aus Singen nachgehakt, und ja, sie konnten mit dem Namen sofort etwas anfangen. Die Kollegen vom Rauschgift beschrieben Kiel als eine großmäulige, unangenehme Erscheinung, und man solle vorsichtig sein. Mit der Wahrheit habe er es nicht so und er sei ein Aufschneider vor dem Herrn. Waibel, der ein ausgesprochen erfahrener Ermittler war, lagen die Erkenntnisse vor. Lena hatte sie für ihn aufbereitet. »Nun gut, Herr Kiel. Ich verstehe sehr gut, dass Sie aufgebracht sind. Ich erkläre Ihnen auch gleich, warum Sie hier sind. Aber jetzt schlage ich vor, nehmen wir erst einmal Ihre Personalien auf, dann belehre ich Sie, dass Sie nicht bei uns aussagen müssen oder einen Anwalt mit der Wahrnehmung Ihrer Rechte beauftragen dürfen, und dann schlage ich Ihnen vor, reden wir«, stieg Paul Waibel in die Vernehmung von Kiel ein. »Den Scheiß kenne ich schon. Du willst mich doch wieder nur in eine Giftgeschichte reinreiten. Ich habe aber mit Drogen nichts mehr am Hut und ihr wisst das«, regte sich Kiel weiter auf. »Nein, ich will Sie nicht reinreiten. Und schon gar nicht wegen Drogen. Aber jetzt erst einmal der Reihe nach. Mein Name ist Paul Waibel von der Kripo Singen, und Sie sprechen mich nicht per Du an. Ist das klar?« »Sind wir jetzt so empfindlich?«, bemerkte Kiel überrascht. »Nein, aber ich bin nicht Ihr Hans August und deshalb erwarte ich mehr Respekt. Aber nun zur Sache. Wir haben gehört, dass Sie am Mord der Singener Geschäftsfrau Gertrud Henssler beteiligt waren, und ich will jetzt gerne von Ihnen wissen, ob da was dran ist.« Das saß. Benjamin war nicht so recht klar, was die Polizei wusste, dass er aber gequatscht hatte, daran erinnerte er sich. »Wie kommen Sie denn auf so eine Geschichte?«, wollte Kiel scheinheilig wissen. Der Kriminalhauptkommissar wollte am Anfang nicht sein ganzes Wissen verbrauchen und antwortete gelassen: »Die würde ich gerne von Ihnen hören. Ich meine, gehört zu haben, dass Sie die Geschichte schon erzählt haben, und ich fände es jetzt schön, wenn Sie mir die Geschichte auch erzählen.« Benjamin Kiel schluckte. »Also, ich habe da vielleicht irgendwo eine Bemerkung gemacht. Aber sicher nicht, dass ich die Henssler umgebracht habe. Ich kenne halt den Davide. Mit dem bin ich aufgewachsen, und da habe ich vielleicht ein wenig das Maul aufgerissen«, antwortete Kiel selbstkritisch dem Polizisten. Paul Waibel hatte währenddessen einen Blick auf die Schuhe des Beschuldigten geworfen und festgestellt, dass er Sportschuhe trug. »Das glaube ich Ihnen gern. Was ist denn mit Davide? Woher kennen Sie den, und was hat Davide Ihrer Meinung nach mit dem Tod von Frau Henssler zu tun? Kannten Sie Frau Henssler überhaupt?«, hakte Waibel nach. »Nein, die vornehme Frau Henssler kenne ich nicht. Ich meine persönlich. Wer sie ist beziehungsweise war, Maklerin und so, das weiß ich. Ich kenne ihren Mann, den Davide. Wir sind zusammen zur Schule gegangen, und Davide hatte damals mit seiner Familie ein paar Häuser von mir weggewohnt«, antwortete Benjamin Kiel. »Wie muss man Ihre Freundschaft verstehen. Waren Sie dicke Kumpel? Und sind Sie heute noch befreundet?« »Dicke Kumpel? Ich weiß nicht. Wir sind halt in die gleiche Schule, in die gleiche Klasse gegangen und wir haben immer mal wieder was miteinander gemacht. Er war mal bei mir zu Hause und auch anders herum.« »Gut, und wann haben Sie Davide zum letzten Mal gesehen, können Sie sich daran erinnern, Herr Kiel?«, fasste Waibel nach. »Das ist noch nicht so lange her. Vielleicht vor zwei Wochen oder so.« »Und was haben Sie miteinander gemacht?« »Wir sind nachts ein wenig um die Häuser gezogen. Mehr nicht.« »Und wo waren Sie?«, fragte Waibel freundlich nach. »Ja in Singen. Im *Bandoleros* und später auch im *Conti*. Davide war gut drauf, und wir hatten Spaß.« Waibel ließ Benjamin noch ein wenig zappeln. »Was für Spaß hatten Sie denn?«, wollte der Kommissar wissen. »Na, was meinen Sie? Wir haben was getrunken. Wir haben gequatscht. Davide war wie immer auf der Suche nach einem weiblichen Abenteuer, und ich war in seinem Kielwasser mit dabei.« »Soso, und irgendwann haben Sie dann darüber gesprochen, die Frau von Davide, Gertrud Henssler, umzubringen.« »Herr Kommissar, wie kommen Sie denn da drauf? Wieso sollten wir geplant haben, Frau Henssler umzubringen?« »Na, weil Sie das doch erzählt haben. Nicht mir. Aber in Ihrer Geschichte haben Sie das erzählt und nun erzählen Sie mir doch die Geschichte. Vielleicht kann ich Ihnen helfen«, fasste Paul Waibel noch mal zusammen, was er wissen wollte. »Sie haben doch auch für Davide schon Drogen vertickt. Das haben mir zumindest unsere Rauschgiftermittler gesagt, und Sie konsumieren doch auch. Weiß das eigentlich Ihr Arbeitgeber?« Waibel übte langsam ein wenig Druck auf Benjamin Kiel aus und war aber noch nicht so recht davon überzeugt, dass er irgendetwas mit dem Mord zu tun haben könnte. »Das mit dem Kokain hat doch nichts mit dem Mord zu tun. Wieso soll ich denn die Henssler auf dem Gewissen haben?« »Ja, weil Sie das doch erzählt haben. Also was nun, haben Sie für Davide gearbeitet oder nicht?«, fasste nun der Kommissar direkter nach. »Das wissen Sie. Ich habe gelegentlich bei ihm Drogen gekauft und dann weiter vertickt. Das ist aber schon eine ganze Weile her. Aber ich habe seine Frau nicht umgebracht«, antwortete Kiel. »Ja, und wissen Sie, ob Davide seine Frau umgebracht hat?«, wollte Waibel jetzt wissen. »Das weiß ich nicht«, antwortete verzweifelt Kiel dem Polizisten. »Ja, aber das ist doch Teil Ihrer Geschichte, die Sie rumerzählt haben. Und was soll ich jetzt glauben?«, wollte der Kommissar wissen. »Glauben Sie doch, was Sie wollen. Davide ist abgehauen, und er war stinksauer auf seine Alte. Das weiß ich. Weil die Henssler hatte ihm keine Kohle mehr gegeben und seine Kreditwürdigkeit praktisch von heute auf morgen auf null gesetzt.«

62. BOLOGNA

Nach dem Telefonat mit Marco hatte sich Davide beeilt, wieder zurück ins Hotel zu kommen. Auf dem Weg zurück überlegte er immer wieder, wie er aus diesem Teufelskreislauf herauskommen konnte. Einfach verschwinden, ohne seinen Onkel Luigi zu informieren, das war schwierig, und dafür hätte er auf jeden Fall das Geld gebraucht, das im Schließfach lag. Noch mal auf seinen Onkel zuzugehen und ihm alles beichten, war eine weitere Möglichkeit. Aber das hatte er in San Luca schon probiert, und sein Onkel war überhaupt nicht darauf eingestiegen. Die letzte Variante war, einfach mal abzuwarten, was passierte. Umbringen würden sie ihn wohl nicht gleich. Damit war sich Davide aber nicht mehr ganz sicher. Die letzten Tage hatten ihn aufgewühlt, und sein Onkel diente der Familie. Und das schon ein Leben lang.

63. KLARAS BEZIEHUNGEN

Kriminalkommissarin Elser hatte die Angaben von Klara aufbereitet und versuchte in einem ersten Schritt, den ersten Liebhaber von Klara, den Außendienstler Rainer Binder, zu erreichen. Von Klara hatte sie ja eine Telefonnummer, die sie anwählte. Es meldete sich außer der Sprachbox niemand, sodass die Ermittlerin beschloss, am Arbeitsplatz von Binder nachzuhaken. »Guten Tag, hier ist die Firma *Metall-*

bau Tanner in Heilbronn. Mit was kann ich Ihnen helfen?«
»Hier ist die Kriminalpolizei in Singen, könnten Sie mich
mit der Personalabteilung verbinden?«, fragte die Kommissarin den freundlichen Herrn am Empfang. »Um was geht
es?« »Eine reine Routineangelegenheit. Ich müsste wissen,
wie ich einen Herrn Rainer Binder erreiche«, hakte Kerstin
Elser nach. »Ich kann Sie gerne mit der Personalabteilung
verbinden. Aber das kann ich Ihnen auch sagen, einen Rainer
Binder gibt es bei uns in der Firma nicht, zumindest nicht
in Heilbronn.« »Ja, dann bitte verbinden Sie mich bitte.«
Bei der Personalabteilung kam Frau Elser auch nicht weiter.
Ein Rainer Binder war weder in Heilbronn noch als Außendienstmitarbeiter bei der *Firma Tanner* gelistet. Kerstin Elser
stutzte und überlegte. Um ihre Ermittlungen durchzuführen, hatte sie sich in ihr Büro zurückgezogen, das sie mit
ihrem Kollegen Widenhold teilte. Der saß ihr gegenüber
und bemerkte, dass seine Kollegin grübelte. »Was ist denn
los, Kerstin? Haben dich die Liebesgeschichten der jungen
Dame so beeindruckt, dass du jetzt nachdenklich wirst?«,
fragte schmunzelnd ihr Kollege. »Nein, ich habe gerade
in Heilbronn bei *Tanner Metalle* angerufen und dort die
Auskunft bekommen, dass es keinen Mitarbeiter namens
Rainer Binder gibt.« Hans Widenhold überlegte und sagte:
»Ich checke mal *Google*, vielleicht finde ich was heraus.«
Widenhold gab ein »Metalle Heilbronn« und bekam sofort
das Ergebnis. »Du, da gibt es mehrere. Frag mal bei *Firma
Ende* nach. Das wäre auch ein großer Metallbauer in Heil-
bronn. Vielleicht arbeitet unser Rainer Binder dort.« Das
Handy von Kerstin klingelte. »Hallo, hier spricht Rainer
Binder von der *Firma Metallbau Ende*. Sie haben versucht,
mich anzurufen. Was kann ich für Sie tun?« Kerstin Elser
machte eine Kopfbewegung zu ihrem Kollegen und antwor-

tete: »Hier ist die Kriminalpolizei in Singen. Wir hätten ein paar Fragen an Sie. Wo sind Sie gerade? Sind Sie in der Nähe und könnten Sie zu uns kommen?« Es entstand eine längere Pause. »Die Kriminalpolizei. Was will denn die Kriminalpolizei von mir?«, wollte Rainer Binder erst einmal wissen. »Das ist schlecht am Telefon zu besprechen. Sie sind aber nur Zeuge, und wir müssten an Sie ein paar Routinefragen stellen. Geht das?« Es entstand wieder eine kurze Pause. »Reicht es Ihnen morgen Abend oder besser noch übermorgen Früh? Gerade bin ich in bei einer Schulung in der Zentrale. Morgen müsste ich eh wieder nach Villingen zu einem Kunden und würde bei Ihnen am darauffolgenden Tag vorbeikommen.« »Gut, wäre es Ihnen dann vielleicht möglich, bevor Sie zum Kunden fahren, hier vorbeizukommen, oder ich komme auch gerne zu Ihnen?«, fragte Kerstin Elser nach, die das nach Möglichkeit nicht auf die lange Bank schieben wollte. »Ja, Sie sagten doch, ich bin Zeuge, aber warum ist es denn so eilig?«, wollte Binder wissen. »Eilig ist es nicht, aber ich würde das trotzdem gerne schnell erledigen, wenn es Ihnen möglich wäre.« »Also, ich muss gegen 10 Uhr bei einem Kunden in Villingen sein und könnte danach gerne zu Ihnen kommen. Vorher schaffe ich das nicht. Wäre das okay?«, schlug Binder schon etwas widerwillig vor. »Gut, dann machen wir es so. Sie kommen dann morgen nach Singen zur Polizei. Wissen Sie, wo das ist?«, wollte Elser noch von Rainer Binder wissen. »Ja, ich weiß, wo die Polizei ist. Da in der Nähe von der *Maggi*. Ich würde nach dem Kundengespräch zu Ihnen kommen, so gegen 15 Uhr.« Binder war zufrieden. Dann konnte er das mit einem Besuch bei Klara verbinden und rief Klara gleich an. »Bist du morgen Abend da, mein Schatz? Ich habe in Villingen zu tun und komme dann nach Singen und hätte Zeit für dich.« Klara antwortete nicht gleich, und am anderen Ende hörte Binder etwas wie ein Schluchzen. »Was ist denn los, meine Liebe? Ist irgendetwas passiert?« Binder tat völlig ahnungslos. »Ja, du weißt ja auch nichts von mir und kommst doch nur zum Bumsen. Meine Mutter ist tot. Also lass mich bitte in Ruhe und suche dir eine andere.« Klara legte auf.

64. ÜBERLINGEN AM RIED

Arno Angele hatte für die Durchsuchung der Wohnung von Benjamin Kiel ein kleines Team von vier Kolleginnen und Kollegen zusammengestellt, einen Gemeindebeamten organisiert und sicherheitshalber noch einen Hundeführer samt Rauschgifthund angefordert. Benjamin Kiel war ein bekannter »Giftler«. Und warum und weshalb er mit der Ermordung von Gertrud Henssler etwas zu tun haben könnte, könnte ja auch mit Rauschgift zusammenhängen. Der erfahrene Ermittler Paul Waibel hatte die Vernehmung von Benjamin Kiel unterbrochen und war ebenfalls bei der Durchsuchung mit dabei. Die Wohnung von Kiel befand sich in der Brunnenstraße in der Nähe der Alten Mühle und, wie immer polizeifreundlich, unterm Dach. Die Wohnung war erwartungsgemäß ein Saustall, und es roch unangenehm nach abgestandenem Rauch und Alkohol. Die Kolleginnen und Kollegen durchsuchten systematisch die Wohnung von oben nach unten. »Paul, ich habe hier etwas. Hier in der Küche liegen im Abfall ein paar Sportschuhe, und ein Hammer liegt in einer Schublade, und man könnte meinen, das seien Blutspritzer drauf. Ich habe noch nichts angefasst. Kannst du mal bitte kommen.« Paul Waibel war elektrisiert. Konnte es sein, dass der Kleindealer doch etwas mit dem Mord zu tun hat und seine Geschichte, die er in der Firma zum Besten gegeben hatte, stimmte? Er eilte zum Kollegen in die Küche, machte Bilder vom Auffindeort, streifte sich Plastikhandschuhe über, nahm die Schuhe aus dem Abfalleimer und sicherte den Hammer aus der Schublade. Es waren *Adidas* Sportschuhe, und auf der Sohle und an den Seiten könnte man vermuten, dass Blutspritzer am Schuh waren. Beim Hammer handelte es sich um einen handelsüblichen Hammer, den eigentlich jeder Haushalt hatte. Aber genauso ein Hammer könnte bei der Tatausübung benutzt worden sein. »Sucht weiter, ob ihr noch irgendetwas findet. Auf jeden Fall müssen wir die Schuhe und den Hammer mitnehmen und untersuchen lassen. Eine Schuhspur am Tatort haben unsere Kriminaltechniker gesichert. und ich meine, dass der Kollege Sterk vorgetragen hat, dass der Abdruck von einem *Adidas* Sportschuh stammt. Also guckt jetzt noch genauer. Vielleicht stimmt die Geschichte von dem Kiel doch.« Paul war irritiert. Er hatte eigentlich damit gerechnet, dass sie in der Wohnung nichts fanden, als es vom Keller her plötzlich lauter wurde. Der Schäferhund bellte. »Fund«, tönte es von unten. Paul eilte hinunter und übernahm die Regie in dem kleinen Kellerraum. Im Kellerabteil

von Benjamin Kiel war im Boden ein kleiner Bunker einge-
bracht worden, der zusätzlich mit einer Holzplatte, auf dem
eine Getränkekiste stand, abgesichert war. Der Hundeführer hatte das Holz schon beiseite geräumt und den Deckel
des kleinen Bunkers geöffnet. Paul fotografierte den Bunker
samt Inhalt, streifte sich dann wieder ein Paar Handschuhe
über und sicherte das Rauschgift, das in kleineren Tüten
verpackt war. Er schätzte, dass es so um die zehn Gramm
waren, und er vermutete Kokain. Genaueres würde man
im Labor herausfinden. Also ein großer Fisch war Benjamin Kiel nicht. Er war definitiv ein Kleindealer, und insofern hatte ihm Paul Waibel einen Mord oder eine Mordbe-
teiligung nicht zugetraut. Doch jetzt war Paul verunsichert.
Es passte gerade so vieles zusammen. Der Tatverdächtige
hatte in seiner Firma mit der Tat angegeben, er war ein kleiner Dealer, aber auch Konsument, und die waren, wenn sie
unter Strom standen, für alles gut, und sie hatten Schuhe im
Abfall gefunden. Und zwar genau solche, die zu der am Tatort gesicherten Schuhspur passen könnten. Und dann noch
der Hammer. Das wäre jetzt nicht außergewöhnlich, aber
in der Summe halt schon? »Kolleginnen und Kollegen, ich
habe geglaubt, der Kiel hat nur eine riesige Klappe«, kommentierte Hauptkommissar Waibel den Einsatz in Überlingen am Ried, »aber jetzt bin ich mir nicht mehr so sicher, ob
ich das richtig bewertet habe. Vielleicht haben wir unseren
Mörder. Ich werde den jetzt noch mal richtig in die Man-
gel nehmen. Mal sehen, ob ich aus dem was rauskriege.«

65. SCHREIBTISCHERMITTLUNGEN

Die Kriminalkommissarin Kerstin Elser hatte dem Wunsch von Binder nachgegeben und ihn für den nächsten Tag um 15 Uhr vorgeladen. Eine Stunde sollte reichen. Wenn es irgendwie ging, wollte sie heute die Frühbesprechung nicht verpassen. Bevor sie aber Rainer Binder am Telefon entlassen hatte, hatte die Polizistin die vollständigen Personalien erhoben, sodass sie sich auf die Vernehmung besser vorbereiten konnte. Dann hatte sie noch auf der Agenda die weiteren Dates von Klara. Es waren insgesamt vier Männer und vier Dates, wovon Klara nach ihren Angaben nur mit zwei Männern Sex hatte. Die anderen beiden hatte Klara nach ihrem eigenen Bekunden nicht so interessant gefunden und nach dem Date wieder in die Wüste geschickt. Kerstin Elser stellte die Daten zusammen. Insgesamt klang das alles unauffällig, bis auf eine Personalie, die der Kommissarin sofort ins Auge stach. Ein Francesco Silvano war auch bei den vier dabei, und das Date hatte auch eine Fortsetzung. Francesco hatte Klara nicht nur einmal getroffen. »Hey, Kerstin, machst du heute deinen Job im Haus?« Lena Mayer stand im Türrahmen und lachte freundlich in das Dienstzimmer von Kerstin Elser hinein. »Hallo, Lena, alles gut bei dir? Was macht die Arbeit? Kommt ihr beiden, du und Alex, gut voran?«, begrüßte Kerstin ihre Kollegin und signalisierte ihr, doch hereinzukommen. Hans war nicht da. Vermutlich war er oben im fünften Stock, um sich einen Cappuccino zu genehmigen. Auf jeden Fall war Platz im Büro und Raum für ein nettes kollegiales Gespräch unter Frauen. »Du, ich finde den

Alex echt nett, und er sieht auch gar nicht so schlecht aus. Aber ich glaube, der ist schon vergeben«, führte Lena das nicht so ernst gehaltene Gespräch an. »Da liegst du richtig. Alex hat schon länger eine Freundin. Die habe ich schon mal gesehen. Die sieht auch gar nicht so schlecht aus und ist ziemlich blond.« Beide lachten. »Aber wie heißt es so schön, das ist ein Grund, aber kein Hindernis«, ergänzte Kerstin und erzählte Lena die Geschichte von Klara Henssler, die mehrere lockere sexuelle Beziehungen nebeneinander führte. »Du, das hört sich aber echt interessant an. Kannst du Hilfe gebrauchen? Wenn du magst, kann ich mich um die Personalien und vor allem die Anschriften der Liebhaber kümmern und kann versuchen, die Männer so gut wie möglich aufzuklären. Dann kannst du mit Hans wieder rausfahren. Aber nur, wenn es dir recht ist. Ich habe gerade Luft«, bot Lena ihrer Kollegin an. »Du, das ist nett von dir. Ich gebe dir hier die Liste. Dann kann ich die Schwester von Klara kontaktieren und ihre persönlichen Verhältnisse besser ausleuchten. Die hatte beim zweiten Kontakt auch etwas in ihren nicht vorhandenen Bart gemurmelt, was ich gerne überprüfen möchte. Danke, Lena. Aber machst du mir einen Gefallen und fängst du mit dem Rainer Binder an? Der kommt morgen um 15 Uhr zu mir zur Vernehmung.«

Lena verabschiedete sich, ging zurück in ihr Büro und checkte als Erstes Rainer Binder. Binder war in Stuttgart-Vaihingen gemeldet. Er war verheiratet, 35 Jahre alt, und in seinem Haushalt wohnten auch noch zwei Kinder. In der Polizeidatenbank war Rainer Binder gelistet mit mehreren Verfahren. Er hatte einen Eintrag wegen Körperverletzung und mehrere Einträge wegen Betrugs- und Diebstahlsdelikten. Lena kontaktierte noch den für Binders Wohnort zuständigen Polizeiposten. Der Postenkollege konnte sich an die Fälle erinnern und meinte zu Lena, dass Binder einen gut bezahlten Job habe, aber häufiger Gast im *SI-Centrum* sei und im dort im Erlebniscenter untergebrachten Stuttgarter Casino schon viel Geld verspielt habe. Bei den Ermittlungen gegen Binder in verschiedenen Fällen hätte er auch das eine oder andere Mal mit Frau Binder zu tun gehabt. Das sei eine sehr ruhige und eher schüchterne Frau, die auf den ersten Eindruck gar nicht so recht zu Binder passte. Interessanterweise, egal was Binder angestellt hatte, die Frau hatte immer zu ihm gehalten. Das war auch so, als die Polizei zur Familie Binder wegen häuslicher Gewalt gerufen wurde. Die Frau hatte abgestritten, dass ihr Mann sie geschlagen habe, obwohl man es eigentlich deutlich sah. Das klang interessant. Lena stellte die Fakten zusammen und gab sie gleich an ihre Kollegin weiter.

66. FORTSETZUNG FOLGT

Der Kriminalhauptkommissar Paul Waibel war mit den Kolleginnen und Kollegen von der Durchsuchung in Überlingen am Ried auf die Dienststelle zurückgekehrt. Die Beweismittel übergab er den Kriminaltechnikern und sicherte ihnen zu, den Bericht so schnell wie möglich nachzuliefern. Waibel wollte wieder an Benjamin ran. Da war doch sicher noch was zu holen. Da war sich der erfahrene Ermittler sicher. Nur wohin die Reise ging, konnte er zum jetzigen Zeitpunkt nicht einschätzen. »Gut, Paul. Du kannst Benjamin Kiel weiter vernehmen. Setz ihn ruhig unter Druck. Wenn sich bestätigt, dass einer der Schuhe zu der Schuhspur am Tatort passt, dann ist er fällig. Wenn du etwas weiter bist in der Vernehmung, sag mir Bescheid. Es ist schon für die, die nicht in der Soko arbeiten, Feierabendzeit. Wenn wir noch einen Haftbefehl vom Staatsanwalt wollen, müssen wir Gas geben, du weißt doch, mit dem Bereitschaftsstaatsanwalt ist das immer so eine Sache«, gab Arno Angele Paul Waibel mit auf den Weg. Waibel hatte Arno Angele kurz über den Einsatz und die Funde in Benjamin Kiels Wohnung unterrichtet, und klar, es sah danach aus, dass Kiel etwas damit zu tun haben könnte.

Paul Waibel holte sich noch einen Kaffee und ließ sich dann Benjamin Kiel aus den Gewahrsamsräumen des Polizeireviers Singen holen. Solche Kurzaufenthalte im Gewahrsam wirkten manchmal Wunder. Aber Kiel war ja kein unbeschriebenes Blatt und war damit nun wahrlich nicht zu beeindrucken. Gleichwohl hatte sich Benjamin seine Gedanken gemacht und war mit sich selbst stinkig. Weil er wieder einmal so blöd gewesen war und die Klappe zu weit aufgerissen hatte.

»So, mein lieber Benjamin Kiel. Tut mir leid, dass Sie jetzt auf mich warten mussten. Aber ich hatte was Dringendes zu erledigen, und jetzt bin ich aber wieder für Sie da, und wir können die Vernehmung fortsetzen«, stieg Paul Waibel überfreundlich in die Vernehmung ein. Paul wusste, dass er einiges in der Hand hatte. Aber er genoss die Situation ein wenig, und es wäre ja auch noch gut, wenn die Kriminaltechniker was zu den Schuhen sagen könnten, bevor er dann richtig loslegen wollte. »Tut mir auch leid, Herr Kommissar. Aber ich wäre jetzt gerne nicht mehr für Sie da und würde lieber nach Hause gehen. Ich frage mich sowieso, mit welchem Recht Sie mich hier festhalten. Sie haben doch gar keine Beweise gegen mich, und ich habe Ihnen schon im ersten Gespräch gesagt, dass ich zu viel geredet habe und alles von mir gelogen war«, antwortete Benjamin. Paul Waibel setzte eine kleine Pause. »Das mit dem Gelogen müssen wir aber klären. Das verstehen Sie doch hoffentlich, und ich will eigentlich gerne die Geschichte von Ihnen hören. Heute Morgen sagten Sie mir, dass Sie mit Rauschgift nichts mehr am Hut haben. Bleiben Sie bei dieser Aussage?«, wollte Paul Waibel nun von Benjamin Kiel wissen. Kiel, der nicht wusste, dass seine Wohnung durchsucht worden war, aber damit hätte rechnen müssen, antwortete selbstbewusst: »Klar bleibe ich bei der Aussage. Ich nehme nichts mehr und verticken tue ich auch nichts.« Der Kommissar ließ das erst mal stehen. »Jetzt sagen Sie mir doch mal: Warum haben Sie in der Firma herumerzählt, dass Sie Davide geholfen haben, seine Frau zu töten?« Kiel rutschte auf dem Stuhl hin und her. »Das war blöd von mir. Das habe Ihnen doch schon gesagt. Ich habe die Frau nicht getötet und ich habe dem Davide auch nicht geholfen, sie zu töten. Ich weiß nicht, ob Davide etwas damit zu tun hat. Ich weiß nur, dass die Alte Davide das Geld gestrichen hatte und dass sie den blöden Porsche auch zurückhaben wollte.« »Für jemanden, der die Frau gar nicht kannte, wissen Sie aber ziemlich viel, oder ist das ein Fortsetzung des Märchens der Gebrüder Grimm«, fasste Waibel nach. »Aber jetzt haben Sie meine Frage immer noch nicht beantwortet. Warum haben Sie in der Firma herumerzählt, dass Sie Davide bei der Tatausübung geholfen haben?«, fragte der Kommissar den Verdächtigen erneut. Der fühlte sich von Sekunde zu Sekunde unwohler in seiner Haut und überlegte, wie er dem Fallbeil des Kommissars entgehen konnte. »Das habe ich so nicht gesagt. Ich habe Davide nicht geholfen beim Mord, sondern nur beim Beseitigen der Leiche. Das habe ich gesagt. Nicht mehr und nicht weniger.« Paul Waibel machte eine kleine Pause. »Sie haben eben gesagt, dass Sie die Frau nicht ermordet haben. Ist das richtig?« »Ja, Herr Kommissar, das ist richtig.« »Und dann haben Sie gesagt, dass Sie beim Beseitigen der Leiche geholfen haben. Ist das auch richtig?« »Ja, das ist auch richtig, und das und nur das habe ich auch an der Arbeitsstelle erzählt. Und natürlich habe ich das nicht getan, also geholfen beim Beseitigen der Leiche.« »Also gut. Sie haben mir auch erzählt, dass Sie kein Rauschgift mehr verticken. Ist das auch richtig?« »Ja, Herr Kommissar, das ist auch richtig.« Paul Waibel beugte sich zu dem Verdächtigen vor und setzte nach: »Und was würden Sie sagen, wenn die Polizei heute Nachmittag mindestens zehn Gramm Kokain in Ihrem Keller gefunden hat und in der Wohnung vielleicht auch die Tatwaffe und in einem Abfalleimer Sportschuhe, die mit Blut besprizt sind?« Benjamin Kiel schaute den Kriminalhauptkommissar ungläubig an. Paul Waibel legte nach und wechselte jetzt bewusst ins Du: »Glaubst du mir nicht? Ich kann dir das Rauschgift gern zeigen.« Paul Waibel holte sein Handy raus und zeigte dem überraschten Kiel die Fotos, die er in der Wohnung und im Keller gemacht hatte. »Siehst du, da haben wir die Schuhe. Da sind Blutspritzer drauf, und dann haben wir in einer Küchenschublade einen Hammer gefunden. Warum schmeißt du den samt den Schuhen weg?

Außer, dass wahrscheinlich Blut an den Schuhen war, sahen die Schuhe noch gar nicht so schlecht aus?«, feixte der Kriminalhauptkommissar. »Und dann hast du mir erzählt, dass du mit Gift nichts mehr zu tun hast, und ich finde bei dir im Keller mindestens zehn Gramm Kokain, ohne dass ich mich groß anstrengen muss. Willst du mich eigentlich verarschen und glaubst du, das hier ist ein Spiel?« Paul Waibel war für seine Verhältnisse etwas laut geworden, beruhigte sich aber sofort wieder. »Na, wie sieht es aus? Willst du nicht doch reinen Tisch machen?« Benjamin Kiel senkte seinen Blick zum Boden und wollte am liebsten in dem selbigen versinken. Aber das ging nicht. Der erfahrene Ermittler hatte bei ihm die Daumenschrauben angelegt, und Benjamin wusste nicht so recht, was der Kommissar sonst noch alles wusste. Er wartete noch einen Moment, holte Luft und setzte zu seiner Aussage an: »Also gut. Ich erzähle Ihnen, was ich über den Mord weiß, und dann lassen Sie bitte die Anklage wegen dem Rauschgift fallen. Einverstanden?« Benjamin wusste, dass er in einer ausgesprochen schlechten Verhandlungsposition war, aber einen Versuch war es wert. »Das entscheidet der Staatsanwalt. Ich werde es ihm aber sagen, wenn du jetzt kooperierst«, gab Paul Waibel dem immer kleiner werdenden Benjamin zu verstehen. »Wie ich Ihnen bereits erzählt habe, bin ich mit Davide mehr oder weniger aufgewachsen. Wir haben früher miteinander gespielt und haben auch den einen oder anderen Blödsinn miteinander gemacht. Rauschgift war auch Thema, und in letzter Zeit habe ich ab und zu von Davide eine kleine Lieferung Koks übernommen und für ihn vertickt. Und vor etwa 14 Tagen haben wir uns am Abend zufällig in der Stadt getroffen. Davide hat mich, als er mich gesehen hatte, gleich in den Arm genommen und sehr emotional begrüßt. Das hatte er so noch nie getan. Dann hat er mich ins *Bandoleros* eingeladen, und wir quatschten über die alten Zeiten und wie es halt so gerade läuft. Dann wurde er plötzlich ganz ernst und erzählte mir, dass seine Frau ihn betrügen würde und ihm das Geld gestrichen hätte. Als ich nachfragte, was er mit betrügen meint, sagte er, dass sie andere Männer hätte und er nur noch geduldet sei. Sie hätte ihm die Kreditkarten gesperrt, wolle ihm sein Auto nehmen und hatte ihm wohl gedroht, dass sie sich scheiden lassen wolle und er zurückgehen könne, wo er herkomme, nämlich in die Gosse. Davide war ziemlich fertig und sagte am Abend mehrmals, dass er sie umbringen könnte. Vom *Bandoleros* sind wir zu später Stunde noch ins *Conti,* und da war Davide wieder völlig anders drauf. Ein paar Mädels, die ihn gut kannten, kamen zu uns. Davide zog sich mit zwei von ihnen zurück ins Separee, und ich bin dann irgendwann nach Hause gegangen. Das war's, Herr Kommissar, und seither habe ich Davide weder gesehen noch gesprochen.« Benjamin Kiel schaute den Kriminalhauptkommissar an, der das Gesagte erst einmal setzen ließ. Benjamin Kiel hatte glaubhaft vorgetragen. Aber die Aussagen des Metzgers und die Spurenlage in der Überlinger Wohnung passten so überhaupt nicht zu dem, was Kiel erzählte. »Aber dann erklären Sie mir doch bitte mal, warum Sie an der Arbeitsstelle geprahlt haben, dass Sie was mit dem Verschwinden der Leiche des Opfers zu tun hatten?«, fragte Paul Waibel nach. Er spürte, dass Kiel die Beantwortung unangenehm war. »Also, ich habe das halt gemacht, um anzugeben. Ich bin neu in der Firma, und nach dem Mord an Davides Frau haben alle nur noch über das eine Thema gesprochen, und dann habe ich das halt gesagt, weil ich ja den Davide kenne und der gesagt hat, dass er seine Alte umbringt.« »Das war aber schon ganz schön blöd, um anzugeben«, antwortete

Paul Waibel und fügte hinzu: »Gut, wir warten ab, was die Kriminaltechniker sagen. Solang werden Sie hierbleiben müssen.« Paul Waibel ließ den Tatverdächtigen zurück in den Polizeigewahrsam bringen.

67. SCHREIBTISCHERMITTLUNGEN

Lena Mayer hatte sich an die anderen Lover von Klara gemacht und hatte über die in *WhatsApp* hinterlegten Telefonnummern alle erreicht. Bis auf Francesco Silvano. Diese Telefonnummer war entweder von ihrer Kollegin falsch notiert worden oder nicht mehr auf dem Markt. Mit den von Klara über *Tinder* gemachten Dates hatte sie für morgen Termine bei der Polizei in Singen klargemacht. Alle hatten sich bereit erklärt zu kommen und wollten die Ermittlungen unterstützen. Lena ging mit den Informationen zu ihrer Kollegin Kerstin. »Du, ich habe für morgen alle einbestellt. Die kommen morgen früh ab 9.30 Uhr im Stundentakt. Ich kann das gerne für dich machen, wenn es für dich okay ist. Wenn ich was Besonderes fragen muss, dann musst du mir das halt sagen.« Kerstin nickte ihrer Kollegin zu und sagte: »Das ist ein feiner Zug von dir. Gerne. Es reicht, wenn du dir die Vernehmungen von Klara und ihrer Schwester anschaust. Dann weißt du eigentlich alles. Und es ist mir auch insofern recht, weil mich vorhin Rainer Binder kontaktiert hat. Er wollte nun doch morgen früh gleich kommen. Sein Kunde hätte den Termin auf den Nachmittag geschoben.« »Prima, und dann war da noch die Telefonnummer von Francesco. Die hast du entweder falsch abgeschrieben, oder die Nummer ist nicht mehr im Verkehr. Den habe ich nämlich nicht erreicht«, ergänzte Lena noch schnell. »Das muss ich klären.«

68. BANDOLEROS

Die Kriminalkommissare Huser und Paschke mussten vor der Abendbesprechung noch den mit dem Geschäftsführer vereinbarten Termin wahrnehmen und trafen im *Bandoleros* rechtzeitig kurz vor 17 Uhr ein. Die beiden Polizisten wurden schon erwartet. Wie versprochen, hatte der Geschäftsführer das komplette Personal, das am Mittwochabend, dem 15.05., im Service gearbeitet hatte, einbestellt. Der Geschäftsführer begrüßte die beiden Kommissare freundlich: »Guten Abend, meine Herren, das ist das Personal, das am letzten Mittwoch hier gearbeitet hat. Sie können jetzt gerne mit der Befragung beginnen. Einzeln oder wie Sie auch gerne vorgehen wollen. Wenn Sie Ihre Ruhe brauchen, können Sie gerne nach hinten in die Bar gehen. Bis die ersten Gäste kommen, dauert es noch eine Weile.« »Vielen Dank. Sehr freundlich von Ihnen und auch von Ihnen allen, dass Sie heute Abend früher in den Dienst gekommen sind oder sich sogar extra her bemühen mussten. Wir wissen das sehr zu schätzen. Wenn Sie alle einverstanden sind, dann fangen wir gemeinsam an, und je nachdem, was wir herausfinden, gehen wir dann noch ins Detail«, startete Huser den Termin beim *Bandoleros*. Alle nickten und waren gespannt, was die Polizisten nun sagen würden. Allen war natürlich klar, dass sie wegen dem Mord an der reichen Immobilienmaklerin hierher gebeten worden waren, und das an sich war ja schon spannend. Paschke übernahm: »Sie haben sicher alle schon von dem Mord an Gertrud Henssler gehört. Nach unseren bisherigen Ermittlungen fand der Mord wahrscheinlich im Verlauf des Donnerstags statt, nachdem das Opfer möglicherweise hier mit einem Gast zu Abend gegessen oder auch nur etwas getrunken hat. Ich zeige Ihnen jetzt hier ein Bild des Opfers und würde Sie bitten nachzudenken, ob Sie diese Person am Mittwochabend hier im Lokal bedient haben.« Die Kollegin Lena Mayer hatte mehrere DIN-A4-Ausdrucke mit dem Konterfei des Opfers vorbereitet, die Huser und Paschke dabei hatten. Die beiden hielten die Plakate hoch und gaben sie dann zur Weitergabe in die vor ihnen stehende Reihe. Huser und Paschke waren gespannt, ob die Befragung etwas bringen würde. Bei den vielen Gästen sich an eine Person zu erinnern, war sicher schwierig. Und die Bedienung, die bei ihrem letzten Besuch gemeint hatte, sie habe Frau Henssler gesehen, war sich ihrer Sache jetzt auch nicht mehr so sicher. Die Plakate wurden von Servicemitarbeiter zu Servicemitarbeiter weitergereicht, und die Mimik, in die die beiden Polizisten schauten, sah nicht sehr erfolgsversprechend aus. Nachdem die Plakate die Runde gemacht hatten und Paschke schon ansetzen wollte, um sich zu bedanken, trat eine auf den ersten Eindruck sehr jung wirkende Frau nach vorne und meldete sich schüchtern: »Ich habe am Abend diese Frau bedient. Es tut mir leid, wenn ich das nicht gemeldet habe, aber ich wusste nicht, dass das wichtig ist. Und sie war in Begleitung eines Herrn, wenn Sie das vielleicht auch noch interessiert.« Wow. Damit hatten die beiden Ermittler nun nicht mehr gerechnet. »Das ist ja fantastisch. Und vielen Dank, dass Sie sich jetzt gemeldet haben«, reagierte Paschke schnell auf die Zeugin und wandte sich dem Geschäftsführer zu. »Wir würden die Zeugin gerne mit zur Kripo nehmen und dort eine Befragung durchführen. Das wäre sehr wichtig für uns. Wären Sie beide damit einverstanden?« Der Geschäftsführer nickte und die junge Frau auch.

69. BESPRECHUNG, SECHSTER
TAG, 18 UHR, SOKORAUM SINGEN

Arno Angele eröffnete die Besprechung und rief nacheinander die Spurenteams ab. Alle berichteten über die Erkenntnisse, die sie im Laufe des Tages eingesammelt hatten. Paul Waibel berichtete über den Zeugen, der jetzt Beschuldigter war und in Gewahrsam saß. Kerstin Elser berichtete über ihre Ergebnisse zu Klara Henssler und den anstehenden Überprüfungen für morgen, Lena Mayer über die noch offene Auswertung der Mafiaakten durch den Kollegen vom LKA. Huser und Paschke waren nicht da. Arno Angele berichtete über die von Huser und Paschke geführten Ermittlungen im *Café Hanser* und ließ die Kollegenschaft wissen, dass die beiden aktuell eine Zeugin vernahmen, die am Abend im *Bandoleros* vor dem Mord Frau Henssler gesehen und bedient haben sollte. Der Kriminaltechniker Reiner Sterk sagte, dass der Tatort kriminaltechnisch soweit untersucht worden sei und freigegeben werden könne. Die Schnelluntersuchung der beschlagnahmten Sportschuhe des Benjamin Kiel hätte ergeben, dass am Schuh Blut sei. Ob Tier oder Mensch sei alles möglich. Genaueres erst, wenn die Laborergebnisse vorlagen, die Schuhsohle müsste noch genauer überprüft werden. Kurz vor Ende der Besprechung ergriff der Chef das Wort. »Kolleginnen und Kollegen, Sie haben jetzt schon eine Menge zusammengetragen. Wir haben einen Beschuldigten im Gewahrsam, der vielleicht noch mehr weiß oder uns einfach nur Arbeit macht, und ich will Ihnen allen einfach nur sagen, Sie machen alle miteinander einen guten Job, und ich wünsche uns den Erfolg des Tüchtigen und eine Prise Kommissar Zufall. Morgen früh bin ich zunächst in der Führungsbesprechung in der Direktion. Bin aber am Nachmittag wieder in Singen zurück. Bitte dafür um Nachsicht, aber unser gemeinsamer Chef will, dass ich in Konstanz anwesend bin.« Die Kolleginnen und Kollegen nickten dem Chef zu und verabschiedeten sich nach und nach aus der Besprechung. Die einen gingen nach Hause. Ein paar wenige bereiteten noch ihre Arbeit vom heutigen Tag auf und setzten sich zum Schreiben an ihre Computer. Grimm zog sich in sein Büro zurück und ging die Listen durch, die ihm seine Sekretärin geschickt hatte, um sich auf die morgige Besprechung vorzubereiten.

70. DIE ZEUGIN

Die beiden Ermittler Rainer Huser und Rudi Paschke hatten mit der Zeugin das Dienstgebäude erreicht und fuhren mit ihr in den dritten Stock. Eine Schreibkraft war auf Weisung von Arno Angele noch hier geblieben und erwartete die drei schon im Vernehmungszimmer. »Gut, Frau Vogt.

Sie haben uns ja auf dem Weg hierher schon einiges erzählt. Wir würden das jetzt gerne aufnehmen und Sie gerne zu dem, was Sie am Abend wahrgenommen haben, vernehmen. Der Form halber belehre ich Sie. Aber Sie haben ja mit der Sache überhaupt nichts zu tun und brauchen auch nichts zu befürchten«, startete Rudi Paschke freundlich in die Vernehmung. Die Personalien waren schnell geklärt. Bei der Zeugin handelt es sich um die 23 Jahre alte Emilia Vogt, alleinerziehende Mutter einer dreijährigen Tochter, wohnhaft in Konstanz in der Nähe vom Bismarckturm. An der Uni in Konstanz war Frau Vogt im sechsten Semester in Psychologie eingeschrieben. Das war auch der Grund, weshalb Frau Vogt im *Bandoleros* und auch noch in zwei Lokalen in Konstanz jobbte. Sie brauchte das Geld für das Studium und den Lebensunterhalt für sich und ihre Tochter. Frau Vogt erzählte den beiden Kollegen, dass sie, wie jeden Mittwoch, so gegen 17.30 Uhr zur Arbeit gekommen sei. Das *Bandoleros* öffnete um 18 Uhr, und sie hatte dann ihren Dienst aufgenommen. Das Lokal sei regelmäßig gut besucht, und auch an diesem Abend waren die Tische gleich zu Beginn fast vollständig besetzt und die wenigen freien Tische reserviert. Das Paar, also Frau Henssler und ihre männliche Begleitung, waren so gegen 20 Uhr gekommen und hatten Glück, weil im vorderen Bereich gerade ein Zweiertisch frei geworden war. Nachdem die beiden sich gesetzt hatten, war Emilia Vogt gleich zu ihnen an den Tisch gegangen, um noch schnell den Tisch abzuräumen und zu säubern. »Ist Ihnen an dem Paar etwas aufgefallen, oder warum konnten Sie sich das Paar gut merken?«, fragte Paschke nach. »Ja, aufgefallen ist mir die Frau schon beim Betreten des Lokals. Die Frau hatte Ausstrahlung, wirkte elegant und selbstbewusst und war auch gut gekleidet. Der Mann ist mir nicht sofort aufgefallen. Aber als ich am Tisch abräumte, nahm ich ihn dann auch wahr. Er wirkte etwas jünger als die Dame. Er war auch gut gekleidet. Aber ich weiß nicht, wie ich das erklären soll, bei der Frau war alles im Einklang, da passte alles, bei ihm war es irgendwie anders«, antwortete Emilia. »Was meinen Sie mit anders?«, fragte Paschke nach. »Gut, jetzt sagen Sie sich dann gleich, die studiert Psychologie und alles klar, aber bei ihm wirkte die Gesamterscheinung eher so, wie wenn er nicht in seiner Rolle und in seinen Kleidern wäre. Will sagen, er hatte sich für den Abend oder für diese Frau so edel angezogen.« Emilia schaute Kommissar Paschke fragend an, um herauszufinden, ob ihre Botschaft angekommen war. »Das ist doch ganz hervorragend, dass Ihnen das aufgefallen ist. Nach meiner Erfahrung ist das weniger das Studium der Psychologie, als dass Frauen einfach besser wahrnehmen als wir Männer und sich ganz andere Dinge merken können. Aber danke. Klasse. Wie ging es dann, nachdem Sie abgeräumt hatten, weiter?«, wollte Paschke nun wissen. Die Zeugin berichtete, dass sie dem Paar die Karte gebracht hätte, dann hätte sie die Bestellung aufgenommen, serviert und, nachdem die beiden gegangen waren, wieder abgeräumt. Emilia konnte sich noch erinnern, dass die beiden Gäste jeweils eine Vorspeise Gambas al ajillo bestellt hatten, Frau Henssler hatte zum Hauptgang einen Salat Ensalada de Pollo, der Herr ein Rumpsteak, Dessert wollten die Herrschaften nicht, aber zwei Espressi, und zum Essen servierte Emilia eine Flasche Wasser und eine Flasche Rotwein. Und die Frau hätte auch noch einen Aperitif vor dem Essen bestellt. »Das hört sich nach einem sehr schönen Abend und einem guten Essen an. Wie empfanden Sie denn die Stimmung zwischen den beiden?«, hakte Paschke nach. »Also, ich hatte ja auch noch andere Gäste. Insoweit habe ich da nicht so viel mitbekommen. Das geht uns Bedienungen ja auch nichts an. Wir respektieren die Privatsphäre der Gäste. Aber, wenn Sie so fragen, ich hatte den Eindruck, dass die beiden ein Date hatten und sich beim Essen etwas näher gekommen sind«, antwortete Emilia dem Kommissar. »Klar respektieren Sie die Privatsphäre der Gäste. Aber wieso haben Sie den Eindruck gewonnen, dass die beiden ein Date hatten und sich dann näherkamen?«, wollte nun seinerseits Paschke wieder wissen. »Das spürte ich einfach, und man sah es auch. Als die beiden ins Lokal kamen, wirkten sie eher ernst und zueinander noch etwas distanziert. Während des Essens haben die beiden gelacht und geredet. Als ich abkassiert habe, hatte der Mann der Frau die Hand gehalten, und die beiden sind anschließend noch rüber in den Klub gegangen. Ich dachte, die gehen jetzt noch tanzen. Wann sie aber dann den Klub verlassen haben, kann ich Ihnen nicht sagen. Als die beiden in den Klub gewechselt sind, habe ich sie aus den Augen verloren«, beantwortete Emilia die Frage des Kommissar. »Wissen Sie denn auch noch, wer bezahlt hat?«, brachte sich nun Huser kurz in die Vernehmung ein. »Ja, das weiß ich auch noch. Die Frau hat bezahlt, und das weiß ich deshalb, weil die beiden vor mir darüber diskutiert haben, wer bezahlen darf, und weil die Frau mir ein großzügiges Trinkgeld von 20 Euro gegeben hat.« »Das war ganz prima, was Sie uns da bisher gesagt haben. Können Sie noch etwas über den männlichen Begleiter sagen, wie würden Sie denn den Mann beschreiben und wissen Sie vielleicht noch, was er für Kleidung trug?«, hakte Paschke, jetzt langsam zum Ende kommend, nach. »Also das ist jetzt einfach. Auch etwas, wie Sie ja vorher sagten, was Frauen besser können als die männliche Spezies.« Die beiden Kommissare nickten. »Der Mann hatte schwarze

Haare. Er war bekleidet mit einem gelben Jackett, schwarzem Hemd ohne Krawatte und einer schwarzen Hose. Also die Gesamterscheinung war gut aussehend, und ich würde den Mann so um die 30 Jahre plus schätzen, und die Frau hätte ich so circa zehn Jahre älter, also so 40 Jahre plus eingeschätzt.« »Menschenskind, Sie sind eine ganz tolle Zeugin, und vielen Dank, dass Sie uns geholfen haben. Jetzt hätte ich zum Abschluss noch zwei Fragen. Wenn wir bei der Sachlage noch ein Phantombild anfertigen lassen würden, dürften wir da noch mal auf Sie zukommen, und was können wir Ihnen jetzt Gutes tun? Es ist schon nach 20 Uhr, können wir Sie zu Ihrem Auto, einem Taxi oder zum Zug bringen?«, wollte Paschke von der Zeugin noch wissen. »Zu Ihrer ersten Frage, ja, ich würde für ein Phantombild zur Verfügung stehen, wenn Sie die Zeit mit mir abstimmen könnten, da ich ja auch noch eine dreijährige Tochter versorgen muss, und zur zweiten Frage, schön wär's, aber ich muss mit dem *Seehas* nach Konstanz, und der Bahnhof ist ja gleich da drüben.« Paschke wollte anbieten, die Zeugin bis zum Bahnhof zu bringen, aber Huser war schneller. Er musste den Dienstwagen eh noch in Konstanz abliefern und bot Emilia an, sie mitzunehmen. Er wollte auch gleich los. Es war ja spät genug. Wohl wissend, dass dies die Dienstvorschriften nicht erlauben. Aber so eine klasse Zeugin und dazu eine junge Frau am späten Abend einfach allein nach Hause schicken, obwohl er genau die Strecke fahren musste, erschien ihm das Risiko wert.

71. DER AUSSENDIENSTLER

Kerstin Elser war heute Morgen auch vor ihrer üblichen Zeit da und studierte die von Alex Preuß aufbereiteten Daten und Fakten. Ging noch mal die Vernehmungen der beiden Schwestern Maria und Klara durch und den Vermerk, den ihr die Kollegin Lena Mayer auf den Schreibtisch gelegt hatte. Kurz nach 8 Uhr rief von unten die Wache an und meldete der Kriminalkommissarin das Eintreffen eines gewissen Rainer Binder. Kerstin ging nach unten und war gespannt, was für ein Mensch da schon heute Morgen auf sie zukam, und war positiv überrascht, dass Herr Binder zuverlässig seine Termine bediente. »Nun nehmen Sie doch erst einmal Platz. Wie war die Fahrt hierher? Haben Sie das Polizeigebäude gleich gefunden?« Kerstin Elser machte zum Auftakt ein wenig Small Talk und beobachtete dabei eingehend ihren Zeugen. Rainer Binder war ein groß gewachsener Mann, hatte einen eher südländischen Teint. Er war durchaus attraktiv und machte nicht den Eindruck, nervös zu sein. Er sah altersentsprechend aus, und ja, man könnte sich, aus der Perspektive einer Frau betrachtet, durchaus in ihn vergucken. »Ich bin gestern Abend noch angereist und hatte heute Morgen keinen weiten Weg. Wie ich Ihnen ja gestern am Telefon schon mitgeteilt habe, hat mein Kunde in Villingen den Termin auf nachmittags verlegt, und wie Sie ja wissen, ist der Kunde König«, antwortete Rainer Binder kurz und bündig, aber nicht unfreundlich. Er war natürlich gespannt, was die Kriminalpolizei von ihm wollte. Er hatte ja seit gestern Zeit, sich ein paar Gedanken zu machen, und es war ihm nicht so ganz wohl in seiner Haut, was er aber gut überspielte. »Nun, ich würde vorschlagen, wir beginnen mit dem üblichen Procedere. Sie sind als Zeuge in einem Mordfall hier. Nach der Belehrung nehmen wir als Erstes Ihre Personalien auf, und dann schlage ich vor, Sie erzählen mir etwas über Ihr Verhältnis zu Klara Henssler«, stieg die Kommissarin in die Vernehmung ein. »Was für ein Mord? Um Gottes willen. Wer ist denn ermordet worden, und was hat Klara oder ich damit zu tun?« Rainer Binder wirkte auf die Kommissarin echt. Schließlich hatte sie schon viele Vernehmungen hinter sich. Die Reaktion hatte sie erwartet. Bei dem Begriff »Mord« zuckten alle mehr oder weniger zusammen. Kerstin Elser ging auf die Frage nur oberflächlich ein. »Die Mutter von Klara ist tot, und wir gehen nach dem, was wir wissen, von Mord aus.« »Und wie wurde die Frau ermordet?«, wollte der nun neugierig gewordene Binder von der Polizistin wissen. »Das kann ich Ihnen im Detail nicht sagen. Das wäre Täterwissen, und das geben wir natürlich nicht nach außen.« »Wollen Sie mir damit sagen, dass ich über Täterwissen verfüge?«, echauffierte sich jetzt für Kerstin Elser etwas unerwartet ihr Zeuge. »Natürlich nicht, Herr Binder. Aber wenn ich Ihnen jetzt erzählen würde, was im Übrigen auch gar nichts mit Ihnen oder Ihrer Anwesenheit hier zu tun hat, wie die Frau getötet wurde und wie die Situation vor Ort war, dann würde ich das Wissen preisgeben, über das nur der Täter verfügt, und das wäre unprofessionell.« »Gut, verstehe«, antwortete Binder. »Aber darf ich denn erfahren, wo die Mutter von Klara ermordet wurde?« Kerstin Elser dachte kurz nach und überlegte sich, ob der Binder nicht ein wenig zu neugierig war, verwarf aber den Gedanken auch gleich wieder. »Klar. Frau Henssler wurde in ihrer Villa, hier in Singen, ermordet.« Es entstand eine kurze Pause. »Aber jetzt haben Sie das Stichwort ja schon selbst gegeben. Sie sind hier wegen Klara und der Beziehung zu ihr. Was können Sie mir denn dazu erzählen?«, hakte die Kommissarin nun nach und brachte das aufs Gleis, was sie von Binder erfahren wollte. Rainer Binder erzählte der Kommissarin, dass er Klara vor etwa zwei Monaten in einer Singener Diskothek kennengelernt habe. Man habe dort getanzt und sei sich an dem Abend und auch bei weiteren Terminen immer nähergekommen. Das deckte sich insoweit mit den Aussagen von Klara, und war aus Sicht der Kommissarin stimmig. Allerdings blieb Binder im Vergleich zu den Aussagen von Klara eher oberflächlich, und Kerstin Elser hatte den Eindruck, dass er nicht so ganz rausrücken wollte mit dem, was zwischen Klara und ihm gelaufen war. »Ich würde Ihnen gerne auch ein paar persönliche Fragen zu Ihrer Beziehung zu Klara stellen. Wusste Klara, dass Sie verheiratet sind und auch zwei Kinder haben?« Rainer Binder schmunzelte und antwortete: »Nein, das habe ich Klara nicht gesagt. Wir haben solche privaten Themen in unserer Beziehung eher ausgeklammert.« »Also, dann war das ein Arrangement auf beiden Seiten. Es ging um Sex in Ihrer Beziehung und sonst nichts?«, wollte die Kommissarin wissen, was sich ja soweit auch mit den Angaben von Klara decken würde. »Also, ich würde jetzt nicht so weit gehen, dass mir Klara nichts bedeutet. Ich finde sie attraktiv und war gern mit ihr zusammen. Aber ja, unterm Strich hatten wir uns auf Sex reduziert und das auch so praktiziert«, antwortete Binder auf die Fragen der Kommissarin. »Wissen Sie, Frau Kommissarin, ich bin Außendienstmitarbeiter und viel unterwegs. Da kommt so etwas schon mal vor«, versuchte Binder, sein Verhalten etwas zurechtzurücken. »Sie brauchen sich dafür nicht zu rechtfertigen, zumindest nicht vor mir. Ich weiß nur nicht, ob Ihre Frau damit einverstanden ist. Aber das ist Ihre Sache«, antwortete die Kommissarin. »Nun noch zu einem anderen Punkt, der mir bei der Aussage von Klara hängen geblieben ist. Klara erzählte mir, dass Sie sich für die Mutter und die von ihr bewohnte Villa interessiert hätten? Was gab es da für einen Grund?« Binder antwortete ganz ruhig: »Na ja. Ich sagte Ihnen doch schon, ich finde, Klara ist eine tolle Frau. Und ich empfinde mehr für Sie als das, was wir tatsächlich aus der Beziehung bisher gemacht haben. Und sehen Sie, wenn man mit jemandem zusammen ist, dann interessiert man sich doch auch für das Drumherum. Das ist eigentlich alles.« »Das verstehe ich gut. Das wäre ja dann so, wie wenn Sie sich wirklich für Klara interessiert hätten. Wussten Sie, dass Klaras Mutter sehr vermögend war?«, wollte Kerstin Elser noch wissen. »Ganz ehrlich, Frau Kommissarin, über Geld haben wir in unserer Beziehung nicht gesprochen. Das spielte auch überhaupt keine Rolle. Dass die Mutter allerdings vermögend sein musste, war mir klar, als wir an der Villa vorbeigefahren sind.« Den Rest dachte sich Kerstin Elser. Sie wollte Binder nicht unnötig provozieren. Das war die Masche solcher Kerle. Zu Hause saß die brave Ehefrau, und der Mann vergnügte sich. Und um die Mädchen soweit zu bringen, war es ganz gut, über eine Strategie zu verfügen. Davide machte es mit Charme und Ring und Rainer Binder mit Charme und ein wenig persönliches Interesse heischen. »Darf ich Ihnen abschließend noch eine persönliche Frage stellen?« »Nur zu«, antwortete Binder. »Gehen Sie noch ins Casino und spielen Sie?« Binder lachte und meinte: »Na ja, das ist jetzt wirklich eine unerwartete Frage in Zusammenhang mit meinem Verhältnis zu Klara. Nein. Ich habe das Spielen schon vor Jahren aufgegeben und war auch in einer

Therapie, um nicht wieder rückfällig zu werden. Ich bin meiner Frau gelegentlich untreu. Aber ich habe mit meiner Frau zwei Kinder, und die drei brauchen mich und natürlich auch das Geld, das ich verdiene.« Die Polizistin überlegte: »Und verdienen Sie genug, wenn ich das so fragen darf?« Binder reagierte gelassen: »Ich bekomme von meiner Firma ein Grundgehalt und Provision für den Verkauf. Also ich bin zufrieden und komme gut zurecht.« Für Kerstin Elser klang das alles plausibel und stimmig. Nachdem sie Herrn Binder noch mit auf den Weg gegeben hatte, dass Sie möglicherweise noch mal auf ihn zukommen müsste, und das geklärt war, war Rainer Binder wieder entlassen und konnte sich seinen Kunden zuwenden.

»Gehen wir zur Frühbesprechung?«, fragte Kerstin Elser den inzwischen eingetroffenen Kollegen Hans Widenhold. »Morgen vielleicht wieder. Zur Frühbesprechung meine ich. Angele hat die Besprechung abgesagt. Wir treffen uns erst heute Abend wieder. Der Chef ist doch heute Vormittag in Konstanz.«

72. POLIZEIALLTAG

Grimm hatte am Abend die Personaljournale und Beurteilungslisten der vergangenen Jahre noch gut aufgearbeitet und sich auch Gedanken dazu gemacht, wie er die einzelnen ihm anvertrauten Kolleginnen und Kollegen sah. Er nahm diese Aufgabe sehr ernst und versuchte, seine Bewertungen auch so gut es ging zu objektivieren, was natürlich auch bei ihm nicht zu 100 Prozent gelang. Er war Mensch wie alle anderen auch. Als Grimm spät am Abend nach 22 Uhr nach Hause kam, waren seine Kinder und seine Frau schon im Bett. Das kam ihm eigentlich ganz gelegen. Dann konnte er sich noch ein Bierchen genehmigen und den Dienst ein wenig ausdampfen lassen.

»Guten Morgen, Kolleginnen und Kollegen, ich begrüße Sie zur heutigen Führungsbesprechung. Grimm, unser Kripochef, wird uns etwas über die Sonderkommission in Singen berichten, und im Anschluss will ich mit Ihnen noch über die Beurteilungen sprechen. Ich gehe davon aus, dass alle so etwa wissen, wer ihre Spitzenleute sind, und nur um die geht es heute«, startete der Behördenleiter in die Besprechung. Grimm war froh, dass er sich gut vorbereitet hatte. Was allerdings zu kurz gekommen war: Karl Grimm wollte eigentlich seine nachgeordneten Führungskräfte mit an Bord nehmen, aber das konnte er jetzt allenfalls im Nachgang erledigen. Und was natürlich auch wieder zu kurz gekommen war, war seine Familie. Grimm bekam als Erster das Wort. Er sollte ja auch über die Arbeit der Sonderkommission berichten. Er präsentierte seinen Revierleiterkollegen, der Verwaltungsspitze und den anderen Chefs einen kurzen, aber knackigen PowerPoint Vortrag. Alex Preuß hatte den Vortrag für ihn zusammengestellt. Und er hatte auch zu Beginn ein paar Bilder und das Video der Erstbegehung des Tatorts mit dabei. Zum Schluss gekommen, bedankte sich Karl Grimm für die personelle Unterstützung und wartete auf Nachfragen. »Hast du heute Morgen schon einen Blick in den *Südkurier* geworfen?«, wollte der Singener Revierleiter wissen. »Ja, habe ich, aber natürlich nur in den Konstanzer Teil. Gibt es etwas in der Singener Ausgabe, was ich wissen sollte?«, fragte Karl nach. »Ich denke schon. Wenn es nach dem *Südkurier* geht, habt ihr einen Tatverdächtigen eingesperrt, und der Artikel liest sich so, wie wenn ihr den Mörder schon hättet.« Grimm rückte das vor den Führungskräften der Direktion zurecht und bat die Kollegen, was die Unterstützung anbelangte, noch um etwas Geduld. Da die Sonderkommission auch erst ein paar Tage alt war, war es nicht so schwierig, die anderen Chefs noch an Bord zu halten. Karl musste aber das Leck in seiner Truppe finden. Irgendjemand stach durch, und das war bei einer Soko nicht ungefährlich. Nach der Führungsbesprechung nutzte er noch seinen Aufenthalt in Konstanz, um kurz bei seiner Sekretärin und seinem Vertreter vorbeizuschauen. Sein Vertreter, Kriminalrat Stöckl, hatte von ihm für die Zeit seiner Abwesenheit Prokura. Stöckl war ein äußerst angenehmer und zuverlässiger Kollege. Grimm konnte sich auf seine Loyalität verlassen. In Konstanz war soweit alles im grünen Bereich, und Grimm konnte wieder getrost nach Singen fahren. Den Gedanken, zu Hause zu Mittag zu essen, verwarf er gleich wieder. Das würde zu viel Zeit in Anspruch nehmen. Etwas angespannt war er auch.

73. BOLOGNA, LOUNGE IM
HOTEL DA VINCI

Carlo und sein Fahrer waren, wie befohlen, nach Bologna gefahren. Unterwegs erhielt Carlo einen weiteren Anruf. Sie sollten sich ins *Hotel Da Vinci* begeben und dort auf weitere Anweisungen warten. Carlo passte das überhaupt nicht in seinen Kram. Aber er arbeitete schon seit ewigen Zeiten für die Familie und konnte sich was anderes auch gar nicht vorstellen. Also dirigierte er den Fahrer zum Hotel und wartete in der dortigen Lounge auf weitere Befehle. Davide hatte artig in seinem Zimmer gewartet. So nach und nach fiel ihm aber die Decke auf den Kopf, und je länger er warten musste, desto häufiger trat dieser Umstand ein. Davide überlegte, seinen Cousin anzurufen, und versuchte das auch. »Hey, Marco, hier ist Davide. Ich dachte, wir treffen uns im Hotel?«, klopfte Davide vorsichtig an. »Ich war im Hotel. Jetzt habe ich aber zu tun. Ich melde mich wieder. Aber du bleibst da. Onkel Luigi hat mir da klare Anweisungen erteilt. Also keine Ausflüge mehr.« Marco legte auf, und Davide legte das Handy erstaunt weg. Er wusste, dass ihm Marco und zuvor schon sein Cousin Andrea nicht alles gesagt hatten. Andrea war von Anfang an sehr verärgert, Marco war wenigstens bei der Ankunft in Bologna nicht unfreundlich, was Davide seine Sorgen aber nicht nahm. Davide wollte sich wenigstens kurz im naheliegenden Parco della Montagnola die Beine vertreten und danach in der Lounge des Hotels einen Drink zu sich nehmen. Ihm war klar, dass er das nicht tun sollte. Aber die ganze Zeit verstecken wollte er sich auch nicht. Als Davide die Lounge betrat, sank ihm das Herz in die Hose. An der Bar saßen zwei Typen. Einen davon kannte er von früher. Es war Carlos. Der Ausputzer der Familie. Davide machte auf dem Absatz kehrt und hoffte, dass Carlos ihn nicht gesehen hatte. »So ein Mist«, murmelte Davide vor sich hin. Ihm war klar, dass da was lief. Wenn Onkel Luigi alles und auch wirklich alles wusste, könnte es durchaus sein, dass man ihn liquidieren wollte. Was sollte sonst der Grund sein, dass Carlos geschickt worden war. Davide ging kurz in sein Hotelzimmer, packte das Wenige, was er hatte, ein, schnappte sich seinen Porscheschlüssel und verschwand. Das Handy ließ er im Zimmer. Marco hatte es ihm gegeben, und vielleicht war es verwanzt oder sie konnten ihn orten. Der Porsche stand noch unbehelligt auf dem Parkplatz. Wohin, wusste Davide noch nicht. Aber er wusste, er musste jetzt erst einmal weg von hier.

74. SCHREIBTISCHERMITTLUNGEN

Lena Mayer bereitete sich auf die Liebschaften von Klara vor, die sie ab 9.30 Uhr nacheinander kurz vernehmen wollte, und studierte den vom Kollegen des LKA übersandten Vermerk zu den Erkenntnissen aus dem Mafia-Verfahren. Der Vermerk gab für den Fall nicht so viel her. Der Kollege vom LKA hatte sich aber sehr bemüht und auch die Verhältnisse um Luigi Falcone ein wenig aufgehellt. Danach bestätigte sich, was Lena selbst auch schon herausgebracht hatte, dass Luigi Falcone einfacher Arbeiter in Singen war. Er war auch nach den Einschätzungen der italienischen Behörden der Locale, also der Mafiaboss in Singen. Aber man konnte es ihm nicht nachweisen. Die Beweise gegen ihn reichten nicht aus, um ihn anzuklagen, geschweige denn zu verurteilen. Was die Familie von Falcone anbelangte, gab es eine Frau und Kinder. Einen Davide gab es auch. Nachdem die Eltern von Davide, ein Frederico und eine Maria Falcone, bei einem Verkehrsunfall ums Leben gekommen waren, hatte Luigi ihn in der Familie in Singen aufgenommen. Über Davide selbst ergab sich aus dem Vermerk nichts. Lena schickte den Vermerk in den Posteingang von Arno Angele und Alex Preuß. Der Alex konnte das ja zu seinen anderen Spuren packen.

Lena hatte jetzt gut drei Stunden vor sich, wo sie auf die Männerbekanntschaften von Klara treffen sollte und rundherum abklären wollte, was hinter den Dates stand und vor allem, ob die Männer es auf etwas anderes als Klara abgesehen hatten. Die Gespräche mit den Protagonisten verliefen ziemlich entspannt. Es handelte sich um drei junge Männer etwa im gleichen Alter wie Klara. Und hinter den Dates stand natürlich der Wunsch, sich mit einem Partner zu treffen und vielleicht dann auch mehr. Mit zwei der drei jungen Männer hatte Klara dann auch sexuellen Kontakt. Es blieb bei beiden laut Aussage der jungen Männer auch bei dem einen Mal. Einer der Lover hatte sich mehr für Klara interessiert. Dies empfand aber Klara nicht so, und der andere erläuterte, dass es mit Klara in dem Moment zwar schön war. Aber beide entschieden danach, es bei dem einen Mal zu belassen. Neue Welt. Lena fand die Arbeit zwischenzeitlich richtig spannend, und natürlich hatte sie schon von *Tinder* gehört, aber so richtig beschäftigt hatte sie sich damit persönlich noch nicht. Sie hatte sich für die Vernehmungen der drei jungen Männer einen Fragenkatalog zurechtgelegt, den sie dann auch umsetzte, und nachdem sie mit allen fertig war, hatte Lena das Gefühl, einen guten Job gemacht zu haben. Sie hatte die Personalien, sie hatte die Vermögensverhältnisse erfragt und summa summarum hatte sie nicht das Gefühl, dass die Personen mit dem Fall irgendetwas zu tun haben könnten. Die Vernehmungen legte sie in den Posteingang von Arno, Alex und natürlich auch Kerstin. Wer noch fehlte, war Lover Francesco. Das musste Kerstin noch klären.

Paul Waibel hatte sich am Morgen gleich mit dem Kriminaltechniker Reiner Sterk in Verbindung gesetzt. Er wollte nach Möglichkeit die Untersuchungen beschleunigen. Er hatte einen Mann in Gewahrsam und musste den spätestens heute dem Haftrichter vorführen. Ob es für eine Untersuchungshaft reichte, war sich der Kommissar nicht sicher. Und er wollte natürlich auch selbst wissen, ob Benjamin Kiel etwas mit dem Mord zu tun haben könnte. »Du, Reiner«, fragte Waibel am Telefon nach, »kannst du mir schon etwas zu der Spurenlage in Überlingen am Ried sagen, und vor allem, habt ihr was am Hammer und an den Turnschuhen gefunden?« »Paul, ich verstehe ja deine Ungeduld. Aber wir müssen auf das Labor warten. Wir haben das Labor gebeten, so schnell wie möglich festzustellen, ob am Hammer noch DNA-fähiges Material festzustellen ist, und wir haben darum gebeten, das vorrangig zu bearbeiten. Aber,

Paul, du weißt doch selbst, dass bei den wenigen Spurantragungen die DNA erst angezüchtet werden muss, bevor wir überhaupt eine belastbare Aussage vom Labor bekommen, und das dauert. Was die Schuhe anbelangt, kann es sein, dass wir vielleicht schneller ein vernünftiges Ergebnis haben. Ich habe mir das Profil unter dem Mikroskop noch mal genauer angeschaut und die Merkmale ausgewertet. Ich komme zu dem Ergebnis, dass der Schuh wahrscheinlich am Tatort war. Was das Blut am Schuh anbelangt, brauchen wir auch noch etwas Zeit. Aber soweit ich denke, könnten wir schon am richtigen dran sein«, antwortete ihm der Singener Kriminaltechniker. »Ja, das ist doch aber schon mal was. Damit kann ich dem Haftrichter doch schon was anbieten«, meinte Paul zu seinem Kollegen und wollte sich gerade für die Auskunft bedanken, als der einschränkend erwähnte: »Nach meiner Auswertung, Paul. Aber der Chefkriminaltechniker will sich das auch noch mal genau anschauen und prüfen, ob ich bei meiner Bewertung richtig liege.« »Also gut, dann warten wir das noch ab, und solang bleibt Kiel halt in Gewahrsam«, fasste Paul das Telefonat aus seiner Sicht zusammen.

75. LEITUNGSBESPRECHUNG

Der EDV-Experte Alex Preuß, der Chef Karl Grimm und Arno Angele hatten sich in den Besprechungsraum gesetzt, um die aktuelle Lage miteinander zu erörtern und festzulegen, was mit welcher Priorität zu erledigen sei. Alex Preuß startete mit einer Präsentation, wo er die bisherigen Fakten komprimiert zusammengefasst hatte. Die Taxispur war schon intensiv bearbeitet worden, war aber eigentlich immer noch offen. Im weiteren Verlauf des Verfahrens gab es aus der Nachbarschaft zwei glaubhafte Hinweise auf ein Taxi vor dem Anwesen des Opfers, und zwar nicht zur Nachtzeit, sondern am Donnerstagnachmittag gegen 14 Uhr. Der Ehemann des Opfers, Davide Henssler, war nach wie vor verschwunden. Er hatte in jedem Fall mit der Mafia insofern zu tun, als sein Vormund der Locale der 'Ndrangheta in Singen war oder zumindest dafür gehalten wurde. Einen Hinweis gab es, dass Davide seine Freundin Schneider von Italien aus angerufen hatte. Die Nachbarschaftsbefragungen waren durch. Das soziale Umfeld vom Opfer war in Bearbeitung und je nach Tiefenschärfe auch hier noch einiges zu tun. Bisher hatten sich aber bei diesen Befragungen keine ermittlungsrelevanten Erkenntnisse ergeben. Man könnte sagen, dass das Opfer in den Kreisen, in denen es verkehrte, sehr beliebt war. Frau Henssler galt als eine durchsetzungsstarke, aber auch sehr sympathische Frau. Feindschaften wurden bislang von niemandem erwähnt. Mit der Ausnahme, dass Erfolg eben auch Neider mit sich bringt, und dem Faktum, dass sie vor vier Jahren erpresst worden war. Dann war Benjamin Kiel noch in Gewahrsam. Er hatte behauptet, Davide beim Mord an seiner Frau behilflich gewesen zu sein, und widerrief das jetzt. Bei ihm fanden die Kolleginnen und Kollegen in der Küche einen Hammer, der von der Größe als Tatwaffe infrage käme. Im Abfalleimer in der Küche fand man Turnschuhe, möglicherweise mit Blutantragungen. Schuhe, die möglicherweise am Tatort waren. Dann noch zwölf Gramm Kokain in einem kleinen Bunker im Keller des Beschuldigten. Und Benjamin Kiel kannte Davide seit ihrer Kindheit. Dann war noch nicht identifiziert die männliche Begleitung von Frau Henssler Mittwochabend und -nacht. Und nicht eindeutig geklärt war, ob Frau Henssler am Mittwochvormittag so gegen 11 Uhr oder sogar Donnerstagvormittag zur gleichen Zeit im *Café Hanser* Kuchen eingekauft hatte. Die Kriminaltechnik wollte weitere Ergebnisse im Laufe der nächsten, ein, zwei, drei Tage vorlegen. »Gut, mein lieber Herr Preuß. Vielen Dank für die Zusammenstellung. Was sagt denn die Software? Wer ist danach der wahrscheinliche Täter?«, wollte Grimm scherzhaft wissen. Alex Preuß antwortete ernst: »Also, wenn es nach dem Algorithmus geht, ist Davide Henssler die Nummer eins der potenziellen Tatverdächtigen. Ebenfalls tatverdächtig und fast auf gleicher Höhe wie Davide ist der Unbekannte, der mit dem Opfer unterwegs war. Aber Davide rückt deshalb stärker in den Fokus, weil Benjamin Kiel mit reinspielt und die beiden sich kennen. Auch Benjamin Kiel kommt natürlich als Täter infrage, insbesondere, sollten sich Spuren des Bluts vom Opfer am Hammer befinden, beziehungsweise die Schuhe zu dem Schuhabdruck am Tatort passen.« »Nun, das Programm denkt ja ähnlich, wie wir das vermutlich heute auch sehen«, brachte sich Arno Angele in das Gespräch ein. »Für mich ist die Variante Davide immer noch zu einfach. Aber sein kann es natürlich. Frau Henssler wollte ihren Mann verlassen oder hatte ihn ja bereits rausgeschmissen. Da kommen mehrere Motive in Betracht. Aber dass die Mafia etwas damit zu tun hat? Ich weiß nicht. Auf jeden Fall sollten wir Davide irgendwie dingfest machen, damit wir die Spur totmachen oder mit ihm den Täter haben«, fasste Arno seine Gedanken kurz und bündig zusammen. »Es spricht schon einiges für den Ehemann des Opfers. Mir war das am Anfang auch zu einfach, aber mit der Verbindung zu Benjamin Kiel hat der Tatverdacht ein anderes Gewicht,« bemerkte Grimm, »und hoffentlich sind die Ergebnisse vom Labor bald da. Dann wissen wir auf jeden Fall Kiel betreffend mehr und könnten ihn damit noch mehr unter Druck setzen. Vielleicht erfahren wir von Kiel noch mehr über Davide. Möglicherweise weiß Kiel, wo Davide steckt.« »Und dann sollten wir unbedingt herausfinden, wer die männliche Begleitung des Opfers war. Es spricht auch sehr viel dafür, dass diese Person mit der Tat etwas zu tun haben könnte, und es spricht natürlich auch viel dafür, dass diese Person in der Nacht von Mittwoch auf Donnerstag mit dem Opfer Sex hatte. Auch hier könnte irgendein Motiv liegen, was den Mord an Frau Henssler ausgelöst hat«, ergänzte Grimm die aktuelle Lagebesprechung. »Gut, wenn du einverstanden bist, legen Alex und ich die Spuren neu an und vergeben sie an die Teams zur Bearbeitung. Ach ja, da war doch gestern Abend eine Bedienung aus dem *Bandoleros* da. Die soll angeblich das Opfer und die männliche Begleitung bedient haben. Ich habe ihre Aussagen gelesen und finde die eigentlich ganz brauchbar und glaubhaft. Sie hat auf Nachfrage auch gesagt, sie könne eventuell bei der Erstellung eines Phantombilds behilflich sein. Soll ich das veranlassen?«, wollte Arno Angele von seinem Chef noch wissen. »Klar machen wir das. Guter Vorschlag von dir. Danke. Rufst du in Stuttgart an, oder soll ich mich kümmern?«, wollte Grimm von Arno wissen. »Meinst du wegen dem Sachbearbeiter für die Erstellung? Dafür brauchen wir Stuttgart nicht. Das können wir in Singen selbst«, antwortete Arno Angele nicht ohne Stolz. »Prima, haben wir irgendeine Chance, etwas mehr über den Verbleib von Davide zu erfahren?«, wollte der Chef von seinen beiden Kollegen noch wissen. »Was wir bisher noch nicht ins Auge gefasst haben, wäre neben der internationalen Fahndung nach der Person und dem Porsche, dass wir prüfen, ob auf den verschiedenen Strecken von und nach Italien das Kennzeichen vom Porsche abgelesen wurde und wir das gegebenenfalls auch nachvollziehen können. Also von Bayern weiß ich, dass die auf einigen Autobahnstrecken Kennzeichenablesesysteme haben und bei den Italienern die Betreibergesellschaft der Autobahn. Vielleicht kommen wir da weiter«, beantwortete Alex Preuß die Frage seines Chefs. »Das hört sich sehr gut an, Herr Preuß. Das geben Sie der Kollegin Mayer zur Bearbeitung. Die soll das so schnell wie möglich veranlassen. Wo ist die Kollegin eigentlich?«, fiel Grimm ein. »Lena unterstützt Kerstin bei der Befragung der Liebhaber von Klara«, beantwortete Arno Angele die Frage. Grimm schmunzelte und löste die Besprechung auf.

76. DAS PHANTOMBILD

Emilia Vogt war nach ihrer Aussage bei der Polizei in Singen von Rainer Huser nach Hause gebracht worden und war letztendlich froh, dass sie das Angebot des Polizisten angenommen hatte. Ihr Babysitter empfing sie recht genervt, und das nicht wegen der kleinen Nadine, sondern weil Emilia die vereinbarte Zeit um über drei Stunden überzogen hatte. Emilia hatte sich entschuldigt und war todmüde ins Bett gefallen. Am nächsten Morgen, Emilia und ihre kleine Tochter Nadine schliefen noch, klingelte das Telefon. »Guten Morgen, Frau Vogt, Kriminalpolizei Singen, Feist mein Name. Ich hoffe, ich habe Sie nicht geweckt. Aber es ist ja schon nach 7 Uhr«, begrüßte der Kriminaltechniker und Phantombildspezialist Anton Feist Frau Vogt. »Nein, nein, ist schon gut«, antwortete Frau Vogt noch etwas verschlafen. »Was kann ich denn für Sie tun?« »Ja, Frau Vogt, das ist ganz einfach. Sie wurden gestern von den Kollegen gefragt, ob Sie in der Lage wären, die Begleitung von Frau Henssler so zu beschreiben, dass wir ein Phantombild erstellen können, und deshalb komme ich auf Sie zu. Unser Chef hat mich gebeten, mich sofort darum zu kümmern. Es eilt ihm in dieser Sache. Haben Sie denn kurzfristig Zeit?« Emilia Vogt überlegte kurz und hakte nach: »Was meinen Sie denn mit kurzfristig? Ich habe heute Abend Dienst und könnte es sicher einrichten, dass ich eine Stunde vorher, also so gegen 17 Uhr, bei Ihnen sein könnte.« »Das ist für die Erstellung eines Phantombilds zu knapp. Also zwei, drei Stunden sollten wir uns da schon Zeit nehmen«, antwortete ihr der Kriminaltechniker. »Ich helfe Ihnen sehr gerne. Das habe ich gestern Abend auch zugesagt. Mein Problem ist nur, dass ich meine kleine Tochter irgendwie versorgt wissen muss, und so kurzfristig bekomme ich keinen Babysitter«, antwortete Emilia. »Gut, was halten Sie davon, wenn wir uns bei der Polizeidirektion in Konstanz treffen? Das notwendige Equipment für die Phantombilderstellung habe ich dort auch, und Ihre Tochter bringen Sie einfach mit.« Emilia überlegte kurz. »Einverstanden, wann treffen wir uns?« »Wäre es am frühen Nachmittag, sagen wir so gegen 13 Uhr, bei der Polizeidirektion am Benediktiner Platz für Sie okay?«, fragte Anton Feist nach. »Einverstanden. 13 Uhr, Polizeidirektion Konstanz. Bis dann.«

77. CIAO BOLOGNA

Davide war sich noch nicht ganz schlüssig, wohin er sich absetzen konnte. Aber so viel war klar. Er musste fliehen. Und er musste irgendwie nach Deutschland zurück. Er brauchte Geld. Und das Geld, das er noch hatte, war im Schließfach, und den Schlüssel vom Schließfach hatte Julia

Schneider. Zumindest dachte Davide das. Nachdem er seinen 911er an der erstbesten Tankstelle unmittelbar nach Bologna vollgetankt hatte, fuhr er erst einmal in Richtung Parma. Über Mailand, San Bernadino- oder den Gotthard Tunnel wäre der nächste Weg, aber gefühlt zu gefährlich. Carlos wird sicher bald feststellen, dass ich weg bin, dachte Davide. Und wahrscheinlich wird er davon ausgehen, dass ich nach Deutschland zurückfahre und dann auch den nächsten Weg nehme. Deshalb entschied sich Davide, über Verona und Trient in Richtung München zu fahren.

Im Hotel hatte Carlos in der Zwischenzeit vom Boss telefonisch den Auftrag bekommen, Davide Falcone zu liquidieren. Warum, wusste Carlos nicht. Das war ihm aber auch egal. Um an Davide heranzukommen, hatte Marco Falcone die Putzfrau im Hotel zu Carlos geschickt. »Du kennst doch das Zimmer von Davide Falcone. Kannst du mal auf das Zimmer gehen und Davide zu mir in die Lobby schicken?«, wollte Carlos wissen. Die Putzfrau nickte und verschwand. Nach circa zehn Minuten kam sie etwas aufgeregt wieder zurück. »Das Zimmer ist leer, und es sieht so aus, als würde sich niemand mehr darin aufhalten. Ich schätze, der Vogel ist ausgeflogen«, berichtete sie von ihrem kurzen Ausflug. »Pezzo di merda«, fluchte Carlos lautstark, »was ist mit dem Porsche? Hast du nach dem Porsche auch gesehen?«, fragte Carlos sicherheitshalber nach. »Hab ich. Der ist auch weg.« Carlos nahm sein Handy und informierte den Boss. »Fahr nach Deutschland zurück und besuche in Rottweil eine seiner Freundinnen. Er kommt bestimmt dorthin. Ich schicke dir den Kontakt.« Carlos legte auf, und einen kurzen Moment später meldete sich sein Handy. Er klickte auf den Posteingang. Der Boss hatte ihm alles geschickt. Eine Adresse in Rottweil und einen Namen: Julia Schneider.

78. BESPRECHUNG, SIEBTER TAG, 18 UHR, SOKORAUM SINGEN

Bei der Abendbesprechung waren fast alle Sokomitglieder anwesend, und entsprechend beengt ging es auch zu. Die Luft im Raum roch wie immer ein wenig nach der Anwesenheit von vielen Menschen, und es war stickig. Es gab Angenehmeres. Arno Angele eröffnete die Runde und gab das Wort rasch an die Mitglieder und Spurenteams der Sonderkommission. Schließlich galt es, alle wieder auf den neuesten Sachstand zu bringen. Lena Mayer berichtete von den Bekanntschaften der Klara, die sie heute einbestellt hatte und es keine Anhaltspunkte dafür gab, dass es ihnen ums Geld ging, sondern eher ums Kennenlernen über *Tinder* und um Sex. Die Kollegenschaft lachte herzlich. Kerstin Elser schloss sich gleich an und berichtete von der Vernehmung eines weiteren Bekannten von Klara. »Ach du, Kerstin, ein Francesco, der auch auf deiner Liste war, dessen Nummer, die du mir gegeben hast, ist so nicht erreichbar«, brachte Lena Mayer noch an, nachdem Kerstin Elser vorgetragen hatte. »Ich kümmere mich darum. Da muss ich die Klara angehen. Danke, Lena«, antwortete Kerstin Elser. Die Kommissare Huser und Paschke berichteten von ihren Ermittlungen im *Bandoleros* und den Angaben der Zeugin Vogt. In Ergänzung berichtete Kriminalhauptkommissar Feist von der Phantombilderstellung mit der Zeugin Vogt, und dass er es nach der Besprechung allen auf den Rechnern zur Verfügung stellen könne. »Sollen wir das Phantombild an die Presse geben?«, wollte der Kollege von der Pressestelle wissen. »Langsam, wir schauen uns das nachher in Ruhe an, und wenn es Sinn macht, fragen wir die Staatsanwaltschaft, ob sie mit einer Veröffentlichung einverstanden ist«, brachte Arno Angele ein. »Ja, und können Sie das Bild auch an die Wand werfen?«, wollte Grimm von seinem Mitarbeiter wissen. »Das kann ich. Aber dazu brauche ich einen Moment«, antwortete blitzschnell Feist dem Sokoleiter. »Dann bitte am Ende der Besprechung«, antwortete Grimm. Danach brachte sich die Kriminaltechnik ein. Reiner Sterk berichtete von ersten Ergebnissen des Labors. Die DNA-Anzüchtungen ließen die Hoffnung zu, dass es zu vergleichbaren Ergebnissen führen könnte, und dann: »Ja, Kolleginnen und Kollegen. Wir haben die Schuhspur, die wir am Tatort gefunden haben, jetzt mehrfach ausgewertet und bestimmt. Verglichen damit, und das auch von mehreren Kollegen der Kriminaltechnik, haben wir die in Überlingen am Ried bei der Durchsuchung gefundenen Sportschuhe. Wir kommen eindeutig zu dem Ergebnis, dass der rechte Sportschuh am Tatort gewesen sein muss und zu der Schuhspur am Tatort passt.« Alle hatten den Ausführungen des Kriminaltechnikers gespannt zugehört und schauten ihn jetzt verdutzt an. Grimm reagierte als Erster.

»Seit wann habt ihr diese Information? Die ist doch elementar wichtig für unsere Arbeit hier. Vor allem haben wir ja dann mit Benjamin Kiel tatsächlich einen echten Treffer. Egal, welche Rolle er spielt. Aber der Schuh, den wir bei ihm gefunden haben, war am Tatort. Menschenskind. Das ist doch was!« »Ja, Chef. Sie haben recht. Das ist ein echter Treffer. Die Rückmeldung vom Chefkriminaltechniker habe ich selbst erst ein paar Minuten vor der Besprechung bekommen. Wir haben das alles einfach noch mal gecheckt. Denn bevor wir eine solche Aussage treffen, wollten wir ganz sicher sein, und das sind wir jetzt«, antwortete Reiner Sterk. »Alles gut! Damit sind wir einen guten Schritt weiter. Wer kümmert sich um die tragische Figur Benjamin Kiel, und haben wir was zu Davide Falcone? Der wird damit ja auch noch mal interessanter«, sprach Grimm in die anwesende Runde. Die Stimmung im Sokoraum hatte sich nach dem Vortrag des Kriminaltechnikers verändert. Es kam bei allen ein wenig Euphorie auf. »Wenn Sie nichts dagegen haben, würde ich die nächste Vernehmung von Benjamin Kiel auch durchführen«, antwortete Paul Waibel. »Da spricht nichts dagegen. Aber nehmen Sie noch einen Kollegen oder lieber eine Kollegin mit rein. Es geht jetzt ans Eingemachte«, antwortete Grimm. »Klar, Chef. Wenn Lena noch Zeit hat, dann würde ich sie vorschlagen.« Lena Mayer und Karl Grimm nickten zustimmend. »Ja, dann ist wahrscheinlich das Phantombild nicht mehr ganz so wichtig«, bemerkte der Kriminaltechniker Feist. »Nichts desto trotz, wie vom Chef gewünscht.« Feist warf über den Beamer das Bild kurz an die Wand. »Und wie bereits vorher von mir bemerkt, habt ihr das Bild alle auf dem Rechner. Danke«, beendete Feist noch seinen vorher erhaltenen Auftrag. Kerstin Elser zuckte: »Menschenskind. Der sieht doch aus wie der Binder.«

79. NACHBESPRECHUNG

»Kerstin, kommst du auf ein Wort zu mir ins Büro?« Arno
Angele hatte kurz die Bemerkung seiner Kollegin am Ende
der Besprechung aufgenommen und kurz analysiert. Soweit
er sich an die Vernehmung von Rainer Binder erinnerte,
waren da ein paar Lücken, und da wollte er nachhaken.
»Nimm doch Platz«, leitete Angele seine Nachfrage ein.
»Kerstin, du hast Binder vernommen unter dem Aspekt,
dass er der Lover von Klara war. Die Vernehmung ist gut.
Nicht, dass du jetzt das in irgendeiner Form falsch interpre-
tierst. Mir geht es eigentlich nur darum, ob wir nicht irgendetwas vergessen haben. Ich hatte schon beim Lesen der Vernehmung so ein komisches Gefühl im Bauch. Du hast jetzt
am Schluss der Besprechung bemerkt, dass der Binder aussieht wie das Phantombild. Was könnte uns da rausgegan-
gen sein?«, überlegte laut Arno Angele. »Also, ich bin mir
natürlich nicht sicher, ob das Phantombild mit dem Binder übereinstimmt. Aber der erste Eindruck war so. Das
könnten wir aber schnell feststellen, wenn wir mit der Zeugin, die zum einen am Phantombild mitgearbeitet und den
Begleiter des Opfers gesehen hat, eine polizeiliche Gegen-
überstellung veranlassen«, antwortete Kerstin Elser. »Was
hattest denn du für einen Eindruck von Binder? Wie sah
er denn aus der Sicht einer Frau aus?«, hakte Arno Angele
nach. »Mein Eindruck war, dass seine Geschichte stimmte.
Und ja, man könnte sagen, er ist gut aussehend«, antwortete
die Kommissarin. »Gut, spielen wir das mal durch. Wenn
wir davon ausgehen, dass die Geschichte, die er erzählt hat,

stimmt, gibt es vielleicht dazu noch eine zweite Geschichte. Er lernt Klara in der Diskothek kennen, trifft sie immer dann, wenn er hier zu tun hat. Die beiden haben Sex, und das war's. Aber warum wollte er dann die Villa von Gertrud Henssler sehen?« »Ich dachte, das könnte Teil seiner Masche sein, Interesse zu heucheln, um von unnötigen Fragen abzulenken«, spekulierte Kollegin Elser mit. »Okay, aber was, wenn er sich entweder geplant oder in Fortfolge über die Klara Zugang zur vermögenden Mutter verschafft hat. Ein Motiv könnte er ja haben. Die Spielsucht. Auch wenn er behauptet, dass er nicht mehr spielt, muss das ja nicht so sein.« Arno Angele überlegte. »Wissen wir denn, wo er immer übernachtet, wenn er hier im Raum Singen zu tun hat? Hat er dir gegenüber irgendetwas erwähnt?«, fiel Arno Angele ein. »Ich bin mir nicht ganz sicher, ob ich das in der Vernehmung ausreichend erörtert habe. Ich denke, eher nicht. Beim ersten Mal, nachdem sie sich näher gekommen waren, behauptete Klara, dass sie betrunken war, aber sie irgendwie weiter weg gefahren sind. Bei seiner Vernehmung habe ich das wohl eher verpasst, tut mir leid, Arno«, antwortete Kerstin Elser. Arno Angele winkte ab. »Du hast nichts falsch gemacht. Aber wir haben doch noch eine Spur, der die jungen Kollegen nachgegangen sind. Der Zettel, der am Tatort gefunden wurde, war doch von einem Hotel. Das wär ein Ding, wenn Binder dort logiert. Kannst du das in die Hand nehmen und morgen früh gleich mit Hans dorthin fahren?«, wollte Angele noch wissen. »Sollen wir gleich hinfahren, oder reicht erst einmal zu telefonieren?«, wollte Kerstin wissen. »Nein. Beides nicht. Macht es gründlich und geht morgen früh ran. Vielleicht spinne ich mir da auch nur etwas zusammen«, antwortete Angele. »Jetzt geh erst mal nach Hause. Morgen wird sicher ein langer Tag.«

80. DIE VERNEHMUNG

Paul Waibel freute sich auf die nächste Begegnung mit Benjamin Kiel. Jetzt hatte er auf jeden Fall etwas in der Hand, um Kiel mal so richtig unter die Haut zu fühlen. Benjamin Kiel musste noch aus der Untersuchungshaft zugeführt werden. Trotz fortgeschrittener Stunde war das mit dem zuständigen Haftrichter und der Vollzugsanstalt in Singen, wo Benjamin seit heute einsaß, rasch geklärt. Die Kollegen vom Streifendienst nahmen das nach Anfrage von Arno Angele freundlicherweise in die Hand, und eine Stunde nach der Besprechung saß der Hauptprotagonist des Abends im Vernehmungsraum im dritten Stock in der Julius-Bührer-Straße. Lena Mayer hatte sich einerseits gefreut, dass Paul sie mit an Bord haben wollte. Jetzt musste sie aber schon wieder einen Abend mit ihrem Freund absagen, den sie noch nicht so lange kannte und dessen Geduldsfaden vielleicht am Ende der Soko gerissen sein könnte. Egal, jetzt galt es, aus dem Benjamin was herauszubekommen, was die Ermittlungen weiterbringen sollte. Kiel wurde von einer jungen Kollegin und einem alten Hasen nach oben gebracht und auf dem Stuhl vor Paul Waibel platziert. »Habt herzlichen Dank Kollegen für eure Unterstützung.« »Ist doch klar, Paul«, antwortete der alte Hase und ergänzte, »in Singen halten wir doch immer zusammen.« Nachdem die Kollegin und der Kollege sich verabschiedet hatten, wollte Paul loslegen. »Guten Abend, Benjamin. Darf ich Sie beim Vornamen nennen, oder wie sollen wir diesbezüglich verfahren?«, stieg Waibel langsam in die Vernehmung ein. »Du hast mich doch beim letzten Mal schon geduzt. Zuerst hast du auf vornehm und Sie gemacht, und dann hast du mich geduzt, und das tu ich jetzt auch.« Benjamin Kiel plusterte sich auf und legte nach: »Im Übrigen, was fällt euch ein, mich jetzt noch so spät hierher zu bringen. Im Knast wollte ich mit ein paar anderen die Aufzeichnung von der Bundesliga anschauen. Und gerade als der Kollege auf Play drückte, standen die Bullen vom Revier da. Und im Übrigen, was will die Tussi hier bei unserem Gespräch«, redete sich Kiel ein wenig in Rage und deutete mit seinem Kopf in Richtung Lena. Paul Waibel stand auf und beugte sich in Richtung von Kiel, der plötzlich zu schreien anfing. »Du hast mich geschlagen. Du Schwein hast mich geschlagen.« Waibel drehte sich zu Lena Mayer und fragte sie: »Hattest du den Eindruck, dass ich Kiel geschlagen habe, weil er dich Pussy genannt hat? Verdient hätte er es ja. Man kann doch zu einer Polizistin nicht einfach Pussy sagen, oder warst du es? Also ich habe nichts gesehen«, reagierte Waibel ganz gelassen. »Also, ich würde ihm schon gern eine runterhauen. Aber ich habe auch nicht gesehen, warum der so schreit«, antwortete Lena. »Gut, dann gehen wir mal ans Eingemachte. Benjamin, du bist von den Kollegen heute Abend hierhergebracht worden, weil es Neuigkeiten gibt. Aber ich gebe dir gern Gelegenheit, dein Gewissen zu erleichtern, bevor ich dir sage, was wir gegen dich in der Hand haben. Willst du nicht kooperieren und auch für den Staatsanwalt und das Gericht einen guten Start hinlegen und ein Geständnis ablegen?« Paul Waibel lächelte Kiel überlegen ins Gesicht und wartete auf dessen Reaktion, die nicht ausblieb: »Ihr habt sie doch nicht alle. Was soll ich denn gestehen? Ihr habt nichts. Außer den Paar Gramm Kokain, alten Schuhen und altem Werkzeug habt ihr bei mir doch nichts gefunden. Also spielt euch hier nicht so auf.« Paul machte eine kleine Pause und setzte dann fort: »Was würdest du sagen, wenn der Hammer, den wir bei dir gefunden haben, Blutantragungen des Opfers aufweist und deine Fingerabdrücke auf dem Hammerstiel sind? Und was würdest du sagen, wenn die Sportschuhe, die wir bei dir in der Wohnung gefunden haben, nachweislich am Tatort eine Spur hinterlassen haben, die eindeutig den Schuh identifiziert?« Waibel lehnte sich zurück und schaute Kiel direkt in die Augen. Die Stimmung bei Kiel drehte sich spürbar. »So etwas gibt es doch nicht. Wieso sollen meine Schuhe am Tatort gewesen sein, und was ist mit meinem Hammer? Den habe ich schon lange nicht mehr benutzt«, antwortete verunsichert der Hauptprotagonist des Abends. »Beim Hammer sind wir noch nicht ganz sicher, aber deine Schuhe waren am Tatort, und ich gehe davon aus, dass du in den Schuhen gestanden und Gertrud Henssler in ihrem Haus in der Oberdorfstraße ermordet hast.« Das saß erst einmal. Kiel sackte in sich zusammen, und Paul Waibel legte nach und nach. Waibel hatte im Verlauf der Vernehmung dem Kiel fortlaufend und ständig wiederholend die Sachbeweise, die natürlich gegen ihn sprachen, unter die Nase gerieben und am Ende seiner Ausführung immer wieder die gleiche Frage gestellt. »Hast du Gertrud Henssler ermordet?« Nach einer Stunde war Kiel gebrochen. »Ja, ich habe Gertrud Henssler ermordet, und jetzt lasst mich in Ruhe. Ich kann nicht mehr.« Paul Waibel, der gerne noch weitergemacht hätte und vor allem noch am Tatablauf und der Tatbegehung interessiert gewesen wäre, unterbrach notgedrungen die Vernehmung und sagte zu Kiel: »Morgen geht es weiter. Um 9 Uhr treffen wir uns wieder hier. Klar?« Benjamin Kiel wurde abgeführt und wieder in die Vollzugsanstalt zurückgebracht. Er war völlig fertig und hatte einen Mord gestanden. Wie soll ich das dem blöden Bullen bloß erklären? Der glaubt mir doch sowieso nichts. Kiel saß in seiner Zelle und fasste einen Entschluss. Er musste das regeln. In den Knast wollte er nicht mehr.

81. AUF DEM HEIMWEG

Paul Waibel hatte nach der Vernehmung noch Grimm über das Ergebnis informiert und ihm natürlich gesagt, dass Benjamin Kiel gestanden hatte. Grimm hatte nachgefragt, ob er auch über das entsprechende Täterwissen verfügt habe, was Waibel aber noch nicht liefern konnte, weil die Vernehmung abgebrochen werden musste. »Also, Herr Waibel. Ich will es mal so sagen: Sie machen morgen da weiter. Aber ich bin mir nicht so sicher, dass Kiel tatsächlich der Mörder ist. Dass er an der Tat beteiligt ist in irgendeiner Form, ja, das glaube ich auch. Aber dass er die Tat begangen hat? Sie machen morgen weiter. Jetzt fahre ich nach Hause. Es ist schon ganz schön spät, und morgen früh geht es weiter. Gute Nacht, Herr Waibel. Gute Arbeit. Bis morgen und vielen Dank!« Grimm hatte sich von Waibel verabschiedet, schaute auf seine Armbanduhr und stellte fest, dass es schon fast 23 Uhr war. Kein Abend für die Familie, sondern nur noch heimkommen und schlafen. Auf der Fahrt auf der B33 kurz vor Allensbach meldete sich sein Handy. Karl Grimm schaute auf das Display und sah eine Behördennummer, die er nicht gleich zuordnen konnte. »Grimm hier, was gibt es zu so später Stunde?« »Hier ist die Vollzugsanstalt in Singen. Herr Grimm, Sie führen doch die Ermittlungen im Mordfall Henssler, weswegen wir Benjamin Kiel bei uns haben. Ich wollte Sie nur davon informieren, dass wir Kiel tot in seiner Zelle aufgefunden haben. Kiel hat sich erhängt. Wie er das angestellt hat, wissen wir noch nicht.« Grimm schluckte und hakte nach: »Haben Sie auch schon die Polizei alarmiert?« »Ja, das habe ich über den Notruf erledigt, und man sagte mir, dass die Kriminalpolizei schon unterwegs sei.« »Gut, vielen Dank für die Information. Wir sprechen uns sicher morgen noch«, beendete Grimm das Telefonat. Er überlegte noch kurz, ob er wieder umkehren sollte, aber er war hundemüde, und es war ihm auch klar, dass er vor Ort nichts mehr machen konnte. Benjamin Kiel war tot, und das änderte er heute Nacht auch nicht mehr. Seine Leute würden die Sache aufnehmen und auch den Tatort in der Vollzugsanstalt sauber abarbeiten.

82. BESPRECHUNG, ACHTER TAG, 9 UHR, SOKORAUM SINGEN

Grimm war früh aufgestanden und hatte sich nach einem schnellen Espresso zu Hause wieder in den Dienstwagen gesetzt und war nach Singen gefahren. Trotzdem er am Abend hundemüde war, konnte Karl nicht schlafen. Das Telefonat aus der Vollzugsanstalt hatte ihn wieder wachgerüttelt. Er wusste natürlich auch, er musste am nächsten Tag als Erstes die Informationskette nach oben bedienen. Und es würden ihm im Laufe des Tages sicher auch unangenehme Fragen von den übergeordneten Behörden aus Freiburg und Stuttgart gestellt. Sein spezieller Freund, der Staatsanwalt, würde sicher auch nachhaken und fragen, was da in der Vernehmung passiert war. Grimm versuchte, diese Gedanken zu verscheuchen. Aber das gelang ihm, wie so oft in seiner bisherigen Polizeikarriere nicht. Also ging er halt wieder früh los. Schlafen war eh nicht. Arbeit war in diesen Fällen immer die beste Medizin. »Guten Morgen, Arno. Du bist heute aber auch schon früh auf den Beinen. Was hat dich nicht schlafen lassen?«, wollte Grimm von seinem Stellvertreter wissen. »Wahrscheinlich dasselbe wie dich. Die Kollegen, die heute Nacht die Leiche von Kiel bearbeitet haben, haben mich informiert. Und das heißt, wir können heute einiges an Papier bewegen, ohne dass wir in unseren Ermittlungen groß weiterkommen, weil jetzt die Herren am grünen Tisch bedient werden müssen. Das weißt du doch, Karl«, antwortete Angele. »Ja, das weiß ich. Aber das ist mein Job und nicht deiner. Du sollst dich weiter um die Ermittlungen kümmern.«

»Das mache ich, aber ich unterstütze und bereite, so gut es geht, die Berichte für Freiburg und Stuttgart vor. Der *Südkurier* hat auch schon angeklopft. Die wollen ein Interview mit dir, und der Staatsanwalt ist auch schon unterwegs, will sich den Tatort in der Justizvollzugsanstalt anschauen und nachher hierher kommen.« »Lauter Supertermine heute«, stöhnte Grimm. Grimm griff zum Hörer und informierte den Behördenleiter über den Suizid. »Gut, das muss ordentlich untersucht werden. Aber ich gehe davon aus, dass da alles richtig gemacht wurde. Da verlasse ich mich auf Sie. Die Leitung der Sonderkommission haben Sie«, bemerkte der Direktionsleiter. Grimm war klar, dass der Ball bei ihm lag. Sicher würde man Waibel unterstellen, dass er zu viel Druck auf den Beschuldigten ausgeübt hatte, und Grimm war froh, dass sein Stellvertreter eine weibliche Beamtin mit in die Vernehmung geschickt hatte. Die konnte zum einen bezeugen, was passiert war in der Vernehmung, und es machte sich immer gut, wenn eine Kollegin bei sensiblen Vernehmungen dabei war, weil es dann auch meistens im Ergebnis harmonischer verlief. Aber egal wie, die Verantwortung lag halt auch immer mit beim Sokoleiter, und dass wusste Grimm.

Gut. Die Besprechung stand an, und der Tag musste neu aufgestellt werden. In der Besprechung fehlte das Spurenteam 2. Kerstin Elser und Hans Widenhold waren schon auf der Fahrt nach Villingen-Schwenningen, und es fehlte Paul Waibel. Der hatte sich heute Morgen krankgemeldet. Ansonsten verteilte Arno Angele wie jeden Tag die Aufträge. Die Stimmung im Sokoraum war ein wenig gedrückt. Jeder hatte mitbekommen, dass Benjamin Kiel, der gestern Abend noch von Paul Waibel und Lena Mayer vernommen worden war, sich umgebracht hatte. Nicht der beste Start in den Tag acht.

83. DAS HOTEL IN VILLINGEN-SCHWENNINGEN

Kerstin Elser und Hans Widenhold hatten das Hotel nach einer knappen Stunde Fahrt erreicht und begaben sich auf direktem Weg zur Rezeption. »Guten Morgen, meine Dame. Was kann ich für Sie tun?«, kam der Rezeptionist der Kriminalkommissarin zuvor. »Guten Morgen, Kriminalpolizei. Sie könnten uns gerne eine Auskunft zu einem Gast geben. Wir ermitteln in einem Mordfall und bräuchten diese Information dringend«, entgegnete Kommissarin Elser. »Nun, es war vor zwei oder drei Tagen schon einmal jemand von Ihnen hier. Sie hatten einen Zettel von einem Notizblock unseres Haus mit dabei. Geht es da um dieselbe Angelegenheit?«, fragte der Rezeptionist neugierig. »Ja. Es geht um dieselbe Tat. Der Zettel könnte aber eine andere Bedeutung haben, wenn wir in Erfahrung bringen, ob die Person, um die es geht, Gast in Ihrem Hotel war.« »Darf ich fragen, um wen es geht?«, hakte der Rezeptionist nach. Kommissarin Elser schaute kurz neben sich zu ihrem Kollegen Hans Widenhold und beantwortete die Frage: »Ja, gerne. Es geht um einen Herrn Rainer Binder. Soweit ich weiß, ist er Außendienstmitarbeiter bei einem größeren Metallbauer aus Heilbronn.« Der Rezeptionist überlegte kurz und wollte gerade im Computer nachschauen, als ihm einfiel: »Frau Kommissarin, haben Sie denn dafür auch irgendeine Bescheinigung vom Gericht oder etwas Ähnliches. Ich bin mir gar nicht sicher, ob ich Ihnen so ohne Weiteres Personaldaten herausgeben darf?« Hans Widenhold schnaubte. »Das hätten Sie uns doch vorher dann auch sagen müssen, bevor wir Ihnen sagen, nach wem wir suchen, oder nicht?«, reagierte Hans Widenhold leicht säuerlich. Der Rezeptionist überlegte wieder kurz und antwortete: »Ja, Sie haben recht. Aber ich informiere danach die Geschäftsleitung über Ihre Anfrage, und ja, ich kenne den Namen und den Herrn. Er ist öfters hier zu Gast, wahrscheinlich immer dann, wenn er hier in der Gegend zu tun hat. Reicht Ihnen das?«, wollte der Rezeptionist von den beiden Polizisten wissen. »Wenn Sie uns bitte ausdrucken, wann in diesem Jahr vom 1. Januar an bis heute Herr Rainer Binder in Ihrem Haus zu Gast war. Dann sind wir fürs Erste zufrieden.« Der Rezeptionist hatte aufmerksam zugehört und überlegte, ob er jetzt nicht doch sofort den Hotelmanager hinzuziehen sollte. »Sie können gern die Geschäftsleitung informieren, und wir können Ihnen gern den ermittelnden Staatsanwalt ans Telefon holen. Aber wir brauchen die Information jetzt. Es geht hier um Mord und nicht um irgendein Kinkerlitzchen«, machte Kerstin Elser Druck. »Und wenn Sie die Ermittlungen behindern, machen Sie sich strafbar«, fügte Hans Widenhold hinzu, dem die ganze Fragerei zu lange ging. Der Rezeptionist bewegte seine Maus und ging in seine Datenbank. »Also, ich schaue Ihnen gerne mal nach. Herr Binder war in diesem Jahr schon fünfmal in unserem Haus zu Gast. Das letzte Mal war er vom Dienstag, dem 14.5. bis zum Donnerstag, dem 16.5. eingecheckt. Die Liste für das Jahr 2013 kann ich Ihnen gleich ausdrucken. Aber wir beschränken uns hierbei auf Herrn Binder, oder?«, fragte der Rezeptionist versöhnlich nach. »Ja, das reicht uns. Wenn Sie das gleich erledigen könnten, dann nehmen wir die Liste gleich mit, und ich erhebe für unseren Bericht noch Ihre Personalien. Bitte halten Sie sich in den nächsten Tagen zur Verfügung, falls wir noch etwas von Ihnen wissen sollten. Ach, noch etwas. Ist Ihnen an Herrn Binder irgendetwas Besonderes aufgefallen? War er immer allein als Gast in Ihrem Haus oder war er manchmal in Begleitung?«, fragte die Kommissarin noch nach. »Na, das kann ich Ihnen gerne beantworten. Mir ist an Herrn Binder nichts Besonderes aufgefallen. Es kann sein, dass er auch mal in Begleitung im Haus war. Aber auch dazu kann ich Ihnen nichts Definitives sagen. Wir an der Rezeption bekommen viel mit, aber eben auch nicht alles. Und wenn er, wenn Sie so wollen, Damen- oder Herrenbesuch empfangen oder mitgebracht hätte, kann es auch sein, dass wir oder ich das nicht bemerken«, antwortete der Rezeptionist. »Gut, dann noch Ihre Personalien, und dann sind wir auch schon wieder weg.« Hans Widenhold hatte sein Vernehmungsbüchlein aus der Jackeninnentasche hervorgeholt und nahm diese Aufgabe seiner Kollegin ab.

84. GRENZÜBERGANG KUFSTEIN-KIEFERSFELDEN

Davide hatte sich entschieden, von Trient über Bozen und Innsbruck nach München zu fahren. Er wollte dort einen Kontaktmann treffen. Mit dem hatte er früher schon ein paar kleinere Drogengeschäfte an der Familie vorbei getätigt. Davide war sensibilisiert und hoffte, dass sein Kontaktmann noch sauber und die Luft in München für ihn noch ruhig war. Er hatte im Schließfach neben dem Geld auch Kokain gebunkert, was er ja noch zu Geld machen wollte, und dafür brauchte er einen Kontakt. Im Hegau konnte er nichts mehr verticken. Dass würde der Locale in Singen sofort erfahren, und das konnte Davide sich nicht mehr leisten. Vielleicht konnte er in München aber auch eine Bleibe aufmachen, wo er für eine Weile untertauchen konnte. Davide war in jedem Fall auf der E45 auf Höhe Kufstein, fuhr über eine Brücke über den Inn und überquerte die Grenze am Grenzübergang Kufstein-Kiefersfelden. Sein Ziel war zunächst München, und danach musste er zu Julia Schneider. Nach Rottweil. Ohne sein Geld kam er nicht weiter.

85. POLIZEIDIREKTION ROSENHEIM

Im Lagezentrum der Polizeidirektion Rosenheim leuchtete an den Arbeitsplätzen der Einsatzsachbearbeiter ein

Warnsignal auf, und ein Treffer wurde angezeigt. »Hallo, Chef, ich habe hier einen Treffer auf der A93 Fahrtrichtung Rosenheim. An der Grenze und auf der Autobahn ist ein ausgeschriebenes Fahrzeug durch. Es handelt sich um einen Pkw Porsche, und die Fahndung nach dem Fahrer ist international veranlasst worden. Nach dem Fahrer wird in Zusammenhang mit einem Mord gesucht. Ich schicke die Autobahnpolizei. Einverstanden?« »Klar, und gib mir die Unterlagen rüber auf meinen Rechner. Dann kann ich die zuständige Kripo informieren«, antwortete der Dienstgruppenleiter im Lagezentrum seinem Kollegen. »Ja, Kollegin, hier ist das Lagezentrum. Fahrt bitte mal raus und versucht, einen Porsche aufzunehmen. Das Kennzeichen gebe ich dir gleich rüber. Es handelt sich um einen roten 911er. Der Fahrer wird wegen Mordes gesucht.« Die Kollegin von der Autobahnpolizei schickte zwei Streifen raus und informierte die Streife, die auf der A93 unterwegs war. »Weißt du, wann der Porsche an der Grenze durch ist?«, wollte der Kollege im Dienstfahrzeug wissen. »Ja, das kann ich dir gleich sagen. Moment. Der Porsche hat die Grenze um 16.37 Uhr passiert. Kannst du damit was anfangen?«, wollte die Kollegin wissen. »Klar, wir sind in Richtung Rosenheim unterwegs, also auf der richtigen Autobahnseite. Aber nach der Zeitangabe müsste er vor uns sein. Wir fahren mit Signal. Die anderen Streifen sollen zum Autobahndreieck Inntal kommen, damit wir ihn dort gegebenenfalls aufnehmen und weiter verfolgen können. Den kriegen wir.«

86. POLIZEI SINGEN

Der für das Verfahren zuständige Staatsanwalt war am Nachmittag von Konstanz nach Singen gefahren und hatte sich in der Justizvollzugsanstalt in der Zelle von Kiel einen eigenen Eindruck verschafft. Danach wollte er der Sonderkommission noch einen kleinen Besuch abstatten und bei der Gelegenheit auch den Sokoleiter Karl Grimm sprechen. Der Staatsanwalt wurde in Singen mit gemischten Gefühlen erwartet. Grimm hatte die Papierlage soweit auf den Weg gebracht. Die Landespolizeidirektion Freiburg war informiert. Das Innenministerium in Stuttgart war in Kenntnis gesetzt, und die Untersuchungen liefen. Der Duktus der Meldung war, dass im Zuge von Ermittlungen wegen Mordes an einer Singener Geschäftsfrau ein dringend Tatverdächtiger festgenommen und vernommen worden war. Der dringende Tatverdacht begründete die Untersuchungshaft in der der Tatverdächtige Suizid verübte. Die Ermittlungen hierzu würden von der Polizeidirektion Tuttlingen geführt. Grimm hatte in Abstimmung mit der Landespolizeidirektion in Freiburg die Kripo in Tuttlingen gebeten, den Sachverhalt des Suizids von Benjamin Kiel zu übernehmen. Er wollte von vornherein ausschließen, dass nachher irgendjemand den Vorwurf erheben konnte, es sei etwas gemauschelt worden. »Guten Morgen, Herr Staatsanwalt. Das ist jetzt eine blöde Sache. Aber nehmen Sie doch bitte Platz.« Grimm hatte den Staatsanwalt in seinem Büro empfangen und die Kollegenschaft darum gebeten, jetzt nicht zu stören. Der Staatsanwalt kam der Aufforderung nach, und zur Überraschung von Karl war der erste

Eindruck und Auftritt des Staatsanwalts ein freundlicher. »Ja, Herr Grimm, haben Sie herzlichen Dank. Auch für die Arbeit, die Sie hier so motiviert erledigen. Ich würde, wenn Sie erlauben, nachher auch noch die Sokomitglieder begrüßen und ihnen meinen Dank aussprechen. So etwas kann passieren. Das muss jetzt einfach nur ordentlich aufgearbeitet werden, damit uns nachher niemand einen Vorwurf machen kann«, war das Entree des Staatsanwaltes. »Wissen Sie denn schon etwas von dem vernehmenden Beamten? Kann der irgendetwas sagen, oder auch die Kollegin, die wohl dabei war?« »Das kann ich Ihnen, Herr Staatsanwalt, so leider nicht beantworten. Ich habe die Ermittlungen, den Suizid betreffend, an die Polizeidirektion Tuttlingen abgegeben, und der vernehmende Beamte, im Übrigen ein sehr erfahrener Kriminalist, hat sich heute Morgen krankgemeldet«, antwortete Grimm. Der Staatsanwalt, der natürlich alle Details des Verfahrens noch nicht kannte, wollte wissen, was denn so interessant an Benjamin Kiel war. »Ja, bei Kiel haben wir in der Wohnung Rauschgift, mit großer Wahrscheinlichkeit auch die Tatwaffe, einen Hammer, und mit Sicherheit einen Schuh gefunden, der am Tatort war. Also hatte Kiel etwas mit der Tat zu tun. Er hatte ja in der Firma, wo er als Fahrer beschäftigt war, behauptet, Davide Henssler, also dem Noch-Ehemann des Opfers, bei der Tatausübung oder beim Aufräumen danach geholfen zu haben. Für eine solche Variante spräche die Spurenlage. Es kommen aber auch nach wie vor andere Varianten in Betracht. Aber mit sehr großer Sicherheit wusste Kiel noch mehr über den Fall. Vielleicht war er sogar der Täter. Aber das werden wir, zumindest von ihm, nicht mehr erfahren«, fasste Grimm die wesentlichsten Informationen zusammen. »Verstehe. Dann wäre es möglich, dass wir den Mörder gefasst haben und das schlechte Gewissen ihn zu dieser Tat geführt hat. Ja, auf jeden Fall. So etwas kann passieren. Dafür tragen Sie nicht die Schuld, Herr Grimm. Es gibt hier ja auch ein Opfer. Glauben Sie denn, Kiel war es vielleicht, oder vielleicht doch etwas mehr?«, hakte der Staatsanwalt noch mal nach. »Und können Sie die Kolleginnen und Kollegen schnell zusammentrommeln?«, fügte er hinzu. »Das geht momentan leider nicht. Die wenigen Kollegen, die im Dienstgebäude anzutreffen wären, sind beschäftigt, und der große Rest ist unterwegs. Die nächste Besprechung, wo Sie die Gelegenheit hätten, mit der Kollegenschaft zu sprechen, wäre heute Abend um 18 Uhr. Da sind in der Regel fast alle anwesend. Im Übrigen wollte ich Ihnen noch sagen, dass ein Reporter vom *Südkurier* ein Interview mit mir führen will, und mir wäre es sehr recht, wenn ich an Sie verweisen dürfte«, antwortete Grimm. »Nein, Herr Grimm, dass erledigen Sie. Sie können das. Und wenn der Reporter einwilligt, dann legen Sie das Interview mir vor Abgang einfach schnell vor, und sonst geben Sie es halt frei. Was meinen Dank anbelangt, darf ich Sie einfach bitten, den und vor allem meinen Respekt an die Kollegenschaft weiterzugeben.« Das hatte sich Grimm gedacht. Jetzt waren die Umstände etwas weniger angenehm und unpopulär. Da wollte natürlich niemand so gern ins Feuer. Also blieb es halt wieder mal an ihm hängen. Aber damit kam er schon klar. Der Staatsanwalt verabschiedete sich und wurde von einer Kollegin nach unten gebracht. Kaum hatte er das Büro verlassen, stand Arno Angele im Raum. »Du, Karl, der Journalist vom *Südkurier* ist da und will dich gerne sprechen, und wir haben eine Meldung von den Kollegen aus Bayern. Die Polizeidirektion Rosenheim hat sich gemeldet und mitgeteilt, dass sie am Grenzübergang Kufstein-Kiefersfelden unseren ausgeschriebenen Pkw Porsche festgestellt haben. Die verfolgen das Fahrzeug wohl noch. Aber das kann ich dir nicht ganz sicher sagen. Auf jeden Fall sind sie dran.« »Mensch, das ist die bisher einzige positive Nachricht des Tages. Das wäre ein schöner Erfolg, wenn wir Davide erwischen. Vielleicht lösen wir mit ihm den gordischen Knoten. Halte mich auf dem Laufenden, Arno, und danke. Schick mir jetzt ruhig den Zeitungsmann rein. Wenn unser Pressesprecher greifbar ist, soll er mit dazukommen.«

Arno Angele kehrte in sein Büro zurück und setzte die Bitte von Grimm um. Der Pressesprecher hatte den Journalisten vom *Südkurier* unten am Empfang erwartet und brachte ihn nach oben. Erledigt. Mit ihm nach oben kam das Spurenteam 2 mit seinen Erkenntnissen aus Villingen-Schwenningen. Der Vortrag bei Arno Angele war gleich erledigt. »Ja, Menschenskind. Dann spielt der Zettel, den wir am Tatort gefunden haben, vielleicht doch irgendeine Rolle, und vor allem dieser Rainer Binder dann auch. Binder, das ergibt sich aus der Vernehmung der jüngeren Tochter des Opfers, war ihr Liebhaber. Oder wie immer man das heute auch nennt. Aber die waren zusammen. Du, Kerstin, hast gemeint, dass das Phantombild so aussieht wie Binder. Wäre das so, wäre es möglich, dass Binder mit der Tochter *und* der Mutter ein Verhältnis hatte. Und mit der Mutter war er möglicherweise in der Nacht, bevor sie ermordet wurde, zusammen. Wir brauchen den Binder. Ich kümmere mich darum. Schreibt ihr schnell eure Erkenntnisse zusammen, falls wir einen Haftbefehl brauchen.«

Arno Angele ging von seinem Büro rasch zu Lena Mayer und Alex Preuß. »Hey, ihr zwei. Lasst alles stehen und liegen. Ich brauche Rainer Binder so rasch wie möglich hier. Stellt fest, wo er sich aufhält, und entweder kommt er freiwillig oder er wird am besten sofort festgenommen. Es spricht momentan einiges dafür, dass er die nächtliche Begleitung von Frau Henssler war. Du, Alex, klärst noch mal alles rund um ihn ab. Alles, was du in Erfahrung bringen kannst, und check noch mal das Casino und seine Verbindlichkeiten. Geh auf den Sicherheitschef im Casino zu. Das ist ein pensionierter Kollege. Wenn der Binder dort Schulden hat, dann kann uns der Kollege vielleicht weiterhelfen.« »Das habe ich schon erledigt, Arno«, antwortete Lena Mayer. »Binder hat Verbindlichkeiten bei verschiedenen Leuten von knapp 100.000 Euro. Und so, wie ich das mitbekommen habe, sind das nicht die freundlichsten Zeitgenossen. Und er spielt noch. Und das gerne im Casino Stuttgart«, ergänzte sie. »Menschenskind. Der Mann hat ein Motiv. Er braucht Geld. Und er könnte sich über die Tochter an unser Opfer herangemacht haben. Kerstin hat ihn als attraktiv beschrieben. Gut, bevor ich weiter spekuliere, an die Arbeit. Wir brauchen Binder hier.«

Arno Angele war noch nicht euphorisch, aber der Adrenalingehalt in seinem Körper war in den letzten zwei Stunden deutlich angestiegen. Er hatte ein gutes Gefühl, dass sie jetzt mit ihrer Arbeit auf einem guten Weg waren. Benjamin Kiel spielte eine Rolle, Davide Henssler hat irgendeine Karte im Spiel, und Rainer Binder hatte auch Dreck am Stecken. Das sagten ihm sein kriminalistischer Verstand und auch sein Bauchgefühl. Das Liebesverhältnis zu Klara hatte außer Sex auch noch einen anderen Zweck. Angele überlegte, während sein Telefon klingelte. »Hallo, Kollege. Ist da die Sonderkommission Hohentwiel, die den Porschefahrer ausgeschrieben hat?« Arno Angele antwortete: »Hier ist die Soko Hegau, Arno Angele. Mit wem spreche ich bitte?« »Ja, hier ist die Polizeidirektion Rosenheim, servus, Kollege. Wir konnten das von euch ausgeschriebene Fahrzeug kontrollieren. Der Fahrer, ein gewisser Davide Henssler, ist jetzt bei uns auf der Autobahnwache. Was sollen wir tun?« Arno

Angele klatschte sich auf die Schenkel und freute sich: »Ihr in Bayern seid einfach klasse. Herzlichen Dank an euch. Behaltet ihn im Gewahrsam. Ich schicke sofort ein Team los. In vier, fünf Stunden können wir übernehmen.« »Koi Problem. Geht klor, dann fahrd der erst amol ins Loch«, kam es auf breitem Bayerisch rüber.

Das war's. So nach und nach setzte sich das Puzzle zusammen. Arno Angele sollte seinen Chef sofort informieren, erinnerte sich aber rasch, dass ein Journalist bei ihm saß. Informieren konnte er ihn in Anwesenheit des Journalisten nicht. Würde er den Karl herausbitten, würde der Journalist neugierig. Also ließ er es und ging zu seinem Fahndungsteam. »Die Autobahnpolizei hat den Ehemann des Opfers, Davide Henssler, gestellt und festgenommen. Ihr verlegt jetzt sofort nach Rosenheim und schaut, dass ihr so schnell wie möglich dort seid. Nehmt einen Kriminaltechniker für den Porsche mit, oder besser, der soll extra dorthin fahren. Bringt Davide so schnell wie möglich hierher. Da darf uns jetzt nichts mehr durch die Lappen gehen.«

87. RAINER BINDER

Lena Mayer und Kerstin Elser setzten sich zusammen und diskutierten miteinander, wie sie am besten an Rainer Binder herangingen. Einfach anrufen und sich als Kriminalpolizei melden oder unter einer Legende anrufen. Klar war, da hatte sich Arno Angele auch eindeutig positioniert, Binder sollte heute noch in Singen zur Verfügung stehen. Er stand jetzt im Verdacht, der Mörder von Frau Henssler zu sein. »Wie siehst du das, Lena. Ich habe ihn ja vernommen und glaube, dass unser Verhältnis dadurch jetzt nicht belastet ist. Ich könnte ihn einfach anrufen, ihm sagen, dass es noch ein paar Fragen gibt, und wo er denn gerade steckt. Vielleicht sagt er es mir dann einfach, wo er ist, und wir können ihn dort abgreifen lassen.« »Die andere Möglichkeit wäre, Klara zu bitten, ihn anzurufen. Aber dann müssten wir Klara zumindest ein Stück weit einweihen. Weil ich glaube, die ist auf den Binder gerade nicht so gut zu sprechen«, antwortete Lena ihrer Kollegin. »Und die Gefahr, dass Binder gleich Lunte riecht, wäre geringer.« »Das stimmt«, bestätigte Kerstin Elser die Bedenken von Lena Mayer. »Komm, wir klären das mit Arno. Wenn wir den Kontakt versemmeln, wäre das echt blöd, und wenn er tatsächlich der Mörder ist und wir das jetzt nicht richtig machen, haben wir vielleicht wieder eine Fahndungslage«, ergänzte Kerstin. Die beiden suchten Arno Angele auf. Der entschied sich für die schnelle Version. Einfach anrufen und dann sehen, was passiert.

»Guten Tag, hier spricht Kerstin Elser von der Kriminalpolizei Singen. Herr Binder, kann ich Sie gerade stören?«, klopfte die Kriminalkommissarin vorsichtig bei Binder an. »Guten Tag, einen kleinen Moment, ich müsste aus der Besprechung raus.« Binder saß in seiner Wohnung in Stuttgart und wollte kurz Zeit gewinnen, um zu überlegen, was da jetzt wieder auf ihn zukam. Er hatte heute Vormittag schon Besuch von zwei unfreundlichen Inkassoeintreibern bekommen, die beauftragt waren, sich um seine Spielschulden zu kümmern. Es hatte wehgetan, und die Jungs hatten gedroht, wenn er nicht in den nächsten 48 Stunden bezahle, man sich ja auch um seine Frau und seine Tochter kümmern könne. Er saß also wieder mal tief in der Scheiße drin, und jetzt noch die Kripo aus Singen. Binder sammelte sich. »Guten Tag, freundliche Kriminalkommissarin. Haben Sie etwas vergessen oder gibt es neue Erkenntnisse in Ihrem Fall?«, fragte Binder scheinheilig nach. »Ja, Herr Binder, es gibt neue Entwicklungen in dem Fall. Wir hätten nur ein paar Fragen an Sie, die uns möglicherweise bei der Einordnung der Familienverhältnisse helfen«, wollte die Kommissarin so oberflächlich wie möglich formulieren. Aber bei dem Wort »Familienverhältnisse« zuckte Binder innerlich zusammen. »Was meinen Sie mit Familienverhältnissen? Ich hatte Ihnen doch mein sexuelles Verhältnis zu Klara gestanden. Habe ich sonst noch etwas mit der Familie zu tun?« Kerstin Elser überlegte kurz und antwortete: »Können wir das hier in Singen klären? Sind Sie in der Nähe, oder wo könnte ich Sie denn persönlich sprechen?« »Ich bin gerade in der Zentrale in Heilbronn bei meinem Arbeitgeber bei einer Schulung. Das wäre gerade sehr ungeschickt. Ich sollte da eigentlich nicht fehlen«, log Binder, um wieder etwas Zeit zu gewinnen und vor allem, um zu erfahren, was die Polizei schon alles wusste. Kerstin Elser überlegte. Sie hatte den Auftrag, Binder heute nach Singen zu bringen. Also konnte sie sich auf das Spiel von Binder nicht lange einlassen. Anlügen war auch nicht ihr Ding. Sie musste einen Schritt vor Binder kommen. »Gut, dann komme ich zu Ihnen nach Heilbronn, oder wenn Sie wollen, kann ich auch mit Ihrem Arbeitgeber sprechen, dass wir in einem Mordfall ein paar Fragen an Sie hätten. Ich denke, Ihr Arbeitgeber unterstützt die Arbeit der Polizei«, setzte Kerstin Elser Binder leicht unter Druck. »Das wäre mir nicht so recht, wenn Sie hier auftauchen. Ich kann das gerne so regeln, dass ich übermorgen bei Ihnen in Singen bin. Reicht das?«, hakte Binder nach. »Nein, Herr Binder, wir sollten uns heute noch sprechen. Wir untersuchen keinen Diebstahl, sondern ermitteln wegen Mordes. Ich komme zu Ihnen. Wo sind Sie denn in der Zentrale anzutreffen?« Es entstand eine kleine Pause, bis Binder antwortete. »Wir sind im Schulungsraum der Firma, und das wäre mir jetzt nicht so recht, wenn Sie hier in der Firma auftauchen.« Kerstin Elser war davon wenig beeindruckt und machte weiter Druck auf Binder: »Also, Herr Binder. Wo treffen wir uns in Heilbronn? Ich kann gleich losfahren und wäre so in drei Stunden bei Ihnen?« Binder überlegte und antwortete: »Mir ist es lieber, ich komme nach Stuttgart. Dort können wir uns gerne im *SI-Centrum* in Stuttgart-Möhringen treffen«, versuchte Binder, seinen tatsächlichen Aufenthaltsort zu verschleiern. »Die Schulung geht bis 18 Uhr, danach könnte ich losfahren, also je nach Verkehrslage wäre ich so zwischen 19 und 19.30 Uhr in Stuttgart. Wäre es denn nicht möglich, dass wir uns dann morgen früh gleich in Stuttgart treffen?«, versuchte Rainer Binder noch einmal sein Glück. Kerstin Elser bremste ein wenig ein. Wenn sie jetzt zu viel Druck aufbaute, bestand die Gefahr, dass Binder sich aus dem Staub machte. Noch wusste sie ja nicht, wo er steckte. Heilbronn und Schulung klangen plausibel, aber Rainer Binder stand unter Mordverdacht, und wenn er der Mörder war, wusste er das selbst ja auch. »Gut, dann machen wir es so. Morgen früh, 10 Uhr, im *SI-Centrum*.« Kerstin Elser überlegte, ob sie ihren Chef gleich involvieren sollte, und entschied sich dann aber, einen nächsten Ermittlungsschritt noch zu gehen. »Guten Tag, hier ist die Kriminalpolizei Singen. Können Sie mir sagen, ob bei Ihnen heute im Haus eine zweitägige Schulung stattfindet und wie lange die dauert?«, wollte die Kriminalkommissarin noch klären, falls der Chef entschied, den Binder heute noch abzugreifen. Ein freundlicher Herr am Empfang antwortete ohne Umschweife: »Wir haben des Öfteren Schulungen in unserem Haus, aber für heute oder morgen wäre mir das nicht bekannt.« Kerstin Elser legte auf, begab sich sofort zu Arno Angele und informierte ihn über den Inhalt der beiden Telefonate. Der Erste Kriminalhauptkommissar entschied: »Dann lass mal über das Lagezentrum das Handy orten und sag dem Kollegen, es sei dringend.« »Mach ich sofort.« Kerstin Elser stieß das Verfahren an, und nach einer knappen halben Stunde kam das Ergebnis zurück. Rainer Binder war beim letzten Telefonat in einem Funkmast im Bereich von Stuttgart-Vaihingen eingeloggt. Jetzt war klar, dass Binder gelogen hatte, zumindest was seinen Aufenthaltsort anbelangte. Kerstin ging zu Arno Angele und informierte ihn über das Ergebnis der Handyortung. »Wenn wir Glück haben, ist er in seiner Wohnung in Stuttgart-Vaihingen bei seiner Familie. Informiert die Kollegen von der Stuttgarter Polizei. Die sollen die Wohnung von Binder anfahren und nachschauen, ob er dort ist, und informiert sicherheitshalber auch die Kollegen in Heilbronn. Die sollen beim Arbeitgeber vorbeifahren und nach Binder fragen. Und egal, wo er angetroffen wird, sagt den Kollegen, Binder wird festgenommen.« Eine halbe Stunde später saß Rainer Binder in Gewahrsam auf dem Polizeirevier 4 in Stuttgart-Möhringen. Kerstin Elser und Hans Widenhold machten sich auf den Weg.

88. CARLOS

Carlos und sein Fahrer hatten den kürzeren Weg über die Alpen genommen. Sie waren über Milano, den San Bernadino Tunnel und über die Schweiz nach Rottweil gefahren und hatten sich nach einer kleinen Verschnaufpause an einem *McDonald's* kurz vor Rottweil an der Adresse von Julia Schneider positioniert. Die Order vom Boss war Carlos nicht ganz klar. Sollte er lediglich warten, bis Davide eintraf, oder sollte er sich auch um das Mädchen kümmern? Carlos überlegte kurz, den Boss anzuschreiben. Dieser kam ihm aber zuvor. »Carlos, seid ihr beide in Rottweil angekommen?« Carlos bestätigte. »Dann kümmert euch um das Mädchen und fragt nach, wo das Geld und die Ware versteckt sind. Klärt das. Aber tötet sie nicht. Danach fahrt ihr zurück. Davide wurde von der Polizei gefasst.«

89. DIE KRIMINALTECHNIK

Nachdem die Laborergebnisse vom Landeskriminalamt Baden-Württemberg weitestgehend den Absender in Singen erreicht hatten und die Schuhspur eindeutig identifiziert war, setzten sich die Kriminaltechniker in Singen kurz zusammen, um in Fortfolge den Chef und den Vize über die Ergebnisse zu informieren. Kriminalhauptkommissar Sterk hatte sich beim Chef bereits vorangekündigt und klopfte, nachdem die Besprechung beendet war, bei Grimm an die Tür. »Oh, das tut mir leid. Ich wusste nicht, dass Sie Besuch haben«, entschuldigte sich der Kommissar. Reiner Sterk war mitten in das Interview mit dem *Südkurier* geplatzt. »Ist es dringend, Herr Sterk, oder hat es Zeit?«, wollte Karl Grimm gerne wissen. »Es ist wichtig, aber nicht so dringend, dass es nicht noch eine halbe Stunde Zeit hat«, antwortete der Kriminaltechniker diplomatisch. Weil eigentlich hatte er wichtige Informationen für den Fall. Da Sterk den Journalisten des *Südkuriers* aber erkannte, machte er erst einmal langsam. Aber Arno ist auch noch da, dachte Sterk bei sich und ging auf den Chef der Kriminalpolizei-Außenstelle Singen zu. »Arno, kann ich dich kurz sprechen?« »Komm rein, Reiner. Was hast du?«, fragte Arno Angele kurz und knapp. »Also, ich wollte eigentlich den Chef informieren. Der hat aber Besuch von der Presse. Mir erscheint es aber doch so wichtig, dass ich das jetzt loswerden will.« »Dann sprich, Reiner.« »Also, wie bereits berichtet, ist die Schuhspur am Tatort eindeutig dem Schuh zuzuordnen, den wir in Überlingen am Ried in der Wohnung von Benjamin Kiel gefunden haben. Die Blutantragungen am Schuh weisen die DNA des Opfers auf, was nicht anders zu erwarten war. Bei den wenigen Spritzern am Schuh, die man für Blut halten könnte, handelt es sich um Farbe. Der Hammer, den wir im Keller in Überlingen gefunden haben, ist sauber. Es sind kleine rote Farbpartikel zu identifizieren, aber kein Blut, und damit natürlich keine DNA des Opfers. Dass Kiel den so gut gereinigt hat, dass man nichts mehr feststellen kann, ist unwahrscheinlich. So sah der Hammer auch nicht aus. Die Fingerabdrücke, die am Tatort gefunden wurden, sind unterschiedlichen Personen zuzuordnen. Auf dem Nachttisch in der Nähe der Schuhspur haben wir Fingerabdrücke von Kiel sichergestellt. Also in der Wohnung des Opfers war er. Die anderen Fingerabdrücke haben wir über die Datenbank gejagt. Die Spermien, die auf dem Bettlaken und im Opfer bei der Obduktion noch festgestellt worden waren, sind derselben Person zuzuordnen. Und stell dir vor, wir haben ein Gesicht und einen Namen. Es handelt sich um Rainer Binder, wohnhaft in Stuttgart. Die weiteren Spuren am Tatort sind noch nicht eindeutig zuordenbar, beziehungsweise haben keine Treffer in der Datenbank gebracht. Insofern bräuchte man dafür die Person, die die Spuren verursacht hat.« Reiner Sterk war mit seinem mündlichen Vortrag an Arno Angele fertig. Arno hatte seinem Kollegen genussvoll zugehört. So nach und nach setzte sich für ihn das Mosaik zusammen. Rainer Binder spielte in jedem Fall eine Hauptrolle in diesem Fall, wahrscheinlich, nahm Arno Angele an, ist er auch der Mörder. Wie allerdings Benjamin Kiel und Davide Henssler im Mosaik zu platzieren waren, war Arno Angele noch nicht ganz klar. Wer den Fall voranbringen konnte, war Rainer Binder. Arno Angele nahm sich vor, sobald Binder eintraf, dass er die Vernehmung selber durchführen wollte. Da ging es jetzt um was, und Angele war sich fast sicher, dass Binder bei ihm reden würde.

90. JULIA SCHNEIDER

Julia hatte den heutigen Tag ganz normal bei der Arbeit verbracht und schaute, bevor sie nach Hause wollte, noch kurz bei der Wohnung von Davide vorbei. Dort hatte sich seit ihrem letzten Besuch nichts verändert. Die Polizei entdeckte sie auch nirgends, und so ging sie ein wenig traurig nach Hause. Carlos sah das Mädchen und war sich zwar fast sicher, dass es sich um Julia Schneider handelte, aber da er kein Bild von ihr hatte, stupfte er seinen Fahrer an. »Sag mal laut zum Fenster raus: Julia.« Als Julia ihren Namen hörte, drehte sich sofort in die Richtung um, von wo aus sie das wahrgenommen hatte, und schon stand Carlos bei ihr. »Du bist Julia und eine Freundin von Davide, oder?«, fragte Carlos scheinbar harmlos. »Warum wollen Sie das wissen?«, fragte die verunsicherte Julia nach. »Wir wissen, wo Davide steckt, und wir sollen dich zu ihm bringen«, log Carlos. Julia zögerte nicht lange, begleitete Carlos bis zum

Alfa Romeo und stieg ein. »Sagen Sie mir, wo Davide ist?«, fragte Julia Schneider ganz aufgeregt Carlos im Alfa. Carlos erster Befehl an Julia lautete: »Wir fahren, und du da hinten bist still. Du wirst gleich erfahren, was mit Davide los ist. Aber zunächst will ich was von dir wissen. Klar.« Der Ton klang für Julia plötzlich bedrohlich, und sie bekam Angst. »Was wollen Sie von mir? Ich habe nichts getan.« »Das stimmt. Du warst zur falschen Zeit am falschen Ort, und jetzt will ich von dir wissen, wo Davide das Geld und das Material versteckt hat.« Julia schwieg. »Halt da vorne an dem Feldweg an«, befahl Carlos dem Fahrer anzuhalten. Nachdem Julia ausgestiegen war, schlug ihr Carlos erst einmal mit der flachen Hand ins Gesicht. »Jetzt noch mal, Mädchen. Wo sind das Geld und das Material?« »Ich weiß es wirklich nicht. Ich habe für Davide einen Schließfachschlüssel aus der Wohnung geholt. Den hat aber jetzt die Polizei. Mehr weiß ich wirklich nicht«, antwortete weinerlich Julia. Carlos entfernte sich ein Stück vom Alfa und wies den Fahrer an, solang auf Julia aufzupassen. Carlos informierte den Boss über das, was er gerade erfahren hatte. »Abbrechen, fahrt zurück und macht dem Mädchen klar, dass ihr nicht da ward. Kann sie irgendetwas von euch zuordnen?« »Sie hat mich gesehen, aber wir sind ja nachher wieder weg, und ich erzähle ihr eine Geschichte. Die Kennzeichen vom Alfa sind gefälscht. Also, ich sehe keinen Grund, sie zu töten.« »Gut, dann fahrt nach Hause«, war die letzte Anweisung. Carlos setzte Julia in das Auto und machte ihr klar, dass er etwas verwechselt hätte und sie unschuldig sei. Er wolle ihr helfen, Davide zu finden. Carlos und sein Fahrer setzten Julia an ihrer Wohnung ab und fuhren über die A81 in Richtung Konstanz. Carlos wollte jetzt endlich nach Hause.

91. BESPRECHUNG, ACHTER TAG, 18 UHR, SOKORAUM SINGEN

Arno Angele und Karl Grimm blickten etwas fröhlicher als sonst in die Runde. Die Kolleginnen und Kollegen warteten gespannt auf die Zusammenfassung des Tages. Auf den Gängen hatte es sich natürlich schon herumgesprochen, dass heute richtig was gegangen war. Arno Angele fing an. »Also, Kolleginnen und Kollegen. Wie ihr sicher schon gehört habt, haben wir heute im Laufe des Tages zwei männliche Personen festgenommen. Zum einen hat die bayerische Polizei in Rosenheim den Ehemann des Opfers, Davide Henssler, am Grenzübergang Kufstein-Kiefersfelden aufgenommen und bei einer anschließenden Verkehrskontrolle festgenommen, und zum anderen haben die Kollegen von Stuttgart ein Ersuchen von uns umgesetzt und Rainer Binder in seiner Wohnung festgenommen. Beide haben unseres Erachtens etwas mit dem Mord zu tun, und das Was und das Wie gilt es jetzt, in Fortfolge noch aufzuarbeiten. Ich würde die Besprechung heute auch kurz halten. Ein paar von uns werden heute Abend länger bleiben und noch etwas arbeiten müssen.« Arno Angele gab wie immer das Wort an die Teams und die Kriminaltechniker weiter. Alle berichteten von ihrem Tageswerk. Reiner Sterk informierte die komplette Mannschaft über die Laborergebnisse und die Bezüge zu Rainer Binder und Benjamin Kiel, sodass alle wieder auf dem Laufenden waren. Nachdem der Kreis geschlossen war, bemerkte Arno Angele noch abschließend: »Ach ja, zu eurer Information: Die Fahnder sind auf dem Rückweg von Rosenheim und haben Davide an Bord, und Kerstin und Hans sind auf dem Rückweg von Stuttgart und bringen Rainer Binder hierher. Wir haben für beide einen Haftbefehl. Also, wir können das auch morgen in Ruhe angehen. Aber jetzt fangen wir heute Abend mal an und sehen, wie weit wir kommen. Und letztendlich entscheidet das sicher auch der Chef.« Arno deutete zu Karl Grimm, der die Kolleginnen und Kollegen in Fortfolge freundlich verabschiedete. »Für die, die jetzt heimgehen können, einen schönen Abend. Für den Rest von uns wünsche ich viel Erfolg.« Damit war die Abendbesprechung beendet.

92. DIE VERNEHMUNG

Arno Angele bereitete sich auf die Vernehmung von Rainer Binder vor. Er hatte die Vernehmungen von Klara, ihrer Schwester Maria und Rainer Binder zwar schon öfters gelesen und vermutlich alle Details im Kopf, aber er wollte sichergehen. Er las auch noch einmal den noch fast druckfrischen Bericht der Kriminaltechnik durch und war sehr zufrieden mit dem, was seine Kolleginnen und Kollegen in der Kriminaltechnik geleistet hatten. Schuhspuren konnte die Polizei schon seit Langem auswerten, aber in der Verfolgung von DNA-Spuren hatte die Kriminaltechnik Quantensprünge hinter sich, und es schien immer noch besser zu werden. Nachdem Angele durch war, klopfte es auch schon an seiner Tür. Kerstin Elser wollte wissen, was Hans und sie mit dem Verdächtigen machen sollten. »Kannst du noch oder brauchst du eine Pause? Ich würde Rainer Binder gerne noch heute vernehmen, zumindest mal anfangen, und mir wäre es recht, wenn du mit dabei bist«, war die Antwort von Arno Angele. »Du hast ihn ja schon einmal vernommen. Allerdings unter anderen Vorzeichen.« Kerstin Elser nickte. »Also gut, dann bringt mal den Verdächtigen unten in eine Gewahrsamszelle Wir beide trinken im fünften Stock noch einen Kaffee, und dann fangen wir an, wenn du einverstanden bist.« Kerstin Elser nickte.

Nach der kurzen Pause trafen sich Kerstin Elser und Arno Angele vor dem Vernehmungsraum und traten nacheinander ein. Arno Angele hatte veranlasst, dass ein Kollege vom Streifendienst Rainer Binder kurz vorher in den Vernehmungsraum gebracht hatte, und wartete, bis Kerstin und er übernehmen konnten. »Guten Abend, Herr Binder, mein Name ist Arno Angele, meine Kollegin, Kriminalkommissarin Kerstin Elser, kennen Sie ja schon. Wir würden Sie heute gerne noch mal zu dem Mord an Frau Gertrud Henssler vernehmen und hoffen, dass Sie uns ein paar wichtige Fragen beantworten können«, stieg Arno in die Vernehmung ein. »Sie können mich mal. Ich habe bis zu dem Punkt mit Ihnen kooperiert, wo Sie mich festgenommen und vor meiner Familie wie einen Verbrecher behandelt haben. Ich will zuerst meinen Anwalt sprechen, und dann spreche ich wieder mit Ihnen«, antwortete Binder recht aufgebracht. Damit hatte Arno Angele aber gerechnet. »Sie haben natürlich das Recht auf einen Anwalt, und Sie können auch die Aussage verweigern. Aber vielleicht hören Sie mir erst einmal zu, was wir Ihnen zu sagen haben, und dann können Sie sich immer noch entscheiden, ob Sie zuerst einen Anwalt sprechen wollen. Einverstanden?« Arno Angele wollte die Hoffnung noch nicht aufgeben. Aber es war natürlich schwierig. Einerseits wollte er von Anfang an nicht sein ganzes Pulver verschießen, andererseits konnte er Binder nicht vorenthalten, dass er unter Mordverdacht stand. »Wir haben am Tatort eine neue Spurenlage, die Sie betrifft, und wir haben Ihre Aussage, dass Sie ein Verhältnis mit Klara Henssler, der Tochter des Opfers, hatten. Wir wissen, dass Sie Schulden haben und spielsüchtig sind und dass Sie sich mit dem Opfer am Vorabend getroffen haben und Geschlechtsverkehr hatten. Das sieht jetzt nicht so gut für Sie aus. Sie haben ein Motiv, nämlich Geldsorgen, wir haben Spuren von Ihnen am Tatort, und man wird Ihnen unterstellen, dass Sie sich über die Tochter an die vermögende Mutter herangemacht und wegen Habgier ermordet haben. Wollen Sie uns nicht lieber erzählen, was am Abend passiert war, in der Nacht, in der Villa von Frau Henssler, und warum Sie Frau Henssler ermordet haben. Es tut Ihnen vielleicht auch gut, Ihr Gewissen zu erleichtern. Und vielleicht haben wir bei unseren Ermittlungen etwas übersehen, was Ihnen helfen könnte. Die Spurenlage spricht eindeutig gegen Sie. Und ich gehe davon aus, dass Sie in der Nacht von Mittwoch auf Donnerstag, dem 16. Mai, Frau Henssler ermordet haben. Aber ich bin interessiert an Ihrer Version der Geschichte. Vielleicht weicht Ihre Geschichte von meiner Version ab.« Arno Angele war gespannt, wie Binder reagieren würde, und tatsächlich, der Berg bewegte sich doch. »Eines, Herr Kommissar, müssen Sie mir glauben: Ich habe Frau Henssler nicht getötet. Gut, ich habe ein paar Fehler gemacht. Ich war mit ihr zusammen und ich habe auch mit ihr geschlafen, aber ich habe sie nicht getötet. Das müssen Sie mir glauben«, versicherte mit großer Nachhaltigkeit in der Stimme Rainer Binder. »Also, dann von Anfang an, Herr Binder. Erzählen Sie uns Ihre Version der Geschichte und lassen Sie sich ruhig Zeit.« Rainer Binder erläuterte noch mal, wie er Klara zufällig und nicht geplant in der Diskothek kennengelernt hatte. Nachdem er Klara ein paarmal getroffen hatte, war ihm rasch klar geworden, dass Klara aus einer vermögenden Familie kam. Das ergab sich zwangsläufig aus dem Interieur in der Wohnung von Klara, aber noch mehr aus den Erzählungen von ihr. Das wollte er nach Möglichkeit nutzen und bat Klara nach einem Treffen mit ihr, ihm doch das Haus zu zeigen, wo sie gelebt hatte, bevor sie nach Bohlingen gezogen war. Die Villa, an der sie vorbeifuhren, war eindrucksvoll und bestärkte Rainer Binder, die Verbindung zu Klara auch finanziell zu nutzen. Er stand unter Druck, und die Spielschulden musste er irgendwie bedienen. Dann hatte er versucht, etwas über die Lebensgewohnheiten der Mutter zu erfahren, und bekam zufällig mit, dass es Differenzen mit dem aktuellen Ehemann gegeben hatte und der wohl aus dem Haus geflogen sei. »Und wie, Herr Binder, haben Sie sich denn dann konkret an Frau Henssler herangemacht?«, wollte Angele wissen. »Das war wirklich ein ganz schönes Stück Arbeit, Herr Kommissar. Ich habe zunächst versucht, über ihr Büro an sie heranzukommen. Fragte unter einem anderen Namen nach, ob ich dort einen Termin machen könnte, was mir zunächst versagt blieb. Dann habe ich mir die Immobilienangebote ihrer Firma angeschaut und festgestellt, dass es in der Nähe der Oberdorfstraße, in der Nordstadt von Singen, ein sehr teures Angebot gab.« »Und da sahen Sie Ihre Chance, Frau Henssler an den Haken zu nehmen und einen Besichtigungstermin mit ihr abzumachen«, wandte Angele ein. »Genau. Ich hatte das Büro veranlasst, einen Besichtigungstermin zu vereinbaren, und ich hatte auch zu verstehen gegeben, dass ich es schön fände, wenn Frau Henssler den Termin selbst wahrnehmen würde. Das Objekt habe ja schließlich seinen Preis.« Rainer Binder machte eine kleine Pause. »Um was für eine Summe handelte es sich bei dem Angebot?«, fragte Arno Angele nach. »Etwas über zwei Millionen«, bekam er zur Antwort. Kerstin Elser hakte nach. »Und das klappte? Frau Henssler kam selbst zum Termin, und auf diese Weise haben Sie Frau Henssler kennengelernt?« Rainer Binder schaute die Kriminalkommissarin an und sagte selbstbewusst: »Ja, das klappte, aber ich wusste auch von ihrer Tochter, dass sie die teuren Objekte gerne selbst betreut. Und das gab mir das Sekretariat auf meine Anfrage hin auch so zu verstehen. Insofern war das keine zu große Hürde. Dann habe ich über eine Woche jeden Tag angerufen, verschiedene Fragen zur Immobilie gestellt und Interesse signalisiert. Am Anfang der letzten Woche hatte ich einen Termin im Büro von Frau Henssler, wo wir uns dann zum zweiten Mal begegneten, und dort hatte ich sie gebeten, alles vorzubereiten, auch einen Vorvertrag zu entwerfen und das Ganze bei einem kleinen Abendessen zu feiern.« Arno Angele schaute Rainer Binder ungläubig an. »Darauf hat sich Frau Henssler eingelassen?« »Ja, nicht sofort. Ich habe schon eine Weile gebraucht, bis ich sie überredet hatte. Aber zum Ende des Termins hat sie ja gesagt, und dann haben wir uns für Mittwochabend vereinbart.« Kerstin Elser und Arno Angele waren etwas verblüfft, aber die Geschichte könnte stimmen. Denn sicher schien ja zu sein, dass Rainer Binder mit dem Opfer am Mittwochabend essen war. »Hatten Sie während der ganzen Woche, wo Sie sich an Gertrud Henssler herangemacht haben, nicht Sorge, dass Klara dahinterkommen würde? Sie arbeitet doch zumindest gelegentlich in der Firma«, wollte Kerstin

Elser von Binder wissen. »Doch, die Sorge hatte ich schon. Aber das Risiko bin ich eingegangen. Wenn alles normal gelaufen wäre, dann wäre nach der Nacht mit Gertrud alles erledigt gewesen.« »Was meinen Sie damit?«, fragte Angele nach. »Wenn Gertrud mir das Geld gegeben hätte, dann hätte ich mich von ihr und von Klara verabschiedet, und die beiden hätten mich nie wieder gesehen.« Arno Angele überlegte kurz. »Sie wollen damit andeuten, dass Sie glaubten, wenn Sie dem Opfer reinen Wein einschenken und Ihr Verhältnis zu Klara mit einbringen, dass das Opfer bezahlen würde, dass Sie verschwinden?« »Ja, Herr Kommissar. So ähnlich war mein Plan.« »Gut, wie ging es dann weiter?«, setzte Arno Angele nach. »Wollen Sie jetzt alle Details wissen?«, fragte Binder nach, dem das Ganze zwischendurch immer wieder so was wie peinlich zu sein schien. »Na ja, Herr Binder. Gerne außerhalb des Protokolls. Man kann ja schon ein wenig neidisch sein, bei Ihrem Erfolg bei Frauen, und jetzt gerne wieder fürs Protokoll, ja, wir müssen alle Details erfahren, weil wir nicht wissen, was Sie be- und natürlich auch entlastet. Sie stehen im Verdacht, einen Mord begangen zu haben. Aber brauchen Sie eine kurze Pause oder etwas zu trinken, einen Kaffee, ein Wasser?«, antwortete Arno Angele. »Ein Wasser gern. Eine Pause brauche ich nicht«, reagierte Rainer Binder. Rainer Binder erzählte dann den beiden Polizisten ohne weitere Scheu, wie er sich mit Frau Henssler in ihrem Büro getroffen hatte und anschließend ins *Bandoleros* in der Bahnhofstraße zum Essen gegangen sei. Beim Essen habe sich Frau Henssler bestens amüsiert. Sie war fröhlich und auch ein wenig aufgekratzt und schlug ihrerseits vor, nach dem Essen noch in die Bar zu gehen. Dort seien sie sich dann beim Tanzen auch immer nähergekommen, und irgendwann um Mitternacht hatte er dann vorgeschlagen zu gehen. »Und wie ist es Ihnen gelungen, dass Sie bei Frau

Henssler in der Villa landeten und nicht in Ihrem oder einem anderen Hotel«, wollte Arno Angele wissen. »Weil, das wissen wir über Frau Henssler, sie nicht leichtfertig solche Angebote machte.« »Das kann ich Ihnen, Herr Kommissar, nicht sicher beantworten. Da müssten wir Gertrud fragen, aber das geht ja nicht mehr. Aber ich hatte ihr vorgeschlagen, dass wir zu mir ins Hotel fahren. Dass das Hotel aber in Villingen sei. Nach kurzem Nachdenken kam dann der Vorschlag von ihr, zu ihr nach Hause zu fahren. Ich meine, wie soll ich das jetzt sagen?«, stutzte Binder kurz. Kerstin Elser reagierte. »Sagen Sie es doch einfach, wie es Ihrer Meinung nach war.« »Vielleicht lag es einfach daran, dass wir uns beim Tanzen schon sehr nahegekommen waren. Ich drücke es einfach mal so aus: Wir waren beide geil und wollten schnell miteinander ins Bett.« »Gut, dass verstehe ich«, meinte Arno Angele, »und wie ging es dann weiter?« Rainer Binder erzählte in Fortfolge, dass Sie mit einem Taxi zur Villa von Gertrud Henssler fuhren, und dort ging es ohne große Umschweife sofort ins Bett. Die Liebesnacht dauerte bis in die Morgenstunden, und so gegen Mittag sei Frau Henssler wohl verschwunden und sei mit Kuchen zurückgekehrt. Wo und wie, hatte Binder nicht mitbekommen. Er war nach seinen Angaben, als Frau Henssler weg war, ein wenig eingedöst und hatte geschlafen. »Und was passierte dann, nachdem Frau Henssler mit dem Kuchen zurück war?«, wollte Kerstin Elser von Binder wissen. »Gertrud brachte auf einem Tablett Kaffee und Kuchen ins Schlafzimmer und kam damit ins Bett«, antwortete Binder. »Und dann?«, ließ Kerstin Elser Binder nicht mehr vom Haken. »Sie wollen es aber wirklich genau wissen, Frau Kommissarin«, reagierte Binder. »Also gut, Gertrud machte Anstalten, noch mal mit mir zu schlafen und dann habe ich sie gefragt, ob sie auch mal was anderes ausprobieren wolle«, gab Binder preis, aber machte dann eine Pause. Arno Angele wartete und fragte nach: »Und was wollten Sie ausprobieren, Herr Binder?« »Na ja, ich habe ihr vorgeschlagen, dass ich sie ans Bett fessle und wir das halt mal ausprobieren«, war es dem Binder nun doch wieder peinlich oder er tat wenigstens so. »Keine falsche Scham, Herr Binder. Vielleicht bringt uns das weiter. War Frau Henssler mit der Fesselung einverstanden? Und was passierte dann?«, setzte Arno Angele nach, dem schon dämmerte, wie die Geschichte weiterging. Rainer Binder erzählte, dass er mit Frau Henssler im Bett eine Weile herumgealbert und sie ganz spielerisch ans Bett gefesselt hatte. Währenddessen habe er noch mal mit ihr geschlafen, und als er mit der Fesselung fertig war und er jetzt den richtigen Zeitpunkt für gekommen hielt, über Geld zu sprechen, stand plötzlich ein anderer Mann im Zimmer, der anfing zu toben wie ein Berserker. Gertrud Henssler hatte ihm zu verstehen gegeben, dass er sich anziehen und verschwinden solle. Offensichtlich kannte sie den Mann, und er war davon ausgegangen, dass ihr geschasster Ehemann aufgetaucht sei. »Ja, und dann sind Sie einfach verschwunden. Sie hatten Ihren Plan doch noch gar nicht in die Tat umgesetzt?«, fragte Arno Angele nach. »Ja, dann bin ich gegangen, hab mir ein Taxi aus Villingen bestellt und mich aus dem Staub gemacht. Dass ich dort nicht mehr ernten konnte, war mir sofort klar, und mich mit dem gehörnten Ehemann oder wem auch immer herumschlagen wollte ich auch nicht, zumal mir Gertrud signalisiert hat, dass ich gehen soll«, antwortete Rainer Binder. »Gut, Herr Binder. Das war jetzt schon mal sehr hilfreich. Eine Frage hätte ich am Schluss noch. Sie hatten die Seile und die Fesseln ja wohl mit dabei. Sie hatten das damit auch vorbereitet gehabt, oder?«, wollte Arno Angele noch wissen. »Ja, Herr Kommissar, ich hatte die Sachen mit dabei und wollte eigentlich dann Gertrud um Geld bitten, wenn ich sie gefesselt hatte.« »Also, Sie wollten schon auch ein wenig Druck ausüben?« »Ja, Herr Kommissar, ein wenig Druck, aber nur verbal, weil sie gefesselt war. Gut, vielleicht ein paar Schmerzen. Aber niemals getötet. Ich wollte nur Geld. Aber dann kam der Ehemann dazwischen, und mein Plan war erledigt«, antwortete Rainer Binder dem Angele. »Gut, Herr Binder, das reicht für heute. Sie bleiben jetzt zunächst einmal in Haft. Wir prüfen Ihre Angaben, und dann sehen wir weiter.« Rainer Binder wollte noch protestieren, aber Angele winkte ab. Er hatte schon vorab die Kollegen vom Revier verständigt, die Binder in die Justizvollzugsanstalt Singen brachten. Sorgen, dass Binder sich wie Benjamin Kiel auch umbringen könnte, machte sich Arno Angele nicht. Der wirkte, als ob er mit allen Wassern gewaschen war.

93. ROSENHEIM

Die Fahnder hatten sich beeilt und waren nach gut drei Stunden in Rosenheim eingetroffen. Bis der Papierkram erledigt war und die beiden mit Davide die Rückreise antreten konnten, war es schon 20 Uhr durch, und es lagen noch knapp vier

Stunden Fahrt vor ihnen. »Hallo, Chef, wir haben Davide jetzt übernommen und kommen zurück. Was sollen wir mit dem Verdächtigen machen? Zu uns oder gleich in die Justizvollzugsanstalt.« Die Fahnder hatten Grimm angerufen. Die Vernehmung mit Rainer Binder lief noch, und so entschied er: »Bringt den für heute Nacht in der JVA unter. Mit dem beschäftigen wir uns morgen. Falls er aber im Auto irgendetwas quatscht, dann macht euch Notizen und schreibt das in euren Vermerk rein.« Die Fahnder hatten verstanden. Sie fuhren, im Gegensatz zur Hinfahrt, entspannt zurück nach Singen, lieferten Davide ein, und dann war auch für sie so gegen Mitternacht Feierabend.

94. NACHSITZUNG

Arno Angele und Kerstin Elser waren knapp nach 22 Uhr mit der Einvernahme von Rainer Binder zu Ende gekommen. Karl Grimm hatte noch auf die beiden gewartet. Zum einen war er natürlich neugierig, was Arno aus Binder herausbekommen hatte, und zum anderen war es einfach sein Stil als Sokoleiter, erst dann nach Hause zu gehen, wenn alle ihre

Arbeit erledigt hatten. Nachdem Grimm wahrgenommen hatte, dass Binder von den Revierkollegen abgeführt worden war, ging er ins Vernehmungszimmer, wo Arno Angele und die Kommissarin Elser sich noch über Binder und seine Aussage unterhielten. »Wie lief's, Arno, bist du mit dem Binder weitergekommen?«, packte Grimm seine Neugier in eine kurz gehaltene Frage. »Wenn du noch Zeit hast, dann trinken wir im fünften Stock noch ein *Zäpfle*. Das wäre nach dem langen Tag echt ein Geschenk, und ich habe dir mächtig was zu erzählen.« »Brauchst du mich noch dafür?«, fragte Kerstin Elser vorsichtig bei Angele nach. Sie war zum einen müde und zum anderen wollte sie auch nicht so gern mit den beiden Chefs auf ein Bier gehen. »Nein, du kannst ruhig nach Hause gehen. Den Chef updaten, das kriege ich schon hin«, antwortete Arno mit einem verschmitzten Lächeln der Kollegin. »Also, dann gute Nacht.« Arno Angele und Karl Grimm gingen noch nach oben in die Cafeteria, von der man zur Nachtzeit herrlich über die Bahnhofsanlage in die City blicken konnte. »Menschenskind, das hat zur Nachtzeit noch einmal ein ganz anderes Flair. Die beleuchtete Bahnanlage und die City im Hintergrund. Fantastisch«, bemerkte Karl. Arno Angele holte aus dem Kühlschrank zwei *Rothaus Tannenzäpfle* und brachte dann seinen Chef aufs Laufende. Für die beiden Kriminalisten war klar, Rainer Binder kam weiterhin als Täter infrage, aber seine Geschichte hatte etwas und passte in das bisherige Bild. Auch das Taxi, das am Tattag am Anwesen gesehen worden war, wäre so erklärbar. Die Taxispur wurde wahrscheinlich nicht bis nach Villingen ausgedehnt, was man aber hätte tun müssen. Aber genauso möglich war es, dass Binder einfach nur log und vor allem das Ende seiner Version einem anderen, nämlich Davide, in Schuhe schieben wollte. Dass Davide möglicherweise als geschasster Ehemann durchgedreht haben könnte und in seiner Wut seine Frau umgebracht hatte. Auch das wäre ein möglicher Tatverlauf. Ein unbekannter Dritter war eher unwahrscheinlich, aber auch möglich. Wer überhaupt nicht rein passte war Benjamin Kiel. Aber Angele und Grimm waren mit dem heutigen Ergebnis zufrieden und machten sich nach einer guten halben Stunde auch auf den Nachhauseweg.

95. BESPRECHUNG, NEUNTER TAG, 9 UHR, SOKORAUM SINGEN

Die Besprechung am heutigen Morgen leitete Grimm selbst. Sein Vertreter war schon mit der Vernehmung von Davide Henssler beschäftigt und nicht anwesend. Arno Angele war heute Morgen sehr früh in den Dienst gekommen und hatte die verschiedenen Spuren und Aufträge für die Teams vorbereitet, sodass Grimm sie nur verteilen musste. Arno Angele hatte auch an die Taxispur gedacht, und ein Team war damit beauftragt, das Taxi in Villingen-Schwenningen auszumachen, dass Binder am Tattag ins Hotel gefahren haben sollte. Der Laden lief. Die Kolleginnen und Kollegen waren hochmotiviert. Es sah schließlich auch so aus, als wäre die Arbeit bald erledigt, und man könnte die Soko mit einem erfolgreichen Ergebnis zu Ende bringen.

96. DAVIDE

Davide hatte eine unruhige Nacht hinter sich und bekam gerade das Frühstück serviert, als schon die Polizei vor der Zellentür stand. »Sie können ruhig fertig frühstücken. Wir warten den Moment«, hörte Davide in der Zelle eine freundliche weibliche Stimme. Aber ihm war der Appetit vergangen. Er hatte in der Nacht genug Zeit gehabt, um zu überlegen, und er hatte Angst. Er wusste nicht, was die Polizei gegen ihn in der Hand hatte, aber er wusste, dass er die Familie betrogen hatte. Die Familie würde ihm sicher nicht helfen. Er hatte eine Waffe, Rauschgift und Geld, das der Familie gehörte, in einem Schließfach deponiert. Und wie sollte er das jetzt noch sauber erledigen. Und wenn Onkel Luigi schon glaubte, dass er untertauchen müsse, war sein Fehlverhalten durch und er in Gefahr. Vielleicht war er in den Fängen der deutschen Justiz jetzt besser dran als in Freiheit. »Sie können gerne hereinkommen und mich gleich mitnehmen. Ich bin fertig.« Die beiden Jungkommissare Sascha Binder und Dominique Welzel hatten den Auftrag bekommen, Davide Henssler aus der JVA zur Kripo zu bringen, und erledigten das auch. Davide wurden in der Zelle Handschellen angelegt. Er wurde zum Fahrzeug verbracht und dann in die Julius-Bührer-Straße gekarrt. Dort wurde er als Erstes zur Kriminaltechnik gebracht, erkennungsdienstlich behandelt, und es wurde auch standardmäßig eine DNA-Probe entnommen. Danach wurde er im Vernehmungsraum von Kerstin Elser und Arno Angele erwartet.

97. DIE VERNEHMUNG

»Guten Morgen, Herr Henssler, nehmen Sie doch bitte Platz. Mein Name ist Arno Angele, und das ist meine Kollegin, Frau Kriminalkommissarin Kerstin Elser. Können wir mit der Vernehmung beginnen oder brauchen Sie noch einen Moment?«, eröffnete Arno Angele ganz entspannt die Vernehmung. Davide nickte. »Ich belehre Sie jetzt als Erstes, und danach geht es schon los.« Nachdem Arno Angele das Formale, die Personalien, erledigt hatte, holte er bei der Vernehmung weit aus. Davide wurde gebeten, zumindest kurz etwas über seine Herkunft, seine Kindheit und Jugend in Singen zu erzählen und wo er seine Frau, Gertrud Henssler, kennengelernt hatte, wie die Ehe in den letzten zwei Jahren lief, das Verhältnis zu den Stieftöchtern Klara und Maria und der Bruch mit seiner Frau und seinem Auszug aus dem gemeinsamen Haushalt. Davide verhielt sich augenscheinlich kooperativ. Zu seiner Herkunft berichtete er nur kurz und knapp. Seine Rauschgiftgeschäfte in Singen und Umgebung erwähnte Davide nicht. Er wurde aber auch zunächst nicht danach gefragt. Arno Angele interessierte sich in erster Linie für die Tat. Er wollte den Mord an Gertrud Henssler aufklären. Was das Verhältnis zu seiner Frau anbelangte, holte Davide etwas aus. Er hatte seine Frau an einem Abend in einer Bar in Singen kennengelernt. Sie nahm noch einen Absacker nach einem langen Tag, und er war neugierig. Seine spätere Frau machte einen sehr souveränen und auch netten Eindruck, und auf den ersten Blick war sie auch sehr schön. Aber man sah, dass sie einsam war. Ihr Mann war verstorben, und so ergab sich nach und nach eine schöne Liebesbeziehung und am Ende sogar die Hochzeit mit dieser tollen Frau. Arno wollte das später klären und peilte jetzt erst einmal die kürzer zurückliegende Vergangenheit an. »Also, Herr Henssler, setzen wir mal da an. Vor etwa drei Wochen hat Ihnen Ihre Frau die Pistole auf die Brust gesetzt. Sie wollte sich von Ihnen scheiden lassen, wollte Ihnen Ihre finanziellen Mittel streichen oder zumindest stark einschränken, den Porsche wegnehmen und Sie eigentlich in die Wüste schicken. Da kann ich mir vorstellen, dass man ziemlich wütend wird«, meinte Arno Angele zu Davide im weiteren Verlauf der Vernehmung. »Nein, Herr Kommissar. Ich war nicht wütend, sondern eher traurig. Ich habe meine Frau geliebt und ich habe Fehler gemacht, die ich heute bereue«, antwortete Davide. »Dann haben Sie Ihre Frau nicht umgebracht?«, fiel Arno Angele mit der Tür ins Haus. »Wo denken Sie hin. Natürlich nicht. Ich wollte mich mit meiner Frau wieder versöhnen. Ich wollte nur den richtigen Zeitpunkt abwarten und ein wenig Gras über die Sache wachsen lassen«, entgegnete Davide. Arno Angele, der davon ausging, dass Davide damit seine außerehelichen Abenteuer meinte, fasste die Ergebnisse der bisherigen Ermittlungen, seine Person betreffend, zusammen, ließ eigentlich nichts aus, mit Ausnahme des Tattages. Er hielt Davide vor, dass er außerehelich engagiert und im Singener Nachtleben eine bekannte Figur sei und sehr viele Frauenbekanntschaften habe. Das, meinte Arno Angele, wäre vermutlich ein Grund für seine Ehefrau gewesen, die Beziehung zu beenden. Er gab auch einen Hinweis darauf, dass die Polizei durchaus wisse, wo er herkommt und man Luigi Falcone und die Bezüge zur Mafia kenne. Davide wehrte sich gegen die Vorhaltungen von Arno Angele nicht sonderlich, sondern ließ das alles ruhig über sich ergehen. Es kam ja darauf an, was die Polizei in der Hand hatte. Also gab er das eine oder andere zu. Seine Frauengeschichten wären oberflächlich gewesen und eigentlich für seine Ehe ohne Belang. Aber er war halt jünger als seine Ehefrau und deshalb auch noch engagierter unterwegs. Dass sein Onkel Luigi irgendetwas mit der Mafia zu tun habe, stritt Davide ab. Das Terrain war viel zu gefährlich für ihn, und deshalb war er diesbezüglich sehr wortkarg. Dass er aus Singen geflohen sei, dass er in Rottweil eine Freundin hatte, stritt Davide zunächst ab, und dass er mit Rauschgift etwas zu tun habe, auch. Arno Angele ließ das alles mal so stehen und sammelte Munition, um diese nachher gegen Davide abzufeuern. Zwischenzeitlich war Arno Angele davon überzeugt, dass der Mörder vor ihm saß. »Gut, dann sagen Sie mir doch, wo Sie am Tattag, am

Donnerstag, dem 16.5., waren, Herr Henssler.« Davide wiederholte seine Ausführungen und meinte: »Wie ich doch schon gesagt habe. Ich war bis Mittwochabend in Rottweil in meiner Wohnung und danach bin ich nach Italien gefahren, um meine Verwandtschaft zu besuchen. Ich bin nicht geflohen, sondern ich wollte mir nur ein wenig Luft verschaffen. Ich hatte doch auch gar keinen Grund zu fliehen. Am Mittwochabend war meine Frau, so, wie Sie sagen, noch nicht tot, und ich wusste ja bis heute gar nichts davon. Ich wollte meine Frau zurückgewinnen und dazu suchte ich nach ein paar Ideen«, antwortete Davide. »Und die glaubten Sie, in Italien zu finden? Gut. Dann fahren wir mal fort. Eine Person, die wie Sie gestern auch festgenommen wurde, behauptet, dass Sie am Tattag im Haus von Frau Henssler aufgetaucht seien und Ihre Frau und ihn beim Sex überrascht hätten. Was sagen Sie dazu?«, hakte Arno Angele nach. »Dazu kann ich Ihnen nicht viel sagen, Herr Kommissar. Ich habe meine Frau nicht beim Sex erwischt, zumindest nicht am Donnerstag, weil ich am Mittwochabend nach Italien gefahren bin«, antwortete Davide. »Und wie erklären Sie sich dann, dass der andere Herr tatsächlich mit Ihrer Frau in der Nacht zusammen war und auch eine Personenbeschreibung von Ihnen abgeben konnte?«, baute Arno Angele jetzt etwas Druck auf. Die Version von Binder hatte etwas, und Davide hatte ausreichend Gründe, seine Frau zu töten. Also musste er es jetzt nur noch zugeben. »Ich weiß nicht, wie der andere Herr zu meiner Personenbeschreibung kommt. Vielleicht hat meine Frau etwas über mich erzählt, oder er hat im Haus ein Bild von mir gesehen. Das weiß ich nicht. Aber Sie müssen mir glauben, ich habe meine Frau nicht umgebracht. Das könnte ich gar nicht. Auch wenn sie mich noch so enttäuscht hätte«, antwortete Davide verzweifelt dem Polizisten. »Waren Sie denn nicht wütend, als

Sie die beiden beim Sex in Ihrem Haus erwischten?«, versuchte Angele, den Knoten zu lösen. »Herr Kommissar, auch wenn Sie mir das noch 100-mal erzählen, dass meine Frau mit einem anderen Mann von Mittwoch auf Donnerstag Sex hatte und ich überraschend dazukam, kann ich Ihnen das nicht gestehen. Ja, ich wusste, dass meine Frau kein Kind von Traurigkeit und auch in der Vergangenheit untreu war. Natürlich hat mir das nicht gepasst. Aber was sollte ich ihr vorwerfen? Ich hatte während unserer Ehe andere Frauen, sollte ich ihr dann vorwerfen, dass Sie nicht nur mit mir schlief? Das war von uns beiden sicher nicht in Ordnung. Aber ich habe sie nicht getötet.« Arno Angele glaubte, seinen Ohren nicht zu trauen. Davide antwortete so vernünftig, wie es die meisten Menschen wahrscheinlich machen würden. Aber Davide musste doch der Mörder sein, oder war es doch Binder oder Kiel oder gab es eine ganz andere Version. »Was war denn dann der Grund für Ihre Frau, sich von Ihnen zu trennen. Sie schildern das jetzt so, wie wenn Sie beide, ich meine Ihre Frau und Sie, einvernehmlich mit dem Thema außerehelicher Sex umgegangen wären. Dann hätte Ihre Frau doch gar keinen Trennungsgrund gehabt, oder?«, versuchte Angele weiterzukommen. Es entstand eine längere Pause. Man spürte, dass es in Davide arbeitete. Wie konnte er das nur erklären, und es war schlecht, was er getan hatte. Er konnte das doch nicht zugeben, arbeitete es in Davide. »Herr Henssler, ich glaube Ihnen nicht, und wir haben einiges gegen Sie in der Hand. Benjamin Kiel hat Sie belastet. Der Liebhaber Ihrer Frau hat Sie belastet und gesagt, dass er Sie am Tatort gesehen haben will, Sie sind angeblich genau in der Nacht vor dem Mord an Ihrer Frau nach Italien gereist. Sie haben ein Kilo Kokain und 100.000 Euro in einem Schließfach in Rottweil deponiert. Also ich glaube, Sie sollten jetzt die Karten auf den Tisch legen. Ihre

Geschichte ist einfach zu fantastisch, als dass ich Ihnen das so abnehme«, reagierte Arno Angele etwas gereizt bezüglich der Auslassungen von Davide. Davide versuchte, ruhig zu bleiben, wenngleich es innerlich in ihm kochte. Gerade hatte er erfahren, dass sein Geld und das Kokain weg waren. Also hatte die Polizei Julia Schneider gefunden, und diese hatte den Schlüssel an die Polizei gegeben, und er konnte die Familie nicht mehr bedienen. Wie konnte er das nur dem Polizisten sagen, und wie konnte er den Kopf aus der Schlinge bekommen. Ja, er hatte richtig Mist gebaut. Aber seine Frau hatte er nicht getötet, und warum auch immer der andere behauptete, er sei am Donnerstag noch in der Villa gewesen, stimmte das nicht. Aber das hatte er schon verstanden. Er müsste es irgendwie beweisen. »Herr Henssler, ich glaube, Sie haben jetzt nur noch eine Chance, wenn Sie uns die Wahrheit erzählen. Ich muss wissen, was am Donnerstag in dieser Villa passiert ist, und nur Sie können den Knoten auflösen. Sie waren es doch. Sie haben Ihre Frau umgebracht, und jetzt wollen Sie uns erzählen, das war alles ganz anders?« Arno Angele hoffte, dass Davide, der angeschlagen wirkte, endlich aufgab und ein Geständnis lieferte, aber die Geschichte, die er dann von sich gab, war alles andere als ein Geständnis für den Mord an seiner Frau. »Noch mal, Herr Kommissar, Sie haben recht. Ich habe Mist gebaut und dafür werde ich zahlen müssen. Aber zu dem Rauschgift und dem Geld, das Sie gefunden habe, sage ich nichts. Das hat aber mit meiner Ehefrau nichts zu tun. Das können Sie gerne überprüfen. Ich habe von meiner Ehefrau Geld abgezweigt. Das liegt auf einem Konto in der Schweiz. Auch das können Sie gerne überprüfen. Was den Grund anbelangt, dass meine Frau sich von mir trennen wollte, das ist eine Familiensache. Ich hatte zu Klara, der Tochter meiner Frau, mehr als nur eine stiefväterliche Beziehung, und meine Frau hat das herausbekommen. Wie, das weiß ich nicht, aber sie hatte mir das vorgeworfen. Das war der Grund für unseren Streit und dass mich meine Frau aus dem Haus geworfen hat. Und ich wusste ja, dass es stimmte. Und darauf bin auch überhaupt nicht stolz. Ich habe meine Frau nicht getötet. Ich habe viele Fehler gemacht, aber nicht diesen, und wie ich das beweisen kann, das weiß ich nicht. Aber ich müsste doch vielleicht Spuren am Tatort hinterlassen haben oder eine Waffe. Und das habe ich nicht. Weil ich nicht dort war«, sprudelte es aus Davide heraus. Arno Angele reichte es. »Wir unterbrechen hier die Vernehmung. Wir machen heute Nachmittag weiter. Kerstin, sorge dafür, dass Herr Henssler wieder eingesperrt wird und heute Nachmittag zur Verfügung steht. Danke.« Arno Angele wartete noch, bis ein Kollege dazu kam, und verließ etwas genervt den Vernehmungsraum in Richtung seines Dienstzimmers.

98. SCHREIBTISCHERMITTLUNGEN

Lena Mayer und Alex Preuß kümmerten sich um die Datenaufbereitung und waren natürlich wie die anderen Kolleginnen und Kollegen auch gespannt, was heute im Laufe des Tages lief und ob man die Akten bald schließen konnte. »Wer glaubst du, war es?«, wollte Lena von Alex wissen. »Das ist die berühmte Gretchenfrage, Lena. Beide haben ein Motiv. Davide ist ein Krimineller und braucht Geld. Rainer Binder ist auch ein Krimineller und braucht Geld. Also rein von der Faktenlage her kommen beide in Betracht. Davide erscheint uns wahrscheinlich eher der Täter zu sein, weil er für uns nicht greifbar und auf der Flucht war. Dann noch die Bezüge zur Mafia, das Geld und das Kokain im Schließfach. Vom anderen wissen wir, dass er mit dem Opfer in der Nacht zusammen war, und er hatte eine Menge Spielschulden. Also auch nicht raus. Und ob die Geschichte stimmt, dass er beim Sex mit dem Opfer überrascht worden ist, klingt zunächst plausibel. Aber ist es auch die Wahrheit?«, philosophierte Alex Preuß ein wenig. Das Telefon von Lena Mayer meldete sich. »Ja, Kollegin Mayer, sind Sie am Apparat?«, wollte eine männliche Stimme am anderen Ende der Leitung wissen. »Hier ist der Verbindungsbeamte des Bundeskriminalamtes in Rom. Sie hatten eine Anfrage gestartet wegen eines Pkw Porsche in Zusammenhang mit einem Mordfall. Nur so viel fernmündlich. Der Porsche wurde bei einer Geschwindigkeitsübertretung am Donnerstag, dem 16.5. um 10.37 Uhr in Rom geblitzt. Vielleicht hilft das bei Ihren Ermittlungen weiter. Ich gebe das schriftlich auf den Dienstweg. Aber ich dachte, das interessiert Sie vielleicht.« Lena Mayer war nur kurz konsterniert, weil damit hatte sie jetzt nicht gerechnet. Aber sie fasste gleich nach: »Gibt es ein Bild zu der Geschwindigkeitsübertretung?« »Das nehme ich an. Ich habe es nur nicht vorliegen. Kann mich aber darum kümmern, wenn es wichtig ist«, antwortete der Verbindungsbeamte souverän. »Das wäre sehr hilfreich. Das Bild und die Zeit, wann der Porsche in Rom war, wären für unsere Ermittlungen sehr relevant. Danke«, antwortete Lena Mayer und war schon startklar, um Arno Angele sofort über diese Mitteilung aus Rom zu informieren. Lena Mayer hatte ihren Chef informiert, und Arno Angele gab ihr den Auftrag, sich noch mal mit dem BKA-Kollegen in Verbindung zu setzen. Was er noch brauchte, war eine Bestätigung, dass es sich bei dem Fahrer des Pkw Porsche auch um Davide handelte. Lena Mayer schickte verbotenerweise per *WhatsApp* ein Bild von Davide nach Rom und bekam von dort die Rückmeldung, mit großer Wahrscheinlichkeit ja, aber man müsste das Überwachungsfoto kriminaltechnisch noch ein wenig besser aufbereiten. Aber das reichte Arno Angele für den Moment. Er fragte bei Kerstin Elser nach, ob sie verfügbar war, und ließ Rainer Binder aus der JVA zur Kriminalpolizei holen.

99. SCHLUSSAKT

Rainer Binder wurde von einer Kollegin und einem Kollegen vom Streifendienst abgeholt und wie besprochen in den Vernehmungsraum in den dritten Stock gebracht. Die

Polizisten warteten den Moment ab, bis Kerstin Elser und Arno Angele da waren. »Danke für den Transport. Einen guten Dienst«, verabschiedete Arno Angele die Kollegen vom Streifendienst. »So, Herr Binder. Jetzt können wir gerne dort weitermachen, wo wir gestern Abend abgebrochen haben. Sie haben uns gestern erzählt, dass Sie mit Frau Henssler die komplette Nacht von Mittwoch auf Donnerstag, dem 16. Mai, verbracht haben und dass Sie, nachdem Sie sie am Nachmittag gefesselt hatten, von einem Mann überrascht worden sind. Würden Sie den Mann noch einmal beschreiben und könnten Sie, wenn wir ein Bild von ihm hätten, auch den Mann identifizieren?«, wollte Angele von Rainer Binder wissen. »Klar kann ich das. Und auf einem Bild würde ich den Verrückten sowieso wiedererkennen«, reagierte Binder postwendend. Lena Mayer hatte für Arno Angele eine Wahllichtbildvorlage vorbereitet, sodass Angele dem Protagonisten mehrere Bilder vorlegen konnte. Rainer Binder identifizierte ohne Wenn und Aber Davide Henssler als den Mann, der das Schlafzimmer gestürmt hatte. Arno Angele protokollierte das exakt und hakte dann nach: »Und Sie sind sich ganz sicher, dass er der Mann war, der Sie bei Ihrem Vorhaben in der Villa von Frau Henssler störte?« Binder antwortete: »Natürlich bin ich mir ganz sicher. Ich habe den Verrückten ja gesehen, und ich hatte Frau Henssler, also ich meine Gertrud, auch so verstanden, dass es sich hier um ihren Ehemann handelte, den sie aus dem Haus geschmissen hatte.« »Also, Sie haben sich in der Woche, wo Sie Frau Henssler kennengelernt hatten, auch über Ihren Mann unterhalten und haben da etwas mehr über die Zwistigkeiten erfahren?«, wollte Angele wissen. »Ja, ich habe mich mit Klara und auch mit Gertrud natürlich über das eine oder andere unterhalten. Und ich wusste von beiden, dass die Beziehung zum Ehemann gescheitert war«, glaubte Rainer Binder vielleicht doch noch davonzukommen und Davide den Mord in die Schuhe schieben zu können. »Und wie erklären Sie sich, dass der Ehemann der Getöteten, der aufgrund Ihrer Identifizierung und Aussage, sich am Donnerstagmittag wie ein Berserker in der Villa in Singen aufgeführt hat, am Donnerstagmorgen, exakt um 10.37 Uhr, in Rom geblitzt wurde, und zwar so, dass man ihn erkennt?«, fragte Arno Angele Binder. »Und wie, glauben Sie, kommt man von Rom in der Zeit zurück nach Singen? Nicht einmal mit dem Flugzeug. Nicht wahr, Herr Binder?« Binder sackte in sich zusammen. Sein Lügengerüst hielt nicht. Er konnte jetzt nur noch eines, die Flucht nach vorne antreten. »Ich wollte Gertrud nicht töten. Ich wollte doch nur das Geld. Aber sie weigerte sich bis zum Schluss. Es ist einfach so passiert. Aber ich wollte das wirklich nicht. Das müssen Sie mir glauben«, gestand Binder die grausame Tat. »Dann erzählen Sie doch mal, was passiert ist«, forderte Arno Angele Binder auf, seine Tat vollumfänglich zu gestehen. Binder zuckte kurz und erklärte mit wenigen Sätzen und ziemlich in sich gekehrt, dass seine Aussagen stimmen würden, bis zu dem Punkt, wo sie angeblich überrascht worden seien. Er hatte Gertrud Henssler ans Bett gefesselt und wollte diese Situation ausnutzen. Er fragte das Opfer erst freundlich und ohne Gewalt um Geld. Aber das Opfer blieb hart und verweigerte die Kooperation. »Am Anfang konnte ich meine Gewalt noch kontrollieren. Ich wusste, dass Gertrud Geld im Hause hatte, und hoffte auch noch, dass in der Firma was zu holen sei. Aber Gertrud war knallhart. Ich habe sie geschlagen, dann habe ich ihr zwei Finger gebrochen. Nichts. Ich war so wütend und bin durchgedreht. Im Keller habe ich Werkzeug und auch einen Hammer gefunden, und ja, dann war es passiert. Leichte Schläge brachten nichts, und am Schluss habe ich vor lauter Zorn zweimal richtig zugeschlagen, und das war's.« Nach einer kurzen Pause ergänzte Binder: »Ich sage jetzt nichts mehr. Ich will einen Anwalt sprechen. Aber das Wichtigste wissen Sie nun ja.« Damit war die Vernehmung erledigt. Aber mit dem Bild des Konterfeis von Davide Henssler in Rom war Davide raus. Die Durchsuchung der Wohnung von Rainer Binder in Stuttgart brachte keine Ergebnisse für die Ermittlung im Fall. Auch wurde die entsorgte Waffe, vermutlich ein Hammer, nie gefunden. Nachdem Rainer Binder den Mord an Frau Henssler zugegeben hatte, kooperierte er nicht mehr mit der Polizei und schwieg. Für eine Anklage beim Landgericht Konstanz reichte es. Und auch Davide verblieb zunächst in Haft. Er war zwar am Mord seiner Frau unschuldig, aber die Waffe, das Kokain und das Geld standen noch im Raum. Dafür interessierte sich das Landeskriminalamt in Stuttgart und übernahm die weiteren Ermittlungen.

Die Sonderkommission arbeitete die noch offenen Spuren ab und konnte nach weiteren zwei Wochen intensiver Arbeit aufgelöst werden. Der Mord war geklärt und der Täter in Haft. Karl Grimm und seine Kolleginnen und Kollegen konnten sich wieder dem ganz normalen Wahnsinn des Polizeialltags zuwenden.

ENDE

NACHRUF

Benjamin Kiel hatte es in seinem Leben nicht sehr weit gebracht. Er war ein Kleinkrimineller und blieb das bis zu seinem Tod. Sein Leben und Wirken ist nicht sonderlich zu würdigen, trotzdem sei ihm dieser Nachruf gegönnt. Auch sein Beitrag, zum Wohl anderer Menschen etwas getan zu haben, wäre gelogen. Was aber unfair wäre, wäre, ihm einen Mord anzudichten. Er war, wie eigentlich so oft in seinem Leben, zur falschen Zeit am falschen Ort. Er hatte wenige Tage vor dem Tod der Singener Geschäftsfrau seinen alten Schulfreund Davide Falcone wieder getroffen und war mit ihm um die Häuser gezogen. Das hatte Spaß gemacht, und so schön wie Davide wollte er es auch gerne haben. Dass Davide an dem Abend erzählt hatte, dass seine Frau sich von ihm scheiden lassen wolle, hatte Benjamin Kiel schon wieder fast vergessen. Und dass er bei seinem Arbeitgeber unter Kolleginnen und Kollegen eine große Klappe hatte, war sein Naturell. Er wollte halt auch wichtig sein. Aus Neugier und Langeweile war er zufällig am Donnerstag, dem 16. Mai, am frühen Nachmittag in der Gegend und schlenderte am Anwesen vorbei. Die Villa sah prächtig aus, und die Tür zum Anwesen stand offen. Die Neugier und vielleicht auch die Chance, etwas zu stehlen, motivierten Benjamin, die Villa zu betreten. Was er sah, war grausam. Er verschwand, so schnell er konnte, und hinterließ einen Finger- und einen Schuhabdruck.

DANK

Herzlichen Dank an den Gmeiner-Verlag. Herzlichen Dank an Herrn Armin Gmeiner, den Verleger, an alle Mitarbeiter/innen, die mit der Gestaltung, Vermarktung und Betreuung befasst waren und sind. Ein ganz großes Dankeschön an Claudia Senghaas, Programmleiterin des Verlags, die den Roman korrigiert und lektoriert hat, dies auf eine angenehm professionelle und sehr aufmerksame Art erledigte und mit der ich nun schon zum zweiten Mal zusammenarbeiten durfte. Dank an alle, die meine Arbeit unterstützten und auch geduldig meine Fragen beantworteten. Besonderen Dank an die Polizei in Singen, die für den Roman eine Hauptbühne liefert. Gleiches gilt für die Stadt Singen und ihre Umgebung. Dank an den Mexikaner in Singen, das *Bandoleros*, das Sternerestaurant *Falconera* in Schienen, das *Traditionskaffeehaus Hanser* in Singen und die Firma *C&C Großmarkt* in Singen, die einverstanden waren, als Kulisse für den Roman zu dienen. Danke an Christian Siebold, der mir bei der Auswahl der Bücher zu Singen behilflich war. Ein ganz besonderer Dank geht an den Ersten Kriminalhauptkommissar a. D. Achim Denz und die ehemalige Landtagsabgeordnete und Singen-Kennerin Veronika Netzhammer, die den Roman konstruktiv-kritisch begleitet haben. Manches wäre wahrscheinlich weniger bunt ohne den Rat der beiden geworden. Und »last but not least« einen herzlichen Dank an meine zwei Jungs, Maximilian und Fabian, die meine Vorlage und Leseprobe an den Gmeiner-Verlag kritisch auf den Prüfstand genommen und wertvolle Ergänzungen beigetragen haben.

NACHWORT

Dieses Buch ist ein fiktiver Roman. Handlungen und Personen sind frei erfunden. Ähnlichkeiten mit lebenden oder toten Personen sind nicht gewollt und rein zufällig. Natürlich bleibt es nicht aus, dass Lebens- und Berufserfahrungen des Autors mit einfließen und den Typ des Karl Grimm ein Stück weit beeinflusst.. Beim Herausfinden, welche Schauplätze echt und welche erfunden sind, gebe ich dem geneigten Leser und Krimiforscher einen kleinen Tipp: Die Villa in der Oberdorfstraße 99 ist nicht existent. Aber die interessante und lebendige Stadt Singen schon. Einen *Metallbauer Tanner* oder *Ende* finden Sie in Heilbronn nicht. Und die Telefonnummer 999 in Zusammenhang mit der Kripo Singen ist auch sehr fantastisch.

Steibis, im Januar 2022

ANHANG

Begriffe

Dä Dütscha	Schweizerdeutsch: den Deutschen
Fleischkäsweckle	Brötchen belegt mit Fleischkäse
Güggeli	Schweizer Deutsch: Hähnchen
Kittel	badischer/schwäbischer Begriff für Jacke
Stange	Schweizer Deutsch: ein Glas Bier
Unter Wind nehmen	im Polizeijargon ein Objekt, eine Person observieren
Koi Problem. Geht klor, dann fahrd der amol ins Loch.	Kein Problem. Dann wird der erst einmal inhaftiert.

*

Quellen und Literatur

Berner, Herbert, Brosig, Reinhard: Singen, Junge Stadt, Singener Stadtgeschichte Band 3, Jan Thorbecke Verlag 1994
Bittel, Heinz: Singen. Ein Anfang, Osburg Verlag 2009
Breyer, Susanne: Hotel Continental, Singen 2018
Dickie, John: Die ganze Geschichte der Mafia, Frankfurt a.M. 2015
Stadt Singen: Jahrbücher von 1998 bis 2014